STANZE VUOTE

空 房 间

[意]里娜·戛蒂(Rina Gatti) 著

张雨青 译

陈雪丽(CHEN Hsueh Li) 校译

陕西师范大学出版总社

图书代号：WX21N2047

图书在版编目(CIP)数据

空房间／（意）里娜·叟蒂著；张雨青译.—西安：陕西师范大学出版总社有限公司，2022.3
 ISBN 978-7-5695-2669-1

Ⅰ.①空… Ⅱ.①里…②张… Ⅲ.①长篇小说—意大利—现代 Ⅳ.①I546.45

中国版本图书馆 CIP 数据核字（2021）第 233747 号

空房间
KONG FANGJIAN

［意］里娜·叟蒂 著 张雨青 译 陈雪丽（CHEN Hsueh Li） 校译

出版人	刘东风
责任编辑	庄婧卿
责任校对	张旭升 王丽君
封面设计	锦 册
出版发行	陕西师范大学出版总社
	（西安市长安南路 199 号 邮编 710062）
网 址	http：//www.snupg.com
印 刷	陕西龙山海天艺术印务有限公司
开 本	880mm×1230mm 1/32
印 张	10.5
字 数	258 千
版 次	2022 年 3 月第 1 版
印 次	2022 年 3 月第 1 次印刷
书 号	ISBN 978-7-5695-2669-1
定 价	49.80 元

读者购书、书店添货或发现印刷装订问题，影响阅读，请与营销部联系、调换。
电话：(029)85307864　85303635　　传真：(029)85303879

Questo libro è stato tradotto grazie ad un contributo alla traduzione assegnato dal Ministero degli Affari Esteri e della Cooperazione Internazionale Italiano.

感谢意大利外交与国际合作部对翻译本书中文版提供的资助。

作者里娜·戛蒂

序　言

◎ 阿里戈·列威①

在世纪之交意大利文学作品的版图中，里娜·戛蒂的两本自传体著作独树一帜，原因诸多。

首先便是里娜·戛蒂——唯一一位意大利农民女作家——1988年8月18日之前，她从未写下对一个时代的非凡追忆和对一个今天看似遥远陌生世界的种种看法，一切时隔久远却又似乎近在眼前。直到1988年，在六十五岁的时候，在她有生以来第一天有了闲暇时间的时候，在圣塞韦拉的"宜人旅馆"，一所为年轻人、家庭、无法自理的病人提供食宿的旅馆，她的两个儿子本想让她在此好好度过人生的第一个假期，在一整天无事可做的时候，她站在海边，看着大海，迷失了方向。

被回忆和情感之浪淹没，"它们不再像平日那样，汹涌而来，瞬间决堤"，她感到没入巨浪。本能驱使她走入一家杂货店买了一支笔和一个笔记本开始写了起来，为了让脑中的不安躁动赶快平静，"为了理清一生混乱的回忆与感觉"，因为她"不知道怎么评判"。从那一刻开始她就没有停下笔，有儿子们帮助，共同理顺那些从心里流出的滔滔不绝的句子，孕育了这部自传式的小说。整个记述分成两本

---

① 阿里戈·列威：（1926年7月17日—2020年8月24日）意大利记者、散文家、电视节目主持人。1979—1983年，他与《泰晤士报》合作，创立了《泰晤士报》国际版。1988年，他被任命为《晚邮报》的主编。他是意大利20世纪下半叶伟大的新闻工作者之一，曾担任意大利两任前总统卡洛·阿泽利奥·钱皮和乔治·纳波利塔诺的对外关系顾问。

书，给我们展现了一个偌大的世界，仿佛昨日重现：一战与二战之间翁布里亚大区的乡村景象，遵循原始的生存法则，人们在其中艰苦地劳作，但生活有它丰富的价值并饱含深情；而后，是一个农村家庭战后的苦涩现实，抛弃田耕，在"革命进步"的动荡社会里谋求生存却总是在边缘徘徊。

里娜1923年生于佩鲁贾托尔贾诺，一个有数口人的农民大家庭，一个宽敞漂亮的佃农的房子里。说是漂亮也不过如此，仅是翁布里亚和托斯卡纳大区交界处的有着传统规模的几间乡间农舍，坐落在一个广阔农场的中央，离台伯河不远。学习——在那种环境那个时期几乎是个例外——她能上到小学五年级全靠老师的坚持，没让她只停在三年级。这样一个小女孩，才到豆蔻之年，就有那样紧张繁忙的生活，那是典型佃农家庭的生活，一个工作无休无止，即使是男孩子都难以接受，更何况是女孩儿要承受的生活。除了帮助大人们田间劳作，她还要照看更小的弟弟妹妹（那些有幸在头几年几个月活下来的婴儿，要知道在那个时期的意大利农村，婴儿的平均存活率仅有二分之一），还要做家务，做针线活儿，编织缝纫，在每件嫁衣上绣花。这些是有朝一日嫁人必不可少的。

她的人生被那个时代、那个社会古老而严苛的规定约束着，一切都按部就班地进行，在这个大房子里，一个庞大的家族被长辈们管理得井井有条，人们关系融洽，遇事波澜不惊，都对一家之主和上帝心怀敬畏。即使是对这样的生活，她也深深陷入一种前所未有的怀旧之情，往事依然那么鲜活而清晰，历历在目，并且在她写作的那一刻，记忆开始全部串联起来，因为"回忆这种东西很奇怪，越是写下来讲出来的时候，越变得充实"。她记着普普通通一天劳作的每个瞬间，从日出到日落，就像牢牢记着各种"大事"的每个细节一样：收割、脱粒、逛市集，它们是农民一年的写照；她记着自己情感波动的每一次源起：惶恐不安、惊愕失色、欣喜若狂，它们伴随着她人生的每一步，童年、少年、女人，然后是结婚，但之后并非一切顺利，她总是怀着敬畏上帝、尊重他人的心过日子，不知疲倦地照顾和保护孩子们。

即使有人出生于意大利其他地区而不在翁布里亚大区，但是20世纪30年代的人从小就对农村生活深有体会，他们会发现自己的回忆同里娜·戛蒂的经历有着惊人的相似：基于一种典型的农村文化。是那时仅有的、古老的、难以改变的文化，至少在托斯卡纳和艾米利亚大区之间是这样。而如今，这种文化即将消失，就在这么咫尺一瞬。

对里娜来说，从她结婚的那一刻起一切都变了，那时二战刚刚结束，整个乡村大地被改革席卷，这样的冲击没有真正带来什么，却改变了一切。里娜举行了婚礼，同一个她几乎不认识的丈夫，因为那时结婚就得这样——两家的长辈们共同商定，像在集市上那样，商讨婚礼的种种——一个她不爱的丈夫，或许不知道该如何爱。对方是一个暴躁易怒的失败革命者，从来不能在一个地方工作一年以上，拖着她从一个临时住所到同样简陋的另一个，留给她的主要任务竟是"备好午饭和晚饭"，根本不管她的工作是何等无法想象的繁重，不管她以何等努力和不屈不挠的毅力与生活抗争。两个儿子是她的唯一动力，为了他们，她做着最低微、最艰辛的工作，花所有心思抚养好他们，让他们接受教育。

这两本书一经出版立即在翁布里亚获得巨大成功。里娜还写过诗歌，也写过小说并获得了文学奖，她的几篇文章被选进了欧盟出版发行的《退休后的生活》一书。读过她作品的人都对其给予了极高的评价。她的小说喜闻乐见，这不仅仅源于她别具一格的风格，更源于那体现她本能般智慧的韵律以及对被世人遗忘故事的清晰回顾，还有她的文字清新典雅，对日常生活中点点滴滴原汁原味的描写，比如对偶尔才发生在身边的难忘的几件大事的描述。这再现了一个情感的宝库：突如其来的悲痛、意料之外的欢乐……一个年迈的农村妇女给我们讲述了藏在心底一生的故事。

但这两部书明显处在意大利文学界的边缘，不在重要的文学奖项角逐之列。今天有很多不堪一读而又渴望得奖的书流行于市面上，却罕有几本能引起大众共鸣，这两部书却不一样，反响广泛并且必会长久不衰。可惜的是里娜已经去世了。

这些文章的独创性不仅仅体现在个别情况下，如果我没记错的话，真难以想象它们是从一个超过六十五岁农民执着的笔下涌出的，里娜一生除了帮不识字的父母写过几封信之外再没写过什么。而且还有以下两个特点让她的文章与众不同。

首先，里娜在回忆痛苦悲伤以及所有坎坷的时候，字里行间淡淡地表现出的那一丝丝对生存浓烈的喜悦之情，为我们描绘了一幅一个女性所见的意大利生活画卷，展现的是"半边天"的视角。其次，里娜从当局者的角度描绘了一个"当局者"的世界，这里的一切都不是客观设定，而是可想可感的，特别是能感受到当事人的切肤之痛。要找到类似的书还要回到历史课本或者现实主义文学里，要说描写艰辛贫苦的生活，或是对艺术、意识形态的阐明，或许还能找到某些书，那是由专业从事写作的人完成的，而这两本书非但不是由他们来写就的，反而是出自一位学历不高的女性，这便是更难能可贵的了。

目 录

Ⅰ 空房间

一个小妈妈诞生了	3
小维多利亚不再痛苦	7
供给二十口人的炉灶	12
小女孩的初长成	17
美味的鸡汤	21
小鸡和小牛	25
论嫁妆的重要性	34
玫瑰要开花	41
收麦第一天	47
坐在麦堆上	58
如果暴风雨来了	65
收麦不能没有牛车	70
脱粒	75
圣洛伦佐节集市	86
在河岸上	104
远处的钟声	107

II　空房间,再见

战后十月的一天	113
战争和土地	121
婚约	131
婚礼盛宴	142
蜜月	152
罗马	159
回到现实	168
我的新家庭	177
"苦路"启程	185
蓬泰罗夏诺村	192
空中吊桥	198
短暂的喘息	205
两条火腿逃跑了	213
"矿区"奇迹	222
无奈的同居家庭	232
领工资的雇农	243
往佩鲁贾去	249
另一个世界	255
1958年8月28日	264
城市	272
隔窗自省	282
大海的尽头……	289
圣塞韦拉	298
空房间,再见!	307
译后记	318

I
空 房 间

stanze vuote

一个小妈妈诞生了

仍然记得这些台阶,一级级边沿磨损得厉害,半石垒半砖砌的宽宽外墙记录着那些平静透彻的时光。就在这里,儿时的我们玩过击石子儿的游戏,得瞄得很准才能打掉对手的石子儿。对孩子们来说,这种无忧无虑的欢闹时刻,在那个年代实在很难得。七十三年前,我就出生在蓬泰诺沃村乡下的这座房子里,不远处便是流经翁布里亚很多小丘的基亚肖河汇入台伯河的地方。如果不是我自个儿在心里念叨着,我都不敢相信:七十三年过去了!今天我忽然有种需要好好在这儿待上一整天的感觉。从那个11月的清晨我诞生到现在已经过去七十三年了,我们俩都还在。我的家啊,我把你当祖母一样看待,孤单而哀伤,与这些空空的房间还有坟茔似的寂静埋葬在一起,这里曾经是有过如此多喧嚣如此多生活气的地方呀!

但正是这种沉寂唤醒了我心里诗一般的滔滔回忆,我出生那天所经历的真的像一首浪漫的诗句哦!噢,我的家啊,在田野里最美的一季!斑斓之彩,从平地蔓延到小山,有万千种调子,天微凉,风有些刺骨,带着强烈的香气和准备过冬的木柴味儿。我真想一下子回到过去,回到出生的那一刻。母亲,我的母亲,沉浸在痛苦和喜悦之中,沉浸在虚弱和关爱之中,她用刚洗过的双臂抱着我,另外在场的还有一些其他妇女——我的祖母、伯母、左邻右舍的主妇等,她们一起参与我们这个庞大家庭的大事小事,或分享欢乐,或分担痛苦。

我能想象大家的焦急,放下手中的活儿,盼着快点知道:是庄稼地里会添个劳力,还是家里的活儿再添把好手。有的妇人赶紧去点火准备热水盆,有的准备了襁褓和干净的布料来包裹那个哭喊着的、红通通的小东西,那个女婴就是我——里娜。

谁知道我哭了多久?用尽全力,反抗我的新处境,反抗所有的光线,所有身上那些粗糙的东西,我原本,在母亲温热的肚子里待得好好的呀。我想象着,在我因哭泣而变形了的红红的小脸和那排队来看望我这个新生儿的亲戚们微笑的脸庞之间该有多大的落差?大家都那么开心,为一切顺利松了口气,纷纷祝贺我的母亲。她自豪地抱着我这个小包袱,抱着她最珍贵的宝贝。

稍晚一些时候,在厨房靠着炉子的地方,在最暖和的一角,我人生第一次沐浴的澡盆已经准备好了。所有人都满腔欣喜并充满好奇想再凑凑热闹,对这个孩子的未来发表些意见。一般情况下,乡下人毫不掩饰对生男孩儿的欣喜之情,而当一个女孩儿出生时,连庆祝都省了,但这丝毫没有减去族人们对这个女孩的爱,当然,要是你看见我兄弟们出生的场面,那便是一番截然不同的景象了。有意思的是,在牲口棚子里,这是完全颠倒的,人们为每头小母牛的降生而欣喜,因为母牛比公牛的值钱得多。

我祖母以前总跟我说我的出生是个例外,因为我是继五个堂兄出生后祖母家的第一个孙女,我的出生带给大家莫大的欣喜。父母亲看到我生得健康结实都乐坏了,因为在我出生之前,他们已经有三个孩子都夭折了:第一胎一对双胞胎女孩,还有后来一胎男孩。父亲跟我说,他当时立马觉得我这个长女的出生肯定会为以后妈妈带弟弟们帮上大忙,他们很肯定以后还会再生好几个孩子。

现在的这些空房间,在过去每天都有各个年龄段的孩子们进进出出,这群孩子整天从厨房跑到麦仓,从牛圈跑到干草房,享受那么几年无忧无虑的童年时光。

我到了三岁才开始渐渐记事儿,你呢？我亲爱的家,你肯定知道得比我多,那时我把你当作全世界最美的房子？谁知道在你栗子木的房梁下发生了多少故事？你见过多少秘密？经历过多少人的生与亡,多少喜怒,多少哀伤以及日复一日的挣扎和无奈的屈就。是信念,一个极大的信念给了我们前进的力量。在烙上我们家族印记的一张张脸上,我看到,他们为了生活而疲惫不堪,为反抗命运和经营四季农事而奋斗不息。这是一场看不到胜利的斗争,但是对生存的向往和顽强的信念使人们永不让步。

我现在明白了,依稀的记忆中,父亲某些晚上在炉火旁边,把我放在膝上呢喃的是什么。他爱怜地抱着我,轻声告诉我,说我是个小妈妈。因为我两岁那年,家里添了个小弟弟,没过多久,我又有了个堂弟。我把他们当作娃娃,除此之外,我没什么玩具。对我们来说,最好玩儿的就是去探索周遭的世界,去发现大自然还有动物们的喜怒哀乐。其实小娃儿对我有很大的吸引力,他们的襁褓布袋可笑极了,像挂在杆子上的红色香肠。我跟他们在一块儿时一点儿都没觉得累,也从没妒忌过大家都把注意力放在他俩身上。我天生就从来没嫉妒过别人,所以,没有得到谁关照的我,居然就不知不觉地照看起了比我还小的孩子们。

我开始有了责任感,当时我自己也还小,但总比其他弟妹要大,我的任务是照看好所有在我之后出生的孩子们。忽然间,我感到自己长大了,不能再玩儿了,我要对弟弟和堂亲们负责。我会因看到他们哭喊吵闹而苦恼,会因他们从我眼前消失而急着去寻找,我会因他们弄坏东西弄伤自己而自责。我也很脆弱,但又知道自己不该脆弱而因此心思沉重,没有人疼爱的心里空空如也,我觉得自己太早进入了成人的世界。我变得沉默寡言、事事谨慎,慢慢在心里建造了一个封闭独我的世界,一个充满梦想和愿望的地方,因为家里很少有大人理解我、支持我。

小孩子们经常生病,冬季容易感染支气管炎和肺炎,每个孩子迟早都躲不过。漫漫冬日,我的家,冷得要死,谁都扛不住,离火炉子才几米远,衣服都能冻在皮肤上。我们住的条件很差,又没有药,药送不到乡下,治病用传统的法子,长辈就是我们的大夫。他们用熟亚麻弄成膏药,从一个小布袋儿里取出煮过的粉末抹在我们胸口,拿一块烤热的砖垫在我们脚下。有时候这些土法子、草药什么的还有点用,但大多数时候根本不起作用,更会延误时机,造成孩童死亡。我真的见过很多,不管在家里还是在教会里,有些孩子甚至没活过六岁。

小维多利亚不再痛苦

  1929年是特别的一年。那一年冬日我的家乡下了一场我有生以来从未见过的大暴雪。家乡之前也会下雪,但下得并不大,仅仅染白了四周的小丘。而那一天的雪花大而纤巧,没有风,天色阴郁晦暗,天空低矮,压得房子里也死气沉沉的。白天,我们着迷似的把鼻子紧贴在厨房的玻璃窗上,看着麦仓、田野和农具渐渐披上银装。这是一个全新的世界,美得令人惊叹——那些在一望无垠洁白的雪原上裸露的干枯的树,那些房前屋后行人和动物留在雪上的足印,那摸起来会冻僵手指却会融化在嘴里的细软新雪,这是一番多么令人心驰神往的景象!
  我们逃离了厨房里忙碌妇人们的看管,快速冲到牛圈的棚子下,为的是能在一向禁止玩耍的雪地上小跑,我们伸出冻红的手指抓一把雪,用裹了羊毛的棉鞋踩雪,尽管鞋子不一会儿就湿透且结了冰。但我们太兴奋了,一点儿都没有感觉到冷,我们的注意力完全被这种像发现新大陆一样的魔力吸引,全然忘记了要小心翼翼,以防被大人发现,撒欢似的跑到雪地中央。但是我们很快就被发现了。伯母跑过来拽我们回去,斥责纷纷,甚至还扇了我们几个耳光,特别对我更是一顿怒斥,因为我那时五岁了,是这群孩子里面最大的。回到房子里,大人们马上擦干我们身上的水汽,让我们在火炉前面换衣服;这会儿被扇了耳光的脸胀痛起来,伴随着冻僵的手指被火炙烤得刺痛,因为疼痛和玩耍落空的失望,我们呜呜地哭了起来。

我的一个堂妹,小维多利亚,比我稍小一点儿,患有哮喘,结果当天晚上便开始发热并不停地咳嗽。

到了半夜,伯母感觉她烧得厉害,小身子非常虚弱,她把小维多利亚抱在怀里,重新点燃了早已熄灭的火炉。慢慢地全家人陆续醒来,大人们尝试着寻找各种治疗方法。我还记得房间里那一张张焦急不安的脸,妇人们准备着祖传药油,好涂在她被火烤热的脚心里。我至今还清楚地记得那双被烤熟了一般的小脚,还有贴在她肩上及胸口的热膏药。祖母在屋子一角祷告,她想让我回床上睡觉但我不肯。我听见小维多利亚无力地咳着,痛苦地呻吟着,发出哼哼唧唧的声音,我多么想靠近她,为她分担痛苦,为她祈祷,我多么想她能突然睁开眼睛,展露以往的那张笑靥,就像昨日在雪地中那样,如同往昔一样。她是个多么可爱的小女孩,有着褐色的眼睛和同样褐色的头发,温顺乖巧,小脸胖乎乎的。

一切发生得那么突然,安静的夜幕被覆盖了大街小巷、田野农场的积雪映得分外透亮。那雪曾让我们迫不及待地想去接近,但现在却阻断了求助的通道。唯一的乡村医生住在镇上,离这儿很远,路上积雪又那么厚,仅凭马车根本到不了,我们能做的只有等待、企盼和祈祷。

大人们在房间的角落里或椅子上打起了瞌睡,但大多数人都还坚持陪着那个可怜的母亲熬过这一晚。天微亮时情况似乎有所好转,小维多利亚好像睡着了,几乎不再咳嗽,只有脸颊还热得跟面前的火炉子似的。此时,她母亲在她额头上放了一块湿布,刚浸了冷水,抱着她轻摇了几下,看到她平静的睡脸终于感到一丝宽慰。

我还留在那儿,盯着小维多利亚虚弱晦暗的小脸,我记忆中那双可爱的眼睛,现在却紧紧闭着,略微凹陷。她的小身子偶尔会抽搐一下,像是被内咳震得。呼吸很慢,像风飕飕吹过,嘴巴因痛苦扯成了奇怪的形状。我不知道会发生什么,我被大人们焦虑的神情和漫长等待中忧心忡忡的气氛吓得不知所措。我尽量不让别人注意到我,怕他们赶我走,我低声啜泣,看着被火光照亮的伯母和小维多利亚,看到墙上现出的母亲怀抱着孩子不停晃动的剪影。我感觉到泪水淌过双颊,一种无法挽回一切的深深的痛让我心碎。在这漫长而又煎熬的沉寂里,我靠着温暖的火炉睡着了。

突然厨房里一声凄惨的悲号猛地传入我困乏的梦中,我睁大眼睛,心跳到了嗓子眼儿,我不清楚自己是否还在做梦,还是该相信眼前发生的一切。父亲慌张地向我跑过来,一把将我搂在怀里,把我的脸靠在他的肩上。他想带我回床上,我坚决反抗。"现在不行!"我说,"小维多利亚生病了,我要守在她身边!"我抽泣着说,"别管我,她需要帮助,她需要我,我想让她快点好起来,我爱她……"真难以相信即使时间过了这么久,早年的某些瞬间还是会如此真切地浮现。我依然记得父亲悲恸的表情,记得他压抑住自己的伤感还试图用言语来安慰我时那种空落落的感觉。那是第一次,死亡发生在我身边,离我那么近。虽然当时的我还不知道死亡真正意味着什么,但它给大人们带来的巨大震荡还是感染到我,也令我悲痛万分。

很快我们回到伯母那儿,她还抱着我们的小维多利亚,死死地沉睡着的小美人。看起来她好些了,因为她不再咳嗽了,两颊也不再像之前一样红了。这让我欣慰,她像小天使一样睡着。我靠近她想给她一个吻,这时伯母抬起头来,只见她已泪流满面,在悲伤的情绪下抽抽噎噎地哭泣,这让我又重新跌入伤心的谷底。

"过来!"伯母对我说,"别害怕。小维多利亚现在不用再受折磨了,圣婴耶稣把她带走了,所以不再有痛苦了。"

我呆愣在那儿,不知所措,听见他们跟我说的话,却并不十分明白,我似乎理解的是:小维多利亚已变成天堂里的一位小天使,将一直守护在她母亲和我身边,也可能回来和我一起玩儿。但为什么大家都还是如此地沉默伤心?

翌日,种种不安和悲痛欲绝的情绪越来越浓,家里有种反常的寂静,大家都低声窃语,似乎从早上开始就在等待什么。所有人身着暗色且面色苍白。我心里乱得很,也不再一个劲儿追问大家种种问题,但当那个小小的白色棺材到达的时候,仍令我惊愕,对我来说一切就像噩梦一般。我的小维多利亚穿着粉红色的衣服,头发上别着一个蝴蝶结,就像要去教堂做弥撒那样,她平躺在小木盒子里,这是那些年我记忆里最深刻的一幅画面,挥之不去。我永远忘不了看着那方白色木棺最后一次从家里这些台阶走下,永远地离开这个家时,带给我的那种感觉,悸动、苍凉、悲戚、满怀悲伤。

有好几年的时间,当这段记忆涌回之际,我都得试着去应付那种心痛与苦恼的感觉:孤孤单单的,没有人给我做任何解释,我也没有勇气询问答案,只能在恐惧与希冀中挣扎;还有,那副盖住小维多利亚小脸庞的棺材,与她一起在墓地被埋入地下,与世隔绝,这一切所带给我的恐惧。为什么会这样?我试着安慰自己,奢望我的父母亲能向我解释一番,要他们编织出一个故事,说小维多利亚现在是个天使了,正在天上飞翔,在老房子的屋顶上,在天堂之上,依然离我很近,保护着我们所有人。但立即闪现在眼前的,却是那个黑黢黢的墓穴,那口白色的棺材。可怜的小维多利亚,孤孤单单待在一片漆黑冰冷的世界里,若是她寻求帮助,又有谁能够听见呢?

在那个时候谁能帮助我们了解人生和世间的真谛?它们被风俗迷信掩盖,被道德伦理宗教传统制约,没有起到保护我们的作用,反而让我们在真相面前毫无防备,容易被击溃。但大人们并不是刻意在做坏事,他们也承受着这种行事方式与这个不公平的世界,他们是最直接的受害者。艰难的生活不仅带走了可怜的小维多利亚,也带走了我伯母其他四个孩子的生命。

　　当然,只有你,我的家,只有你始终清楚地记得我们还住在这儿的时候,有多少葬礼中悲伤的人儿从这些台阶上走过。也许天上的田野村庄应该像我们村子一样自力更生,为何耶稣召唤了诸多的农人、大人、小孩到天堂为他效力?正如带走我的堂亲和我四个弟弟那样。现在回想还会觉得不可思议,当年岁月我们是怎么在如此艰难中活下来的?

供给二十口人的炉灶

然而，对我来说你却是世界上最美的家。就连这墙皮已沿墙壁脱落的空厨房也是如此宏伟，实际上，这确实是家中面积最大之处，它散发着独一无二的味道，那是面包柜与它所承载面包的香味，我们的方言称它为"马塔拉"。厨房里的陈设是由两张长凳外加几把稻草编的椅子，以及它们所环绕的一张长桌组成的，这仅有的家具完全是手工打造的，其中所有的智慧都代代相传。我们的成年人啊，从不畏惧！他们可以是木匠、铁匠、泥水匠或鞋匠，甚至还能当兽医呢！

整个厨房中最重要的地方，甚至是整个家中最重要的地方要算是炉灶了，它几乎全年不休，要么用来烧水取暖，要么用来做饭。而我可以向你保证，在8月的炉灶前做饭可不是一件闹着玩儿的事。那儿总有一个"烧水壶"悬挂在炉灶上方随时准备着煮熟所有食物，它会煮熟蔬菜、马铃薯，或是每周日的意大利面。把炭木块儿往前拨拨，在这炭火盆上还可以放置煮芸豆、鹰嘴豆和小麦的瓦锅。通常来说，在炉灶两端，设有专为老人所预留的座位，家里的祖父母总是常常待在那儿看顾火候，把火拨旺并告诉厨娘们当下烧饭的情况。

每个人在家中都各司其职，而完美地做好分内之事也就等于展现了个人的非凡能力，在厨房中最尽职尽责的要算玛丽埃塔伯母了。她是一位极具天赋的厨娘，能完美地利用匮乏的食材做出美味的饭菜，以供大家每日之需。记得有好多次我站在炉灶边帮她握紧那厚重铜锅的把手，她就尽心竭力不停地用手中的长柄勺搅啊搅啊，不让锅里的玉米糊结成小疙瘩,随后她在围裙上擦擦手,利索地走到每天都会被二十口人挤满的桌子边准备当日的膳食。尽管她的芸豆玉米粥已是名声在外,但蔬菜汤才更是她的拿手好菜。

想想现在的家庭情形和过去的家庭简直是云泥之别,我们那时候二十口人住在同一屋檐下,总是上上下下一条心。我这个大家庭的和谐气氛归功于严格的等级制度,老人们发号施令直至随时待命的年轻人们都去执行命令。可惜战后不多时,农村家庭的情形就和曾经长期维持的古老传统大相径庭了。

家里的主要劳动力要算是我父亲和他的两个哥哥。佩皮诺大伯总不爱着家,大清早就喜欢带上锄头和铁锹到田间干农活儿,他会检查地里所有的庄稼和植被,像对亲生儿子一样精心照料它们,可以说他对田地农事的状况了如指掌,而且还是嫁接能手。

马里亚诺二伯则是最棒的牧牛人,他对动物有着满腔热情,更是对每户农家真正的财产——公牛和奶牛照顾有加。他会在动物们生病时整夜整夜地待在牛棚里想办法医治它们,也非常熟悉每一头牛,并知道怎样让它们在犁地或拖运物品时乖乖听话。在这些公牛中,有顺服的,有假装顺服的,有只能从某一侧才能被推动的倔牛,还有曾对人发过脾气且怀恨在心多次找机会报复猛撞的心机牛,但好在牧牛人都能泰然自若应对,他会平心静气地用几句鼓励的话语或是简单地模仿牛的哞哞声来与牛儿们交流,有时感觉他与牛儿们的交流甚至比和人的交流更顺畅哩!

最后我想说说我的父亲焦孔多①,人如其名的好,从没见他生过气,对别人有意或无心的冒犯也从不会动怒,甚至他平和善良的秉性还影响到了他人。我记得伯母就曾跟父亲说过:"我真不知道您是如何

---

① 焦孔多(Giocondo):意大利语意为安静与欢乐。

做到的!"在那个年代,大人之间都用"您"彼此称呼。"您真是所谓的人如其名。对您来说,一切总是那么美好!"我父亲比较适合当一个帮地主和邻居们跑腿的办事员。那个时代每个家庭几乎都是物资短缺,我父亲每天早上挨家挨户地给邻居们送牛奶,大家都很喜欢他,特别是穷人们,因为父亲每次给他们铝器中装的牛奶都很足。与此同时,父亲还从我的祖父和曾祖父那儿学会了注射技术,不管白天黑夜,只要病人需要,好心的他总会耐心地安慰和医治他们。

现在太阳忽然从窗外露出脸来,我再次瞧见了它那镀金般的光辉,那时,也是这轮太阳,这个位置,这扇窗户,可你啊——曾经被油绿色田野乡村环绕的静谧农屋,已不再是曾经的你,当下的凄凉衬托着周围的荒地,当下的不堪如这被荆棘与杂草侵蚀的打麦场,当下的残破堪比墙顶坍塌的臭猪圈,我疲惫的双眼中只剩野草遍布的大路与草棚,那果实累累满园花开的景象已不再有。不只是乡愁啊!还有对这美好村落的思念,蔓延铺开到基亚肖河与台伯河交汇处的整个带状平原。

我又望见那遍地是鸡鸭鹅的场院,听见给小牛犊哺乳的母牛的叫声,我曾眼巴巴地注视着每周才新鲜出炉一次既嘎嘣脆又热气腾腾的面包烤箱口,嗅到蕴藏在地窖里浓郁的红酒香味,那是主人和他的兄弟或邻居开新酒的地方,如有远方来客还会获赠一瓶新酿的红酒呢!

我还看见踏着坚定步伐、在众多全职媳妇中最有能力最年长的纳塔利纳伯母正统管着整个大家族,玛丽埃塔伯母和我的母亲特蕾莎都打心眼儿里对她敬重有加。因为纳塔利纳伯母性格坚强刚直,她总知道下一步该做什么,所以大家都对她肃然起敬,我们更是比听亲妈的还听她的话,有什么问题都会找她,因为她公平精明地管理着家中大小事务,如去集市挑选购买什么物品,或是家里谁需要置办新家什或新衣服。

纳塔利纳伯母的肖像

我们总爱黏着纳塔利纳伯母,还有另一个原因就是她的煮蛋——她总是一视同仁地将煮蛋分给我们和她的五个儿子,从不给其中那个酷爱吃生鸡蛋的儿子以特殊待遇。那个爱吃生鸡蛋的儿子为了不被纳塔利纳伯母发现他吃生蛋,这小子发明了一个小伎俩,就是偷走仍在鸡窝里的生鸡蛋,用针穿透鸡蛋的两端,吮吸饮尽,再把"完好"的空蛋壳放回窝里,甚至此时的母鸡还在它骄傲的"杰作"上放声高歌呢!

我是多么忧伤啊！当我看到这空荡荡的属于玛丽埃塔伯母的房间，看到这被虫蛀的门梁，曾经那个敞亮、热闹的房间如今已是破旧不堪。我确信这残垣断壁仍记得我，而我也记得双人床顶上的庞贝圣母雕像，它算是这破败房屋中的唯一装饰，难以想象在我们家就连一个衣柜也算是奢侈品。家里房间倒挺多，但格局不好，房间要么太大要么太小，所以家人们常常一起挤着睡在自家手工做的床上。伯父和伯母的房间里放置着一张精美的铁床，那是他们结婚唯一的礼物，可床垫却是一堆干草。

男孩儿女孩儿分开睡，我和我的小妹妹还有一个堂妹睡在一起。我们的床被放在房间底端，在伯父伯母的床对面，是一张由三条木凳撑着一个巨大的桌子所组成的简易床，上面也铺着干草。夏天，我们就铺上又长又薄的玉米叶，干玉米叶还很有弹性呢！如有必要，妇女们会用纺锤纺织麻絮，那是一种有稻草颜色且很坚韧的线。纺织机可是家里不可缺少的东西，不仅因为家里大部分布制日用品都需要用到它，还因为它可以织出大麻絮袋子来当床垫。

我必须说睡在干草垫上还是挺暖和舒适的，唯一不足就是会听见噪声，身体的一丁点儿移动都会发出如摇薯片袋一样"吱嘎吱嘎"的声音。也并不是每晚都很安静，特别是与年轻新婚夫妇同住一个屋檐下时，他们只会在深夜才有平静安息与私密的时刻。偶尔有小动物或是老鼠钻入袋子里，在完全安静的乡村夜晚中，总能在我们身下听见一些神秘且经久不停的微小声音。

小女孩的初长成

夜晚，家中的男孩和女孩栖宿处不同，平日的生活也有云泥之别。女孩们逐渐成长，随之面临的是更多的不胜之任，恣意玩乐也变得十分难得。女孩儿们的任性淘气总会带来一顿责罚；相反，男孩儿们则可无惧惩戒、酣嬉淋漓，他们甚至故意捉弄女孩子，告诫我们因是女孩的缘故，所以必须乖乖听话，学做一个贤惠女子，否则就寻不见丈夫。那时我总把自己关在房里默不作声，痛恨自己是女孩命。哎！如果生而为男，那我如今该多自由啊？所有的一切也都将变得顺风顺水吧！

那时我快六岁，该上学的年纪，家里仍需要我帮忙，弟弟刚出生，正嗷嗷待哺，也需要我照顾，全家人并非都同意我把时间浪费在上学这件事儿上，甚至我家的地主也认为农民不需要懂得读写，只需要做好本职农活，但我的母亲——即使非常需要我帮忙照顾新生儿，仍旧迅速地安排我去了一间乡下学校念书。

起初，真正难过的人是我自己。因我瞥见了父母看到家中添一男丁时脸上的喜悦，并混杂着害怕他早夭的提心吊胆，所以我愿意对弟弟呵护有加而不想因为上学的缘故对其置之不顾。那些年，村人仍然保持着对疾病的恐惧，每当我守护弟弟乌戈时，小堂妹维多利亚消逝的画面就会在脑海中浮现，我有时去探测他的呼吸，观察他的肤色，当他哭泣时立马飞奔向他，把手放在他额心感受体温。

大人们并没有觉察我对他的过分焦虑，一种强烈的使命感却遍布我的全身和潜意识。纳塔利纳伯母总是对我催促再三："快去瞧瞧你弟弟！他是否醒了，是否哭了？小心别让他着凉，容易感冒！"夜间我也总在被噩梦惊醒后，竖起耳朵警觉地探听乌戈是否正在夜晚独自号哭。有时我会怀疑自己是否多此一举，但还是总把他抱在怀里直到筋疲力尽，他太重，而我太瘦弱了。

我全心投入地帮助母亲照顾弟弟，为他解取襁褓，清洗身子，再把他裹在自家编织的粗糙的棉质襁褓中，为他擦上当时唯一能包治从晒伤到肚子疼等疼痛、癣痒的橄榄油膏，最后将这个抹上油的、洁白无瑕的小身体和小腿紧紧包裹严实，再把这已然像头颈肉香肠的小婴孩放在床上，此时，他就不会有任何受伤的危险了。

终于到了上学的年龄，那时我中意探索发现新鲜事物，也喜欢那既严肃认真又活泼聪明的老师瓦伦娓娜，所以必须说我爱上了去学校。可那个时代大家对老师都是诚惶诚恐、望而生畏的。为了维护威严，老师们也毫不吝惜使用木质教鞭，那可是讲台上必不可少的配置呢！它总与钢笔和铅笔一起摆放在老师顺手可以拿取的讲台右侧，以备不时之需。谁蓬头垢面、衣冠不整，谁喧嚣吵闹、目无尊长，谁没完成作业或损坏书籍，大家都知道会有什么在等待他们——那就是被从课桌前伸出的教鞭打在屁股或手心上。

这档子事儿倒没在我身上发生过，可有一回轮上了我同桌，不记得当时他闯了什么祸，但我清楚地记得老师板着脸拿着教鞭向我的方向走来，她让同桌把手摊在课桌上，可他吓得不能动弹，虽然他对我素来不友善，甚至常常欺负我，但看到他被惩罚，我也同样地感到害怕与难受，含着眼泪，把头埋向课桌，瞥见他哆嗦着抬起手臂摊开手掌，但又本能地缩回手掌以致老师的教鞭只打到了他的手指。

此时老师的脸更加阴云密布，说："现在要双倍惩罚。"我感到糟糕极了，眼眶里的眼泪不住地打转，想也没想就把手摊到同桌课桌的位置上,老师一言不发,直瞪瞪地盯着我,不一会儿,她就放下教鞭,回到了讲台。我原想她会就此责罚我,但自此她对我更加关心和友善了。不仅如此,在我念完小学三年级时,老师还鼓励我父母让我继续念到了五年级。可是在这之后,同学们并没有放过任何捉弄我的机会,他们还说我是蠢蛋。

有时我也认为自己是蠢蛋,因为我常常不懂该怎样去维护与争取自己的权益,多次在别人可能拒绝予我利益之前,就主动放弃,甚至宁愿为他人牺牲谋福利。然而我妹妹却是一个极富野心且忍耐执着的人,她能坚持争取直至得到那个梦寐以求的东西,相反我却没有她那样锲而不舍的毅力。除非有人注意到我,不然我不会去主动麻烦他人。

慢慢了解了家庭情况后,我更是不愿意为家里增添负担。妈妈总对我说:"你是家中的大姐,要包容任性淘气的弟弟们,他们可都比你小且需要你呢!"但我一点儿也不认为自己最大,我还希望能全心沉浸在童话里、在美梦中、在父母宠溺的怀抱里呢!然而责任感在召唤我,它让我感到羞耻与忧郁,它告诉我应该把自己的幸福搁一边先为别人的幸福负责。此外我喜欢母亲为我梳头,在她为我板栗色的头发编完辫子后,我总是跑到伯母的梳妆台那儿照照镜子,虽然我更喜欢披着头发,但这是被严令禁止的,一个原因是这样看上去太肆无忌惮了,二是因为某些不受欢迎的客人坚持要求,我们必须用香皂和治疗性药品来清洗头发,那样的药品可不像现代的洗发膏那样能让披散的头发蓬松柔顺。

到六十岁时我才知道曾经的人生不属于自己,这个世界和时代的规则、教育、无知、愚昧与虚伪强行决定了我们的行为,引诱我们去做"他们"希望而我们从未希望的事情。

从小为了得到家人的温柔关怀,我就会选择装病——这是唯一能让我得到关注的方式。我总是捂着肚子静静地蹲在角落,等待父亲前来询问与爱抚我,他会告诉伯母说:"今晚女儿身体有恙,不能进食豆类,明早应该会好起来,先让她清清肠。"这是装病唯一的不好之处,即便之后我解释说身体已无大恙,却仍无法摆脱蓖麻清肠油的折磨,我想我永远都不会忘记那恶心的味道,还有母亲把我抱在膝头灌药的画面,如果我没张大嘴,她就会捏着我的鼻子,然后把那有一股恶臭味的油倒进我嘴里,接着肚子就真开始疼了。

美味的鸡汤

品尝佳肴珍馐的机会可不常有,人们需等待庆祝宗教节日,或是身怀六甲的妇女才可以享用这些难得的美味。生产后的四十天里,妇人们可以专享为她们准备的美食。古人云:"四十天,四十只老母鸡。"当地的风俗是,邻里乡亲谁家有女人怀孕生子,大家就会为她捎上一只老母鸡,说是可以催奶,所以哺乳期的妈妈们每天都能喝上一碗鲜靓的鸡汤。弟弟们出生时,我为了能喝上一口鸡汤更是一直黏着坐月子的妈妈,看着玛丽埃塔伯母把硬邦邦的面包粒撒在盛着浓郁鸡汤与鸡肉的盘子里,馋得我直流口水。

总会有同在一个屋檐下的人质疑这份特殊待遇的方式与时长,特别是女人间常存在着敌对与嫉妒。这是因为家里二十人分享仅有的十来只家禽,我们几乎很难吃到肉,如果每人分一口,最后满满一锅也会变得所剩无几,更别提要上交地主与农场管家的家禽和家畜——他们甚至会苛求一只小公鸡的去向。

家禽棚舍里有许多因追啄大公鸡而令其烦恼的小公鸡,它们刚长出鸡冠与新羽毛就开始在谷仓前院上演追逐与激战大戏。因为它们中的一半需进贡给地主老爷,另一半我们可以自留,所以显然纳塔利纳伯母会精心饲养,为了它们劳心劳力。

一天,她喊我一同到家禽棚舍,我们围追堵截手脚并用,在小公鸡们四处逃散前抓住它们并随后关进干草房旁的小屋里,它们会因恐惧而聚拢于一个角落,再顺一方向逃跑。伯母说:"你知道接下来我们要做什么吗？我们该挑选最壮实的小公鸡进行阉割,剩下的就卖掉。"

那天纳塔利纳伯母想要传授我这项每年她至少会实施一次的手术技法,但又丝毫不向我透露具体原因及操作方法,只说仅凭一把小刀,鸡会长大一大截,地主老爷就等着这样一批进贡的鸡呢!

于是我们就开始了此次捕鸡行动:我在农场里尾随着可怜且受惊的小公鸡们,抓住一只,就把它交予坐在放着倒扣篮子旁边的伯母,篮子上盖着一块布,上面有一把锋利的剪子、一把小刀、一根穿着长线的针和一口盛着烫油的平底锅。我对这事印象极为深刻新奇,还把它告诉了瓦伦媞娜老师呢!

纳塔利纳伯母紧抓着交予她的鸡,为了防止翅膀胡乱扑腾,第一件事就是按住翅膀交叉捆绑,再把鸡腿夹于她两腿间令其无法动弹,此时敏捷地一抬那鸡尾,在正下方扯掉些鸡毛,这样就可以轻松揪起一块鸡皮并精准地剪掉。我既好奇又胆怯,一声不吭地握住小鸡脖子使其毫无反抗之力,却还同时爱抚着当下受害者的小脑袋,想想小动物在经受如此折磨之后,也会愈加坚强了吧!我圆睁着眼睛,于半明半暗的光线中看见伯母把手指伸进那块被剪了皮的位置,搜寻了不一会儿就取出两颗带血丝且肥大的白色"豆子",再一把将其切掉。

"伯母,你在做什么呐？它会死的,我们把它给弄疼了,它会死的!"

我不懂人们为什么要让它们这般流血这般受折磨。"哎呀!别这样想,小傻瓜,相信我,过不了些时日,小鸡们就将恢复如初,你会看见它们比曾经更加迅速地茁壮成长,要知道地主老爷可希望它们在圣诞节前就要长成那样呢!"与此同时伯母已经拿好针正在缝合伤口,打个结,手指蘸上油,往伤口上一抹,完事儿!一只新阉鸡即刻溜进鸡群,如同啥事儿都没发生一样。

倒也确如纳塔利纳伯母说的那般,连续几个星期我都跑来观察小鸡们的健康状况,明显地发现它们确实是真的在逐渐改变。曾经所见那欢快追逐母鸡的小公鸡们总是站立着试图高唱一曲,而现在它们唯一在忙活的事儿就是——吃!

它们的鸡爪变得厚实,本来又红又结实的鸡冠萎缩得如母鸡冠那一条带状的样子,它们不再高歌,不再端直着小脑袋,母鸡在它们面前晃悠也形同虚设了。12月底,它们长得如同伯母预期的那般肥美壮实,可我们并不能享用,因为需上交一部分给地主老爷,送一只给农场管家,一只给教父,还不能少了医生的一只以及等候着的牧师的一只,就算如此,仍还有许多需要我们去取悦的人呢!伯母感叹说:"如果能剩下一只没阉干净的鸡给我们是何等幸运啊!"

没阉干净的鸡啊!我虽不懂,但常听人说这是介于未成年与成年之间的鸡。纳塔利纳伯母无所不擅,也会刻意留几只没有完全阉掉的鸡,保留一粒如跳蚤般大小的"豆儿"其会造成小公鸡似是而非的怪状,而更使之长成一只雌雄同体,既不为普通小公鸡也不为真正雄鸡的怪物鸡。它会是中等个头,半指长鸡冠,说来也可悲,常伸长脖子造作地模仿真正的雄鸡,却反而发出怪异的鸣叫声。

最后,此种怪物鸡会被端上我们的餐桌,因为它既不能成为贡品也换不来钱,不被卖倒也好。我很震惊地看到人们在市场上卖掉鸡、鸭、兔,再换回沙丁鱼、凤尾鱼与干鳕鱼,这种买卖显得极不等价,有时更像是一种毫无意义的惩罚。

所有人都因地主的到来而焦虑不安,透过厨房的窗户,我瞧见他的仆从一队站开,排列整齐,看到他们扁平头发下的脑袋,手中帽子上的白杠,这种高贵的装束与他们即使在冬日也被晒得黝黑并布满皱纹的脸孔脖颈形成了鲜明对比。地主老爷倒总穿着锦衣绣袄坐在一匹既漂亮又显得有些慌张的黝黑小母马拉的四轮木车里,每次只要听到鞭子抽打的"噼啪"声,马儿就会甩甩鬃毛。地主老爷甚至常常不用下车,只需向外瞅瞅各项事宜是否进展顺当,鞭策鞭策农民的耕作劳务,再叨叨着向他进贡的事儿就行了。

这让我一头雾水,疑惑地问伯母为何要一只不剩地进贡所有阉鸡给地主老爷,她不爱提及此事,但终于有一次向我说明了所有疑问。"你知道的,"她说,"我们要遵守和他所签订的合约,咱家这个房子、这块耕耘的土地、这些家禽都属于他,得益于他的恩德,我们才能生存下来,我们能够维持生计足矣,余下的产物就该上交地主老爷,比如每年狂欢节为他送上老母鸡,复活节送上鸡蛋,6月送去十二只小公鸡,还有圣诞节送去阉鸡。为了不被地主老爷赶出农场,我们必须老老实实地饲养家禽,否则就要在到达期限时去市场自掏腰包购买它们了。"

这一切看上去是多么不公平,我的父母整日操劳,他们在家养牲禽生病时熬过了多少通宵来照料它们。这是一种无私奉献的精神,他们把劳作与农场排在了一切的首位,排在了健康、家庭与正在成长且对生活毫无自理能力的小儿女之前,而从未感受过生活美好和甘甜的我们,也只能迅速武装好自己直面生活中不可逃避的困苦。

小鸡和小牛

在我对这个世界很多事情都很迷糊的时候,我的认知范围虽然仅仅局限在我的世界里,但没有任何其他可以取代我已经拥有的,那就是:我爱我的父母和家人;我爱你,我的家,这个宽敞而抚慰我心灵的大房子。从学校放学回家,从老远的地方看到我家房子的屋顶和烟囱就令人倍感愉悦。当我被带到其他地方,我总能凭着家的方向感再找回来。当然,外出的机会并没有多少,仅仅是去趟集市,礼拜天弥撒或者法西斯领袖宣讲会。我一直很喜欢意大利少年团的制服,对我来说,拥有一件这样的制服简直是奢侈之想,乡村集会总是给我不小的打击,因为所有和我同龄的小女孩们都穿着相同的制服,男孩们也穿小少年团的服装。当我们凝神倾听那个像上帝一样威风凛凛、发号施令的"都司"①的演讲时,气氛里充满着犹如宗教仪式上的庄严静默。我们这些小孩子最终几乎都相信了他的话。

在广场上的集会是唯一能见到地主真容的时候,因为平时他只坐两轮马车外出,并且夹在簇拥的人群中间,现在他看起来很普通,像普罗大众,与他在坐马车及骑马时看到的样子完全不同。

我记得当时关于阿比西尼亚战争②的新闻和谣言已经持续了好几天。直到有消息说亚的斯亚贝巴③被打下了,所以人们撇开锄头,走出

---

① 都司(Duce):意为领袖(法西斯统治时期对墨索里尼的称呼)。
② 阿比西尼亚战争:第二次意大利对埃塞俄比亚的战争(1934—1941)。
③ 亚的斯亚贝巴:埃塞俄比亚的首都。

田野,所有农民聚集在村子里,聆听都司关于新征伐的汇报。显然,我不明白正在发生的事情意味着什么,但每个人表现出的热情让我震惊;在场的所有人欢呼雀跃,相互拥抱,并大喊道:"领袖!领袖!"我们这些小孩子也跟着蹦跳叫嚷,兴奋撒欢,本来还担心大人们责备我们,相反,他们对我们的态度极其和善。然后,所有人开始唱起《黑色的脸庞》①,此时我目睹了这样前所未有场面:在整个广场上,于整个村庄中,老人们、年轻医生、乡绅贵族、市长先生,大家都扯着嗓门卖力地高声合唱,所有人的脸上都泛着激动的红光,头发因身体剧烈的颤动而蓬乱。我觉得这很有趣,而我们一群小孩子,在散会后回家的路上还一直不停地重复哼唱着那首歌曲的一小部分。

更有意思的事情还在持续发生,当然要数与纳塔利纳伯母在一起时发生的有趣事最多。和她在一起,我有学不完的东西,且常常有意想不到的收获。我慢慢可以自己操作孵化小鸡,也可以孵化其他的蛋类。火鸡最令人印象深刻,虽然它们长着一副冷酷又丑陋的面孔,但并不影响母火鸡一下子能生出二十多个蛋蛋。在鸡笼外,伯母让我坐远一点,我们待在那里检查所有的蛋是否都安然无恙,那是多么神奇多么令人激动的一刻,看到这些小家伙们用尖尖的喙凿开蛋壳,直到蛋壳完全破裂。然后,慢慢从蛋壳里爬出来,立刻就能站起来,不停地"唧唧"地叫,肢体相当灵活,眼睛睁得很大,充满着生命之初的气息。捧在手心里是一种难以描述的感觉,那么柔软,带花纹的绒毛,我真想带它们去我的房间,和我一起睡!

但是鹅和鸭子的出生则与之相反,有一点复杂,如果破壳的时间是从晚上开始,伯母就必须站在那里守大半夜,还要手动帮助小家伙们顺利出壳,因为这些蛋壳比鸡蛋壳要坚硬得多。有几次,甚至发生过清晨

---

① 《黑色的脸庞》(*Faccetta Nera*):流传于第二次意大利埃塞俄比亚战争期间的歌曲。

时发现蛋壳虽然已经破裂了,但里面的小鹅已经死去的情况,它们的喙上沾满了血。

看到它们出生的场面,我真的觉得太神奇太不可思议了,由心而发的感动,看得我入了迷。

伯母教会我许多世间的秘密,特别是计算过鸭蛋从孵开始到小鸭快要破壳的几天带我去找鸭子。在鸭巢前她缓缓蹲下来,靠近鸭妈妈,轻轻从翅膀底下拿起一枚蛋,还好,鸭妈妈并没有强烈反抗,甚至连预期中啄人以示反抗或者发出一些嘟囔声也都省了。她把那鸭蛋递到我手上,还是热的,就像在火堆上烘烤过一样。"现在把蛋放在耳边。"她说,"找找哪个地方能听到小鸭子在叫?"我照她说的去做,当我听到从温暖细滑的蛋壳里传出微弱的"嘟嘟"声时,啊!生命之初的律动令我紧张且兴奋。

"伯母,伯母,我听到了,它在这里跳呢!也许正在寻求帮助,是不是想出来呢?"

"来吧,让我们在死亡到来之前把它给弄出来!"然后,她抓过那枚蛋,凑上去听了听,说,"也许你说得对,是时候让它出来了。"她从口袋里掏出储藏室长长的钥匙,在我们画定的点上打破了蛋壳。

简直如梦似幻,令我惊奇不已的是,有个可爱的小东西的喙从那个小小的洞口伸了出来。接着是一个依然小小的脑袋,可以看到一只眼睛,哪怕是第一次看到这个世界,眼神也能如此坚定深邃。伯母把蛋放在我的手掌上,慢慢地敲打,直到蛋壳全部碎裂开来。我兴奋地看到那个幼小的生命裸露出一束灰黄色的羽毛,像弯曲的铁锹似的嘴,两只看上去僵硬的爪子不停地摇动,仿佛在努力挣扎着摆脱残留在它身上的蛋壳碎渣。确实它之前长时间保持极其别扭不舒服的姿势,不过它以惊人的速度调整好直至很快站立起来。我把它放在它妈妈身边,可是它妈妈发抖得厉害,可能介于急欲夺过孩子和留在原地以免撇下剩余的蛋之间而做着摇摆不定的内心斗争。

事物总是有其两面性的,因此我很快发现,沉浸在为协助新生命诞生而出了力的喜悦和兴奋的同时,还会因为眼睁睁看到一些生命的死亡因无能为力而感到痛苦万分。

我注视着亲手带到人间的这样一窝小雏,别提有多喜爱了,此后我亲自喂养它们,这样我见证了它们的成长,也很快能辨识出它们的种类,比如小鸡、小火鸡、小鸭子和小鹅。每一种幼雏都有它们各自的特点和习性,就如同人与人各有不同一样。

有些小鸡在吃食或者争食时是很聪明警惕也很机灵的,而有一些则有点儿反应迟钝,或者慢慢吞吞的,总是落在后面,结果就让那些最活跃的分子抢到了最好吃的那几口食粮。

我投入了很多精力来守护它们并使它们平安成长,它们和人类别无二致,就像自己可爱的小伙伴一样。

我的"孩子们"绝不可能像其他家禽一样被宰杀,我同它们亲如一家,我决不允许他们成为别人的盘中餐!但没有人能听到我的呼声,宽慰我一阵后,他们就开始了屠宰的第一步,残忍地掐住兔子、鸡、鸭的脖子使它们窒息而亡,丝毫不顾及那些可怜的小生命在被杀时该有多么恐惧和绝望。对小动物的宠爱曾经带给我无尽的欢乐,但这份爱也带给我内心极大的痛苦。

因此,照顾小鸡的过程,使我以更加愉悦的方式接近通往生活的奥妙之路,尤其看到鸡蛋孵化破壳,刚出生的小鸡们在院子里排列尾随鸡妈妈的景象,放心的喜悦感油然而生。可是,当大型动物生宝宝的时候,气氛可就完全变了。这是一个绝对保密的事情,小孩子是决不能围观,也不能打听,更不能有的没的地问一大堆问题。

而且即使有了大人的回应,也是极其敷衍糊弄小孩子的说辞,或者可以高度总结出两个意思:是接生婆或者鹳鸟把人类的小婴儿带到他们母亲的身边,不过,那些动物,比如猪、牛、羊,可是圣安东尼①带到人间的。

但是,事实肯定没有这么简单,如果真像他们所谓的这么稀松平常,为什么要在伯母们将生小宝宝的时候,把我们这群小孩子赶到厨房或者小房子里呢,连更多的解释都没有?大人们告诉我们不要动,不要叫唤,不要给任何人添麻烦,要乖,不要干涉大人们制造出来的响动,顺着这些动静的方向,可以看到卧室的门后面,汤锅和布递进递出,旁边集拢着一群女人。

或许,事情还没有彻底完,我的母亲、伯母,她们顶着大肚子好几个月,时而抚摸着,时而又叫她们的丈夫过来听宝宝有没有动,可是然后呢?然后他们又说孩子是从远处被捎过来的!我当时没有勇气问出所有这些问题,我们之间是多么友爱和亲热,但却不像现在一样有那么多的信任感可以面对这些话题。

说到这些话题,总是令人感到羞愧难当,即使是母亲和女儿之间,提到这些似乎也是羞耻且罪过的。但我当时确实很好奇,而且有一次我真的试着看了一回房间里发生的事情,是在我妈妈生弟弟的时候。

当时,家里所有的女人已经关在房间里很长时间了,同我的母亲一起,她从凌晨就躺在床上,所有人都说,今天之内我的小弟弟就会降生。我渐渐听到了叫喊声,我的心为之一紧,我轻轻地挨近门,从门锁眼儿里看进去。所有的伯母此时都围在床边站着,在床的一头,我看见母亲盖着一条床单,她的腿抬得很高,胳臂撑在身后,挨着铁质的床尾板。她的脸通红,满头是汗,表情十分痛苦,我真害怕她会死掉,就在这个时候,有个人从身后用胳膊抱住我,带我离开,以缓解我的不安。

"别害怕。"他跟我说,"你看啊,这里没什么好害怕的,待一会儿小

---

① 圣安东尼:罗马帝国时期的埃及基督徒,是基督徒隐修生活的先驱,也是沙漠教父的著名领袖。

弟弟就来了,妈妈也会好起来的。"

很快,我就知道还有另一个机会可以满足我增加认知的需求;那时我已经快十岁了,可以再也不用像小幼童那样被管制得死死的了,也就是那年春天,我们家其中一头母牛要产崽了。那时,所有男性家族成员都来到牛棚里,还包括周围的一些干草邻居也加入进来。在年长者的指导下,他们可以独立完成接生这项工作,只有发生特别严重的问题,可能才会去找兽医来帮忙。

这一天,在牛棚里,气氛相对平和,我悄悄围着被反锁住门的牛棚转悠,里面安静得听不到一个人的声息。没有人注意到我的到来,无法抗拒的诱惑使我滑入切碎机的底部,在那里有另一扇通往牛棚的门,于是我潜了进去。我跪在干草堆的后面,前面的一些干草已经做了母牛妈妈的床,我仔细观察到底发生了什么。所有男人都穿着衬衣,裤腿挽到膝盖以上,好像正在进行一项非常特殊的使命,他们之间如果有人说话,也是极其小声的。一些人开始洗胳膊,旁边有肥皂和盛着水的盆,有人向周围张望,以检查所有其他的牲口是否都安然无恙。

我的心跳到了嗓子眼儿,真害怕被大人发现,当有几个人走过来坐在干草堆上休息时,我下意识地瘫倒下去,听他们交谈说还要等上半天。可怜的我只好蜷缩成小小的一团儿,挪到干草堆的对面去,并试图钻到牛棚的围栏里好栖身。牛儿们向我投来友好的目光,对我的出现,并没有感到不适。这样,我找到了一个非常有利的地势便于观察,这个地方比先前的位置好多了,因为有很多木板可以将我遮住,只留下一条完美的缝隙能让我看到事态的进展,又不会被其他人发现。

我的父亲,正在向其他人描述另外一件产崽之事,马里亚诺伯父正在抚摸着喘着粗气的母牛妈妈,它的眼睛睁得很大,以至于我从来都没有见过能有这么大的牛眼睛。"希望这只小牛犊是前腿先出来,而不是后腿。"祖父对他邻居老友说,"否则是个麻烦事。"我对刚才的说法完全没有理解,但是我似乎比之前更清楚地感觉到圣安东尼来到我们中间,刚刚就在那里停留了一会儿,在那个泛黄得有斑斑污迹的小框子里,并没有与正在发生的事情有多大关系。渐渐地,我的恐惧感消除了,好奇心驱散了姿势不舒服造成的困扰,母牛开始大声吼叫,并伸直脖子。所有的男人立刻围上来,靠近这个反复不停地躺下又爬起的母牲口。我看到众人紧张而忧虑的面孔,他们在焦急等待,我也被这凝重的气氛感染到了。母牛开始越来越大声地呻吟,嘶吼声像叹息一样延续了很长时间,它的头恍惚地扭动着,那双大眼睛仿佛就要从眼窝子里蹦出来了。看得出来,它正遭遇万分的痛楚,每个人都在抚摸它的肚子,这个硕大的圆肚子似乎每次在它卧倒的时候都可能被撑爆。父亲靠近它的头,手握着缰绳,发现母牛的尾巴和缰绳绑到了一起,便从牛槽上取下来解开了硬结。这是母牛在牛棚里唯一能够处于松散瘫软状态的时候,父亲在跟它讲话,但是我无法听到他具体说了什么,肯定是在安慰这只痛苦的生灵,它痛苦挣扎的状态也实实在在地感染了我。我的祖父走到了门口,带着一个包袱回来。他从口袋里拿出火柴,点燃灯笼,然后把灯笼放到圣安东尼的画像前。这时我也双手合十悄悄向圣人祈祷,祈愿小牛能快快平安诞生。另外,实在多谢圣人的恩德加护,才使我没有被发现,没有人觉察到我的存在,以及没有人到牛棚外边找过我。我很担心有人在房间内找不见我,会突然走到这里而发现我。过了一会儿,母牛平静了下来,牛棚里顿时出现了少有的宁静。其他母牛看起来很明白当下的状况,它们带着愕然、平静和沉默的表情,似乎也参与了这份等待。

但是,很快,人群重新骚动起来,我听到年长者发出激动的指令,他们把水桶里装满热水,不动声响地向母牛靠近。不可思议的事情发生了,浑浊的棕色液体从牛尾巴下像瀑布一般汹涌而下。"很好!"祖父说,"水破了。"我听不懂他在说什么。这时,母牛发出了一声剧烈的哞叫，突然站立起来。我为自己所看到的场面惊讶得张大了嘴巴，简直不敢相信自己的眼睛，我轻轻揉了揉眼睛，然后重新睁开看。我不知道该怎么办或该有什么样的想法才对，我想到了逃跑，但好奇心又驱使我留下来看一看最后还会发生什么。

那头牛的哞叫声突然变得像男人一样粗粝且低沉，和那群围绕在它周围的男人激动的杂声混合在一起，无法分辨。我不禁打了个惊颤，全身发冷，一瞬间我感觉到了惊恐。

瞧着两只牛蹄子，一点点地在牛尾巴下面渐露出完整的形状，令我吃惊的是，小牛的双腿出现后，我看到头部也出来了，头太大了，似乎不能很顺利地出来，也似乎是有一种魔力在阻止它。"准备帮它吧！"祖父这一刻发话了。"现在是时候了，"他补充道，"就是现在！"我看到两个男人抓住小牛犊的蹄子，开始拉扯。

他们拉呀拉呀，头渐渐地出来了一点儿，小牛的眼睛已经睁开了，似乎乖乖地瞅着帮助它摆脱困境的人们的脸。

母牛仍然不停地呻吟，发出长长的又低沉麻木的哞叫，它忍受了那么多，遭受了许多痛苦。直到小牛完全脱离母体，它才稍稍侧着身子放松地躺在稻草铺成的窝里。我看着男人们用稻草梗擦擦小牛棕色的皮毛，又擦擦它的腿，帮它清理干净身上的脏污。母牛转过头看着它的新生儿，但并没有挪动丝毫，随即仍有一些东西从母牛的体内排出来。这个时候我感觉到恶心，厌恶感油然而生，我听到胃里在翻江倒海，这时候，爷爷抓住小牛的嘴，用力掰开，抬起它的舌头，从舌头底下，倾泻出一滩我之前见过那种脏污的液体。

我太想溜走了，逃出去，但我不能被发现，还需要一些耐心。

有人出来传信，牛棚的门再一次打开了，所有人都走进来，最先看到的是伯母纳塔利纳，她提着一个铁皮桶，里面盛着满满的喂母牛的饲料。她后面跟着其他人，包括那些急着要看小牛的孩子。我溜出围栏，浑身都是杂草灰尘,脏乱不堪。我走向小牛犊,爱抚地摸摸它。

真遗憾呀,我没办法向我的小堂弟妹们描述刚才看到的那些事情!

我看着小牛犊,心中充满着对它和它母亲的祝福与关爱,这会儿,母牛把小牛拽到身边,轻轻地舔舐着它。

这么软这么热乎乎的小东西呀,来到这个世界真不容易!

到了晚上,我仍然感到心烦意乱,当时,我为能拥有这些独特的经历和秘密而感到自豪,但我又特别想分享给其他人,好让那些我心中揣摩不透又忧心忡忡的问题能够得到解释。我很想向某人敞开心扉,对下午所见之事尽情宣泄自己波澜汹涌的情绪洪流。但是无人能够倾听,而我必须将情感装盛在内心深处,这个夜晚我不自觉地激动不已。

而在第二天,我因一种不可名状的疑虑猛然惊醒。这时我突然发现,今天的自己和昨天的自己是如此不同,因昨天所经历的事情,我得到了成长,得到了启蒙。

许多疑虑在我脑海中翻腾过千遍,我慢慢地发现,事实与大人们之前编造的那些故事是有很大差别的。其他的事情会不会也像这类事情一样呢?我感到非常不安,并对未来产生了恐惧。

天知道我还会发现多少新事物,天知道我长大后会不会与我之前所期待的,或其他人告诉我的那样完全不同?

哎,事实上,确实是如此啊!

论嫁妆的重要性

没有太多时间去思考,因为农活总让我们处于的状态是:做,做,做……

至少对我们女孩来说,从来没有喘息的机会,从童年起女孩子们就必须跟随这种一刻不停歇的步调,这步调是我的祖母、伯母和母亲忙碌方式的复制。

对于男生来说,生活就是一场比赛,如果他们被安排去做某事,只要他们一完成,就会偷偷溜走,消失在农庄后、葡萄园或者河边,并与周围环境迅速融为一体,消失殆尽。但是我们女生有很多任务,这里有小孩子需要照顾,地板要打扫,蔬菜要择净;那里房间要归整,衣服和亚麻布料要熨烫,一摞摞餐具也要洗。

家里女人总是告诉我们不要向男性看齐,不要嫉妒他们,但这是困难的,因为在我们看来男孩子是自由的,并且作为男子汉,他们不需要专门学习很多东西,他们生来就能干活。相反,我们不得不学习很多东西才能够成为真正的女人,并有一天能够找到丈夫。

我们必须学会缝纫、烹饪、刺绣、擦洗污渍、纺织,我们必须充满耐心,更要学会服从。在我看来,我们必须学习世界上所有无聊又累人的知识和技能,而我感到有趣和好奇的一切都被禁止去做或被认为是越轨之事。

我的老房子,不知道你是否参与了我的悲伤,以及那些饱受烦恼的青春岁月?

小时候我其实不能理解这样一个词:青春期。我那时已经十岁过了,学校生活已经成为记忆,而且年复一年,随着长大,我从充满书本的学校生活回归了家庭,过起了当时的每个家庭强加给女儿的那种生活。

就像任何学校一样,是有等级制度存在并要遵守的。是的,祖父母对于我们来说是无所不能又无所不知的智者,是家里最重要的人物。祖父和祖母总是待人善良、热情和慷慨,他们经历过风雨沧桑,他们都以真诚和坦率之心爱着那些贯穿他们生命的人,即使在最黑暗的时刻,也总是能表现出乐观和往好处看的一面。

对待我们孩子,他们和蔼、耐心和充满关怀,当我的堂兄或弟弟突然死亡时,他们隐藏起痛苦还要安慰我们;当面对死亡的威胁时,他们能够保持由信仰和顺从天意而来的安详和体面的状态。当然最重要的是,他们所拥有的经验,是一代一代的农民在挣脱不开的贫困状态下,为了自己和子孙生活的改善,不断创新的生态技能,以及不断增长的生活认识。

有趣的是,我们的房子也常被当作纺织工坊、木工坊、洗衣房,逐渐地,时不时地,为了节省资金,所有的事情都得我们自己做。这里也可以称为人间炼狱,我深受其苦,因为除了出于某些合理的原因,我们从不被允许外出。即使有正当的理由,也是很少的几次,除了弥撒、圣赞日和规定的假期。通常在节日当天去村上走走恐怕带来的是苦恼而不是欢乐,鉴于我们待在家里的时间比在外面长,所以我们很难找到合适的外衣出门。一件衣服来回穿,母亲穿完给女儿,穿了姐姐换妹妹,缝缝改改,配上蝴蝶结或用垂线制成的临时下摆就当成另一件衣服了。

村上谁得了一件新衣服都能被当作邻里间的新闻和大事情,因为在拥有衣服、头发上的蝴蝶结、鞋子、皮包(我直到婚礼前才有一个)之前,在拥有所有可有可无的东西之前,最重要的是有一套嫁妆——这是我这一代每个女孩的噩梦,因为它需要经历多年的折磨和牺牲——用长期熬夜和许多个礼拜天在嫁妆上刺绣一些字母标记以及制作缀满花的花边。

"没有嫁妆的女孩永远找不到合适人娶她;一个没有嫁妆的女孩肯定不是特别优秀的;一个没有嫁妆的女孩是一个懒惰的人,永远不可能成为好妻子……"

虽然这些话听得我耳朵都起茧子了,但是,这些话也是我之所以能忍受着把我一生中只用过其中一小部分的那些桌布、床单、被罩等,在大箱子里堆得满满当当的原因。

对我们来说值得一提的是,我们是最后一代接受这种传统观念的人。在我们长大后,棉织物和时装才开始出现在商店里,二战后,才出现了床单,是那样色彩鲜艳且漂亮,而且非常柔软,这些我小的时候都没有。没有人敢再把完全出自手工、亲手绣织的充满爱和辛酸的布料拿出来使用了,那又硬又厚的棉布,与之相比像是浆过的衣领。到十五岁时,我已经绣了各种尺寸的三十多条毛巾、十二个枕套和十个睡袍。

我后来开始制作双人床的床单,当我在坚硬而厚实的棉布上穿针引线时,思绪万千,有许多困惑充斥着头脑。我内心深处渴望了解周围的人和世界,但同时我感到一种罪恶感,被迫地不断提醒我还有某些义务要去完成。我扪心自问,在哪里写着本姑娘此生一定要找个丈夫?谁能强迫我必须去做?

有一阵子,我甚至想到去修道院了此余生,毕竟,修女们摆脱了这种繁杂生活的所有职责,拥有漂亮的衣服和非常安详的面孔,受到所有人的喜爱和尊重,每天只做祈祷,修身养性,而后万事大吉。我的一个堂姐就迈出了这样一步,他们把她的头发剪掉,很多年都没有人再见到她,也没有人能够描述清楚修道院里的生活到底是什么样的,我也才明白在那里也有很多义务和牺牲要做,我只考虑了表象。而且重要的是,我从没有考虑过自己并没有皈依的倾向。

当时另一个事困扰着我,家里又有一个人去世了。

我对小孩子的死已经麻木了,我想出的一个宽慰的理由是——新的小天使们被圣婴耶稣召唤到天堂。但是祖母对我来说却是一个固有的存在,她不会死。她是如此和蔼、有耐心,我永远记得她的笑脸,她常常劝儿媳妇要用爱去教育孩子,要对他们好。

祖母,我又看到您了,在这个有挑高天花板的大房间里,裸露褪色的墙壁上凸现出一个彩色的圣母形象,就在那高高的、被岁月腐蚀的铁艺床床头上方。白色的墙壁给我一种压抑的感觉,祖母房间里没有衣柜,因为您从来不让买。儿媳妇和我们这些孙子们排成一排,靠在长长的木箱椅上,而您的眼睛越来越呆滞,盯着天花板上的栗树木梁。祖父握着您的手,您的另一只手上很多天来缠绕着一串念珠。带有三个抽屉的梳妆台和一个在窗户对面固定在墙上的衣架构成了房间里为数不多的主要家具。我凝视着靠在梳妆台上的小梳妆盒,这是简陋环境里唯一的装饰。那个木质的梳妆盒,外表经历岁月的洗礼比里面要暗淡得多,那里有一个小抽屉,祖母在里面放着梳子和发夹,一生中的每天早上她都固定不变地坐在梳妆台前,用这些陪伴一生的物品绑起灰色的长辫子。有几次我看到祖母就坐在巴掌大的镜子前,以一系列快速且麻利的动作,三下五除二完成梳妆,这一套动作她保持了一生。陪她走完最后日子的大床如此高,还有枯叶做的床垫,看到这里我感到无尽的痛苦。

我看到每个人都苦着脸,流着泪在您的房间里进进出出,医生也来了,他对父亲小声嘀咕着,但我听不见他在说什么。我内心多希望您能好起来,因为我看到父亲继续给您打针。但是后一天,我看到牧师穿着深色袍子走上楼梯,顺着摇摇欲坠的墙壁,溜进您的房间。我感到害怕,所以进去看看发生了什么。

祖母,当时你脸色苍白,呼吸缓慢,平静到甚至看不见胸部喘息的起伏。祖父一直在那里握着您的手,其他人都围在床边。我所有的同辈堂姐妹兄弟都来了,大家都情绪低落。我不明白为什么没人来告诉我这里发生了什么事情;全场沉默无声,那种绝望的感觉,使我感到非常难过,内心充满了空虚。

但是,成年人和孩子之间本来就很少对话,更不用说最重要的事情了,这些事情对我们来说仍然是不可理解的,幻想和缺乏经验使我们在这些事情上充满幻觉、胡思乱想和各种迷信假说。

当牧师给你做最后的祝福时,祖母你睁开了眼睛,小声在祖父耳边说了些什么。然后转过头来看着我们,在你僵硬的脸上,露出一个同往常那样的微笑,这是我们熟悉的微笑。当我看到时,感觉到了一丝安慰,然而所有人都哭起来,他们说:"死了,啊!死了!"我真真切切感受到了死亡,我本来想叫出来,想大声求证:"怎么……死了?我奶奶不可能死的……为什么,这是为什么?"但是我没有说出口,我想起了祖母您给我讲过的关于天堂需要天使的故事。

"我们活着的人不应该绝望,就如上帝所说。我也是,当我死的时候,我会看到所有到天堂去做小天使的我的子孙,我会遇到他们,然后和他们永远在一起。"

忽而想起您对上帝的虔诚,这使我感到一丝安慰。在和您的长期生活中,您曾给我的劝导和培养渐渐涌上心头。

随后,一个深色的大木棺到来了,就是那个,给我留下了深刻印象的东西。看到祖母被装进去时,我心里的悲痛开始涌起,她似乎沉沉地睡在里面,全身黑色,穿着修长的纱裙,就像平时穿的那样,还配有一个坎肩,腰间有别致的荷叶边。还有那串念珠,不知道在祖母的一生里,被她的手指揉搓了多少次。但对我最严重的打击是看着锌皮棺盖合拢,还有完全密封。祖母的脸,那张亲切慈祥的脸,永远地消失了,我再也见不到她了。

这个想法撕裂了我的灵魂。我嗓子里似乎被什么东西卡住了,我感到了巨大的震撼,有点迷失方向,甚至因为没有人关注我而沮丧无助,因为我感到了自己身上巨大的精神压力。

我真的需要帮助、答疑解惑和安慰,但是大人们都在忙着没工夫理会我,所有的孩子似乎被投入了一个满是恐惧和惝恍的境地。

我的家,你还记得吗?葬礼的开始,所有亲戚沿着楼梯站开,在棺材后面,在农舍场院中,站满了邻近的农民、熟人,几乎整个村庄都在经历祖母逝去的痛苦,所有人都认识祖母,都希望她好好的。

我有多想念您啊,祖母,离开使我感到那么空虚,没人知道该怎么弥补。祖父很伤心,我们大家都在努力安慰他。他感受到了家人的关爱并努力恢复情绪,他说我们不应该太痛苦,因为祖母在天堂,看着我们所有人,为我们祈祷。

他希望能尽快到祖母那里去,祖父对此充满信心,他说上帝为每个人安排好了自己的命运,我们每个人都必须坦然接受。他和我们说了很多,并且讲了很多关于祖母的故事。

当他谈论祖母时,他眼中闪耀着不同寻常的光芒,似乎祖母又出现在他眼前。

我们孙儿辈都挤在他周围听着。他那些对往昔的回忆,对我们来说简直像是一篇篇神话、奇幻的故事,充满了多年来直到生命尽头的,凝聚在一起化不开的爱。

对那些故事我百听不厌,我甚至请求祖父讲述更多的细节,一些故事片段长久地留在我的记忆中。现在,我感到,记忆的闸门敞开了,埋藏多年的记忆汹涌而来,那是我当时从祖父声音中聆听到的一种乐趣。

从他的讲述中,我们能感受到祖父是一个拥有善良心地的可爱老人。圣蒂诺祖父很敏感,但从不自夸炫耀,他常教导我们诚实是万事之本;我们绝不能利用别人赢利,也不要恶意诽谤或说谎。"骗子腿短,"他注视着我们说,"因为他们永远走不出多远。"

1941年,圣蒂诺祖父

　　我想到祖父,就会想到他的亲切和善的性格所带来的感动,心并为之一颤。祖父年轻的时候,他和祖母刚刚结婚,同一大家子人生活在一个大房子里,房子很冷,条件很差,和当时所有的农舍一样。祖母,就像其他女人一样,总是不分昼夜辛勤劳作家务杂事:修补、熨烫、缝纫、制作衬衫和袜子。有时当她可以上床睡觉时,祖父已躺下有一会了,感觉到祖母的到来,祖父机灵地挪到床的另一边,这样好把刚刚用身体暖热的被窝留给祖母。我心想:"谁知道呢,我将来能不能找到和祖父一样又体贴又温柔的丈夫呢!"

玫瑰要开花

要找到一个好丈夫,就得穿上好衣服,而要做成这样的衣服,就必须付出很多,花大量时间在制作上,不能东走走西逛逛,更不能多扯闲话。

这是个不愉快的状况,现在的女孩甚至连一个星期都不能忍受那个时代我的处境;相反,那时有上千个问题困扰着我的头脑。如果有一千个疑问,我会想尽一切办法解决它们以消除内心的恐惧和焦虑。

在这个家中,我找不到能和我说悄悄话的人,而且每个人都对我感兴趣的话题嗤之以鼻。那时我的同龄人是最糟糕的,因为他们随时准备取笑我,尤其当我试图向他们倾诉或向他们征求意见时。我感到沮丧,有时经过村里,某些人取笑我"傻鹅",并赤裸裸地大嚷:"傻鹅!傻鹅!"这些话从他们的嘴里说出来,带着刻骨铭心的嘲笑和讽刺。

"你什么时候能醒醒啊?"我感觉受到了羞辱,心脏吓得怦怦直跳,一边走回家一边心里害怕得直犯嘀咕。回到家,我把自己关起来,那时我觉得难以想象,这个世界上所有人都比我机灵和清醒。因为我不明白我这个年龄段的女孩真正应该做些什么。

为什么男孩们的某些眼神和某些议论让我感到很难受?为什么我会感到内心发生了变化,甚至是抗拒,且产生了羞耻的新感受?我真不知道该跟谁说。母亲总是那么严肃,有关于她所认定的有违纲常的私密事物她总是绝口不谈。

我曾与圣蒂诺祖父说过,祖父总是乐于倾听。一天下午,他走近我,看到我默不作声,就抚摸着我没有说话。

我振作起来对他说:"爷爷,您也从不说谎,对吗?""当然不了。"他回答我。

"你为什么要问我这些?"他补充道。

"看吧,爷爷,我不知道该跟您怎么说,但我感觉自己跟同龄的男孩子和女孩子不同。我们一起上过学,我多多少少学过和他们一样的东西,但是,现在,特别是村上的人,大家都自以为是,就像是……哎,我不知道,感觉他们好像比我知道得多。女孩子们已经在开始谈论男朋友和恋爱了,她们经常在一起窃窃私语,我一靠近她们就面面相觑……我不理解,我像个傻瓜一样站在中间,而男孩子们就叫我'傻鹅',他们还说让我清醒一点,但是怎么清醒?爷爷,求你给我解释解释,我感觉特别灰心丧气,我似乎总是唯一一位掉队的同伴……"

祖父笑眯眯地说:"我的小心肝呀,我明白了,小玫瑰要开花了。"

"这是,什么意思?"我好奇地问,"我不明白,这跟玫瑰有什么关系呢?"

"看到春天的阳光了吗?"他继续补充道。

"美好的时刻开始于普照的光芒、炎热的太阳,所有的花骨朵儿,本来都是封闭的、绿色的,带着很多绒毛,突然间就开放了。它们慢慢变成美丽的五彩斑斓的花朵,然后再从绿色的蓓蕾中抽出柔软芬芳的花瓣。假如它还是一个打不开的花苞苞,每个人路过它时连看都不会看一眼的;但当它绽放时,每个人都会注意到它,闻它的香味,迟早有人拾起它来把它当宝贝似的爱着护着。"

"哈哈……"祖父笑着扭头看我是不是听明白了,他微笑着补充道,"不要着急,还有时间,合适的人肯定会来到的。"这使我感到更加困惑,我并没有太明白,但又有一种好像快要明白的感觉。

当然,要准确地意会这种新感觉并不容易。如果你从不外出,就很难有遇到同龄男孩子的机会；如果每次去做弥撒的时候，总是有人陪同，或者有那些在我看来爱耍小聪明又有些矫揉造作、故作娇嗔的女孩子们在场时，我就会显得不自信，那么这时候难度就更大了。

有的时候，我真的很难理解那些隐喻和一语双关的字眼，还有那些没人给我解释的玩笑俏皮话，想要搞明白的心焦急得不得了。而且大人们连很多正常的事情都不给我解释，至少有些事情现在已经变得足够正常以至于能在电视做广告，甚至可以作为与朋友日常谈论的话题。

乡村生活里还有一种特别的固定不变的仪式，是家务劳动的一项，只有妇女才必须每两周至少要应付一次的神秘活计。因为洗衣服是真真正正的一项惯常所要经历的必不可少的程式，无须更改任何既定的程序。这个程式中必不可少的物品是直接用脂肪制成的自制肥皂，将没用的猪肉和绵羊脂肪，经过处理和煮沸后，倒入木制模具中，切成非常硬又有棱角不适合用手揉捏塑形的大方块。

所有的主妇都在床底下放上一个篮子，她们每天都会收集要洗的衣服，最后放上脏床单，里面放着的一个长长的用特殊棉布制成的"枕套"，那对我来说一直是个谜。

第一天，肥皂在衣服上一个个地打滚儿，把衣服打湿糊上黏糊糊的肥皂，再将它们放回篮子里。每个女人小心翼翼地在小桶里，往棉布长条带上反复地打肥皂，用力地搓净每一小块地方，偷偷摸摸，生怕被人看到，女人们把棉带子总会藏得很严实，放在帆布袋里，只有洗衣服的这天才拿出来。在用各种洗衣方式和工具洗涤很多次后，我常常看到这些长布条变得又硬又紧缩，还带着红色甚至更深红的那种脏污。这使我产生了极大的好奇，因为只要我一问那些特别细节的问题，刨根问底，得到的回答总是以粗鲁且不耐烦的方式呵斥我离远点儿，而且会给我很多任务，让我不要浪费时间在无关紧要的闲话上。

还有一次我试图再次仔细偷看,想看看那些带血的脏兮兮的棉带子到底是什么神秘玩意儿,一个伯母看到我偷看,就跟周围的女人悄悄说:"这孩子咋这么幸运呢,到现在还没来这个烦恼事儿,不过也是迟早的事。"

是什么烦恼的事情?肯定会发生在我身上什么?这些问题和谜团,甚至到晚上,也依然搅动着我疑惑的神经。为什么要用这个带血的棉带子?为什么它们会被那使我联想起鲜血继而恐惧到发抖的颜色染上?

但是我总是要面对顽固的面孔,羞耻感让事情看起来比实际上的更大更严重。

用自制肥皂将衣服洗净并放回篮子后,所有的妇女走到溪边,那里有一条"小暗河",放着腹鼓形状的大罐桶,我们称之为"西那"。

现如今回想起当时用的那些原料,由衷地感到那确实是不可能实现的奇迹。实际上,在用了融化的猪油制成的肥皂之后,还需要洗衣成功的另一个基本要素是灰粉。是的,是炉膛的灰烬。让我们按顺序进行吧。

其中一个伯母负责把洗的衣服投进"西那"洗衣大罐桶里,要将衣服准确地放在"西那"大罐桶里并非易事:在罐桶最底部放置最脏、最硬的床单和衣服,其中还包括妇女们刚刚偷偷洗过的神秘棉带子。然后投进袜子、衬衫、内裤,最后再放上背心和短袖。所有衣物都妥善折叠和排列,以便每一寸空间都可以充分利用。最后,他们放置桌布进去,并用一块干净的白布覆盖一切衣物。

之后几天,伯母悉心照料这个大罐桶,每天放很多炉膛灰:晚上上床睡觉之前,她把剩下的所有余烬汇集在一起,以便让它们在晚上充分燃烧。早晨,这些灰烬变成了近乎白色的灰粉,非常细,像滑石粉一样滑。

妇女在河边洗衣服

将烧火的灰烬倒在最上面的薄布上。如图所示，然后往灰烬上倒沸腾的水，需要大量沸腾的水，一桶又一桶直到大罐装满水。水可以从底部流出，那里有一个水龙头，流出的液体称为"拉诺"，是混合了灰烬和肥皂的水，衣物装入大罐之前全部打过一遍肥皂。然后用这种拉诺水再次洗涤。由于当时还不存在洗发水，所以可以用它来洗发！

"西那"洗衣罐桶

然后，伯母将这些灰粉汇在一起，收集两周的灰粉足够用来洗衣服了。用一块抹布包住灰粉放在洗衣大罐里，并开始向里面倾倒煮沸的热水，直到看到灰白色浓稠的液体开始从大罐底部的水龙头中流出。这是俗称的"拉诺水"，这根本不是废水；相反，它是多用途家用清洁剂，甚至可以用来洗头：这是我们的洗发水，我们当时仅仅知道这一种用处！

当拉诺水开始冒热气时，这意味着衣服已经洗好了；剩下的就是把洗好的衣物放在一边等到第二天再处理。到时候拉出一件件衣服放在准备好的篮子里，再带到井边冲洗一次，拿回庭院伸展开来，平铺晾干。妈妈和伯母常常从窗口骄傲地往外张望，看着白色的床单映衬着远处绿色的田野，但也免不了担心鸽子或其他鸟类会在上面留下使人无法接受的纪念。

到目前为止，我已经学习到了几乎所有家务活的知识，不过世间万物给人的感觉是学习永无止境，有时，我甚至感觉自己就像阁楼上饲养的蚕宝宝一样——谦卑谨慎、无私奉献。它们总是在工作，以坚韧的意志和耐心在自己的茧中忙碌旋转，做出又长又细的线。

倚靠在长长的褥草上，那些密密麻麻的彩色椭圆小球吸引了我的注意，我能静静地一动不动地观察很长时间，仔细听它们吃"莫洛"叶时发出的细微而神奇的声音，那是我们通常所说的桑树叶，是蚕宝宝唯一喜欢吃的东西。

只是，它们会突然之间变身，变成自由自在的蝴蝶，扇着彩色的翅膀，不知飞向哪里去了；它们可能去看这美丽的世界，去寻找爱情；它们没有强迫，没有牵挂，无须行囊，无忧无虑。

大自然就是这个样子，任何事物都注定有他们必须要做的事情，并不复杂。

收麦第一天

就这样,缝缝补补,洗洗涮涮,日子就在指尖悄悄流逝,一眨眼,我就快到十四岁了,那是1937年炎热的夏天,是7月初的一段时间,田野已经披上了一片金黄,满眼都是成熟的麦穗。对我们农民来说,谷物以一种饱满繁盛的方式成熟,就是最大的满足和欣喜。

但是欣喜之余,我们感受到一种不同的气氛,因为收麦的准备工作算是全年最辛苦、最重要的工作了。

大家心里都满怀激动,我们这些小孩子们也异常兴奋,成人预先安排了一个组织分工:马里亚诺伯父准备牲口和运输粮食的马车,佩皮诺大伯检查工具并分配任务,我的爸爸焦孔多去买田地需要的东西和家里缺少的东西。

对于小孩子来说,我们在为一个有趣的时刻准备着,因为不久以后,会有一群陌生人——麦客来到我们村庄,从非常遥远的村镇来,在这里至少会停留两个星期。那时,午餐和晚餐时间将变得非常热闹且笑声不断,乐趣满满。他们中某些人会拉小提琴,所以有可能在农家院里会跳起集体舞,一些年轻的男孩子甚至会瞅瞅有没有适合他们的,当然他们要比我年龄再大一些的女孩子。

我的家啊,你还记得收麦第一天那个美好的早晨吗?那天,我起得很早,这一天台伯河沿岸的田野上,天光微亮,还带着夜晚漆黑的野性,寂静而无风。天空中看起来像银球的月亮仍然执拗地不肯退去,太阳还在托尔贾诺背后,但是村庄上方的整个天空都变成了粉红色。

我发现大家都站在那里,好像他们前晚根本没有上床睡觉一样。玛丽埃塔伯母已经焦头烂额了,她在炉膛旁不时检查已经煮着的豆子。纳塔利纳伯母正准备从井里拽出盛满清水的桶,然后她倒了几滴我们这里酿得最好的醋在桶里面,这就是醋汁,她是全家唯一一个精通调配不浓不淡刚刚好口味醋汁的人,这是收麦期解暑的主要饮料。它随之被带到田野,并用鲜草覆盖在阴凉处保存。醋汁是麦客的最爱,因为酸味非常解渴,而我们女孩子的任务是把装满醋汁的大杯子递给麦客。

我和其他女孩来回奔跑,以便将醋汁最快送到麦客嘴边,没有人叫我们的名字,我们只是服务生而已。也就是,一会叫过来,一会唤过去,像听任摆布的骡子。我一会得跑到桶边,拿着唯一一个杯子,把它装满,再从田野的一端跑到另一端。

在这期间,我们自家人还能享受到特殊待遇:我找到了其中的乐趣,我像外人一样为他们服务,我认真地执行这个任务,所以再没有人命令我做其他事情,从某种意义上说,我在自由活动。

我还知道在午餐时,一年四季都没见过的美食会出现在桌子上。厨房里传来美味佳肴的香气,整个冬天这些食物都被藏了起来,现在才拿出来,为了给麦客留下深刻的印象。

在整个月中,我们还能吃到难得的美味,有豆子、卷心菜、玉米粥和鹰嘴豆。

之前场院里常追逐打闹的肥鸭和小鸡,而今已在炉膛上了,随后它们会被盐腌渍成火腿肉,放置在阁楼上的黑暗角落中一整个冬天,在那里静置上几个月的时光,再次重见天日时已被切成片,放在招待麦客们的桌子上,之后的几天里这些去年的腌肉便会一点点消失殆尽。

因为别无他法,收麦对农民来说太重要了,只要能保证一切顺利,搭上一整年的积蓄都是值得的:新酿的酒、从牙缝里节省下来的菜肴、用精磨白面做的最美观的面包。

你必须努力工作,并且要给收麦者留下好印象,因为他们随后将在附近的农庄工作,他们会让那些庄子里的人知道我们的事情。因此,我记得父亲前一天晚上把最美味的火腿带到厨房,他已经将其洗净,以便第二天早晨撒在热气腾腾的面包中间,那味道简直使人连国王都不想当了。

太阳刚一出来,所有麦客就已经聚集在房子里了,此时桌上已准备好新鲜出炉的面包和火腿点心。

大人们用斟了半杯的红酒欢迎他们的到来,佩皮诺大伯做了简单的祷祝,以感谢上帝赐予的丰收。

饭后,大家都走下石阶,边走边欢笑打闹着往田地的方向走去,那里离家有一公里的距离,也是到河边的方向。出发前的那一会,纳塔利纳伯母叫我留在厨房里帮她,我没法拒绝,但是我的心早已飞到热闹欢乐的田地里:我想见那些人,听他们高谈阔论,我好奇又兴奋,不再觉得自己像个孩子。

那年,在麦客中,古比奥和蒙特法尔科这两位年轻人是新面孔,在我看来,这些人似乎来自遥远且陌生的地方。他们是骑自行车来的,看起来又高又结实,大镰刀塞在背后的皮带中,磨刀石塞在口袋里。

大家到达田地后,伯父伯母开始检查麦子成熟的状态以决定该从哪边割起,然后他召集所有割麦子的工人一字排开,并指给每一个人看他们所要负责收割的区域。我被抛在后面,所以我爬上了马里亚诺伯父装满工具、醋汁和晌午加餐的手推车。他在田野和大马路之间的角落停下车子,我看到所有年轻人都挽起袖子排成一排,手里拿着大镰刀,对刀刃进行最后的检查,他们前面那片巨大的麦田岿然不动,一望无边。

打破这个原始的大自然所呈现的魅力似乎有些可惜,不久以后,这片长满金色麦穗的广阔区域,即真正的大自然的艺术杰作,将被入侵、割裂变为一团残茬。麦收开始了,这定格的静止的美好画面将要在片刻内被破坏并消失。

这个集体的分工是完美的,每个麦客都划定了任务领地,即每人规定了一个限定的宽度一直延伸到麦田尽头。

通常他们是成双成对行进的,每个敏捷的麦客"领地"旁边都会跟着一个女人或一个身体较弱者。那些站在前面的人收割麦子,后面的协助者准备草绳子。在所有人身后的通常是老人,他们负责绑麦捆做成船型麦堆。没有机器协助,也许他们根本没有感觉到有这方面的需要,所有事情都是人力完成的,他们会觉得这样做才对。

麦客用决定性的一击有力地割下一束麦子,在他旁边,他的助手马上做好草绳子将身体倾斜到一簇侧向放置的麦穗旁,收割者迅速地将这捆麦穗绑牢固。

为了走得更快,助手通常并不将"格雷纳"①扎在一起,不过这个任务留给了老人,他走在后面,将两三个麦客"领地"的麦穗绑在一起。麦穗捆一点点汇集,横着放一层竖着放一层,就变成了船型麦堆;较大的麦堆叫作"米特"或者"米特尼"。

我下了车,站在那里好半天,看着那些已经开始工作的人,他们统统弓着背,行进缓慢,齐头并进。灰尘稍稍扬起,在第一缕阳光照耀下,尘埃在空气中闪闪发光。

时间移到晌午,空气稍冷且清新,田地里的工作已经持续了一个多小时,醋汁要开始工作了。我们从推车上拿下玻璃坛子后,叔叔把它们一字摆开,放在白杨树的阴影下,我用草和树枝覆盖它们,再把水壶和玻璃杯放在布下,然后沿着田垄走去,和麦客们打个照面。

---

① 格雷纳(Greyna):捆绑的麦穗。

他们都是能干的年轻人,收麦非常敏捷,动作里透露着自信,他们一边割一边聊天。我什么都听不懂,但是我发现他们讲话的节奏很有趣,特别像古比奥人。

有人开始唱歌,有些曲子真的很好听,唱歌对我来说是件很愉快的事。在一年中的其他几个月里,我和家人一起在田野耕作时,劳作通常很无聊并充满静默,我们一心一意地劳动,很少交谈,更多时候只是在空想。有时候女人会利用这种时候做祷告,男人则是碰到一点儿不顺心的事,就张口咒骂。不过,在麦收时、葡萄丰收时、西红柿采摘季,当许多人从外地回来时,相同的工作和相同的领域似乎变得不甚相同,甚至显得更有趣。

在这些场合发生的事情一整年都会被记得,抑或是更长的时间,在人人处境相当艰苦的年代,它们是生命中难忘的时刻。我开始拿着醋汁四处转悠,这样就有机会看看附近那些几乎陌生的面孔。

其中有一个人立即吸引了我。他非常年轻强健,大约十八岁,他有一股机灵狡猾的劲儿,给人一种厚脸皮的傲慢感觉,而且他半身赤裸,展露着肌肉。他有强壮的手臂,拥有成熟的割麦技术。每一镰刀割下去,都能抓住一大捆麦穗,我的堂姐,偶然被分配在那个"领地"做帮手时,几乎跟不上他的快节奏。

为了走近一点,我放下了水壶,开始准备一些捆绑麦草用的长草茎,然后听他们一起聊天,开玩笑。

他们并没有理会我,而我的堂姐则引起了他的全部注意力,这让我十分羡慕。

我看到他们眉来眼去,当他们刚好在割麦的途中相会时,那少年还凑到堂姐耳边窃窃私语着什么,片刻,两人笑得前仰后合。受好奇心的驱使,我走近了他,借口问他是否需要我把长草茎搓的草绳子拉紧一点儿。

他转过头望着我,我们四目相对,我永远不会忘记那刻他清晰的眼神。他默许了我的帮助,他早该这么做的,但是,他却并没有求助于我的堂姐,可能他想完成自己的所有收割工作后再去做。

现在,我可以听到所有人说话了,我终于听见了那些比我大的青年们大笑或者开玩笑时都在讲些什么了。很快,我准备好了草绳,这样当他转身放下割下的一簇麦穗时,我刚好能够接住,因此,每回我们都刚好脸对脸打个照面。

他对我微笑,但可以看出来他对我的兴趣不大,我仍然想要靠近他,没有去其他任何地方的欲望。

他的汗味给我带来一种新奇又令人兴奋的感觉,我感到自己的心脏跳得厉害,似乎有几只蜜蜂在我头顶"嗡嗡"地旋转,又像是喝了一大杯苦艾酒,但事实上,我早上只喝了一杯牛奶。

我回头一瞅,怕有人叫我,让我回去围着醋汁转,而且不知道为什么,我有一种模糊的错觉,这让我无法理解。我是做错了还是想错了一些事?这是出自本能反应,出自想去了解、认识,想去尝试新感情的欲望,我内心嘀咕着这也许是一种罪过。我不知道自己正在尝试的是什么,但我为自己无法向身边人甚至对方讲出这些真心话而感到委屈。不过这一天对大家来说是美好的。

大约八点过后,所有人暂停工作,吃着马里亚诺伯父从家带来的早餐。玛丽埃塔伯母做的豌豆仍在冒着热气,上面漂着提味加香的生油油渍。新鲜的面包又白又香,我可以一次吃掉一整块。又过了两个小时的割麦工作,就轮到午餐时间了。同样是速战速决的简餐,搭配薯条或薄煎饼,每人一小口葡萄酒可以润喉爽口,还有一个半小时可以休息一下脊背。但是,在我觉得只是喘口气的工夫,所有人已经重新整装回到了他们的"领地",因为这是赢得"比赛"胜利决定性的最后两小时,这样就可以在割到田野尽头时,享受河流的凉爽以作为获胜的奖励。如我所料,即使没有我的在一侧,我曾帮助过的那个年轻人也是大步前进,他是最先到达终点的人。事实上我心里也一直这样期盼着。

麦田尽头距台伯河仅两步之遥,处在一个风景旖旎、视野开阔的地带,这里河水水面拓宽了很多,因为流不过多远,便是与基亚肖河的汇合处。在那里美景尽收眼底,还可以看到蓬泰诺沃的桥和村庄,躺在高处会感觉非常凉爽。实际上,那里是一片布满石子的滩涂,周围草木丛生,当穿过灌木丛时,旱柳的柳条像鞭子一样抽人的腿,它们也是制作篮子和画框必不可少的材料。

小河滩也很出名,因为它有美丽的景色,同时又被周围景物所遮蔽,因此是恋人们绝佳的幽会处,幸运的少数人设法逃脱了家人的控制,并能在那里度过几分钟的调情时间。那个英俊的割麦年轻人和我的堂姐玛丽亚在捆上最后一捆麦穗后也不能免俗,去了那里休息。

而我则跟着他们,待在幽闭的小河滩附近,好在伯母注意到女儿和其中一名麦客同时消失时,及时给他们以警告。我必须承认,我不介意为堂姐"打破篮子里的鸡蛋"①,堂姐吸引了那个英俊的年轻人全部的注意力,而我从来都没有遇到过如此英俊的人。

我悄悄走进旱柳林,呆站在那里一会儿,然后拨开柳枝,从树梢中间偷看他们。我堂姐正坐在一块石头上,满头汗水,头发用手帕束起来。后来我知道那个男孩叫吉诺,正躺在混合着沙子和石头的台面上,赤裸着上半身显露出他古铜色的性感身躯。他把石头扔进了水中,那时的水是如此湛蓝透明,以至于并不像流动的河水,倒像静谧的湖水。

---

① 打破篮子里的鸡蛋:意为得罪所有人。

收麦的情景

收割期间的农民

他们享受着台伯河河面上升起的阳光,吉诺不时说着解闷的笑话以及好奇的提问,把我堂姐逗得咯咯直笑,他本来是想了解堂姐是否有情人,那情人是否英俊,是否喜欢跳舞以及他们是否互相喜欢。还问堂姐是否愿意和他也发生关系,哪怕只做秘密情人。但是堂姐几乎没有说话,只回答了一半,就笑了,用调皮的眼神看着他。当吉诺问起堂姐的年龄时,我迅速上前,摇起树枝,因为我仿佛听到有人走过来的声音。我朝堂姐小声提醒,她妈妈可能过来叫我们去吃午饭了。然后我看着吉诺,看到他在对我微笑,我很不好意思,立马转身快速地跑开了,我撒腿跑到白杨树林下,只见大家席地而坐正在铺桌布,并忙着摆碗盘。堂姐紧跟在我后面到达,不久之后,吉诺在伯母严肃异样的眼神注视下也走过来,而且伯母用一种严厉的口吻给她的女儿安排着新任务。伯母的预感并没有差错,因为在类似情形下,母亲的直觉很准确,一旦有什么不测,她们会变得严厉且凶猛。通常,母亲会依靠直觉到女儿常去的地方寻找,如果碰见女儿和一个刚认识的小伙子在一起,且孤男寡女身处在没人能发现的僻静地点,妈妈们肯定伸出手"啪啪"在女儿脸上扇两下,然后气势汹汹地把女儿拽回家,而且全程几乎不看那个男孩一眼。

我见过很多次这样的场景了,而且是当着众人的面妈妈扇女儿耳光:暴行之前从来不说是什么原因,也没有更多解释,连一句教训的话都没有。就像世代相传的诅咒轮盘一样,母亲们在女儿身上重复了自己在青年时期莫名遭受的暴力和常常毫无根源的羞辱。

我本以为是我打断了他们的好事。不过,吉诺经过我身边后坐下来,用手轻柔地捋了捋我的头发高声说:"这小姑娘两三年后不知道该变成多漂亮的公主呢,我们一定要派卫兵护送她上台演出了。"在场的每个人都笑着齐齐地看向我,我的心似乎已经跳到嗓子眼儿,我的脸变得通红:我很激动,我明白,是这赞美,让我此刻成了人们目光的焦点。

我害羞地逃跑了,用手遮住脸,我还是个小孩子,但是此刻我并没感觉因为自己是小孩子而有什么样的优待。

我本来希望自己像堂姐一样,已经有十七或者十八岁,我本来希望脸不会一下子就变得通红,我本该是厚脸皮的,像我周日在村子里走路一样步伐自信又无畏。

幸运的是,我和妈妈撞了个正着。母亲从家中走出来,手里拿着一个巨大的托盘,上面装有刚煮熟的放了调料的意大利细面条。尽管中午十二点半的天气已经很热了,但是还能看见面盘的盖布上升腾起一缕蒸汽。她端着这个又热又香的盘子走了将近两公里,这对于五十岁的她和她的妯娌们来说早习以为常。当时看上去她们已经很老了,驼了背,养育孩子和牲口的重担都压在肩上,她们的手也总是浸泡在为食物忙碌的劳作里。

在那些日子里,这一切困苦似乎都很正常,我们的生活就是一连串繁重的劳动,其他的一切都掌握在上帝手中,死亡和疾病是这场游戏的一部分。

我跟在她身后,从她的一只手里接过篮子,她的另一只手撑着托盘的侧边。

午餐中的人们犹如坠入欢乐海洋,席地围绕在亚麻桌布周围吃饭真是一件有趣的事情。每个人都喝了美味的葡萄酒,吃了鹅肝通心粉,然后是炖鹅,配菜是煮熟的时令蔬菜和豆糕。

对我们来说,这就像圣诞节或复活节的午餐,而这天也使我恍如过节,我不知道这是否是早晨愉悦情绪的暗示,但同时,我又觉得没有好胃口且伴有微微的恶心感。

我强迫自己吃了点东西,以免让别人看出我的不舒服,把我送回家去。

午餐结束时,人们借用最后一杯酒的劲儿,照常唱起耳熟能详的歌曲和民谣,然后是一个有助消食的小憩,所有人都靠着白杨树干,坐在草地上。此起彼伏的笑声和絮絮叨叨的说话声持续了一会之后,突然沉静下来。知了的歌声,刚刚树下的人都没有意识到,现在几乎变得震耳欲聋,仿佛这个不停叫着"知了"的小虫子是天地的主宰一样;我没有睡觉,靠在麦捆上,压着肚皮以防露出太多破绽,因为我感到了一阵阵的剧痛。

这时,我母亲和其他妇人收拾起盘子和锅,要在这个一天中最灼热的时候,步行回家。大约四点钟,劳动的队伍开始活泛起来,他们快速站起身子,用醋汁漱漱口,走向那个可能要霸占他们整个下午时间的麦田。我拿起水罐和杯子,跟在那些男人后边。

我们经过了刚收割的田地,一些贫穷的邻居村人已经带着一个个麻袋走在我家光秃秃的麦田残茬中,搜索并捡拾掉落在地面上或在收割时被无意间践踏的麦粒。

这种帮扶方式在一年中有不同形式的翻新:在所有收获时节,从西红柿到葡萄的收获,我们不会拒绝给那些比我们更不幸的人一些帮助。

这是农村生活的一部分,那里的每一个行动和劳作都使人们从内心深处感到疲惫辛苦。

如今,看着围绕周身的美丽田野,还有我们的家,没有一丝生机灵动的痕迹,而在过去却绝不是这样。

所有的道路、狭窄的小巷子、无尽的沟渠都有牲口或人走踏的痕迹,我们练就的本领是从远处就可以分辨出他们是谁或属于谁家的;收割机器和拖拉机确实代替并减轻了现代农民的工作,但也把他们的生活永远赶出了土地。

坐在麦堆上

美味的午餐后,酷热的暑气升腾着,在大太阳下弓身割麦的男男女女嘴巴里沾满田野间的灰尘,我为那些跟我示意有需要的人送水,像极了野兔奔跑在田野上。我给提壶装满了水,可转眼装满五十升水的玻璃坛子便即刻见底。

我试图振作精神,但是相反,我感觉体力越来越差,渐渐出现偶尔发抖的迹象,我担心我的腿会突然失去知觉。因此,我招呼人们在五点三十分享受劳作间歇,给他们分发了"波克奇洛",这是通常由一片蛋糕里夹着一片自制的玉米饼或一片火腿组成的食物,之后再回到田里。

这次间歇真的很短,只看到大家大口地咀嚼,粗鲁地抹去嘴巴上的残渣,然后迅速回到田地里,因为要充分利用太阳暂时不那么烧灼的时间。现在,他们不太使唤我了,我利用这点空挡尽可能地坐着,我担心再这么站着我的腿绝对会出问题。我站在那儿看着地上的影子越来越长,天空逐渐变暗了。

随后太阳开始西沉,夕阳给天空涂上了色彩,小麦看起来更金黄了,镰刀扬起的灰尘聚集在收割者的头上,上面布满了红色和金色的尘埃。

我一直坐在一处麦堆上,水罐在我面前,我在等马里亚诺伯父带车子来,因为我已没有体力回家。

我们不得不等到太阳完全落下去时再用餐,因为我们的习惯是一整天完整地劳作,也就是说:从白天开始直到晚上结束。最终,伯父来了,他带来了晚餐;大约八点钟,他们又重新聚集在餐布边,各个无精打采,皮肤通红,像熟透的西红柿一样,有人已经在抱怨自己的手臂或肩膀晒伤了。

晚餐通常很简单,而且一周的餐食几乎不重样,有沙拉、醋泡葱油面包、煎蛋、肉香肠、蛋糕或煮鸡蛋。

在重新开始劳作之前,佩皮诺大伯站起来脱下他的帽子,落日余晖照在他的脸上,他的额头因帽子的棱角勒成明显的两部分,一部分是红色的晒伤的皮肤,另一半是阴影里的没有晒伤的部分,乍看上去非常明显,没有晒到的地方像死人皮肤一样洁白而光滑。他一如既往地背诵祈祷文,感谢上帝赐予这美好的一天以及能够顺利地开展工作。

大家默默听着,在胸前画了十字后,又马上恢复了以前嬉笑逗趣的氛围。我越来越不舒服,坐在那已经很久了,我并不想这样,虽然不饿,但我还是硬着头皮吃了一点饭,以免母亲担心。

我试图站起来,却感到身体轻飘飘的,便立刻又坐了回去。我差点晕倒在所有人面前,晕倒在吉诺和正在说笑的那些人面前。他们都斜靠在麦堆旁,小声嘀咕或絮叨着一些故事和笑话。

这时候,我们可以听到最近几个月遥远地方和附近村子发生的事情,哪家男人戴了"牛角"①、哪家女人的丈夫出轨以及农民日常生活里的悲欢离合。但也有引人入胜的逗趣故事,例如亲妹与姐夫为爱私奔、牧师被捕、未婚生子,或是棺材里死人复活②等异闻。

这些个下午对我来说是有趣的,一时充满好奇一时又感到胆寒,这取决于哪个故事令我印象更深刻。而且只有在这个时候我没空理会吉诺。他总是我关注的中心,因为他的笑话以及他的模仿天赋。他懂得如何模仿动物的声音和形态。尤其是鸟类,他的喉咙里似乎藏着一整

---

① "牛角"即绿帽子。
② 旧时农村会有停灵一到两日等人确定真的死亡后再下葬的说法。

个鸟舍。

但我无法享受这开心一刻,因为我不断感到寒冷,全身发冷汗,我担心自己是不是吃了什么不干净的东西,同时恶心加剧而且肚子也越来越疼。

我不能动弹,当其他人开始拍打起身上的灰尘,正欲回家之时,我不知道该怎么办。家里的男人还要留在这一会,趁着圆月高高挂起,再整理一下麦堆,尽可能多堆一些船型麦堆。

船型麦堆是将带着麦穗的秸秆相互穿插对垒而制成的,因此麦穗全都聚集在十字的中心。麦捆一摞压着一摞,最终全部遮住麦穗,如果遇到暴风雨或突然下雨,小麦就能免于被淋湿。如果没有任何更糟的事情发生,麦子将是安全的。

因为在7月,也就是麦收期进行一半时,我们这里会像11月那样下起雨来。连续三天的雨水,会导致台伯河河水上涨,河水都快要溢出来了。那真是一场悲剧,洪水会立即入侵托尔贾诺和蓬泰诺沃之间整个平原上的麦田。因此可以看到的灾难景象是:麦穗在土黄色的水中漂浮着,原本堆放妥当的麦堆,从里到外都浸了水,被汹涌的泥水搅散,本来马上要用牛车拉走的麦捆,也被水流冲到河里,一年收成就这样毁于一旦。所有农人家庭都神情凝重,忧心忡忡,当暴风雨结束时,太阳在净澈辽阔的蓝天高高挂起,天空立即变得万丈光芒、灿烂闪耀,仿佛早就忘记了才刚刚向大地展示的狰狞可怕的一面。而大雨带给地上人们的灾难却如此真实:不仅几乎所有收割的小麦都被河水冲走了,剩下的也全部都被淋湿了。田野进不去了,变成了一望无际的沼泽,除了破坏小麦之外,河水还让西红柿、西瓜和烟草全部腐烂。

如果发生这样的事情,这一年农民们将受苦受难、甘受剥削了,从我父母和伯父们的冰霜般的面容就可以看出,那里面饱含了多少说不尽的酸楚,多少不为人知的不安,多少因不幸带来的苦难和沮丧。

幸运的是,这一年一切进展顺利,那天晚上在场所有人中只有我的状态越来越糟。

　　晚餐和笑谈结束后,每个人都收拾东西开始往家的方向走了,只剩下伯父,正如我之前所说,他留下来检查已完成的工作;我终于下定决心,从坐着的麦堆上站起来。

　　当我改变保持已久的姿势时,刚才一直紧挨着麦堆的两腿之间感到有一丝凉意,好像已经湿了,我低下头,看到我刚才坐着的麦子上,从原本的黄色变成了红色。

　　我被吓了一跳了,突然感到心跳加速,跳动得如此剧烈,以至于我能感觉到它一直跳到我的太阳穴的位置上。我气喘吁吁地小声地叫了出来,然后立即感到羞愧和害怕,我也说不清楚,我不想让任何人注意到此时的情景。马上又坐回到麦堆原来的位置上先掩盖住,再思考对策。我的脸肯定非常苍白,而恐惧使我无法平复自己的思绪。

　　我留在那里,眼神定在一处,手捂着嘴巴。

　　邻居的女儿佩皮娜比我稍大一些,刚才她和我们一起用了晚餐,她坐得离我很近,她还问我为什么不走。"天哪,你不知道我发生了什么事……"我低声嘟囔着跟她说话。她跪在我旁边问我:"你怎么了?""很可怕的事情,我不知道这是什么,但它肯定是一件严重的事情,也许我得了很糟糕的病。你知道吗,我整天都感觉不舒服,但我本来认为它很快就会恢复。可是没想到……"

　　"你是不是觉得很难受? 想不想叫你妈妈来?"她紧接着问我道。"不,不。"我立刻阻止了她。她说:"但是我能帮到你什么吗?"

　　"你能告诉我你现在的感觉吗? 我想知道发生了什么。"我环顾了一下四周,确保周围其他人都已经离开,只剩下我俩沐浴在从天而降的柔和月光中,我站起来,靠在她的肩膀上。"看吧!"我哽咽着说,我的衣服顺势滑下来,那片麦草上的血迹随之浮现。

佩皮娜定睛一看，不由自主地笑了起来。"咋了，我流血你竟然还笑？"我非常茫然且有点恼火地说，感觉我给她莫大的信任却并不被她当回事。"哎哟，没事，没什么严重的。""你怎么知道不严重？"我因为她十分肯定的话语而困惑不解。

"你竟然不知道？"她边摇头边说。

"可能……"她继续说，"可能没有人告诉过你，是不是连你妈妈也没有告诉过你？"

"她们应该告诉我什么？"到这一点上我似乎还没有明白要往哪里想问题。

为了消释血迹，她将醋汁倒在了被污染的麦草上然后又取了一些杂草，把草全都盖在上面。

她看了看我被弄脏的衣服，让我把上衣脱下绑在腰上，这样走路时那块血迹就可以不被别人发现。

她用胳膊紧紧地搂着我，我们就这样往家的方向走去。当我们到达房子前的场院时，已经是深夜了，我意识到自己正在朝一个女人的方向变化，因为佩皮娜说，我刚才发生的事情只有女人才会有，而这件事的发生，意味着我不再是个小孩子了。

但是我没有勇气告诉母亲这个消息，我让佩皮娜去报告，而我待在屋外面等。我看到佩皮娜走下来，笑着迎接我，告诉我母亲很高兴，因为从今天起我就是大人了。

妈妈在屋里等我，当她看到我的时候，她什么也没说，也没有发表意见，更没有给我安慰。我的双腿在发抖，我希望她能开口跟我说话，我想问她很多问题，很多我这些年埋在心里的问题。但是她似乎一点也没有要说话的意思，只是把已经准备好的干净东西塞进我手里，是一块带状的吸水布条，我曾经看见妈妈洗过，也看到别人洗过。其实妈妈早就专门为我缝制了很多棉布条，从旧的大麻布或麻絮片中找出来的，除此之外没有给我解释更多东西。

她只是告诉我,我必须将它垫在内裤里面连续两三天,然后将它们与衣物分开洗,因为下个月我还需要用到。

第二天早上,我算是迎来了长大的生活,其实,我不乐意长大,因为这样就意味着每个月我都不得不接受这份天赐之礼。它迫使我必须要在裙子底下增加一块累赘物,这完全超越了我们日常穿的衣服以及我们通常必须系的领带的范畴,变得十分多余。

来吧,如果那还不够的话,那就在内裤里塞棉衬衣,再用胶带扎好,最后套上及膝长筒袜,再不行的话,只能用那些粗糙的硬布绷带来捆扎了。在那些闷热的日子里,这样的装束似乎是一种不必要的惩罚。

不过,除了这个意外,诸如收麦期以及庆收的狂欢篝火晚会都进展顺利,在麦收的最后几天,庆祝的气氛与日俱增,直到麦收的最后一天下午,大家可以彻底放松,尽兴玩乐,狂欢少有地持续到很晚才结束。

在农舍场院里每天晚饭后,为了活跃气氛,年轻的麦客会拿出手风琴或者口琴,所有邻居都参与其中,随着音乐跳起欢乐的集体舞,而在这时,也是激情和爱情绽放的最佳时刻。有时仅仅是简单的痴迷,也会演化成持久的爱情,继而步入婚姻,因此这常常是成为上门女婿的男人和嫁走的女人们诞生的契机。

对于我们当地的小伙伴来说,这也是建立友谊的最佳场合,我们很少有机会参加集会并增进对彼此了解。最后一天晚上,聚会呈现出一种难舍难分的离别气氛,此时,麦客和雇主一家人已经算是熟络了,他们之间已然有了亲切的熟悉劲儿。

在舞蹈和玩笑之后,人们相互亲吻道别,我们为下一年做了热情而令人期待的约定。有些时候会有几滴眼泪来搅局,也有时是几个淘气的击掌。

出发的早晨,我们所有人都在农家院子里和房子的楼梯上一字排开等待欢送他们,麦客收拾掉他们的破烂布,就像每天早晨一样,他们排队在抽水机前洗脸。然后,他们跨上了自行车,衬衫敞开着,手巾绑在脖子上,他们沿着大路边骑行,镰刀绑在自行车的横梁上,装着磨刀水的水壶绑在皮带上,磨刀石塞入裤子的后口袋里。我们在家门外向他们挥手作别,一些更小的孩子则紧紧追着他们跑出一段距离,我看到他们消失在大路尽头,直到车轮扬起的灰尘把一切遮盖。所有人都晒得黝黑,为圆满完成的工作感到开心,也心满意足于辛苦挣下的满满口袋的收入,他们更加期待地踏上了通往新农场的道路。

  明天的到来,对于他们来说,是另一块田地,另一个雇主家庭,另一片等待他们收割的一茬又一茬的麦田。

如果暴风雨来了

对我们来说,工作还远远没有完成。

我们等待着打麦期,这时便可以看到整个一年辛劳的成果,但是在打麦前,我们还需要做充足的准备。我们要等着轮到我们家使用的脱粒机,为此,我们不得不继续祈祷并希望自家走运,因为风险和危机在此刻还远远没有结束。

那个时候的农夫们,要看到小麦都安全进入麦仓,才会从不断的焦虑中松口气。

下午,我陪着父亲去看收割的田地,我在他身后很远的距离走着,一边小心地避开像荆棘一样会划破人的短茬。船型麦堆整齐地堆放着,像一幅画,也像刺绣一样美。

马里亚诺伯父用最好的两头公牛花了整整一周的时间犁田,他们一般在傍晚回来,在那场顺利而疲惫的劳作后,牛和伯父都是无精打采地耷拉着脑袋走路,牛紧紧跟在伯父后面,伯父则毫不费力地牵着牛绳子,长长的绳子拖在地上。

上帝保佑,今年还没下多少雨,因此,公牛们可以不用和泥泞搏斗了,但之前的好几年,它们从耕田里回家时总是腹部沾满了泥土,在拉犁铧一整天之后,泥巴总会没过它们的膝盖。

我非常喜欢播种后的田野,被马里亚诺伯父翻垦过的犁田,变得平整而均匀,静静地等待着冬季第一场霜冻。

耕地的牛

到1月的时候,我们就能看到田野里冒出的小新芽,预示着新一年的好年景,新芽以难以察觉的方式逐渐长大,慢慢长成绿色的小麦穗,吐出像小猫胡须一样的须子。而在3月的风里,它们已经可以摇曳着身姿,形成一片整齐的麦浪了。在4月至6月的短暂期间,麦子就差不多成熟了。

突然而至的暴风雨会在麦田里制造出一条明显的水沟,在瓢泼大雨和猛烈狂风的摧残下,麦草不堪重负纷纷垮下来,甚至,更糟糕的是,遇到冰雹。

很多次,我看到祖父在突然变黑的天色里跑进家门,召集所有人到厨房里。纳塔利纳伯母和玛丽埃塔伯母点燃了复活节祈祷的蜡烛照在圣母像上,然后全家人一起背诵应答祈祷。

有些时候,他们点燃一束在复活节的周末礼拜时留存下来的橄榄树树枝。将它举到窗户外面,向着需要保护的田野方向摇晃。

有时,虔诚的信仰确实驱散了暴风雨;而有时,狂暴的天气既不顺从天父,也听不见圣母玛利亚的呼声。

我还记得有一家人,户主是我们的农夫邻居,他遭遇了不幸,遇到了致命的冰雹。

冰雹来得太可怕太残酷了。可怕是因为,冰雹只要一下起来就没有要停的意思,连去保护正在遭难的田地都不可能,它会在几分钟内摧毁整个农田和果园。

残酷是因为,它偏偏击中那家人的田地并造成一片狼藉,而邻居家的田地却完好无损,最多只是沟渠被破坏了一点。

那年的6月,当小麦已经变色并且一切似乎都向好的方向发展时,恰恰在月底发生了一场可怕的风暴。当天,天色很早就变得漆黑,各家不到太阳落山的时候就点上了灯笼,雷声不仅震得玻璃响,把人的心也震得吓住了。半个多小时后,倾盆大雨还是没有停的意思,接着又下起大个大个的冰雹,像鸽子蛋那么大。最后,所有的麦子都被齐腰压塌了,就好像麦田上遭受了一场用巨大擀面杖推平一切的洗礼。

一个可怜农民的田地被厚厚的冰雹覆盖,像下了一场雪。就这么一瞬间,一年的劳作便灰飞烟灭了,对未来美好的畅想这时也变成令人沮丧的劳而无获。

面对这场灾难,他首先是绝望,而后是怒不可遏,情绪愤然,接着是不停地谩骂和大哭不已,几乎是跑着上了自家的楼梯,他径直去了卧室。从墙上拆下了耶稣受难像,然后退出去,又回到了被冰块覆盖的麦田。

在田野中,他一只手高举着十字架并喊着:"看呀,耶稣基督你看呀,看你做了什么?哦,不!这次您反倒做了蠢事,您管得太多了。现在我们该怎么办?这个冬天我们要吃什么?我们对你做了什么,你却要用这种方式报复我们?"

人们都说他疯掉了,又一个星期,牧师来到他家,对他的房子和十字架都做了祈祷。当我看到他走过去的时候,只觉得他是一个贫穷且不幸的人,和我们一样。

但是关于风暴的到来也是可以预先提醒农民的,有这么一个特别的人物,只要遇到暴风雨,就要有一个执行特别具体且非常危险任务的人。

像我们这样的每个村庄里,都配有牧师、教堂和钟楼。乡村的敲钟人就是一个特殊的人物,有点特权,也是一个受苦受难的人。我们的敲钟人叫达维诺,是个好心肠的男人,所有村民都很喜欢他,他也倚着这个村庄勉强过活。他靠着我们的施舍度日,每个季节都来各家拿取当季馈赠的食物,包括小麦、酒和橄榄。每个农民都要贡献自家的收获分给牧师、医生、药剂师、宪兵和教师等人。

当然,这些人也非白吃白拿,这是用他们曾经对农家的施惠来换取的,如果我们说到送葡萄酒的份例,那敲钟人需要并且应该得到美美的好大一桶,因为每当风暴即将来临,可怜人达维诺便负责尽一切力量迅速敲响钟。

实际上,人们普遍认为,代表着和谐的钟声响起时,风暴便不会造成多大灾难。

显然,这也正合敲钟人的心意,假如农民丰收,他也会有很多收获,但是当发生饥荒时,对他来说也更加困难了。

当天空刚发出隆隆声,好人达维诺连一分钟也不会让人多等,马上冲到钟楼敲钟,以钟声来安抚整个村庄,全村人对他心怀感激,打心眼儿里喜欢他。但村人对他的喜爱程度加深,则是在某个春天,一天下午,四面八方闪烁着雷电,他冒着滂沱大雨爬上钟楼,像往常一样登上钟楼顶层,尽管风使他被雨淋湿,水使周围一切变得湿滑而危险,他还是奋力敲响了平常日子里报告喜事的大钟,达维诺依附在绳子上,想着还得再敲一会,至少等暴风雨消退一点,可是突然之间,他被一连串击中钟楼的闪电刺晃了双眼。

醒来时他发现自己趴在地上,惊恐、寒冷、潮湿,而且……全身赤裸。他从钟楼疾步走下来,为奇迹般的幸存嚷叫着,回到起居室里找衣服。闪电的电流贯通了他的体外,撕开了他全身的衣服,后来发现时,这些衣服已经在钟下烧得焦烂了。

奇迹是存在的,每个人都深信不疑:一只天命之手救了达维诺,同样的,这只奇迹般的手使他能够顺利地在那个危险的处境中还能安全地走下钟楼,哪怕他之前刚刚喝得烂醉如泥。

收麦不能没有牛车

让我们回到1937年那个炎热的夏天。

麦子收割后,我们组织起来打麦穗,一般来说,我们是由两到三个家庭组成一个小组进行工作,再从外面召集一些工人,但他们能做的真是杯水车薪,权当帮手。

这也是为什么每个家庭成员并不是对每种农活都擅长,但全家必定有一两个人精通制作套车,更能干的人精通于堆垒"米图洛"小圆堡仓,另一个家庭里能干的人则要精通于建麦仓,以此类推。因此,我们在打麦期到来前的十天开始打扫农舍场院,将杂草拔光,并像打扫房间一样把周围的一切都清理得干干净净。

男人们画定干草垛的准确位置,之后他们开始在那里挖了一个几米深的洞,他们将经过适当加工的木材"米图洛"——就是一根直而不太粗的树干,经过了简单加工的木头,栽进了那个坑洞,因为要用树干来编织形成干草垛的稻草梗。

一切工作都必须格外谨慎仔细,因为很难将干草垛提起并使其坚固,但是如果碰巧在工作进行中散了,那么重新编织秸秆并再次堆放起来可就算是一个不轻的惩罚。更不要说米图洛,假如它并不是十分牢固,或者在表层露出得太多,则随时可能使干草堆塌陷或者倾倒。

最后,在农家场院的一侧,将建造一个矮屋子,拥有茅草和稻草混合做成的屋顶,并用网围起来。我们将在其中放入打好的麦子。现在一切都准备就绪,另一个艰难的阶段就开始了,也就是把小麦从田间运到农场。每个家庭都牵上家里最健壮的两头牛和一辆双轮套车,套车的围沿非常高,这就是真正的牛车了。马里亚诺伯父绝对算是一位真正的可以担此重任的能工巧匠。

他站在车上,我们用耙子把干草铲到车上去,而公牛则沿着田野缓缓前进。牛的作用也十分重要,因为它们必须用力拉车,但不能用力过猛,抖动太强。有时,两只配合完美的牛,它们走得非常平缓、扎实,但有些时候相反,烦躁不安且失去耐性的黄牛不断摇晃着套轭或者直接把轭杆突然拉向另一侧。

当然,这些牛也很可怜,被迫做着如此辛苦的工作,被主人从牲口棚牵出来,在这烈日下饱受折磨,还要受蚊虫的叮扰。因此它们时而变得焦躁发怒,时而甚至挣脱载满干草的大车。那真是件麻烦事。

我们这些孩子则经常在车子被装满后爬上麦草堆,坐车回去,然后把麦草卸到院子里,这时候是一天中少有的欢乐时刻。我总是坐在麦堆的最上面,车的尾部,我享受这份乐趣,对我来说坐车的机会太少了,我总是走路去任何想去的地方。车不是我们家的,而是邻居家的,专门借来收麦子用的。

吉诺也来到这里和我们一起劳作了,他虽然住在外村,但是哪都能去找工作。他已经装了一早上的麦子,现在跟随着套车在旁边走,肩上扛着锄头。我们回家去吃中午饭,这是早上最后一次出车。

这时,可能有些什么东西惊扰到了其中一头拉车的牛,反正我是看到它突然不安和躁动起来,不停摇晃着脑袋,正欲挣脱套绳和车轭;然后,它开始蹬腿,哞哞叫着,并且往车子的外侧斜拉,直到一只车轮脱离了车轴,完全地滚落到大路上。车身摇晃了几下,我感到屁股下面的麦草往下滑动,就像搓衣板上的湿肥皂。我还没来得及做任何事情,等反应过来时,我已经在大路旁的沟渠里了,被埋在厚厚的麦草底下。我并没有害怕,但感到被压得十分不舒服,反正被救起

搬运粮草的牛车

之前,我被压了几分钟。我听到其他人围过来,牵住了牛,此时,吉诺和我的一个堂哥立即动手移开麦草以便赶紧把我救起来。

据他们后来讲,当时他们很担心我的安危,因为没有听见我的叫喊声甚至连嘟囔声都没有听到,他们迅速移动一簇簇一捆捆的麦草以便快点找到我。我只是有一点头晕,轻微外皮擦伤。对于我来说,这真是莫大的荣幸,因为,我感到吉诺少有的担心,直到我抿了一小口醋汁,他才松了一口气,脸上露出笑容。直到如今,我脑海中还时常浮现出他的脸庞,就是那天,在麦草间出现的脸孔。他用胳膊拨拉开麦草,把手伸进去将我从里面拉了出来。我刚刚站起来时,他立刻把我拥抱在怀里,我能闻到他胸前淡淡的麦草气味,他有力而坚实的臂膀紧紧地环绕着

有干草堆的农家院子

我。所有人都以为我被麦草砸倒吓得不轻,但是没人知道,我因为这身体的接触,心潮是多么澎湃,这个美好的拥抱使我全身酥软,站都站不稳了,那坚定的未曾移开的落在我身上的目光,直戳我的心脏。我有一种之前从未有过的感觉,之后很多天我仍旧保留着朦胧错觉混合下那种强烈而复杂的情绪。

这算是惩罚吗?至今我仍扪心自问,我们遭受了怎样的严厉审问和以情感限制为特征的家庭教育才能不停地对情感和情绪进行反思,我们之间彼此吸引又非常陌生,这是一系列的顾虑和情感的抑制吗?

责任、谣言和遗憾充斥着我们的生活,给我们这一代人造成了多少伤害和问题？这是我们生活的本质,构成我们赖以生存的基础。还有多少错误需要去意识到,还有多少惊吓增加着我们的不安全感呢？

  我不知道为什么这个拥抱在我心里引起了如此巨大的震荡,也不知道该向谁去解释这种情绪;在其他时候我觉得非常正常的动作,当时却成为影响我一生的大事件。沉默的拥抱对我来说胜过千言万语,我理解那是萌芽中朦胧的无法用言语表达的爱情。

  一车接一车,麦草慢慢全部堆到了场院里,在那里佩皮诺大伯又一次展示了他十足强健的体力,就是堆垒屋型麦仓。今年是个丰收年,我们收获了超过两百公担的粮食,麦仓占据了很大一块空间,通常,现在占用的那些空间都是场院里留给鸡追鸭逐的通道。

  大伯做了一个长方形、底部很宽的麦仓。他蹲在麦垛上,开始往里面投入秸秆,以保护麦穗不受侵害。麦仓的围墙以坚固稳妥的方式不断向上升高,直到到达差不多九米的高度,每边的长约五十米,宽约三米。大伯敏捷地沿着麦仓走动,他总是知道如何将别人传给他的麦草铺在正确的位置上。

  确定了麦仓大小并码上第一排后,大伯叫来大家围着站在四周,组成主要的劳力团队,大家一起向麦仓内投进从牛车上卸下来的麦草。

  大伯还为自己留出了最后一部分来做,那就是铺装上早就编织好的秸秆垫,就好像给小草棚盖上了屋顶,这样,谷仓的堆积工作就正式结束了,可以看到所有露在外面的麦捆都是向下倾斜的。用此方法,风吹雨打都不会对麦穗有任何损害了,在麦仓里,麦子会非常安全地等到脱粒期的来临。

脱　　粒

打麦是秋收的第二件重大事件,主角是一个巨大而神秘的机器,从不同的农庄那里借用来,每个农民家里都能轮着用一遍。

当我很小的时候,我曾被它吓到,它的模样像极了一个怪兽,全身被涂成红色,颤动咆哮并吐着烟气,用贪婪巨大的胃口吞噬着麦子。

对于习惯了乡村寂静的我们来说,它发出了令人难以置信的声音,并且神奇地将麦粒和麦秸分开。脱粒工作一经启动,就很难停下来。

从黎明到黄昏,驾驶员双手油腻,脸上沾满烟灰,帽子粘在头上,不可缺少的汗巾搭在脖子上,努力使机器全速运转。男人们则被分配去执行相关的各种任务。

地主老爷和管家会例行到老榆树下走一走,什么都不做,只是看看谁会偷懒在树荫下乘凉,然后由此开始检查农场一切进展是否顺利。只有脱粒工作期间(刚好横跨 7 月 26 日),也即圣安娜节前后的情况下,才被允许休息一天,因为按照老传统,没有任何一架脱粒机可以在这一天工作。

机器运作的步骤是首先发出汽笛的声响,接着是警报器发出的声音,警告主传送带已经开始启动了。传送带以一种特别的方式"吱吱"作响,将蒸汽动力传送到机器各个不同的部位,每个部分都有一群分工明确的人负责,例如在装配线上,每项操作都需要很细致,没人可以玩忽职守或者开小差,因为一人的差池可能使整个生产线瘫痪。

农人们从船型麦堆上把麦捆小心翼翼地铲下来,还要绝对谨慎,使麦堆保持良好的平衡,不至于垮掉,确保他们一个传一个把麦捆送向张着血盆大口的机器里。

在这个操场中农人们也必须要特别小心,因为当把麦捆塞满机器时,需要用力推麦捆以使麦捆快速进入机器,在这个环节曾发生过人手被机器卡住,然后被搅入机器的事情,即使及时把机器停下来,人肩以下的部位已经被吸进去了。

这个机器是个神气的家伙,农人把解开的麦捆塞进机器里不一会儿,在另一头,一连串的小麦粒就汹涌地喷出来,滑进绑在喷口的拖车袋中。之后,有些人就被分配去搬走装满麦子的麻袋,这批人头上绑着手帕,保护自己免受阳光和扬尘的侵害,打麦场的烟尘在整个农庄上空会形成驱之不散的云团。他们将袋子扛在肩膀上,穿过榆树林,停在地主面前的称重机上检验重量。

随即,地主的口粮直接送到他的马车上,而我们的口粮则被倒入麦仓。扛口袋是打麦工作中最重的任务,只有年轻的、体力最强的汉子才能干这个重活,有些人来做此事是为炫耀自己身强力壮,以此来打动喜欢女孩的芳心。实际上,很容易看到某人从另一个人身边经过时,故意展示自己的强壮,也有时看到某人会对着我的堂姐妹们其中一个眨眨眼。

每个口粮袋子都是在彼此帮助下装载的,然后,协作的农人把手搭在另一个人的肩膀上,用来托住口袋的底部,他们必须要小步助跑一段路,才能跳上离地面有一截高度的地主马车的跳板,或爬上麦仓又长又陡的通道。

那一年的那一次,我所见的,是农人们从早到晚忙碌,每天几个人要十几个十几个地装运一公担一个的沉重麻袋。但没人说一句抱怨的话,也没有人懈怠和逃避。

另外还有一组人,在收粮的同时,还紧张地收集麦秸,并把麦秸压成一个个麦草垛。还要有两个人同时登上麦草垛,围绕着米图洛需要把麦秸和草梗缠住压紧并固定。

我们女孩子们则忙着冷却那个充满烟尘和热烘烘的熔炉,传送着装有从井里打来的清水的水壶,偶尔也掺杂着装满葡萄酒或起泡酒的酒壶。

佩皮诺大伯特意在去年酿的葡萄酒酒桶上装了一个软木水龙头,我们只被准许从这个龙头处打酒。从佩皮诺大伯将这瓶酒的瓶塞蜡封后的那一天起,这瓶酒就注定该在这样的日子被饮用。

我的家啊,寂寞地端坐在已被杂草完全覆盖的、灰暗的台阶上,让我觉得似乎在看一部电影,一部难以置信的电影,让我眼前出现了如此遥远的往日时光。

即使那年我只是一个十四岁的可怜农家女孩,一个头脑里有着太多困惑、太多梦想、太多感情、太多对生活和未来的恐惧、太多孤独感受的女孩,我常常感到生活如此艰辛,所有农家的工作都如此繁重,但现在的我仍然强烈地怀旧,深深怀念那段柔情岁月。

那些印象里丰富的色彩、浓烈的气味,那些如此亲近大自然的生活,那些随季节和时候而变化的律动都使我久久难以忘怀。

我怀念那间厨房,现在那里空荡荡的,堆满尘土,破旧不堪,但在我记忆里的那些年,它是如此热闹,时常从那里冒出香味和烟气。

当我们正忙活着帮男人们解暑时,伯母和其他家里的女人们连同许多一起参与打麦的邻居,全速开动准备午餐和晚餐。尽管天气炎热,炉膛还是整天开着火,在纳塔利纳伯母的指挥下,一波人在陶碗里准备鹅油酱汁,一波人负责煮肉丸汤,又有几个人押面条,一半面条要切成宽面搭配酱汁,一半切成小菱形面片和长条意面搭配肉汤。虽然一大早就烤起了面包,但现在烤箱又被重新加热以制作烤肉,同时炸锅内正炸着肉馅米丸子,另一边正打着鸡蛋准备做乳脂松糕甜点。

1930年，人们与小麦脱粒机合影

打麦的场景

所有的这些活动和那些料想不到、正在准备的丰盛美味,对围观者都是巨大的诱惑,因此,每个打麦的村庄基本相似,在我们的村庄每到一年的这个时期,会有一大波平时不常走动的客人到访村上,无论是真的帮过忙的做着三教九流职业的人,还是那些十分穷苦贫弱,和农家没有任何关系的人,都闻讯赶来接受一份有收成的农家馈赠的粮食。

从这里就能看到农民身上所具有的淳朴和热情的本质,这些可怜的、只能看天吃饭的苦难者,却知道奉献更多的慷慨给其他人,在那些善良人质朴的天性里,即使非常无耻狡诈的恶人也绝非可恶透顶。尤其是在那几年收获丰硕的年份,借口一个理由或者其他什么事情,农民们一传十十传百,挨家挨户地传开来,一年中很少能见到的邻里乡亲都选择这个合适的时间到来,没有人会拒绝一盘美味的意大利面,也不会拒绝一杯送上手的美酒。

因而,这个时候铁定有穷人向你走来,他们总在这个时期游走在各个农场;也会有伐木工人,他们10月份将为我们提供木材;还有敲钟人达维诺、圣马利亚修会的会长、化缘修士、碰巧经过的裁缝、修女、救济会来的落难少女、圣文森左修道院的女修士;等等。每个人都有份儿,得到一小盘或者一小把麦粒,使得这看起来更像慈善救济会。

那年夏天,我记得也就是现在这个时候,我们远远看到莱诺坐在轮椅上向我们靠近,我们叫他"莱诺"。他因为被电击伤,从小失去了手臂。他是一个真正厉害的人物,是一个永不服输的典型,尽管他有严重的残疾,但他有坚强的意志力,从不向命运屈服,令人肃然起敬,同时也让人心生畏惧。

莱诺高大、健壮,脸庞粗糙,脖子也粗壮。他常常一言不发,整日都用驴子拉着轮车悠闲地逛荡。他从不向任何人求助,因为他自己就能做好一切,好像他真的并不需要那双失去的手臂。村上的小孩常常拿一些弱势群体取笑逗乐,但对他却敬而远之,因为莱诺总是知道如何反击,让小孩子们反受其辱。

他一个人可以独立驾驭驴车,只见他坐在套车上,把缰绳套在后脑勺上,用嘴咬紧皮缰绳,让驴开始动起来,然后用嘴向右或向左拉动"方向盘",以驴子能感受到的用力强弱松紧和部位指挥方向和转弯。他用嘴能做出一切用手才能完成的动作,而且他知道这样可以博取大家对他的高看与敬畏。

"来吧,莱诺,加油,莱诺,给我们看看你的高难度。"我大伯极力地煽动他,只是因为和周围一些不认识莱诺的人打了一些关于他的赌。

莱诺用牙齿咬紧一个装满沉甸甸麦子的麻袋上用来扎紧束口的绳子,张开双腿,伸长脖子,以至于可以看到他脖子上的静脉因肿胀而鼓起,像麻绳一样粗,他用嘴提起了那个重达一公旦的麻袋,令在场许多用双手都无法做到的人感到震惊。也为此,他收到了一公斤多的小麦和几瓶长颈大肚瓶装的葡萄酒,这一次也算是他充分展示了自己的威武能量。

之后,佩皮诺大伯让他同其他人坐在桌前,在他面前放了一盘好吃的宽面条和一点烤肉。我从厨房的窗户观察他,他的嘴巴快速而敏锐地蠕动,眨眼间就吃光了一大盘面食,他小心翼翼地咀嚼着肉,又很精准地剔除每根骨头,用牙齿叼着杯沿,仅动动他的上唇,就一口气把玻璃杯里的酒全倒入肚中。此情此景实在给我留下了非常深刻的印象。

看到他如此熟练和自信,在得知他已经结婚时,也就并不感到十分惊讶了。在那个年代,牧师和媒人撮合一对搭伙婚姻的功力并不比现在的婚姻介绍所差。他不仅有小孩,而且独自担负全家的开销。对于拥有身体健全丈夫的家庭主妇来说,挨拳头是惯常的事情,莱诺的老婆大概还没有从嫁给一个残疾丈夫能少受家暴之灾的美梦里醒过来,就了解到丈夫胳膊所失去的力量,已由腿部来弥补了。

打麦脱粒的工作还在日复一日地进行,仍然会有许多奇怪的、令人费解的人造访我家,包括一些骗吃骗喝的人。有许多人常去农村转悠,试图利用农民的真诚、无知和善良假装成"赤脚医生",他们假意声称可以提供某种神奇的药品,还有一些人是狡猾的骗子,他们刻意黏着残疾人,尤其是盲人,因为这样受骗者便不知道这些药品是真还是假。

这两种人常常组成团伙,就像匹诺曹故事里的猫和狐狸,其中一个装作身体扭曲或畸形,而另一个则善于诡辩,软化农民的心,使他们能够披上善良的伪装以榨取农民的血汗。

在偏远的乡村教堂外或者村里守护神节庆典时,常会碰见一对流浪者,也许几个月或者几年前也曾路过我们的庄子。此时农人们才会意识到,这可怜的流浪人曾经装扮过四肢不健全的残废或是盲人。

夏天遇到的各色人物是冬季里围坐在篝火前交心攀谈畅聊的最佳话题,所有有趣的童话或者恐怖神秘的迷信传说占据着如同当下电视节目的地位,也充实了我们的想象。这些我们谈天说地中的、神奇迷信传说里的故事主角,在我们田间有各种收成的时节,会突然光顾我们的家。

其中有一个叫艾薇的女人,也称为"拉布法利纳巫女",每个镇子的人都争论说这是来自他们镇的女巫。在那些年里,人们对女巫和巫师怀着极大的恐惧,所有老人都相信,在某些莫名其妙的事、某些奇怪的行为或某些疾病背后,隐藏着某些女巫的诅咒和身影。

特别是玛丽埃塔伯母非常害怕拉布法利纳巫女,有一天早上伯母真的看见巫女就在离家不远的地方,向家里走来,这可把她吓得不轻。她立刻回到房间,关上了门,一边走一边手在胸前画十字,念诵着祝祷诗,她的手首先伸向复活节棕榈树叶,这是和圣母画像放在一起的。随后她叫我过来,让我亲吻念珠,然后把它放在围裙口袋里。拉布法利纳巫女是个又黑又干巴的小老太太,脸颊塌陷,眼睛炯炯有神不停地转动。

巫女走进屋子,玛丽埃塔伯母以一种极为好客的方式出门相迎,又把对方请进厨房。她知道不管做什么巫女都不会拒绝,因而她想到马上给巫女准备吃食。她们没有对话,巫女在桌前坐定,立刻狼吞虎咽起来,充分利用着每个人对巫女的恐惧来占些便宜。有传言说,如果有人拒绝款待她甚至将她赶走,这家人肯定会等来巫女的夜间探望,还会在冒犯她的人和这人的家人身上留下些印记或者"黑莓",也就是淤青。巫女留下的淤青,那些肿胀的叮咬形成的伤痕,我真切地在伯母和女邻居身上见过。所有人那时都确信这是巫女的杰作,每个人都有各自不同的补救办法,最常用的是在门后钉上马蹄铁和福运棕榈叶。

我们孩子对巫女的好奇多过恐惧,拉布法利纳巫女长得并不那么令人害怕,她的脸棱角分明,干干皱皱的,走起路来挪着轻快的小碎步。我们都很好奇,巫女是不是真的像大人们所说的那样,并坚信肯定也有什么安全的办法能够弄清楚这回事儿。

有天晚上,玛丽埃塔伯母在晚餐后与她的一个表姐闲谈了很久,她的表姐住在离我们很远的地方。伯母的表姐也讲述了她那个地方巫女的故事。事实证明,确定这种女人是否是巫女的确凿方法是在她坐着的椅子下面放一把扫帚。如果那个女人真的是一个巫女,她将永远无法站起身来。

这一次我们决定实验一下,我和一个堂兄一起,悄悄溜进厨房,这时巫女低着头埋在盘子里吃饭。我假装在壁炉旁扫地,随后离开并把扫帚留在那里。我堂哥拿起了扫帚,藏在背后,趁我和玛丽埃塔伯母说话的时候,就悄悄靠近巫女的肩膀,然后慢慢把扫帚移到椅子下面。

我的注意力完全在堂兄身上,伯母则本能地朝我眼神的方向看去:这时,我堂兄拿着扫帚,轻轻地握住它,一点一点把它伸到椅子下面,伯母看到这一幕,一直用手紧张地捂着嘴巴,眼神十分绝望,并用另一只手扶着我的肩膀。被第六感警告的拉布法利纳巫女突然转过头,查看身后响动的原委。她从椅子上跳起来,椅子朝后飞了出去,她朝我堂兄大喊大叫,一脚踢开扫帚,扫帚正好飞到了堂兄的身上。

这时我挣脱了伯母,跑到堂兄跟前,笑他出了洋相。全身裹着黑衣的拉布法利纳巫女的脸因激动而红了起来,表情也变了,她的嘴上沾满油光,手上也满是油腻,指着我们咒骂。

基娅拉和拉布法利纳巫女正相反,基娅拉是另一个老妇女,常常在打麦期造访我们这里。她也总是穿着深色衣服,单薄瘦削,尤其是走起路来一瘸一拐的,这就是为什么每个人都认识她。她是村里可怜的瘸子,靠施舍过活。她非常平和友善,说话缓慢且彬彬有礼,当她要饭的时候,人们很难拒绝她。她总是穿着长袍,黑色紧身胸衣束着腰,黑色的手帕罩在头上,走路的姿态有别于常人。她看上去像个小修女,总是微笑且沉着。就像谚语中所说的"盲人会算计,瘸子会走路"一样,实际上她整天漫无目的地走,令人难以置信她到底能走多远,我们这边的村民有几次在离台伯河沿岸几公里远的村庄碰到她,还有人说是在托尔贾诺和德鲁塔之间的小山丘上遇到过她。

当然,在她身上还有一件非常令人吃惊且神奇的事情,那就是她能"完美"地将乞讨来的食物隐藏起来的能力。在每户人家里,只要她路过,都会相应地消失一块面包、一块奶酪或少量面粉,所有东西都消失在那条长裙下。有一次被我看见了,在半身裙的绑带下,她的腰间束着两个小口袋,一个长长的,一个短短的,她把所有乞讨来的东西都放在那里,这样她就可以永远空出两只手来了,好再继续跟下一家人索要东西。她在各村各庄到处溜达,所积攒的东西也不知养活了多少人,因为她也是个慷慨无私的人,如果见到比她更不幸,更无依无靠的穷人时,她也会慷慨地接济他们。

打麦的工作仍然在往前推进,每个人都迫不及待地希望早点结束这项工作。小麦堆积在麦仓里,我们小孩子就在劳作的间歇跑到那上面去,滑进麦堆真的是一种刺激的感觉,太舒服了,像在沙丘上一样。显然,我没见过什么是沙滩,也没有见过沙丘,我从来没有去过海边,台伯河边的河滩也不是金色的。跳过一个个麦堆是意外发现的乐趣,就像在游乐场里一样欢乐。几分钟的小游戏我们玩了不多的几天,但是之后好长时间都会心痒惦记。

有天清晨我走过场院,意识到垒麦垛的工作要结束了,麦草仍然色泽鲜亮、呈金灿灿的黄色,麦垛呈穹顶形,因为中间有米图洛,就是支撑柱,麦垛上面还露出一大截柱子,所以看起来像一棵倒栽的树。脱粒机操作员正在拆卸皮带并合上闸口,伯父们清理了打麦的场院,一些同村的女人在捡拾船型麦垛上掉下来的麦粒。祖父这时脱下帽子,招呼所有人注意他,每个人都站得笔直,听着祖父做感恩谷物丰收、农忙完满的祷告。

那是打麦的最后一天,那天中午,我们张罗了犒赏工人、脱粒机操作员和帮忙的邻居们的午饭。纳塔利纳伯母前天选杀了一只鹅,上面放上猪油、野茴香头、胡椒、鼠尾草、盐和迷迭香,腌制了一整晚。午饭前不久,村里最会耍把戏的人出现了,他是个性格开朗、有点怪异小动作的男人,他总是斜挎着手风琴在村里走来走去,是个比较受村民欢迎的人物。

那个年代,农村没有广播更没有电视,唯一可以听到的音乐来自手风琴,唯一动听的声音来自说唱者的喉咙,这简单的娱乐形式受到渴望乐趣和充满好奇心的村民们的强烈欢迎。

午餐持续了很长时间,佩皮诺大伯自酿的红酒为这次盛宴增色不少,这些都是上一年专门为今年打麦期预留的。午餐时每个人都洋溢着轻松喜悦的笑容,大家内心颇为轻松,一半是因为大伯的红酒助兴,一半是因为工作确实完全结束了。

烘场的乐手,这时也挣到了刚从主人那递来的餐食,众人将他举起连抛了四下。所有人的脸上都洋溢着热情和喜悦,在溢于言表的欢乐驱使下,大家不由自主地跳起有节奏的舞步来。这时是我一年中难得忘乎所以的快乐时光,而且我也非常欣慰地看到,平时一贯严肃的父母亲和伯父伯母们难得尽情地欢乐,我自己也由衷地感到快乐。

那年的一切真是出其不意地顺利,我们就应该好好庆祝一下。吉诺那天早上也过来了,但我一直忙得没空理会他,我看着他在麦场里肆无忌惮地又蹦又跳、不亦乐乎,毕竟直到前一天,他还围着脱粒机嘈杂的轰鸣声打转,连喘息的空儿都难有。

即使只能看着他我也觉得很开心,还幻想我们两个在一起时甜蜜温馨的画面。当然,我希冀并渴求他也有和我一样的想法。

因此,当我看到他朝着我的方向走来,握住我的手时,心底泛起紧张的波澜,我紧紧缩着身子,保持着沉默,我们穿过众人困惑的目光和低声的耳语,来到空地中间,在这种质疑的气氛中跳了一阵舞。

我不敢看他的眼睛,在草地上跳舞,使我的舞姿尤为拘谨笨拙,仿佛四周围了许多人。刹那,我仰起头,勇敢地注视着他,我感到他的眼神进入了我的灵魂。天知道我们跳了多久,是一分钟还是十分钟?我感觉浑身乏力,仅仅记得当音乐停止时,他对我说:"过几天就是圣洛伦佐节,记得节日的晚上来村子里跳舞呀。我等你,一定一定要来呀,一定记得我的话!"

圣洛伦佐节集市

那个邀请打乱了我平静的生活,我猜,他也满怀欣喜等待着我,这一切仿佛是一个梦,我害怕自己梦见他,脑海里的自己反复自言自语以琢磨这种感觉。

8月10日,在蓬泰诺沃的圣洛伦佐节集市,那将是我一生中的第一次约会。

在接下来的几天里,我再也没有想其他任何事情,那几天对我来说似乎很漫长,但随着企盼的感觉流逝,焦急不安逐渐开始蔓延。找不到合适的衣服,圣餐礼和坚信礼①时穿的礼服对现在的我来说太小了,最近也没有任何婚礼好迫使纳塔利纳伯母给我做衣服。

我没有勇气告诉她我的想法,但是我必须找到一种合适参加节日的方式,且必须穿得体面一些。唯一的方法是守在伯母身边,等待合适的机会。但是一天天过去,竟然碰不到任何我认为合适的机会,我们家的生活一向很拮据,因此我也没有勇气向家人要钱来实现这个并不十分必要的奢望。不知道有多少年伯母都没有给任何人做过衣服了,假设她真的要做的话,也必须有充分的理由证明这笔费用是合理的。我如何奢望得到这一特殊待遇?

所以到了8月9日,圣洛伦佐节前夕,晚餐后,我感到喉咙有点噎住,莫名的兴奋感油然而生。不知从哪里获取的力量使我不由自主地

---

① 坚信礼:是基督教的仪式,是童年到青春期的过渡标志,也意味着参与仪式的年轻人成为基督教会的一员。

走到纳塔利纳伯母身边,向她直言:"伯母,明天早上我特别想和你一起去镇子上的集市。"

伯母用和往常一样严厉的目光把我上下打量了一番,然后说道:"我们看情况吧……"纳塔利纳伯母曾经是销售员,我知道她会去集市上叫卖一些牲口。我本意就是想帮她一起卖。因为假如这天买卖做得顺利,伯母的心情就会很好,说不定经过服装摊儿的时候,她会留意一件漂亮衣服给我。

一整个夜我都很激动,以至于无法入睡,我不断地醒来,等不及在天明之前想要知道伯母会不会带我去。所以我在天刚蒙蒙亮时就起了床,立即去前院看该怎么做才能取悦伯母。

首先,我开始喂小鸭,有两只雏鸭可能会被带到市场上卖掉,看着它们,一种失落感油然而生,我在想它们最终会落到谁的手里呢?它们如此可爱,拥有金黄而柔软的绒毛,温柔的扁嘴激动地寻摸着吃食。把它们带走前最好让它们吃个饱,因为饱胀的胃可以在它们称重时划算不少,而且,它们吃饱时,也会表现得不那么急躁了。啄完食后,它们一个个蹲下来,将头伸进翅膀下面,几乎恢复到我第一次见到它们刚从蛋里出来时的样子。

喂完小鸭,我仍然没有看到伯母,我不能一直这么干等着,想着便来到麦仓周围转了一圈。所有的牲口都醒了,它们在吃马里亚诺伯父带来的饲料。然后我找来了佩皮诺大伯做的芦苇编的小篮子,把它拿到前院来。这是一个宽口浅底的篮子,中间只有一个把手,最多可以放入十五到二十个"比里尼",就是小火鸡。在篮子底部,需要放入柔软的稻草,然后妥善地将小雏们放在里面。小火鸡通常比小鹅更加躁动,它的羽毛呈深色带有白色的斑点,看起来像缩小版的非洲乌鸡。

我刚把篮子装好,伯母就来了。

她什么都没说,但看起来她对所有事情的就位表示满意。马里亚诺伯父套好了马车,此时,伯母看着我说:"来吧,拿上篮子,我们要走很远的路,现在已经不早了。"此刻,我高兴地跳入她的怀里,想去亲吻她的脸,但是伯母敏捷地躲开了,我只好重新开始工作,为了赶时间,我马不停蹄地往马车上装篮子。

  当我们正式徒步出发时,我看到马里亚诺伯父牵着准备带到集市出售的牛从牲口棚里出来了,伯父已为它们洗刷并淋浴,这样它们会看起来更漂亮健康,更容易吸引客户。佩皮诺大伯将母马固定在低矮的马车车辕上,马车底部覆盖着一层干草和玉米叶作为底衬,大伯将当季第一批新鲜西瓜和哈密瓜妥善美观地摆放在马车上,呈柜台式样以方便兜售。种西瓜是他的专长,他总是亲自照顾西瓜地,在西瓜即将成熟的最后几周,每天晚上他都要看着西瓜田睡觉,身旁还夹带着来复枪。看守瓜田的小棚设在坡顶,以便察看周围情况。总之,我们全家谋生所涉足的领域都围绕着我们这个小镇子的市场所需来开展,每个家庭成员都有一项分工。去集市是一件值得期待的事情,不仅因为能卖出东西,挣得一些分分毛毛的零碎钱,还因为这是一个难得与全镇人聚集交流的好机会,是一年中为数不多的几次能够全身心远离农场生活和劳作话题的交际机会。

  我和伯母很早就到了镇上,我们推着双轮手推车,手拿篮子沿着大路边走边寻找摆摊的最佳位置。这时,许多农庄妇女紧随我们陆续从四面八方赶了过来。我慢慢走着,以免打扰到仍在休息的小鸭,它们安静地半睡着,蜷在稻草和覆盖它们的一捆麦草之间。

  我们在离小广场非常近的教堂对面找到了一个沿街的有利位置。这里算是市场的心脏地带,也是人流最为集中的地方。这时太阳出来了,赤日当空,预示着这是炎热的一天,特别是在这种大路上。不过我们的摊位在靠着河的地方,田野一直延伸到我们旁边桥底下的这条河畔上,站在这里能感到一丝清凉。这里常是牲口交易的固定地点。农民带着自家养的牲口,一字儿排开,涌进这片区域,绵延在这条小街上,长长的队伍望不到头。一个牵牛人的身边里里外外包围着镇上的孩子们以及许多看热闹的人,远远望去,那可怜的牵牛人也只露出个头。清澈见底的台伯河水此刻宁静无声,只有在与基亚肖河交汇的地方,它才会溅起许多泡沫,人们随时啜饮河水,沿着河岸到处是郁郁葱葱,没有任何废纸或塑料瓶子,大片的青草和灌木丛像是给河流边沿加上了绿色的框子。

在桥的右边,我看到了成群结队的猪、牛、马、骡子和驴子。而在我们这一边,从马路绵延到广场,所有的空地都摆满了摊位和篮子,男人和女人叫卖着货物,有亚麻、棉布匹、日用小百货、小鸡崽儿、纺锤等。直到十点,大路上的繁忙还没有停歇的意思,也就在此时,市场的贸易才真正如火如荼地进行起来。这是一件令人兴奋的事,在喧嚣人流中,我感觉到一种别样的幸福,我为自己没有多生出几只眼睛好能多看看我想看的这一切而感到可惜。

我不能分散注意力,要帮伯母卖掉尽可能多的东西,这样,节日礼服如果我问她要,她或许能答应我的要求。因此,我吆喝着以引起路过妇女的注意,为了展示小鸭我掀起了篮子的遮盖,以便她们凑近时能看个清楚。小兽们显得比之前躁动许多,我抓住它们拿在手上,向这些家庭主妇们展示这些小鸭并不蠢笨反而很敏捷,也会长成相当肥美的样子。"你们看,有一点麸皮和草就能养活。""它们走起来,胸脯好圆,大腿也很粗壮呢。买下它们吧!"我叫卖道,"买下所有这些,我送给你们篮子,圣安东尼会帮助你们的。"也许是因为我的鸭子们确实表现得机灵可爱,也或许是我的卖力表演和吆喝富有激情,以至于很短的时间内我真的几乎卖掉了全部货物。其他摆摊的妇人向我们投来又嫉妒又羡慕的目光,现在只剩下一些小火鸡没有卖掉,由于我的任务已经完成,我可以稍稍放松一下,经不住周围那些吸引我的物品带来的诱惑而四处乱看。伯母看我显得比刚才不安分得多,知道我想干什么。"去吧!"她说,"去看看你爸爸有没有卖掉所有的牛。"

"如果你回来时在这里找不到我,那就到那里去找,在那些小摊位间,因为我听说某些人在家里叫嚷着要一件圣洛伦佐节穿的裙子!"她说最后这句话时一直看着我的眼睛,我突然感觉脸颊上热晕升起,原来自己这么容易害羞,我二话不说撒腿就跑,真的没勇气再说点什么了。当我奔跑时,我感到幸福和激动充满了喉咙,快要溢出来了。原来伯母早就了解了一切,或者早就知道某些事情,她知道所有人的秘密,虽然之前我只跟堂姐提及过。

这是多么美好的事情,我从来都没有跟谁要求过,伯母也太善良、太知心了,我从来没有跟她提过关于我的任何事情,但她总是能准备就绪来为我奉献全部!

这个可敬的现实中的圣母玛利亚一定把我庇护在她的怀抱里了,在我人生中,我第一次感到如此幸福和热烈的欢愉。

我沿着大路后段的斜坡小跑下来,往河岸的方向跑去。在河的那头可以听到巨大的噪声,所有的牲口都聚集在这块狭长的土地上。小牛犊和猪的声音此起彼伏,大黄牛的"哞哞"声更洪亮,很容易分辨,人们讨价还价的喧哗声更是把这片嘈杂的声响推向了高潮。在这种场面下,人们说话的方式更像在争吵,两个讨价还价的人相互推搡、吐吐沫、扔东西,这是买卖牲口的市场里非常典型的买卖方式。

这些集市上那些神奇的事情,美好、真实、自然,今天想来,似乎已经完完全全地消失了。在那片田野上,农人们曾牵引着用绳子互相牵连的牲口群在移动,形成浩大的队伍,而如今已盖满了房屋和地窖。

我似乎看到了我们家的牲口队伍,一群大白牛,它们的牛角用红色蝴蝶结互相绑在一起,非常安静地待在那儿。看牛人在前面,坐在烈日下,时刻保持着警惕的眼神,手里握着鞭子。

忍受烈日,直挺挺地在那里待一天,这可不是件容易的事。在大太阳底下,看牛人要持续忍受苍蝇和蚊子无休止地对人和牲口无差别地叮咬,而地主老爷则悠闲地坐在树荫下乘凉,摇晃着他的手杖,嘴上叼着烟斗,以显示他主宰众生而其他人都要俯首称臣的高贵地位和气场。

我穿过熙熙攘攘的摊点,踩着泥水和粪便前行,在蔓延的臭气和嘈杂的人群之间穿梭,在吐口水和谩骂之间躲闪,寻找着父亲和伯父,他们可能与牲口、农夫们待在一起。

我找到他们时,没有人注意到我:他们正忙着谈判,我看到了被围观者挤得几乎找不到身影的地主,还有一个对我们牲口非常感兴趣的商贩。我听到有人提高了嗓门开始大声说话,但无法看清那深色衣服人群里是谁在说话。我在两个看热闹的农夫中间找到了一点空隙,急忙钻了进去。我看到马里亚诺伯父站在一边,脸色铁青,佩皮诺大伯在他旁边。显然,他对被排除在谈判之外感到失望,并且很不情愿协助地主老爷,因为后者随意地安排了牲口的交易和价格。

这些已经卖出的牲口是他亲手接生、亲手喂养、生病时通宵守夜、在带来市场之前亲手洗净擦干的,但在这个买卖的环节却没有他发言的权利!

人群的中心,讨价还价者争得面红耳赤,嘶哑的声音、敏捷的眼神使整个场景显得有些滑稽。

有时候这种情景会持续半小时,其中会发生许多次的喊叫、推搡、往地上吐口水、转身离开做出假装放弃的态势、掀开帽子又放下、让头上的汗水挥发等情节。为了那近乎双方都满意的商讨结果,双方不知道要浪费多少口舌和气力,才能反转局面或者处于上风,争取到多那么一个子儿的利益。

牛市

一个出色的中间人需要具备的能力是,使买卖方都相信他所调和的是一笔好生意,也就是让买卖双方都觉得受益也都满意,如此,才能再有下次合作。为了达成交易,中间人这个角色一定是不可或缺的。

很遗憾我的伯伯们不能参与其中,大字不识的农民无法直接参与交易,他们牵着千辛万苦养大的牲口到了集市,却由地主老爷决定卖多少钱。市场上百十号的男人以拍卖的形式,竞价牲口,他们大声且急迫地喊着价格,就像在吵架,这使我受到了惊吓,他们大声谩骂、埋怨和发牢骚使我感到害怕,所以在没有看到讨价还价的结果前,我就走开了。

没有钱可不是来集市漫步的理想条件,在集市的每个角落里都有吸引我的东西,满足着我的好奇心。

我的好奇心完全被所谓的"马路背箱客"吸引去了。那个时候,我们将卖饰品的小商贩称之为"背箱客"。他们时常背着装满蕾丝花边布或者五光十色的小首饰的货柜边走边叫卖,流动在集市、各村镇的集会和跳蚤市场上。他们通常都是长相好看的年轻人,挨家挨户地走动,精通于如何招揽和吸引顾客,他们所卖的货品包括所有的生活小百货,如香皂、手帕、花布内裤、香水、纽扣和别针。当一个个五彩斑斓、精美绝伦的物品从那个有着单肩背带的神奇盒子里拿出来时,就像打开了潘多拉的宝盒一样,让人感到头晕目眩,好像站在了城里商店的柜台前——那些我只听说过的商店。

我悄没声地站在他们跟前,被他们的说话方式深深吸引住了,被旁边那些妇女与这些小青年间戏谑的玩笑和彼此挑逗叫得入迷。他们非常顽皮,对漂亮的女孩子从不缺乏赞美和暗示,以至于让我回想起我十六岁的朋友钦齐娅,她曾经爱上了一个年轻的背箱客,她曾向我吐露过要和对方私奔的想法。钦齐娅与我完全不同,她一点也不害羞,头脑非常清醒,她无法忍受乡村封闭而单调的生活,并且寻找一切机会想逃离这个封闭之地。她一定是在某天实现了梦想,因为我已经许久没有见到她了,反正再也没有听到她的消息。

在教堂的拐角处,我看到了说书人。像我见过的所有说书人一样,他衣衫褴褛显得有些落魄,但笑容很灿烂,看起来心情很好,起码从脸上看不出他的窘境。说书人就是小镇上百姓了解外面世界的窗口,是我们听音乐和看节目的唯一途径,内容涉及本地区或者再远一些的地方悲惨故事或者奇闻轶事,他们真是很厉害的人物,就如那一天他演奏手风琴来吸引围观者聚在手推车旁一样厉害。

固定在驴身上的手推车装有一根杆子,杆子上悬挂着帆布,帆布上并排罗列着几幅小画,如耶稣受难之路连环画一样,展示他演唱的内容。

优秀的艺术家才是真正的艺术家,他们能在唱歌的同时讲好一个故事,使听众时而低声啜泣,时而仰面大笑,这也取决于他讲的是一个紧张刺激的犯罪故事还是猎奇的"牛角"故事,因为这两个最吸引人的话题常常被说书人利用。

那天早上这个说书老人穿着破旧的外套,在树荫下弹奏着乐器,他把帽子翻过来放在身前,用以接受施舍。帽子旁边有个鹦鹉,它跳上一个盒子,盒子前面放着很多黄色和蓝色的小纸片。

每次有人把钱放到帽子里时,鹦鹉都会用喙随机抓起一张纸,随后老人会读出那个关于布施人所谓的运势或健康状况。在没有节日或集市时,说书人就会在乡下转悠,晚上会刻意停留在人数众多的大家庭里,为那家人唱歌或者弹奏解闷儿,以此换取一顿晚餐和歇脚的地方。他们习惯满足于一盘玉米粥,以及夏日的麦仓或冬日马厩中的一席之地,并以这样的方式终了一生。

这时已经临近中午,许多人手上的商品已经卖得差不多了,便开始在市场上闲逛,这是一个好故事开始的恰当时机,这位老人从驴车后部连带的箱槽里站起身,开始哼唱起没有固定旋律的小调,有点像教堂里祷告诵经时唱的歌。这样的小调能提前渲染故事气氛,让看官了解故事发生地等一些细节,引来过路人的好奇,驱使人们坐到他面前。

随后,他举起了一张画布,上面拼接有八幅小画,描绘了城镇里一对母女错综复杂的悲剧故事:

主人公母亲与她的女儿住在一起,她的女儿是一个可爱的小家伙,有着金色的头发和蓝色的眼睛,在第一幅小画里,小女孩就站在母亲旁边。但是这位女主人公常感到悲伤和孤独,有一天她遇到了一个男人,一个英俊的男人,说已经爱上了她。他看上去是一个善良热心的男人,他有宏伟的计划,但实际上却残酷自私。在第二幅画中,可以看到当男人紧紧握住女主人公的手时,他俩深情地四目相对。女主人公爱上了那个男人,梦想着能和他一起过新的生活。这时,男人坦白说:他的梦想是去美国谋生挣大钱,也想带女主人公一起去。但是这个女儿不能去,那里没有女孩儿的容身之地。女主人公不知道该怎么办,是撇下女儿和情人远走高飞,还是留在家里和女儿在一起,她想象着那个男人正在登上轮船前往未知的美国,这让她再次陷入绝望的孤独之中,正如第三幅画里展示的那样。再一幅画中,女主人公做出了决定,向男人跑去,同意和他走,让他带自己一起离开,而主人公的女儿已不是问题,因为她将把女儿托付给亲戚。

但这是一个谎言,女人本来就没有什么亲戚,她不知道该怎么样安顿女儿以实现和男人私奔的愿望,舍弃对孩子的承诺。随着时间流逝,她感到焦虑,对这个可怜的女儿变得凶残且暴力。小家伙无法理解,在母亲无故殴打和虐待她时,常常哭泣,正如第四幅图所示。这位思想畸形的女人整日待在外面,与她的男人厮混,让孩子留在家里暗暗哭泣也没有东西可以吃,晚上还要遭受毒打,这一切使这个坏女人感觉舒坦。因此,在心魔的作祟下,她并不怜惜日渐苍白虚弱的小家伙,直到那个女孩在漆黑无月的夜晚死去。

说书人指着第五张图,可以看到当小女孩躺在床上时,她无辜受难的灵魂插上天使的翅膀升到天堂。那时,魔怔的母亲将她埋在房子下面的花园里,而没有任何痛苦的表情。现在,她离开这里奔赴幸福和新世界的障碍不存在了。在第六幅图里,可以看到,他们手挽手离开了那个旁边有一个土包的房子。

　　恶人的幸福不会持续太久,主会惩罚那些做出恶事的坏人,所以,一天一只流浪狗路过了那个房子,在花园里到处嗅着。然后它开始用爪子奋力地刨起土来,刚好在埋着小女孩尸体的地方。一个邻居看到,小女孩的手从地下伸了出来。这是第七幅图里的场景。

　　邪恶的女人受到了公正的惩罚,她将在监狱度过余生,并为她曾经犯下的罪行饱受精神折磨,终日无法入睡。在最后一张图中可以清楚看到,那名瘦弱而衣衫不整的女人低垂着头,出现在监狱窗户后面,两个头上插着羽毛的警察渐渐走远。

　　听完这个故事我心绪纷乱,歌声停止后,我才逐渐从母亲让亲生女儿丧命的恐惧念头中摆脱出来。至少在这方面我很幸运,因为我的家人每个人都爱我,即使在困难的境遇中,也没有人动伤害别人的心思。可是,我听到的这个悲惨的故事很可能发生在这个世界上的其他角落……

　　天色不早了,伯母也许还在等我,所以我又走回河边,但是市场上能吸引我并分散我注意力的地方太多了。沿着大路行进时,我还看到了算命先生,他们穿着吉卜赛人的服装,只需花很少的价钱就能看手相和预测未来,但他们非常狡猾,当他们意识到客人可能有点余钱的时候,就会编出一个又一个故事,从彩色围裙下面拿出护身符和通灵法宝,以骗取更多的金钱。

　　我有些胆怯地看着他们,其中一个人注意到我,深邃的眼神注视着我,以至于我感到恍惚,然后像个傻瓜一样逃跑了。

镇上的集市

一路上我还遇到了卖冰激凌的小贩,他穿着被冰激凌弄脏的围裙,推着储冰的木柜,四处吆喝着以招徕顾客:"谈恋爱的年轻人呀,来这里买冰激凌吧,优质的冰激凌,奶油和巧克力让你心情加倍好,亲不够哒。"

几个女孩路过他的时候,他带着挑逗的意味,停下来看着她们唱道:"菲奥琳·菲奥雷洛,有你的爱情如此美丽,爱使我梦想成真,使我颤抖,我不知道为什么,我的心在你身边跳得如此剧烈。"①真的有那么多人,这次集市就像我想象的一样,还有很多男女恋人,手拉着手或肩并着肩走来走去,所以我不禁想到了我的吉诺。不知道他是否也在附近,还有他明天是否真的会来参加圣洛伦佐的节日集会?

看到那些幸福洋溢的脸孔,那些容光焕发的表情真是美好,希望这些迟早也会发生在我身上。

但是,天知道我有没有准备好,我又想起我的裙子来,我必须找到伯母,让她无论如何都要找到合适的布料送到裁缝那里。

无须辛苦地寻找,因为纳塔利纳伯母早已告诉我她的位置,就是布料摊,她果然在那里挑选着印花布,这是做好一套衣服的基础工作。但愿伯母没有忘掉我,我走近她,没有声张,听着她讨价还价。

我感到有点累,气温升高让我觉得有点闷,街上的人还是没有要散的意思。伯母很挑剔,她不辞辛苦,想去所有的布料摊对比出最优惠的价格。这时,当我们经过一堆碎布头堆的时候,意外看到了我喜欢的东西。

那是一块轻薄的棉布,蓝色的底子上缀满白色的小点。我拉着伯母的袖子指给她看。难以置信,感觉这似乎像一场梦,伯母没有反对,而是与摊主开始为这块布讨价还价。当谈妥价格,伯母二话不说,就把

---

① 歌词来自意大利民间歌曲《恋爱中的菲奥琳》。

这战利品握在手中,随即那块布料就隐匿在伯母存放杂物的布袋中,那个布袋里早已装满了刚刚在市场上买到的家里急需的各类物品。我真的很高兴,连忙拿过挎在伯母手臂上的包袱,和她兴高采烈地走上了回家的路。

在村子的边缘,我遇到了伯父和父亲,他们正在猪肉店外的坐板上纳凉。烤乳猪对我们农民来说是真正的奢侈品,它的气味令我垂涎三尺。猪肉店是村上所有男人集市歇摊后的聚集场所,在那里,他们可以吃到烤猪肉夹馍,再喝一盅白葡萄酒,边聊天边交换着买卖的信息。

这一天,伯母真的像被上帝眷顾,变得如此贴心,因为她让我放下包袱,留在原地看顾手推车上的东西,而后走向猪肉店,买了一些烤乳猪肉,顺便也买了我爱吃的波切塔①。

我靠着伯母的手推车,看着那里的男人,他们卷起衬衫袖子,出着热汗,夹克搭在肩膀上,一年四季他们都难得有这样无忧无虑的时刻畅饮美餐。

我注意到其中一个男人,村里人都认识他,他叫吉吉,娶了一个嫉妒心极强的女人,村子里其他人私下里都这么说。

这个吉吉独自一人站在门廊下的坐板上,要了两份食物和两杯酒。然后他用一只手拿上袋子和两个杯子,靠在胸口上完全遮盖住,并将外套折叠搭在肩上。

走开前他环顾了一下四周,我看到了他奇怪的行为。首先,他走向村里,然后下到河边方向去,那里草长得很高。我站在牛车上能看得远一些,可以看到他戴着帽子的头在沿河的芦苇丛里移动,继续向河的方向走。这是一种非常奇怪的行为,但我没有跟周围任何人说,甚至没有跟同时提着捆扎好的烤猪肉小包回来的伯母说。

---

① 波切塔(Porchetta):意大利脆皮烤乳猪肉卷。

这种美味的烤乳猪真的很少吃到,伯母在我面前打开了这份锡箔纸包着的诱惑。我开始对着美味的烤肉流起了口水,小口仔细咀嚼着,牙齿咬碎脆皮时会发出"嘎吱嘎吱"的声响,烤制的猪皮油脂早已渗到了猪肉里,味道美滋滋的,真是人间至味。还有几块熟的猪血,价格便宜,可以解嘴馋。

　　当听到刺耳的尖叫声和大喊声时,我还在贪婪地咀嚼着美食。所有人都朝着河的方向,向喊叫声传出的甘蔗林方向跑去,我看到甘蔗林的高处在剧烈地摇摆。在所有人的捧腹大笑和惊奇间,吉吉气喘吁吁地从甘蔗林里跑出来,他的妻子小跑着紧跟在后面,举着一根烂掉的甘蔗,正欲追上来打他。

　　突然,他的妻子站住了,吉吉早跑出去一大截,已经追不上了,她谩骂着将手上拿着的外套扔了出去。而后,她又回到甘蔗林里,回到那个激烈摇摆的灌木丛中,还能听到其中夹杂着叫喊声和哭闹声。

　　围观的人数急剧增加,不一会儿工夫,集市上的人就走空了,所有的人倚靠着桥的护栏或者站在河堤上看热闹。

　　在众人的嘲笑和调侃间,吉吉的老婆卡泰里娜又从甘蔗林出来了,拖拽着一个女人的头发,这个女人我不认识,吉吉的老婆还拉扯着那个女人的袖子,企图划伤她的手臂。

　　我惊愕得不知所措,一头雾水地望着河边发生的事情。伯母并没有看热闹的意思,她快速拾起东西,提醒我说,天色不早了,回家之前,我们还得去趟裁缝那里,所以最好现在立刻出发。

　　我激动地想抱抱她,用胳膊挽住她的脖子,但伯母却不给我表达的机会。在那个年代,乡村里的情感表达并没有像现在这么直接,即使是家庭成员间,也始终表现出一种存在的距离感和克制,说话行事要端直正经,再有一点温柔,曾经伟大深邃且赤忱的情感,或是被隐藏,或是被压抑在一个所谓的情感包装的硬壳中,这种苍白坚硬的情感,甚至是冷漠,是农民在日复一日面对土地的摸爬滚打中渐渐形成的。

一切都比预想得还要好,但是我无法充分体验到这种喜悦,从而无法与任何人分享。我为自己拥有的一点特权而感到高兴,能在圣洛伦佐节那天穿着一条新裙子,这是我一年中收到的最重要的礼物,而且收获这份礼物的喜悦能够持续很长一段时间,在最近一段时间里,再也不会有其他礼物能带给我如此这般的心情了。

在去裁缝家的路上,我感觉高兴得要飞起来。眼前的乡村似乎变得美好起来,我能闻到那片田野和沟渠的气味,一些开花的灌木丛传来的香气,以及白杨树林下陈腐的叶子的味道。

所有景象这时都像在梦中一样,转眼间我们到了安妮塔家,带着那需要量尺寸的蓝色布料。

安妮塔是我们的裁缝,谦虚又守时,她向我保证衣服第二天就会做好。我无法描述,我的家啊,那天晚上我脑海里浮现出多少事情,以至于躺在床上也无法入睡。凝视着透过百叶窗照进屋里的月光,我试图想象自己穿上新衣服会是什么样子,会给吉诺留下什么印象,他对我会是什么感觉?他是否还是把我当成一个小女孩,还是有另一种不同的感觉?整个晚上,我都时睡时醒,早晨,当我起床时,全家都还没有醒来。

早餐后,我迫不及待地跑到厨房窗户底下,看看在那一排排屋舍下的小巷子里是否出现了安妮塔的身影。我尽量不表现出迫不及待的样子,而是帮助伯母继续准备午饭,但是当我听到马里亚诺伯父走出马厩向我们的裁缝问好时,她正从自行车上下来,我立马冲下楼梯。安妮塔太厉害了,这件衣服对我来说就像一个梦。

尽管布料便宜,但它的颜色却像夏日的天空一样美丽,在我看来,这是世界上最漂亮的颜色。我小跑进房间试衣服,感觉自己仿佛成了天底下最高贵的小公主,瞧瞧这熨烫贴服的领子,这针脚密匝的下裙,天啊,我终于如愿以偿等来了、盼来了我的蓝色王子。房间里没有镜子,我只能打开窗户在暗处看看玻璃上的倒影。

然后我去了伯母的房间,在梳妆台前梳理头发,不一会我就给自己梳了个偏分,扎好了两根大麻花辫子,长而带波浪,最后盘在后脑勺上。

我在那个矩形小镜前左扭扭右转转,还想看看有什么需要修补的地方。其实我需要有人在旁边关注我、提醒我,这样我才放心。我会在很多人送上赞美的时候拥有安全感,而不是在收获片刻热情之后,转身看到自己蠢笨而丑陋的身体。

我开始害怕别人在背后议论和耻笑,担心穿着这身新衣服到镇上,所有人都会注视我,对我品头论足。

那么吉诺会怎么样?我没有勇气看他和凝视他了!我试图摆脱自己的坏想法,增加内心的勇气,一蹦一跳走出了房间。喜悦地感受着熨烫服帖的干爽布料紧贴皮肤时的丝滑质感。我已迫不及待地想让母亲和众堂姐妹们看看了。

厨房里没有人,安妮塔已经走了,所有人包括她都要为十一点的弥撒去做准备了。

于是,我决定步入场院,在那里等待其他人收拾停当,一同出发去教堂。

你还记得吗?我的家,那天早上,六十多年前的那天早上,我站在楼梯的顶端,可以俯视整个门廊洞前的情况。

在房子和农舍之间的空地上,母鸡悠闲地游荡,鸽子不受干扰地走着,走向它们石柱底下、木橼之间狭小的屉盒里。

那天早上,平时不起眼的阁楼在我眼里也变得如此庄重,在我看来,破旧的楼梯通向的是一座城堡,如公主一般,我正迈开人生首次约会的第一步。

然而,仅仅几步之遥,只有几步之遥,不可挽回的事情发生了!就像一个诅咒,像闪电一样,打破了晴朗的天空,像猛烈的刺伤一样,让我突然意识到冥冥之中是那残忍而无情的命运粉碎了我悲惨的青春时代第一个美丽的、淡淡的幻想。

一只潜伏在阁楼里的鸽子,没有刻意瞄准,却也十分精准地甩落在我右肩上一堆恶心至极、不受待见的"礼物",起初是重重地砸下来,之后立刻毫不留情地流向我胸前的位置。

真是糟糕透了,我一动不动地愣在原地,身体仿佛僵住了,当我凝视着这件鲜艳的蓝色织物时,我真的难过到要晕厥,那条蓝色的裙子已被毁坏了,被那可怕的半液态的污物无情地弄脏了。

我的眼睛因泪水而肿胀起来,胸部因猛烈的抽泣而起伏,我一动不动地站在楼梯上,甚至没有听到目睹全程的堂兄弟们幸灾乐祸的嘲笑。

那是我第一件晚礼服的"小插曲",织物上的污渍永远无法彻底清洁干净,给我的内心也带来了永久的创伤。我一直哭着跑进房间,无视母亲和伯母的安慰,最终她们想尽一切办法都没有清除掉这块污渍。

反正,好好的节日算是毁掉了,我没有办法再去参加望弥撒活动,我感到天塌下来了,世界也已经崩溃。

我所有的梦想、所有的幻想、那个渴望的约会,一切都破碎了。这个喜气洋洋的一天就这样变成了一个悲剧,一切都无法挽救。

之后,虽然圣洛伦佐节日的游行队伍经过我家后面的小街时,我按照规矩出门做了祷祝,在胸口画了十字,可是我真正想去问候的人——吉诺,已经实现不了了。我没有看到吉诺,我不知道他有没有去,或许他也没有参加朝圣游行,总之,我再也没有见到他。他的脸庞,连同对第一次约会的天真幻想,如烟花一瞬,如同盛装打扮的村人列队走过后,地上扬起又落下的尘土一般,只存在于刹那的回忆里。

在这个由艰辛和天真构成的小世界里,我们彼此或者相互联系或者干脆都是局外人。那天,成为我一生中最悲惨、最被误解和不幸的一天。

在河岸上

岁月如梭,四季如歌,我们的乡村生活仍然循着相同的调子周而复始。

我清晰地记得那应该是 1940 年 6 月,差不多已进入夏天,毋庸置疑春天已经过去,小麦穗生长势头很好,已经染上了它本该有的颜色。大约是那个月 10 号吧,我永生难忘的日子,永远留在我的记忆里。

临近中午,我们都在田间从事各种劳作,采摘豆子,给葡萄藤施肥。我站在篮子旁边,在台伯河沿岸的田地里摘豆子。伯父和祖父把泵扛在肩膀上,沿着一排排藤蔓走来,药物的喷洒能让葡萄藤在一整个夏季都免受病虫害。

尤其是在这样潮湿闷热的天气里,寄生虫很容易侵袭、吸食藤蔓和叶脉里的水分,使叶子变得干枯脆烂,然后被锈蚀吞噬,留下小而不成熟的蔫葡萄串儿。

这是难忘的一天,因为,这一天墨索里尼宣布法西斯政变,这让整个国家迅速陷落到危险和悲伤里,这刻骨铭心的一天开始时与寻常的一天没什么不同,但它似乎比平常的日子看起来又有些说不上来的独特,既不好也不坏,当我用双手一遍遍地伸进豆苗枝蔓去采摘豆荚时,我反复回想着昨天下午的事情。

纳塔利纳伯母宣布,我的堂姐之一,十六岁的安东涅塔,要进入修道院去修行了,这事情给我很大的打击。安东涅塔一直与我和其他孩子不一样,她性格内向、固执,有着坚定的宗教信念。能感觉到她明显的不安分已达数月之久,时而惆怅阴郁,时而魂不守舍,总是梦想着能进入女子修道院,等待这天就像等待解放,就好像她故意要自找牢笼封闭起来。在我看来,她就是活在世上却又与世隔绝的监狱外的囚徒。

我记得与她在一起的人不能和她开宗教相关的玩笑,甚至与宗教八竿子打不着的事情都不能提,她总是默默地祈祷并坚信这是她的命运。

即使这样夸张,但每个人都还是尊重她的,她的几个堂兄像贴身保镖一样保护她,每时每刻陪伴着她。相反,我感到自己如风中飘零的叶子,精神上充满了千万种恐惧感和不确定性,而且我从不知道该找谁,向谁倾诉。

然后,生活中那些对我来说无法理解的、不公的、邪恶的、隐秘的事情,更是让我徒增苦恼和不安。

安东涅塔至少走上了一条路,而且在这条路上她跨出了一大步,而我呢,今后的日子该怎么办?

我将和谁分享我所跨出的这一步,如果我找不到任何人,我该和谁来做所有这些呢?

1940年6月10日上午,这些想法完全充斥着我的头脑,我来到菜畦的尽头,手臂上挎着篮子,往河岸的方向走去,想着到河边玩玩水、冲冲凉。

我拨开高高的相互交叠的芦苇丛,走进蒲草和鸢尾中间。

我从来没有想过,在如此偏僻安静的地方会碰到一些意想不到的突发状况,也从没有想过在这种环境下,能看到我后来看到的事情。

我赤脚行走在草地上,不会发出任何声响,当我穿过水草和芦苇交杂的"密林"时,听到了一些窸窸窣窣的声音,就在刚听到的时候,我大约已经十分接近这两个偷情的人了,突然之间,我和他们碰了个正着,显然,这个地方是情侣幽会的绝佳去处,这是我那天早上才意识到的。

我被吓得呆住了,嘴巴不由自主地张得老大,在我面前的是一个裤袜已经褪到半截、赤裸着下体又多毛的男人,他转过脸望着我,露出失落的神情。

在他身体下面,我看到了被踩躏得乱七八糟的荷叶边裙子的一角,而在他肩头上,缓缓升起一个女人惊恐的眼睛,她披散得凌乱的头发丝儿粘在布满汗水的额头上面。

我瘫软着倒下去,那个男人直起身骂骂咧咧地沿着河跑走了,而那个女人坐起来并系紧了胸衣。我感到一种难以形容的羞耻,一种厌恶感或许是极度的憎恶感油然而生。而此时,我呆若木鸡,完全失去了思考能力,只有一个念头闪现脑海,那就是——我想去死,我想马上从这里消失!

我手足无措,没有反应,不知道接下来该怎么做。我以为我明白发生了什么事,也知道他们都干了些什么,也许这就是伯母说的男女之间的胡作非为,但当时除了排斥感,我没有任何别的感觉。

我迅速地转过身去,全身的力量只依从腿的指引,迅速地闪身逃跑。

快呀,再快点,再跑得远一点,尽管,身后那个我认识的女人想叫我回去,叫着我的名字,在追赶我的时候喊:"你看到的不好的事情……别想歪了……不要对任何人说!"

但是,我跑得更快了,我的脑子快要被点燃了!

我认识她,也认识他!她是已婚的女人,而那个男人则是她女儿的男朋友。

太不可思议了,怎么可能发生这种事情?

可这世界,这是如何运转的世界呀!

也许安东涅塔到修道院寻求和平与安宁的做法确实是正确的。爱情、尊重、情感,所有这些都是废话,不切实际的幻想,是像我这样单纯的女孩愚蠢而幼稚的梦!

这就是现实,任何人一生中都会发生都会面临的,也许,在这之后你再也无法相信任何事情或任何人了!

远处的钟声

我感到沮丧且空落,那时我唯一想见的人是我的祖父,我亲爱的祖父圣蒂诺,他本该在那儿的,带着他总是带着的泵,坐在一堆螺丝钉中间工作着。我不知道见了面会和他讲些什么,也不知道假如我告诉他一些事,我是否能得到他的安慰,听到他慈爱的言语,感受他那粗糙而布满老茧的手抚摸我顽皮的小脑袋。

我使出浑身力气奔跑,无法听到身后任何人的叫喊,我来到葡萄园中,扫视着一排排的葡萄藤,直到看到了在园子尽头的祖父,我悄悄地走向他,走得很慢很轻,以平复刚才疯跑的气喘。当我几乎要贴近他时,托尔贾诺教堂的钟声突然响起,甚至祖父都被这钟声吓了一跳。

紧接着,钟声也开始从贝托纳和德鲁塔陆续传来。祖父一言不发地看着我,解开泵并把它放在地上。大伯从另一排葡萄架走过来,问:"发生了什么事?"祖父回答:"可能是教皇或者什么国王去世了,这么多钟一起响起来……"

事实上,台伯河上的所有钟楼同时都响起了钟声,这不是乡间历来庆祝节日的钟声,而是一种激越又消沉,使人听到会闷闷不乐、焦虑万分的声音。

我仍旧呆呆地在那里发愣,手足无措,不晓得此时到底发生了什么,但肯定是一件非常严重的事情,祖父和伯父们的关注点都在那钟声上,不会有人愿意听我说的话。

我们离开田野返回家中,家里每个人都垂头丧气的,没人愿意发表意见,有几个邻居叔叔开始穿外套打算到镇子上去打听个究竟。我的父亲和小堂弟先出发了,与其他骑马或坐马车的邻居一起。

这是令人难以置信的一天,一整天我都感到头晕目眩,就像有许多蜜蜂在头顶"嗡嗡"直叫,既亢奋又像中了邪。家里一下子变得安静,只能听到伯母们默默擦窗户的声响。

马里亚诺伯父又回到了牲口棚,同时佩皮诺大伯和圣蒂诺祖父又回到葡萄园去完成刚才被钟声打断的工作。我心里真的很不痛快,这一天没人可以说话,没人可以试探究竟,也没法搞清楚状况。

有消息说将有广播传来,因此托尔贾诺涌进来很多周围村镇的人,甚至可以从远处看到一大群人和马车拥挤而来,就像复活节时的礼拜天,弥撒之前的样子。

傍晚时分,镇上的人们陆续散去,家里的男人带回的消息不但不能澄清状况,反而使我愈加混乱了。

战争!

这是一个新的词汇。

战争!

那天晚上我听到的每一句话,不是以这个名词开始就是以这个名词结束。整个村庄上空升腾起一片喧嚣,回到家的老老少少们对听过悬挂在镇政府门口的喇叭所播报的都司演讲,都在家中进行了一番热烈的转述和讨论。

幸运的是,我的小弟弟们都还小,但是母亲和伯母一样面色凝重,女人们已经开始担忧并哭了起来。

晚餐的气氛就像葬礼一样,只有我的兄弟们在恐惧和好奇混杂的心情下,交流着模棱两可的意见。

饭后,我看到祖父装完烟斗从楼梯上走下来,我借此机会追上了他。

我和祖父一起走到老榆树下,傍晚的树荫里传来阵阵芬芳且安宁的气息,夜幕降下来,田野里满是蟋蟀的叫声。

"祖父,"我问,"很多事情我都搞不明白,特别是今天战争的新闻,可是战争有多严重呢?"

祖父把手放在我的脖子上,抚摸着我的头发,回答:"我可爱的小孙女呀,战争对一个时代来说,是最惨痛的大灾难,我已经见过一次了,哎!应该说我已经经历过一次了,在那种状态下生活,是一件非常可怕的事情。"

"但是他们也会到这里来吗?也会来他们自己家里打仗?"我用苦恼的语气接着问。

"不是那样的,我的孩子。战争就像一场大火,没有人能控制得了它的走向,当它开始的时候,没有人知道它能走多远,一个人发起的事端,一百个人都不足以将其平息。"

"但是孩子,你不用担心。"祖父补充道,"你瞧着吧,上帝会保护我们的,我们从未冒犯过任何人,也没有人会伤害到我们。"

"但是纳塔利纳伯母今天晚上哭了!"我说。

"我看见了,"祖父回答道,"你应该明白,她在担心她的孩子们,你的哥哥们很可能被征去充军。作为母亲,她肯定不想看到亲生骨肉走向可怕的战场。但是还需要对上帝保留希望和信任,相信他不会抛弃任何一个信奉他的人。"

"但是,为什么神不对这个世界的邪恶做出反对呢?为什么不去阻止战争,也不去惩罚那些……那些干尽坏事没良心的人?"我很麻利地不假思索地道出了疑惑,最后一句却结结巴巴,因为我害怕祖父明白我暗指的意思,好像他能读懂我的想法。

"不要害怕,上帝会看到并且解决一切的。我们所做的一切都是我们自己的选择,我们可以做善事或坏事,但是我们所做的一切将来又会回报到我们自己身上,上帝最终将奖励正义并惩罚坏人。这个世界就是如此向前推进的,日常里的善恶总是混在人们的灵魂中,就像咱们的基亚肖河与台伯河交汇一样。基亚肖河的河水是浑浊的黄色,因为它地势低,裹挟了许多泥沙,而台伯河的河水看起来是绿色的,因为它水质清澈,河道更深。但是当它们汇集到咱们这里时,你擦亮眼睛看看,黄色和绿色就不再容易区分了,两段河水搅和到一起;这同样的道理也发生在人间,也如同人心一样。"

台伯河和基亚肖河在位于托尔贾诺南部的戛蒂农场附近汇合

II
空房间,再见

stanze vuote, addio

战后十月的一天

那匹马竖起了耳朵,老公鸡在狂打鸣,对入侵它们领地的人们暴跳起来,一阵嘈乱把我凝神的思索打断了,不由自主地分了心。此时的我不是坐在每天去田地的普通小轮车上,而是坐在像地主家那样的轻便马车上,我们叫"来涅托"的马车,通常地主乘坐它视察。我们时常看到他穿着厚实的外套,头戴羽毛帽子,向空中抡着鞭子而来,沿着田垄沟壑,面朝手里拿着帽子的男人们,迅速掠过我们弯曲的后背。那天,站在来涅托马车上的荣耀落在了我头上,我是坐在我丈夫旁边,马车驶出农家场院。车停在庇护我幸福童年时光的门廊下,我有些沉默和不自在,穿着白色礼裙,手里握着堂妹刚刚塞到手中的一束鲜花,身边站着的是一个完全陌生的男人,我将离开这里,开启另一段全然崭新的冒险之旅。

在我们身后,亲朋好友簇拥过来,高兴地站在场院里,成群结队地聚集在来涅托马车车厢和马匹周围,或是骑在自行车上看热闹。

我神不守舍,面色悲戚,在马开始小跑之后,我感到一阵头晕目眩,但最终我找到了最后一次可以振作自己的力量,我用不舍的眼神给了你一个临别的回望,我亲爱的家啊!我的心头一紧,一阵深深的痛苦焦虑感压得我喘不过气来。我的童年,我少有的安全感,家是我唯一感到安全的地方。那时在这个场院中间,我时常奔跑玩闹,发现许多生活的趣味,而现在所有这些都随着我的离去而渐行渐远,还有场院前头那棵老榆树,那棵在夏天充当提供阴凉的哨兵,冬天则充当沉默伙伴的可爱榆树也一同远去了。过去很多个夜晚，就在那棵树的树荫下，祖父跟我谈心，安慰我，减轻还是单纯天真小女孩的我的那些担忧和恐惧。

但是，我的祖父，你已经不在这个世界了。你走的时候战争差不多也结束了，你的离开也带走了许多我们的梦想以及所编织的那些年轻幻梦。当时我们的年轻人在前线奋战，遭受战争的磨难，与其他众多不知名的战士一起，战亡在连名字都无法叫出的异乡，而我们却只能待在家里执着地等待他们渺茫的音讯。

1947年10月10日那个秋天的日子，也就是我婚礼的那一天，战争的余波远未停止，我们还未能走出为战亡的亲人服丧、吃穿又极度匮乏的时期，但是战乱的结束却已不可遏制地重新点燃了人们澎湃的幻想与期望。

那天早上，我如此迷茫，不在状态，对当时发生在自己身上的事情没有一点儿触动。我表现得心不在焉，仿佛是一名看热闹的观众，而不是热闹中心的主角。从那天早上起床以后，我都是糊里糊涂地做着各种事情，被人拉着或者推着，不曾感知内心的召唤，也没有听到有股沉默正叩响我的心门："你该怎么办，去嫁给一个你不认识更不爱的人？"简直太荒谬了，我平静正常地生活得好好的，却突然就被拉到婚礼的圣坛上，一点心理准备都没有，怎么可能发生这种事情？

这是一个奇怪的时刻，一个周遭的状况和礼节比个人情绪和欲望更重要的时刻。我内心感到非常空虚，我总是不勇敢，永远不会在自己身上找到振作的力量。而且我没有人可以信任，无法与信任的人分享痛苦与抉择是多么悲伤艰难的事情。我无法向家人表露自己的感受，我确信自己无法准确解释，反而会招来他们的误解，因为在战乱和贫穷交织的当下，生存比个人的欲望及感情更重要。

我仍然记得那个充满灰色调却柔软的秋季时节，天空被大片白云笼罩，太阳总是羞怯地躲在云后不出来，像是在玩捉迷藏。早上九点，亲戚朋友已经陆续来到我们家,每个人都在院子和厨房之间来来往往忙碌着。在乡村,盛宴的机会总是很少,对于许多每月只吃一次肉的人来说,举行婚礼就算过上一天奢侈生活。我当时待在房间里,等缝制我婚纱的裁缝安妮塔。同时,理发师在为我打理头发,这也是我一生中第一次得到理发师的关照。我感觉到周围所有忙碌的人都向我发出关心,每个人都问我需要什么,是否要吃东西或者冷不冷,几乎所有的女人都从门后探出头来对我的装扮进行指点,并嘱咐我很多婚礼需要注意的言语行为,但是,说实话,这反而加剧了我的心烦意乱。

我很欣慰大家对我的关注,这种关注就好像他们要在这一天之内向我补偿因长期被忽视而剥夺的关心和照顾一样;但是在我看来,一切都搅扰着我,让我感到不自在。这一切似乎都是不真实的,在我身上本来一辈子都不可能发生,我长久的梦想就是穿着漂亮的白色婚纱结婚,并且嫁给一个拥有纯正血统的真正贵族王子,当然这一切梦想并不是出于追求外貌或财富的虚荣,而是为了灵魂和情感的归宿。

也就是说,一个男人,真心地疼爱我,对我好,真心想要我和他在一起百年和美,就像我一直梦想和期待的那样,能给我带来全部安全感和保护力量的人才能成为我的丈夫。此时我不禁想到了吉诺,那是我的初恋,在我心中,他是唯一一股暖流长久地蜷缩在内心深处。在暖流正要升起、澎湃激荡之际,却因为战争的发生无可奈何地消逝得无影无踪。我试图想象他就在我身边,想到他令我更加头晕目眩起来,当想到我正走向教堂的时候,我感到自己逐渐没了力气,这时,头脑的每一根神经中都迸发出同一个声音,向我呐喊着不要去。但,我的命运本就如此。

在众多的婚礼嫁妆里,还有那条白色的裙子,这本是农民买不起的奢侈品。不知道日后村民们茶余饭后的闲话里会不会扯到一个农村姑娘穿着带有拖尾的婚礼服,衬着洁白的头纱走下楼梯的那一幕?但是,这个场景甚至都没有出现,因为在两个家庭对婚事商量谈判之际,就很清楚地表明,没有人愿意满足我的这个痴想。

那时候,农民家庭的婚礼是由家族的长者一手操办策划的,在敲定婚礼日的一个月前,新郎家的族长会应邀到新娘家做客。因此,在上门那日,塞巴斯蒂亚诺爷爷来到我们家里,并与我们一起用了晚饭,他是一家之主,是我即将融入的大家庭的族长,也是我未来丈夫的祖父。

他是个粗鲁的人,像当时所有的老人一样留着白色的大胡子。晚餐后,家里的老人们和他围坐在餐桌前,开始谈论婚事的细节。我远离他们独自待着,坐在厨房的一角,在这个角落没有人会注意到我,更不会在意我的表情和想法。在第一杯红酒和第二杯红酒下肚之间,探讨开始变得活跃起来,因为每一方家庭都想维护本族的习俗和利益,并试图在婚事上少承担些费用,当然也在尽力争取为本族在这样一次嫁娶中获得更大的好处。在我的家庭,比我结婚早的堂兄们都会按照本族的习俗将衣裙和外套赠送给未来的新娘,我的家人也曾为即将进门的新媳妇的服饰买过单。但此时,我的家人却不愿为即将嫁出门去的姑娘自掏腰包买新衣服。就这样两家人的谈判仿佛有些争执不下,我未婚夫的家庭仍然保持着传统的礼教和风气,几乎当天夜晚的大部分时间,塞巴斯蒂亚诺爷爷的态度都十分强硬坚决,似乎并不愿意改变自己家族长期形成的惯用处世方式。大家也都明白,这也不是他分内之事,从一开始他都不曾考虑这个事情,而只是打算讨论一下整体嫁妆,以及了解更多婚礼细节问题。他只关心嫁妆共由哪些种类组成,包含什么内容,目前存放在哪里,以及是否可以按照习俗在婚礼前一周将其送到新郎家中。然后又谈到了结婚戒指、项链、婚礼午餐和冷餐会。我想立刻从这种场合消失,我有一种感觉,准确地说是反感和悲伤,这种场面让我想起了圣洛伦佐节集市上的买办人集会,以及那些买卖母牛或小牛的生意人之间的交易谈判。在那之前,我一直对家人在类似事情中的表现不以为然,可这次我对家人感到真正的失望。我感觉自己就像农贸市场上的一匹牲口,人们谈论着我的未来,甚至没有人顾及当事人的想法,询问我的梦想,听取我的意见。

几分钟过后,我逐渐意识到,我不仅永远得不到梦想中的白色新娘婚纱,而且必须等到谈判的最后一刻,才可能知晓婚礼上应该怎么穿,并且出自谁手?

在出价和砍价的回合之间,我看着婚鞋时而即将实现又时而消失,我的嫁衣被时而允诺又时而遭拒绝,我的礼裙时而展现在眼前又迅速无影无踪。我总是为我的家人倾尽所有,从未权衡过为家人的牺牲和付出,我总是期待像前线火事一样的家庭战争能够尽快结束,也总是毫无怨言地接受命运带给我的一切,在这如此重要的时刻,我本来还抱着些许感激,但现在只感觉到被孤立、被抛弃,因为一个贫穷且成员众多的农村家庭的企图和短视,比一个天真、宽容且顺从的女孩的愿望更真实且具说服力。

因而,家庭会议以一个蹩脚的协议告终,因为塞巴斯蒂亚诺爷爷试图以他过去的习惯挽回和保留尽可能多的东西,以他认为全家都能接受的条件,权衡利弊后给予我外套和鞋子作为彩礼的让步。但是对于衣服和长筒袜,我不得不自己动手去做,因为他们家不想做这些东西,而我的家人则认为这是一个沉重的负担。

那天晚上,我是带着悲伤且筋疲力尽的失望上床睡觉的,我对婚礼服装的梦想最终只是一件外套和一双鞋。

失望主要源于我的家人,这个我一直以为最安全的地方,像一朵芬芳而美丽的玫瑰抚慰着、眷顾着年少的我,可突然之间它也会露出深深埋藏的刺尖来刺痛你、伤害你的心灵。纳塔利纳伯母、圣蒂诺祖父,那天晚上我多么想念你们啊,我想跟你们去天堂。纳塔利纳伯母会提出比我能想到的更合理的要求,并且她做事情肯定会是以我最满意为目的且双方利益平衡为结果,她是个很有个性的女强人,只要她决定好的事情就是无可争议的。她会为家人准备和采买婚嫁物料,以令人惊奇的能力来打理一切事物,关照每个人的心情,预料可能发生的问题,始终寻找正确和公平的处理方式,以便每个人都能拥有所需的东西。

可是,亲爱的纳塔利纳伯母已经不在人世了,你一生所做的一切善事,却以不公平的命运得到了回报。

我未来的婆婆心性善良而慷慨,她考虑再三后,决定让我的未婚夫给我去买婚礼上缺少的东西,也就是衣服和袜子。因此,他们一起去了托尔贾诺镇上的阿达·斯托齐女士的商店,这是那个地方商品质量最好的商店。他们选择了一件浅黑色的樱桃印花面料作为礼服,选择了一匹蓝色的布料做外套,然后交给我们的裁缝安妮塔,她很了解我的尺码,也非常擅长制作新式款型。同样的好事又再次出现,新郎家又提出要为我买戒指和项链。

塞巴斯蒂亚诺爷爷驾驶着来涅托马车,我们到达了佩鲁贾市,这是我生命中的第一次来到我们所谓的大区会客厅——瓦努奇大道。

整个街道上有本地区最知名的商店和最典雅的酒吧,不多的几家旅店和唯一的珠宝店。在这条街的尽头还有一条小巷,名为诺瓦路,在本市最著名的珠宝店"比亚吉尼"的正前方,这条路上还有另一家规模较小但同样受欢迎的珠宝商铺"特来利",感觉比它对面的同行商铺更接地气。

在那儿,他们陪我选择结婚戒指,但是我什么也没做,只是伸手指去测量一下指环的大小,其余的一切都由塞巴斯蒂亚诺爷爷和我婆婆来完成。我本来以为戒指应该是黄金做的,但新郎家的财力只能支付得起白银的价格,然后他们为我选择了一条不大不小的项链,向店家付了钱。

我站在一边沉默且害羞,更令我感到烦躁不安的是塞巴斯蒂亚诺爷爷以卑微的姿态开始和店主讨价还价，对他来说，这似乎很正常，但是在大城市里，店主们早已司空见惯、不屑一顾，他们轻蔑地看着那些声称自己的经济状况能够负担得起高价鞋服的农民们。至于如何在价格上获得胜算，他们完全用不着考虑。因而，特来利的店主让塞巴斯蒂亚诺爷爷先发了好一阵言，然后简短地说："你看啊，老人家，这里不是牲口市场，银子的价格不是我决定的，是秤决定的，一分重量一分钱！要买就买，不买也还是如以前一样是朋友。"那天，我意识到自己对这座城市有多陌生，不和自己的家人一起待在家里就足以让我感到不自在，更何况我马上就要远离家乡了。

当裁缝安妮塔来让我试穿礼服时，我看到了人生中最重要的一天要穿的衣服。剪裁的尺寸于我正好，各种尺寸都完美，还缝制了腰线，看起来很像套装。我必须说这很适合我，因为当时我还很年轻，体形还不错。

那天早上，我很早就在等待裁缝和制作完成的衣服的到来，梳妆完毕后我依旧待在房间里，那是最后的避难所，在被抛进一个完全陌生并且无法想象的生活环境之前，我还有几小时的时间可供调整。我扫视着屋子里的家具、墙壁和即将不属于我的床，一想到我将离开曾经是我整个世界的家，想到这个包容我所有童年和青春期里种种好与坏情绪的地方，我感到心撕裂一般的伤感。我不想离开你呀，我的家！我一直设想着我的婚礼，是一场真正的节日狂欢，我是全场最激动、最动人的人。那时，命运的造化弄人和周遭境遇的突变使我感到恐慌和害怕，该死的战争、该受诅咒的战争将本应美好的数年变成这么充满恐惧、痛苦和死亡的模样。是它带走了我的初恋——吉诺，从那以后我再也没有听说过他的任何消息；战争让我像牲口一样劳作，使我生命中的那些岁月变得如此窘迫，那些糟糕的时光霸占了我的整个记忆，挥之不去。我的四个堂兄都应征入伍，和本地区的其他年轻人一起被带到前线。在眼泪与绝望之间,所有十九至二十五岁的男孩都在短时间内消失了,剩下缺少壮劳力依靠的家庭和别无选择的适婚女孩。

  他们中的许多人以前从未离开过我们小镇,他们几乎不会写自己的名字,也不知道为什么要去战斗。更可悲的是,几乎所有参战的人都是战争中诞生的一代,所有男孩的父辈都是1918至1921年间参与过一战的退伍军人,他们的父亲们经历了皮亚韦①残酷血腥的战争洗礼后回到家乡,回到妻子或女友的怀抱中。所有从卡尔索②战壕或是奥地利集中营平安归来的人,不仅带着肉体的创伤,更带着终生抹不去的心灵伤痛,他们只能尽力去抚育自己的下一代再下一代以此慰藉那种悲伤。无数受到都司嘉奖和受人爱戴的多生多育家庭,是那些用刺刀拼过命且在身体上留下了鲜明伤痕印记的父亲们的希望,他们本该是歼灭敌人、保卫国土的新臂膀,但最终成了该受诅咒的这场新战争的炮灰。

---

① 皮亚韦:皮亚韦河是一条非常重要的河流,曾是一战时著名的皮亚韦河战役的所在地,在此许多意大利和奥匈帝国士兵丧生,意大利人设法阻止了奥匈帝国军队的前进。那场战斗,改变了意大利战线的形势,意大利最终赢得了战争的胜利,奥地利于1918年投降。
② 卡尔索:该地区是意大利东北部的一部分。发生第一次世界大战时,那里是意大利与奥匈帝国的边界,1915—1917年,意大利与奥匈帝国军队在这里发生了一系列激战,统称"卡尔索高原之战"。

战争和土地

我记得第一封挂号信寄来时,纳塔利纳伯母独自跑到她的房间里哭起来,因为她的五个儿子一个都留不住了。最小的儿子已经在修道院藏了几年,其他人则被一一征募走了。我还记得,正是因为黑衫党党内狂热分子的恐吓和假志愿军的欺骗,几乎文盲的男孩们被迫或被诱骗签署了参战意愿书,他们既不知道内容也不晓得后果。这也发生在我堂兄托尼诺身上,他发现自己被征召为志愿军,在他不知情的情况下加入了一支黑衫军队伍。你们可以想象得到,他的母亲——纳塔利纳伯母有多悲伤,听闻这个消息她完全丧失了理智,坚决不从。可以肯定的是,登记表上的签名是虚假的或被迫以诱骗形式签署的,我堂兄从未参与过任何政治活动,事实是,在我们家里任何人对这种活动都不感兴趣。

也就是某一天的大清早,伯母走出家门,大家都以为她找到了解决办法,正如遇到其他大问题一样,她怀里抱着一个用布罩着的大篮子,朝着镇上元帅家走去。她等了好一会儿,才等到元帅同意与她见面,面对元帅,伯母有板有眼地解释说,她的儿子不可能是依自己的意愿加入黑衫军的,这肯定是被欺骗或被教唆的,而且她儿子本来是有能力妥善处理这种事的。如果元帅能撤销请愿书,她会送给他我们家中鸡舍里最好的一对阉公鸡。说着,她便掀开盖布,向元帅展示她的两只小禽,那两只小禽在被遮盖的篮子的黑暗中保持着安静和美好。但结果是无论如何堂哥还是要离开的,最好是让他和他的家人为此而感到自豪,因为在这种情况下,这是本不应该有的荣誉。伯母垂头丧气、神情沮丧地回家了,那只篮子的重量看上去是她去时的两倍。元帅的最后一句话仍在她耳边回响:"你要感谢上帝,正因为我了解你们家,而且知道你是一个贫穷的农民,否则这种独创性的伎俩将使你们付出沉重的代价。"

此时,在我们的家中,每个人都觉得身上的负担更沉重了,大家被悲伤的气氛笼罩,但我们却束手无策,统统对事情无法全面知晓并准确判断而爱莫能助。男孩们必须离开,但田里的农活无论如何也必须照样进行,地主总是在那儿,一如既往地苛待及忽视我们的境遇。我不明白战争的含义,在家里谈论得不多,只有圣蒂诺祖父跟我谈到过这个话题。父亲和曾参加战争的马里亚诺伯父总是很不情愿讲述他们的经历。

有时傍晚在壁炉旁,堂兄向长辈问起战争的话题。女人们会刻意回避,因为这是男人间的话题,但是我很好奇,就凑过去听。当我的伯父马里亚诺讲述与奥地利人在前线进行的几个月的战斗时,他的泪水涌出了眼眶,这一幕震撼了我。那天晚上,我感到喉咙缩紧,心提到嗓子眼儿。伯父试图描述刺刀搏击的恐怖场面,是在与敌人正面交锋的那一刻:当你和敌方眼神交汇时,那可能是最后一眼,看到你即将要杀死的人,也可能是把你杀死的人。身边的战友因为这样的经历一个个被摧残被毁灭,面对这样的场面,谁都会丧失理智,被噩梦和恐惧压垮。有一次,他说到自己已经陷入绝望,他再也无法承受那种紧张的压力,他厌恶自己不得不亲手杀死一些与他同龄的年轻人,他其实并不恨他们,他们彼此都是陌生人,并没有恩怨纠葛。因此,有一天,他决定找到一种方法摆脱前线,他悄没声地撤了下来,举起一块大石头,目的是让它落在一只脚上。受伤意味着可以长期住院,可以享受热食和红十字会女护士的照顾;也许这样他就可以永远离开前线了。他紧紧闭上眼睛,举起石头砸下去,但脚却有意识地缩回去,好像在反抗这种极端的选择。从那时起，他不再尝试这种危险的自残行为，在回家的信念以及对家人的思念中日夜期待战争早日结束。也许是天意，也或者是有坚定不移的信心的帮衬，火热激烈的冲突很快走向尾声，但当他想方设法回到家时，却发起了高烧，肺炎的病痛吞噬了他的整个身躯。在生与死的交替循行中他足足卧床休息了两周，难以想象，几周前，在极度艰苦的条件下，他还在队伍里立定，手握步枪，时刻等待长官的号令，装上刺刀上阵杀敌，而在回到家后，即使受到全家人的悉心照顾，他仍是如此虚弱和疲倦，几乎不能开口说话，甚至连喝一杯水的力气也没有。可怜的马里亚诺伯父，支气管炎折磨了他的后半生，更痛苦的是，在战壕里的三年，三年恐怖的时光，他的牺牲没有得到任何官方承认和嘉奖，没有医疗救助，甚至连抚恤金都没有。

当伯父不得不谈论仍然压抑在他内心的记忆时，我的堂兄弟们带着怜悯的眼神望着他，全场肃静无声，一时间大家都被伯父因悲痛而扭曲的脸震惊了。这时，轮到我父亲焦孔多讲出有关他的参战故事。

父亲遭受过长期监禁，他非常悲伤地忆起了这一点。他说，在外国成为战俘，狱吏是不讲你的母语的，还会用恶意和蔑视对待你，这是一种难以形容的酸楚感。

所有的被关押者不再是人，而只是没有个性和权利的编号。太可怕了，他讲到，很明显，那时你的生存完全取决于你恨之入骨的敌方狱吏，与此形成对照的是，在内心深处，战犯们逐渐意识到活下去的重要性，不惜一切代价生存下去的意志变得非常强烈。日复一日，你不知道什么时候可以吃上东西或者有什么东西可以果腹，什么时候可以喝到水或者到底有没有水，能不能睡觉以及在何种环境下入睡。但是父亲说，即使在最糟糕的时刻，他也一天都没有放弃回家的希望。他一直藏着一枚印有圣母图像、受过祝福的勋章，这是祖母在父亲离开家上前线那天交给他的。多亏了它，让父亲在战后整个恐怖的监禁历程中感到庇佑和神助。我的堂兄们一字不差地认真聆听他的讲述,然后,父亲又讲到,一天晚上,有人问他如何才能确保重获新生,活着回家。父亲回答说,在这样非人性、遭屈辱的时刻,只能抱着一定能回到祖国的信念,在离家这么遥远的地方死掉是不值得的。

在各种情况下他竭力地活下去,比如发烧,敌人的袭击,在必要时躲藏在死人堆中,在无法避免的情况下,通过摧毁他人的遗体来保留自己的生命。

父亲本是如此善良,有着如此温柔细腻灵魂的人,我无法想象他在战场上,该怎样在自己的生存和站在他面前的另一个人的生命之间做出抉择。父亲说,离开家的那天,他与这个地区的所有年轻人一起来到车站,其中很多人他都认识,是邻居或同学,大家都保持沉默并担忧着。在火车上,坐在他旁边的是邻居家的年轻人塞斯蒂利奥,也是农民的儿子,他家和我们家归属同一个地主管理。自从火车发动,塞斯蒂利奥一直保持沉默,他瘫软在座位上,可以在他直愣愣的眼神中看到无望和恐惧。父亲试图安慰他,但他开始悲伤和无望地胡乱猜想,说他可能永远回不来了,他认定自己将在战争中死去,将再也见不到家人了。父亲没有办法安慰他,也没能使他振作,他像小孩子一样痛苦地流着泪。不幸的是,命运似乎真如他所料,一语成谶,因为可怜的塞斯蒂利奥在到达战场几周后的第一次战斗中,就被不长眼的子弹无情地击中了胸膛,倒在了地上,就在我父亲的脚边,父亲非常震惊和悲伤。所以,父亲坚定地认为,胆怯是一个特别可悲的同伴,人必须有信心和信念,即使在最绝望的情况下有了这些信念也可以摆脱困境。

当然,父亲当时没有想到我的堂兄们几年后也会遭遇同样的经历和恐怖场面。不过,他的建议非常有用。

我的家啊,这些回忆更增添了我的悲伤,这就是我害怕因婚姻而失去一切,更使我远离你的原因。

我是否仍会获得家人一直以来给予的那种温暖和力量？我本该在几个小时后走上婚礼殿堂，但我无法专心于婚礼，我因胡思乱想而无法全神贯注地走下楼梯，离开如此漂亮、如此熟悉的门廊。也许我会永远离开她，离开我的家人，离开我如此孜孜不倦地劳作过的肥沃而富饶的土地，特别是在这样刚刚过去的战争年代。村中只剩下老年人和我们女人料理一切，挑起去战斗的堂兄弟们留下的工作。农场很大，牛、马、猪装满了牲口棚，地主从不听任何拖延的理由。少了四五个壮劳力，对地主来说没有什么，一切都必须照常进行。我们在战争结束时发现，地主利用我们，利用我们活命的需要，利用我们担心失去家园和农场的恐惧，更是利用我们的无知来满足他自己的利益。实际上，有一项地方法律规定，如果一个家庭有三名年轻男子被召入军队，地主则有义务自掏腰包雇佣一个伙计来协助这个家庭工作。可是，在我们这里从来没有人去执行和维护这条法律，战争的悲惨境况使我们逆来顺受、毫无怨言，只能卑微服从。那个可恶的男人为了故意刁难羞辱我们，突然造访我们家，来查看鸡蛋收了多少枚，牛奶又挤了多少桶。他总是在意想不到的时候突然降临，胡须修得光光溜溜，坐在轻快的来涅托马车上，拉车的马匹鬃毛被洗刷得油光锃亮，而我们这些乡巴佬，要么是在 8 月的阳光下被臭汗浸透了衣衫，要么是在 11 月田地的泥泞中摸爬滚打，与黄泥做着斗争。想想我父亲，就是因为常常抱着奶桶运送到邻近的村镇才损伤了脊背，而恰恰我们这些正在长身体的养牛人家的小孩子却只有逢年过节才能喝上一杯牛奶。我们生活在对我们战士的朝思暮想中，在日日担忧的压力下，还有什么动力去劳作呢？特别是纳塔利纳伯母，常为她远行的孩子哭泣，他们散落到了世界各处。还有另一个更令人痛苦的事情是，我们对地理的认知不多，关于当时一触即发的战争是世界大战的传言给村子里的人带来了更多的惶恐不安。周围所有的老年人仍然难以相信地球是圆的，更不敢去想象他们的子孙被送到某些不为人知的遥远地方,他们会迷路,会因冰天雪地的环境冻饿而死,更会被抛弃在荒无人迹的某个角落。

每天早上,我们都焦急地等待着来往村庄的邮递员从前线寄来的少有信件,并念给我们听,这样的情景维持了好几年,1943年之后,就再也没有消息传来了。当纳塔利纳伯母想给她的某个孩子回信时,我是唯一能帮她写信的家人。伯母既不会读信也不会写字;我很乐意帮助这位焦虑的母亲把几句家常话和问候传达给她在前线的孩子们,几张信纸经常包裹着伯母特意为孩子们准备的干饼子。饼薄如烟叶,坚硬似砖,竟然在战时邮政的传运下奇迹般地到达了目的地。而战前唯一嫁进家里的新媳妇也是文盲,有几次她怀抱着孩子叫我,让我去读丈夫给她寄来的信。

我觉得那个时候人活得真苦啊,虽然回想起来,那些艰苦的岁月已经那么遥远,似乎与今天没有半点关系,而且我的生活已经大变样,我有了幸福的家庭,但是我却开心不起来。我感觉自己似乎未曾从这些阴影里走出来,我从孩童时期开始,就一直对生活逆来顺受,忍辱、顺从,永无止境。我实在无法理解!曾经坚毅不屈地努力工作与忍受痛苦磨难,到后来又有什么价值和意义!

我们就处于苦难的境地里,我的堂兄们更是站在恐怖和痛苦之魔的面前,这是为了什么?我们的命运何以至此?

我的堂兄弟们最终平安无事地返回了家乡,但他们都很沮丧,神情落寞悲伤,战争夺走了他们最好的青年时光并且改变了他们。他们已经失去了农民的天性——曾经的那些自愿的所为、无知和顺从。和之前的见识完全不同,他们看到的是一个如此糟糕的世界,看到了这个世界之大,世界上一个地方和另一个地方完全不同,也明白了战争爆发前,他们自小身处的农庄是多么渺小,多么落后,又多么顽固守旧。战争并不仅仅是剥夺了他们的天真。

二战时期的士兵游行

我还清晰地记得,1945年4月25日下午,当我驻足在卧室窗前时,远远听到蓬泰诺沃附近所有城镇的方向都陆续响起钟声。在家里的我们都开始担心并满怀诧异:是不是不久之后,战火可能会烧到我们这里?我们真切地希望这个该受诅咒的战事能够快点结束,但事实上我们真的不知道北方正在发生什么①,也没有人知道。

钟声的拖长音发出节日才有的欢快声调,有人骑着自行车经过,狂喜地大喊:"意大利解放了!"

---

① 1945年4月25日,意大利北部米兰和都灵解放。

但是，在我们家却没有人表现出喜悦之情，我们仍然在悲哀的世界无法自拔,当听到这个即将拨去心中沉重大石的消息时,大家心如止水,面无一丝波澜,不过大家期待已久的消息终于来了:噩梦结束了!

战争虽然已经结束,但是我们对我们国家的年轻人、战乱中的失踪者、被羁押监禁的俘虏甚至死难者的具体情况一无所知,我们一直待在家里,没有人有战争结束的喜悦。

圣蒂诺祖父的离世使我沉浸在长久的哀痛中无法自拔,他是我在小时候唯一能倾诉的对象,并且也是唯一能提供给我明智建议的智者,而也是那一段时间,纳塔利纳伯母痛苦多于一切的人生即将走到尽头。伯母生病了,我们都不知道她具体得了什么病,她慢慢衰弱下去,渐渐油尽灯枯,就像一点点消耗掉用在儿子身上的担忧和痛苦一样。每天我都能从这个女人身上目睹力量和渴望的流失,对我而言,她一直是活力和果敢的象征,我与伯母难舍难分,她的离世把我一半的生命和灵魂也带走了。这两个一直给我的人生智慧引导,并尽力保护我的人,甚至在最艰难的时刻带领家族勇往直前的人,他们都走了,把我的青春也一并带走了,我从幼年走向成熟的转折点仿佛就在那时。那年伯母五十九岁,从长相看不出她的年龄,她的脸上没有皱纹,长长的黑发编成麻花辫子缠绕固定在脑后,是我们农村妇女常梳的发式。她的眼睛乌黑明亮,而且犀利有神,当她正视着你时,没人敢直视她的眼睛。但是在战争的那些年里,那双眼睛流尽了一生的眼泪。

我试图安慰她,跟她说:"想想看您的丈夫和儿子都到过前线打仗,您也算参与了战争,如果战争胜利了,那也有您的一份功劳。如果最后一切都顺利的话,他们都会平安回来,您的担心不就多余了嘛?"但是她对我的话没有反应,她跟我说:"等你有了孩子才会明白。"她继续说道:"对丈夫思念的疼痛如果可以用深切来表达的话,对孩子的想念之痛就无法用言语解释清楚了。"她说:"每每想到他们,我的头就像撕裂一般,因为这份痛楚就像对孩子的爱一样,没有尽头。"让我感到很无助的是,看着她突然变老,看着她突然变得极其脆弱,之前的她管理着我们家庭内外以及少得可怜的财物。全家人都依仗着她的能力,什么事情都求助于她,并常常能得到令人满意办法,可是现在,可叹的是,虚弱的她,在生活上却需要我的扶助和照顾。伯母曾亲自教我们女孩子穿针走线,刺绣,缝制,搜集节省下的物料来制作嫁衣,我结婚的嫁妆都是她筹划并帮助我们准备的。只有在她的恩德下我才准备了足够的嫁妆,才得以顺利结婚。但是伯母,今天您却不在家里,告诉我该怎么做,指引我一条正确的道路吧,哪怕用您坚定的眼神给我一些力量!

那年4月的一个下午,可怜的纳塔利纳伯母的生命连同灵魂戛然而止在那明媚的阳光灿烂的日子,湛蓝的天空和清新的春风点亮了本该令人舒畅的春天。当欢庆的钟声从台伯河沿岸各个山丘上此起彼伏,纷纷响起时,伯母将她的脸转向卧室的门,她的嘴唇翕动着,那是这张死气沉沉的脸上出现的最后一丝微光,可是也即将屈服于死亡,她用仅存的微弱气息,低声唤着儿子们的名字。五个名字,像数珠子一样一个接一个地从苍白干裂的嘴唇间迸发出来,又迅速地合拢上,后来就再也没有声响了。

没过多久,美方盟军的邮递员终于传来了几个堂兄的消息,这是另一个揪心又可怕的时刻降临,我的心如刀绞,五味杂陈,一面是得知他们还活着,虽然被俘虏在监狱,但很平安,因而感到喜悦;一面又要为伯母的亡故向她的儿子们守口如瓶,没人能体会到其中酸楚。我堂兄的所有来信都是从开头到结尾一直念叨着妈妈,我没有勇气用如此痛苦的消息来回复他们。我想像他们当时肯定也正处于痛苦孤独的状态中,这种痛苦已经足够残酷以至于无法附加更惨烈的痛了,重新拥抱他们朝思暮想的心爱母亲的愿望一路支撑鼓舞着他们,所以我真的没有勇气向他们坦白讲出命运是多么残酷。

因此，直到他们返回家乡后，所有欢畅的期望都变成了绝望。垂死的母亲与曾一度被认为已经死去的孩子之间，即使只有一分钟的团聚时刻，五年等待的痛苦和忧虑都是可以消除的。可是，注定的命运势必要将这种无可挽回的遗憾带向所有人的一生。

巴利拉组织的男孩打扮成法西斯游行

婚　　约

当房间里慢慢挤进很多人,周围变得越来越拥挤时,我的脑海中飞快地闪现、流动着消逝时光的影像,所有人走进房间来都想看我一眼。安妮塔将衣服平展地铺在床上,并用已经穿好线的针扎在裙子的上衣围上,以便进行最后的调整。这不是所有女孩梦寐以求的白色婚纱,而是一件简朴古板的连衣裙,我远远地盯着它可怜地躺在我的简易床上,直到几年后,我才终于知道什么是真正的床,与我那时睡觉用的装满玉米叶的麻袋无关。那时我的床是由装有玉米叶的麻袋放在由两个长条木凳支撑的木板上拼凑的。我看着那件衣服,没有感到心中涌动着预期的激动情绪,我对那些进来问候我的人笑了笑,但我的心在悲伤中憋着欲哭的劲儿,我的胃像拧干的抹布一样绷紧着。我的房间空荡荡的,墙壁上像当时所有农舍的房间一样光秃秃的,没有一件装饰物,只有零星几件家具,简单得就像所有乡下的房间一样,而这天早晨我唯一想到的是尽一切可能让我可以不要离开这里。与此相反,在场的人开始催我准备,安妮塔帮我穿衬裙,而理发师正将梳子和刷子放于手绢里。

"你在想什么?"安妮塔问我,"你必须加快点速度啦!"她继续说,"否则,你就没法结婚了!"

在我无神地注视着她时,她补充说:"你看,我一直在说……一直说……而你甚至都不听我的话。看来你已经飞到一千英里之外了……但是,现在发生的是什么?是你的大喜之日吗?还是你的葬礼啊?"

"你是怎么想的,安妮塔,你当时是怎么做的?"我是多么愚蠢,我问出这些问题的时候完全没有意识到不经意间竟提起了她不幸的婚姻，她的丈夫是个吊儿郎当、不成气候的家禽买卖人，整日骑着自行车经过各个农庄，四处走动，去抓鸡和兔子，然后去周围的村庄卖掉。但是他脾气暴躁，是个态度很差的生意人，常大喊大叫，发毒誓，对别人甚至亲人都不耐烦，这与他的妻子温柔雅致的脾性正好相反。安妮塔做事认真，时刻充满热情，并尽一切努力通过她温柔的举止和善良的表现来补救丈夫给别人带来的烦恼。

  安妮塔愣在那儿盯着我看了好一会儿，她的眼睛闪闪发出光芒，她松开拖着衬裙的手，张开手臂紧紧拥抱着我，我看到她的眼泪像珠子一样猝不及防地顺着瘦小的脸颊迅速滑落。她对我说："我的小甜心啊，我希望你比我要幸运，愿主保佑你！"她紧紧地抱着我晃动了几下，松开怀抱，用手背擦了擦脸上的泪，然后继续帮我穿裙子。"来吧，来吧，我们要快点行动了，新郎的亲戚们已经到了，他们都在等你。"

  因为总是穿旧衣服，刚熨烫过的新布料贴合皮肤的感觉就是不一样，在理发师给我的发型做最后的整理后，我起身走出了那个简陋的承载了我几十年回忆的可爱房间。走出房间我照例向着圣母画像在胸口画十字问安，从小时起，每晚我都是在这里向那张画像祈祷。走下楼梯时，我看到所有人都聚在楼梯间的尽头等我，我能幻想着自己穿着期待已久的、长长的白色婚纱走下来的美好感觉。美梦结束得太快，走到最后一级台阶时，我意识到，自己不得不面对的事实是，这件连衣裙并不是白色的，而等我的那个年轻人，也不是一个足以配得上我十八年经历和见识的男人。谁知道那一刻他在哪里，我的吉诺？谁知道我是否还会再看到他的微笑，他那甜蜜而真诚的眼神，天知道他是否这会儿也在想着我？对我来说，陷入幻想是多么容易。

  接下来的几个小时里，我的状态仍然不好，我并不开心，没有抖擞精神的力气，只是一副心事重重的样子。回过头来看，那几个小时的辛苦经历,其实只是一种折磨,没有人会愿意如此面对自己的大喜之日,这个本该欢喜的日子因此会被记成一个地狱般的时光。我感到内心的恐惧有增无减,感到自己好像跌进无底的深渊,万劫不复,无法重生。我对自己说:"也许对我来说这就是宿命吧,当这场闹剧结束后,我将在这个'活死人墓'里倍加孤独……"

我们从村庄小路拐向了通往镇子的大路上,记忆中白色的石灰路不存在已经多时了,取而代之的新道路以热情开始,却以恐怖收场。当墨索里尼决定设立罗马-柏林轴心国的那段时间,我们突然看到一群外国工人,他们在几周内拓宽了那条道路,而这条道路之前主要通行货车和自行车。令我们惊奇的是,他们在路面上铺了沥青柏油。这是一种非凡的新事物,那黑色的"外套"使这条原本坑坑洼洼、尘土飞扬的路变得出奇地平滑,踩在上面脚步声都变得寂静。从那以后,各种交通工具出现的频率越来越高,来回行驶轻盈得好像在飞翔。所有的年轻人都充满热情,自觉参与了一项社会革新的历史性伟大事件。但是战争很快改变了人们起初的期望,渐渐地,我们看到的私家车辆越来越少,军用车辆则越来越多地经过此路。到最后,通过这条路的只有德国车辆,当德国军人的制服明晃晃地进入我们的视野时,我们才顿感事态的恶化和恐怖的降临。我们都恐惧地望着这条路,充满了担忧,一旦看到有车辆偏离大路进入村镇或附近的农场,就会惊恐万分。

我低着头走路,我未来的丈夫就在旁边,周围围拢着亲朋好友。迎亲队伍在路边顺势拉成长列,我们很快就看到了那座桥。对我们来说,名为"诺沃桥"的桥就是我们世界里唯一的桥,我们一直认为这是我们这个小地方最重要的建筑,也算是我们村子的标志,带有守护神的意味,如果没有这个标志性建筑,我们的镇子会被一分为二且两岸人往来要绕行数里。在糟糕的战争时期,我们和前线的家人一样,为这座桥担忧。事实上,它在不同的时代被炸毁过多次,也被重建过多次了!幸运的是，在这至今来说的最后一次战争中，由于桥头旁的山丘，使盟军飞机陷入飞行难题，接近桥体投放炸弹的计划无法实施。但是，这并没有阻止他们尝试进行其他破坏，所以炸弹投掷在了邻近地区并造成了许多无辜生命的死亡。我永远记得那个下午，日落时分，一架英国飞机从布满硝烟的红色天空中降下来，用一连串的机枪扫射地面上正在通过诺沃桥的纳粹士兵。能见度非常低，桥头山丘的暗影与一直守护这座桥的中世纪塔楼的轮廓两相难辨。飞机沿着台伯河在田野中开辟的河沟下降了高度，一旦发现目标就向行进的人车队伍扫射。但在一阵掠地飞行将要爬升时，它不幸撞上塔楼的尖端，跌落到山丘脚下，燃烧成一团火焰。在大火中，这架飞机的飞行员遭遇了他人生极端残酷的结局，手无寸铁的围观者面面相觑、爱莫能助。

在战争的最后几个月，纳粹撤退的军队俨然变成真正的噩梦。地面上是愤怒的德国人四散溃逃，天空中是美国的炸弹从天而降，我们村庄再无宁日。德国人难以招架，他们感到了危险，撤下交通工具，也放弃了主要交通干道，躲藏进百姓家里和农庄中。他们将车辆放在麦仓中或用木头堆覆盖，以作伪装。而盟军飞机则将恐怖的炸弹投在其下方任何移动的物体上，完全不在乎周围是否是百姓的房屋或是有人居住的村庄。

当德军撤退时，他们也从未停止任何方式的掠夺破坏，在最糟糕的时期，我们不得不离开家园，躲到船夫的房子里去。船夫也住在我们村上，和我们属于同一地主管辖，但他离群索居，住的房子很隐蔽，从大路上走过时很难被发现。

当婚车队伍就要上桥时，涌入我眼帘的景象就像即将步入下一段命运的短暂路程。桥下的这段河流很是开阔，我们就在基亚肖河刚汇入台伯河后不远的地方，桥体在广阔的河面上往前伸展。一个教堂矗立于桥头几米远处，周边包围着城镇居民的房屋，楼群一片连着一片向河岸和山脚下蔓延。教堂的门是敞开的,望向半明半暗的室内,依稀可以感知黄色的烛光和彩色玻璃窗透进来的阳光将教堂照亮。我们过了那座桥,桥已经不再是战前的样子了,它之所以得以迅速重建,是因为没有它,我们的镇,甚至我们所属的大区都会从北到南一分为二。不过,新盖的桥是一座毫无生气的砖瓦和混凝土建筑。它的宽度加大了,比之前更坚实又牢固,但是所有能够忆起老桥,并且对桥旁那座雄伟的中世纪塔楼连连称赞的居民,在经过此桥时都忍不住感到悲伤。我们的婚礼行列就在大批围观者的注视下浩浩荡荡地沿着桥向前迈进,冰冷的铁栏杆与灰泥突然变得多彩多姿、充满生命力。在掺杂着喧闹、哄闹、大笑与兴奋叫喊的人声喧哗中,唯一觉得是局外人的竟是身为主角的我。我无神的目光与那些好奇、微笑、闪烁的眼神一次次交汇。早已聚集在教堂门口叽叽喳喳的孩子们吵闹着讨要糖果的声音、教堂的钟声、围观的路人向我投来的祝福和赞美之语,这些声音传到我耳畔时却近乎消逝,我的耳朵似乎与外界隔绝了。当我们行进到桥中央时,只有父亲的声音震撼了我。他在我旁边走着,注意到我怅然若失的目光,鼓起勇气低声问我:"我的女儿啊,你怎么了?……你的眼睛怎么睁不开呢?……你的灵魂跑到哪里去了?……发生了什么?"我转向他,看着那张慈祥的面庞,脸上的大胡子正在以迅疾的方式变白;他的眼神温柔且善解人意,不过却永远不会感知到我眼睛里的东西,那种连我自己都说不上来的感觉。"没有什么,爸爸,不用担心……"

"嗯,好吧……真的不担心不可能啊,看着你,我觉得不像……"

但是我该如何向他解释?他又怎么能理解呢?我不想让他难受,也永远没有勇气将自己的感情摆在家庭的需要和利益之上。他那张黝黑的脸使我想起了1945年的那一天,大家的目光都片刻不敢远离那座桥和我们的家园。当防空警报响起的时候,我们都离开了家,冲向防空洞。

被逃亡的纳粹分子摧毁的诺沃桥

这是一条在山坡上挖掘的隧道,站在入口可以看到台伯河整个平原,一直能看到德鲁塔镇和圣马蒂诺·坎波村。可以清楚地听到飞机的轰鸣声,就在我们头顶上方,这是即将要轰炸圣埃吉迪奥机场的飞机。在桥上则相反,那里异常平静,身穿制服的人在附近移动,和前几天相比没有什么差别,那时,军队也是连续不断、浩浩荡荡地通过这里的。

德军的货车、卡车和坦克夜以继日穿过这里,向佩鲁贾撤退。但是,从前一天开始,车流就消停了,只看到依稀几辆汽车和摩托车。那天,我和父亲没有进入防空洞,当我们看着眼下的田野,看着承载我们全部生活之源的地方时,觉得无比心痛。每次我们离开房屋和农场时,我们都做着再也回不来的打算,同时感到撕心裂肺的绝望,像从身体上挖下一块肉那样难舍难分,当我们目睹沿途和乡村发生的一切时,父亲脸上的悲伤更加剧烈。突然,我们感觉到大地在震动,我们目睹了此生难忘的恐怖景象。桥似乎在移动,准确地说是震动摇荡,在爆炸的巨大轰鸣声传到我们耳朵那一刻,巨大的桥梁和整个塔楼,包括砖拱、栏杆,等等,好像在一种不可思议力量地推动下升了起来。在我们还没有意识到发生什么前,响彻天际的轰炸声冲击了我们,一团可怕的黑烟瞬间笼罩了一切,将桥炸裂崩坏,眼前一切都被吞没在烟雾和尘土中,到处飞溅着砂砾走石,几乎像发生了一场灾难性的地震,爆炸形成的灰尘和碎石被抛到很远的地方,周围所有房屋都遭到破坏,死亡重伤无数。

这座桥因此变成了一堆残垣断壁,我们看到这座桥时内心感到无比悲凉,只剩下孤零零的几截桥墩点缀着掉落在河水里的断壁乱石。那时,每家每户的老人脸上都写满了悲戚,伴随着那场无休止的战争蔓延进了我们贫穷的家园,迫使我们昼夜执勤放哨,以保卫自己的家人和财产免于被逃散的、醉酒的、恶毒残暴的德国士兵袭击。父亲在时刻提防、忧心忡忡中度过每一个夜晚,他害怕有人进入房子,在床上发现我们这些女孩们,因为我们很容易成为全副武装的野蛮士兵的猎物。我们并不确切为什么要害怕,唯一理解的是如果落入坏男人之手,女孩子会有很大危险,但是我们不知道该用什么去防卫,也对如何抵抗一无所知。而且没有人敢对这种话题提出疑问。我常常听见父亲夜半时分起床,在黑暗中穿过房间,检查一切是否正常有序。事实上当时几乎所有房间的门都没有锁,任何人都可以进入。就像某一天,一群德国兵在农舍里扎营,以恢复体力并为之后长途跋涉做些准备。他们晚上在我家中大吃大喝、尽情畅饮,我们都很担心,因为我的一个堂兄正躲在房子里。他不是逃兵,只是出于健康原因获得准假许可,而刚巧前线阵地也面临转移。

盟军驻扎地也很近,所有人都在说战争即将结束,堂兄不想回到如今离我们地区几公里远的前线部队,并躲在家里等待意大利全国人民都在期待的好消息。这群士兵有赖于我们仅有的少得可怜的食物度过了美好的晚上,这是父亲为了讨好他们,求得平安才做的牺牲,其实,我们迫不及待地想让他们消失得远远的。到了晚上,所有人都回到房间,熄灭了灯笼里的烛火,继而入睡。但是父亲踌躇不安,他没有上床睡觉,而是蹲在厨房壁炉旁的角落里。正如父亲所料,深夜,我们听到厨房里有窸窣的脚步声和杂音,两个年龄较小的士兵已经悄悄潜入,正欲偷偷摸进我们的房间。幸运的是,父亲突然站在他们背后点燃了一只灯笼,并用在第一次世界大战期间被俘虏进德国监狱学到的并不流畅的德国话,要求他们给个说法。事态的转变非常顺利,两个感到惊讶的年轻士兵,因困窘慌乱逃跑而去。但是这两位士兵的鲁莽行为,吓坏了我那天来不及回去躲藏的堂兄。实际上,白天,他大部分时间都是藏在一个隐蔽壁橱里、废弃的旧炉床里度过的,只是在与妻子吃饭或睡觉的时候才出来。此后不久,同样的藏身办法也用到了一位英国飞行员身上,这位飞行员落在我们的田地里,他抛弃的那架飞机则坠落到了很远的地方,没人知道在哪里。我们很幸运,因为没有人察觉到这位危险的客人,而当奔赴前线的军队路过我们这里时,这位英国士兵为了报恩,一直等到与往北方前进的同盟军联系上才离开。第一批碰到的同盟军是非洲人,他们的肤色是我们一辈子都没见过也无法想象的黝黑。他们给人的印象是让人害怕多于好奇。他们身材高大、肌肉发达、面孔令人生畏,他们持续地在寻找"小姐"。但是,当他们看到我们的英国客人

旧时诺沃桥上的塔

里娜结婚时
蓬泰诺沃教区的教堂

时,便像野兔一般逃得远远的。这位飞行员也很高大,他的名字叫约翰,金头发、蓝眼睛,我们大家到后来都非常喜欢他,即使他和我家人之间仅能用微笑与自创的手势来沟通。他的离开使我们一家人像即将送别远行的儿子一样悲伤,我们都拥抱了他,也都哭了,因为他要跟同样路过我们村庄的美国特遣队一起离开。

当约翰乘坐的军用卡车沿着我现在正要去参加婚礼的那条路驶离时,我望着卡车渐行渐远的背影也哭了。教堂敞开的大门意味着既定的命运即将兑现。教堂室内精心地装饰了一番,建筑物内布置精巧,令人舒适,拾级而上走进大门,立刻映入眼帘的是走道尽头的正中间,专门为一对新人放置的祭祀神坛所用的跪拜凳,两旁分列着整齐的长凳。一场风暴正席卷我的脑海,我快要窒息了,不敢相信此刻我身在这里,同时,我亦不能接受身边人不是所爱之人的事实。我环顾四周,在数十张面孔中无法寻到一丝安慰,因为没有人知道我内心深处正在经历的戏剧化的波澜。这么多的声音,我却什么都听不到,在这么多眼神中,我只看到一群束缚着我的人。所有这些人经过我们的面前,在两旁的长凳上坐下,不久,我看到整个教堂挤满了人,所有人都朝向我们。在众多的观礼者中,我还看到了迪诺。他是我在战争初期约会过的年轻人,后来我做了他的女朋友。他比我大几岁,并且一直坚持追求我。也许,如果与他订下婚约,可以让我暂时忘掉吉诺——那场爱恋从未显露,因为战争的阻隔而使幸福之花无法开放。但这不是一个好安排,也许迪诺真的爱上了我,但我对他并不满意。我认为他是一个非常好的人,心地善良淳厚。他为与我见一面做了很多努力和牺牲,甚至可以说是刻骨铭心,但我并没有心动的感觉,更没有泛起爱的涟漪。事实上,那时他即将启程参军,要被送往古比奥。往后日子里,回想起来似乎觉得有些不可思议。古比奥不是一个危险的目的地,距离蓬泰诺沃也不远,但是在那个年代,没有通信方式,交通不便。拥有一辆自行车已然是一件奢侈的事。此外,军人严格禁止离开军事战略禁区,迪诺很担心会被突然秘密转移到无人知晓的地方而没有可能再见到我。因此,7月的一天,他决定来见我。一大清早,他从古比奥悄悄离开,步行前往蓬泰诺沃:除了在大太阳下走五十五公里外,他还穿着不透气的军装和像石头一样坚硬的靴子。这是一件疯狂的事,只有真正的恋人才能做到,令我至今想起仍感觉无比愧疚,对他所做的牺牲不知何以为报。当迪诺到达我们农场时,差不多已是下午了,我们当时都在田间捡烟叶。长途跋涉使他已经筋疲力尽、汗流浃背,他向所有人打着招呼,但很明显,他是来找我的;我也全身是汗水,身上捆着厚重的工作服,搬运着烟叶。没有人授意我能暂停几分钟,和迪诺说说话,因此我必须继续采摘巨大的绿色叶子,他跟着我走进树丛,向我讲述他的近况以及他目前在何处安顿,这种悲凉和荒谬的情景居然是他那天所能获得的最大回报;没有任何人,包括家里的长辈——父母或者叔伯,没有人具备这样的感知力或意识,更没有人叫我要停下手中的活计,陪迪诺到家里去,让他解解乏,凉快一下,吃点东西。从这一点来看,当时很多家庭真的非常封建守旧,处事让人难以理解。迪诺这次没有太多的时间,因为他必须在未被发现之前就赶回去,所以他和我们在田地待了一会就立刻返程,仍然是朝着他来时的方向走路回去。

这种高尚有爱的付出,却没能得到一丝亲吻或拥抱的补偿。我看着迪诺穿过田野,消失在乡间小道上,直到战争结束,我都再没有得到他的消息。

婚礼仪式的开始和结束,在我脑海中都没有留下特别的印象,我只记得牧师的面孔,以及在我旁边丈夫的侧脸,那是对我仍然很陌生的脸。他的眼神使我恐惧,这是我永远无法解释的奇怪感觉。

婚 礼 盛 宴

仪式结束了,刚刚进入教堂的是一个迷失方向、身在魂飞的女朋友,出来时则已然变成一个惊慌失措、垂头丧气的妻子。简而言之,我的状态比刚才更差了,与之相反,当我环顾四周,看到周围人的脸上洋溢着欢乐,也有些许的不安分、不耐烦,他们除了在此度过格外有趣的时刻外,当然还是另有所图,那就是美美地享受一番婚礼美餐。每个人都急着去填饱肚子,因为按照当时的习俗约定,宾客在新婚夫妇双方家里顶多享用一到两顿正餐。吃大餐的机会很少,每个人都想好好珍惜,特别是邀请农民宾客的时候。实际上,众所周知,在结婚喜宴之际,新郎的家人不想给客人留下不好的印象,制作正餐时会不惜一切代价准备最丰盛的菜肴,相对应地,一些客人的食量也相当夸张。例如,有一个我们村的木匠托尼诺,他总是说,在婚礼前的晚上,他就停止进食,以留有胃口确保自己能够在两顿正餐中胡吃海塞,大快朵颐,一解平日贫乏饥饿之馋。

从教堂出来时,和刚才进入教堂时反差特别大,所有人都聚集在一起,欢呼雀跃着,小道两侧掌声不断,五彩纸屑漫天飞舞。从四面八方赶来参加婚礼的亲戚们,都难得一聚,又恰逢喜事,个个兴奋异常,难得放纵一次,气氛相当喜庆欢乐,但是,相反,我的脸上并没有表现出本应出现的喜悦,我还难以置信刚刚发生在身上的一切。我问自己:"所以,我结婚了吗?……可怜的孩子……"我内心深处毫无梦想和思考的触动,也未惊起波澜,我已经被掏空了,刚刚经历的一团乱七八糟的流程使我疲乏,更有那些锤击我大脑的声音使我更加倦怠,我却什么都无法做也无法说出口。假如我能突然消失,自主解体挥发在这熙熙攘攘的人群中,如果可以,我希望马上做到。当然这是不可能的,我只能如往常一样,以讨好的乖巧表情面对这糟糕的命运安排。

况且,旁人的闲言碎语到处埋伏着,只等待有机会混淆视听;况且,在我的大喜之日,我不能总端着一副哭丧脸示人。有一些好奇人士特别喜欢在喜庆场合窥探他人的言论,之后再到处散播毒言毒语。这些都仅仅只是为了显示自己知道一些别人不知晓的真假消息,以便满足那自以为是的虚荣心。

我试着让自己强打精神,不管是假意还是乐意,让别人看起来我起码是阳光开朗的,毕竟,我的家人们竭尽全力要举办好这场宴会,在来宾面前不失家族的体面。当我们回到家中时,桌子已经摆好了,一张像打麦时所用的长桌,但是桌面上摆放的是平常家里从来没用过的、最好的餐布——亚麻桌布铺得非常整齐平展,闪着崭新的光泽,这些布料全都是手工制作的,上面还带着美丽的刺绣,这是在漫长冬天的晚上,我们家里的女人们在烛光或电石的微光照亮下做的。同样的刺绣也印在餐巾布上,餐布也是柔软且熨烫得很平整,这样好看的餐布之前只在地主家里看到过。我记得午餐时间很长,也相当索然无味。那些精心准备、并不节省的美味佳肴对我来说却丧失了其诱人的本质,也使我在这样的场合下,无法细细品尝、慢慢回味,真遗憾我没有食欲,我的胃似乎像我的头脑一样封闭而不在状态。

在频繁的祝福和敬酒之间、笑话和美言之间,午餐结束了,在我周围散布着的宾客中,我注意到很多男士都已呈现憨态和醉意了,他们的肚子和鼻子变得像辣椒一样红,他们的领带早已经松开,僵硬的袖口也已经解开,松脱的皮带在紧身背心下面伸出好大一截。

那些我在农村劳作中非常熟悉的常穿着破旧衣服的人们,这一天一大早来我家时,都打扮得判若两人,活脱脱像摆在橱窗里的服装模特,不过,美餐过后,他们就慢慢恢复了从前我熟悉的样貌,那天我被他们修理得过分细致、平整又光滑的胡须和唇须所吸引。礼服对他们来说是值得的花销,因为对于这样难得的一次大餐,没人知道下一次出现是在什么时候了。

等大餐结束,是时候由新娘出面,绕着桌子向来宾收取喜宴礼金。说实话,我已经感觉到魂不守舍,也觉得这不像是正常的我能做的,确切地讲,我只能压制自己的烦躁情绪,乖巧地出现在众宾客的面前,耐心地轮番听他们嬉笑怒骂,要不然就是逗趣抱怨的闲言碎语,也有着各种嘱托和建言,伴随着众人对整场婚礼的祝福,聒噪在我的耳畔。我不得不手捧托盘在餐桌前转悠,托盘里放着酬谢来宾的喜糖,是用霜糖裹着的杏仁,每个宾客可以分到三个。我把用勺子取的三个糖杏仁放在桌布上,客人则把礼金放在托盘上。客人们吃得很尽兴,喝光杯中的最后一滴酒水,酩酊大醉,而我却感到沮丧和尴尬,不得不全场来回走动,就像礼拜天早上教堂司事一样忙得不可开交。1947 年,意大利开始发行面额为一千里拉的纸币,大多数客人都提供了这一数额的纸币,在当时,这是一笔相当有面子的礼金。

午餐后,他们收拾妥当准备出发去新郎家,准备再次享用一顿饕餮盛宴,准备再为新酒开瓶庆贺。在艰苦而不稳定的生活中度过如此不平凡的一天,遭受那些被西服领带紧束喉咙,穿着款式紧颜色深的礼服,常年在田地里劳作的赤足塞进新皮鞋等一系列甜蜜的折磨和困扰确实值得。说实话,鞋子我穿着也不舒服,我迫不及待地从桌子旁站起来想放松一下,于是独自穿过院子回到房子里。某种东西在压迫着我,我感到无法呼吸,一想到即将离开家人和这所房子就感到头晕。走路的时候,我感到身后有人碰触我的肩膀,转身一看,站在我身后的原来是儿时的一个伙伴,一位后来就不怎么再碰面的邻居。我惊喜地看着他,时间过得真快,有段时间不见他了,他变得更可爱了,从小时候我们就在一起玩耍,我对他像亲弟弟一样好。我感到更为惊喜的是,他凑到我耳边悄声低语,向我袒露了一个秘密,他本以为我知道,因为他藏在心里已久,再也无法保守这个秘密了。因此,在我一生中最悲伤的时刻,在我感到无言的沮丧的时刻,他向我表白,他爱上我很久了,只是一直没有勇气对我说出来。

"我多么希望你也曾经爱过我。"他对我轻轻地呢喃着。

"你真是个傻瓜。"我颤抖的声音回答,"怎么现在才告诉我?"

"是的,我以前真是个傻瓜。"他的目光看向地面。

"确实是个真正的傻瓜!"我遗憾地嘟囔着。

他立刻远离了我的身旁,我呆呆地站着,感到震惊,一阵强烈的思想风暴席卷了我的头脑。

我本可以依靠直觉脱口而出告诉他:"我们还有时间、有勇气,让我们现在一起逃跑……马上……离这里远远的、远远的……没有人能找到我们,远离这场噩梦。"

可我并没敢说出口,相反,我一路小跑,匆匆忙忙上了楼梯,像逃命一般躲进房间,瘫倒在床上,试图慢慢释放自己内心的紧张情绪。那张床在我看来是多么柔软!塞满了干枯叶子的床垫令我感到多么亲切熟悉。多少个夜晚,在为寻找合适的睡姿和舒适的躺势,致使这张床垫被翻腾得叶子沙沙作响,这窸窸窣窣的乐曲也伴随着我、我的妹妹和堂妹们进入甜美的梦乡。在冬天,睡在这样的床上才真叫作挑战,因为我们盖的毯子很是轻薄,在冰冷的房间里,如果一个人能全盖上毯子,另一个人就会因为盖不到而挨冻。在最后与这张床告别的那一刻,我开始对这个房间的一切产生了留恋,当然还有不舍,我在房间待了很久,以至于母亲过来找我了。

"你在这一个人做什么呢?"

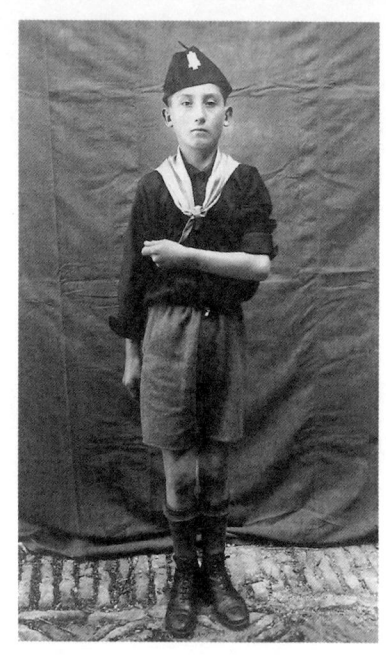

里娜丈夫儿童时期

母亲的眼睛特别明亮,她目光犀利,继续说:"振作点,妈妈不想看到你哭,否则妈妈也会开始难过的。"但实际上她甚至都不了解我难过和哭泣的真正原因。在外面,客人和家人已经准备妥当了,有的步行朝着目的地进发,有的骑着马或乘坐木马车。但是,我怎么可能愿意上木马车,并且还要坐到我丈夫身边?我在午餐时观察他,他什么都不做,只顾着自己一个劲儿地胡吃海塞,一杯接着一杯地狂饮,从来没有向我这里投来温柔的目光或是一个热烈的笑容。我们就像一个人住在火星,另一个人住在木星一样相隔甚远!在我内心,升腾起一股无法言说的混乱之感,我害怕走向未来,我害怕跟这个男人单独在一起,但是我别无选择。我走下楼梯,发现门廊下所有的客人都在等新娘一起出发,没有人能理解这样的离开对我来说有多痛苦。一想到即将进入一个新家庭,这个家庭成员众多,且几乎未曾相识,我由心底感到恐慌,内心的惊涛骇浪急剧上升,担心往后这个错误所造成的折磨会越来越严重,再加上意识到覆水难收,往昔难再,心里的悲恸难以言表。我扪心自问:"可是,是谁让我这样做的呢?……"

我永远无法原谅自己的软弱……我的祖父讲话很有道理,他曾经说过,那些没有骨气的人无法昂首挺立,最终还是趴在别人脚下!我不坚强,我没脾气,以前没有,将来也不会有。

忧郁使我不知所措,所有烦恼和困扰的事情越想越觉得头晕目眩。

下楼之后,我不得不正式面对泪水,我向伯父伯母、堂姊妹们拥抱告别,我像小妈妈一样照料多年的弟弟还不太明白我的出嫁意味着什么,他小小的泪珠子在脸上挂着,我还拥抱了我的妹妹,这个妹妹比我更有思想和个性。我告诉她:"至少你自己要感到快乐,总要为你想要的而争取!"然后是拥抱母亲,她只是哭,不发一语,父亲把我搂着,抱得很紧,以至于我都喘不过气来了,泪水充盈了我的眼眶,我用微弱的声音对他说:"看在上帝之爱的分上,不要让我走,不要让我走……"

他勉强地挤出笑容,一边开玩笑地说:"没事呀,女儿,你不要想得太极端了,世界上所有路都没有头。我们离得这么近,我们很快会再见面的。"

马里亚诺伯父也在那里,靠在柱子上,沉默不语,擦着眼睛。他忠厚又温顺,像小孩子一样容易掉眼泪。战后,我们全家人都变得异常团结,我们共同经历过的恐慌和磨难推动我们学会了相互帮助,相互安慰。

在与父亲紧紧相拥之后,在那个10月里的一天下午三点钟左右,我离开了那座门廊,空气温暖而芬芳。偶尔门廊的拱顶下由风吹来几片树叶,叶子是从爬满墙的蔷薇藤上掉落下来的。那些被秋天惊扰的第一批受害者,色彩仍然鲜艳,像蝴蝶一样在空中翩翩起舞,我曾经非常呵护的这些植物似乎在用它们独特的方式分担我离开的痛苦。

我闭上眼睛走向自己的命运。我爬上来涅托木车,坐在我丈夫旁边,佩皮诺大伯牵引着母马。我丈夫催我说:"快点,我们得快点走,丑鹅,已经迟了。其他人都早就出发了!"我感到更加愚蠢和天真,我不相信自己会看上身边的这个男人,造化弄人,手指上的戒指明晃晃地昭告着我将永远和这个不爱的男人结合在一起;我又一次感到了与陌生人在一起的感觉,和一个目光冷酷、关系疏远的人,每一次见面都像第一次。我回转头,向渐行渐远的我的家投去最后的目光,然后,蜿蜒的村庄街巷被车轮无情地撑在后面,我开始越来越频繁地转身看,直到终于看不到这个我一生中唯一快乐的地方。更深的离别悲伤降临到我的灵魂中,我带着惆怅又迷离地的神情张望来时路两旁的景色,美丽的乡村和田野尽收眼底,在这里我曾经度过了多少个劳作和受苦的日子;也是在这里,我学会了热爱这美丽的大自然,欣赏这四季更迭所带来的神奇变化,更是从心底生出了对由造物主创造的,围绕在我们身边的拥有丰饶物产、锦绣山河和美好生活的田园大地由衷的敬意。

我的丈夫和我的伯母们聊得很起劲,我都插不进一言,当然也听不懂他们聊的是什么。就这样,我们到达了台伯河的岸边,在那里船夫圣桑诺已经做好了准备,送我们渡河。他的船对于我们这个地方至关重要,这条船有幸在战争中保留下来的故事可算是奇迹:事实上,德国人曾试图摧毁它,但是由于圣桑诺和他朋友们的勇气与机智,侵略者没有得逞。实际上,在桥上埋好炸药后,一支德国巡逻队沿着台伯河堤防走下来到船夫的住所,目的是炸毁位于同一地点的渡船和上方的过河吊桥。这支队伍里的军官,脸庞发红、大腹便便,他像疯子一样大喊大叫,一到船夫的房子就到处搜寻,还骂骂咧咧。

因为没发现船的踪影,他开始气呼呼地不停往嘴里塞圣桑诺家人提供的吃的,好让自己平静下来。与此同时,圣桑诺和其他人把这条船拉到河边,把它藏在用树叶和树枝覆盖的废物堆里,从而使它躲过了愤怒的德国人的袭击。可悲的是,船可以掩盖,但桥却掩盖不住,纳粹分子又重新打起了主意。吃饱喝足以后,队伍里的一部分人第一次破坏了由老船夫科隆博建造的吊桥的支撑,这是我们这个地区第一个用钢筋建造,并对所有当地农民用处很大的桥梁。这是一座做工精巧的吊桥,足以容纳两个人,并且位置刚好,高度适中。即使在水灾期间,人们也可以安全通过。红酒让士兵们变得醉意朦胧,在他们的军官回到河岸之前把吊桥炸毁了。于是这个军官因为属下的行为而被留在了对岸,像疯子一样张牙舞爪地咒骂,大喊大叫。

让我们这些目睹了残忍破坏的人唯一可以获得安慰的是,看着士兵们在台伯河的一侧走,而军官则在另一侧走。他们朝佩鲁贾的方向去了,可惜他们不知道,他们摧毁的吊桥是唯一去佩鲁贾的近路,他们要汇合起码要多走几公里。

此刻,圣桑诺还是一如既往地热情欢迎我们,我给了他一些糖杏仁作为小费。他一直很友善,乐于助人,在这个地区,他的存在是必要的,因为日常里许多农民每天不得不几次过河往返于家中、农场或去托尔贾诺镇上。同时,我尝试不去想即将到来的、等待我的是什么。

很快,我们就会到达丈夫家,那里又将摆出一桌盛宴,所有人又将开始享受美味,而我的胃越来越闭合了。我为自己随时都会因为不自在而崩溃这一弱点所困扰,我非常想找到一个可以宣泄、倾诉、与我分担痛苦的人,但是我可以找谁呢?我尝试默默在心里专注地向上帝祈祷,向他祈求赐予我可以撑住场面的力量,至少得表面镇定,让别人能看得过去。我必须克服那种绝望,那迫使我在重要时刻忍气吞声又卑躬屈膝的服从,我同时感到,自己如此愚笨和无能以至于无法主宰自己的命运和与自己息息相关的任何人生选择。我对婚姻虽身处其中,竟对此一无所知,两个陌生男女在教条规约联系下结合在一起,可之后该做什么呢,教堂牧师在婚礼中大声并振振有词地宣读:"妻子有义务跟随丈夫,爱护并尊重他……"现在,我意识到根本不认识自己要嫁的这个男人,这让我感到自己正面临着无底的深渊。"天知道我能不能做到……我的上帝!"我反复问自己。

想着想着,在车上已经可以看到我们的目的地了,那是一座矮小破旧的房子,隐藏在拥有数百年历史的橡树和非常高的白杨树林里,坐落在一座小山上。小山面朝托尔贾诺镇,镇上的钟楼和古老的塔楼高高耸立,似要与天空一决高下,镇子占据着台伯河平原,位置靠前,而基亚肖山谷则方位靠后。除了树木把房子包裹起来,其余的地方视野很开阔,从山上看到的风景非常好,尤其是秋天,植被染上了灿烂鲜亮的颜色,但对于当时已经麻木的我没有丝毫触动。

院子里到处都是人,很多人并不是受邀来我家共进午餐的,仅是静候着要拿喜糖,在当时喜糖还算是一件新鲜事儿。孩子们的口袋里塞满糖果,在等待开饭的时间里,他们开心地在院子里蹦来蹦去。从厨房传来阵阵准备停当的饭菜的香味,帮厨的妇女们俯身查看是否是时候把它们端到餐桌上。

所有人都围坐在我们周围,但他们不太关注今日宴席的主角:我和我的丈夫,他们专注于准备开始又一场美食狂欢,在接下来难熬的冬季数月里,这将是值得在场宾客们津津乐道的回忆。在我们坐下前,我的新家人们走过来向我问候,给我热烈的欢迎,但是在热情洋溢的言语和眼神背后,我敏锐地察觉,他们并不是真诚对待我的。后来我发现,我丈夫与他家里的其他家庭成员关系处得很差,我当然也因此付出代价。如果当时我能感受到一丝像跟娘家人告别时的热情与温馨,那么婆家对我的欢迎与问候,事实上真的可以改变我当时的心境。结果却使我感到更加绝望,感觉自己就是一条离开水的鱼,我迅速明白,往后余生,只有自己可以依靠。

我完全没有再继续进食的欲望了,看到尚未入席就位的宾客已经摩拳擦掌预备好美食争夺战,这种情景更加令我反胃。酒席热烈地开场,瓶瓶美酒一上桌即被一袭而空,那天,每个人都觉得自己有权利可以肆无忌惮地大吃大喝。

蜜　月

来宾中有几对青年男女,他们有的还在恋爱,有的刚刚结婚,他们兴高采烈地走近我,向我赞美和贺喜,这也使气氛变得相对融洽轻松一些。以前从没有人夸赞过我优雅美丽,无疑,当他们告诉我这件衣服我穿着很合身并且颜色很漂亮时,我感到高兴且意外。毕竟,我那时还有个从不敢对外宣告的小秘密,就是体重是五十四公斤,我觉得自己不漂亮,穿什么衣服都不好看。我总是感到这是一个沉重的负担,好在似乎没人觉察到。我的一个好朋友皮娜,看出我的心思,慢慢凑近我并为我打气。

"现在不要去想不好的东西。"

她告诉我:"你试试跟他们多融入一些,他们可是非常希望你好呢,他们大老远来这儿,就是庆祝你的大喜日子。"

"来呀,过来吧!"她补充道,接着将我推向已经挤满了人的桌子,"他们都在等你,咱们别拖拉时间。你可别忘了,六点钟的时候你要去赶火车。"天啊,我完全忘记了这回事,是她提醒了我,应一些朋友的邀请,我丈夫决定去罗马度一个星期的蜜月。

我很惊讶竟然忘记了这件事,与此同时,一想到能够有这样一个机会算是逃离此时此地所处的嘈杂虚伪的社交环境,我感到一丝丝松懈和宽心。真不知道这样离开,开启我人生的第一次长途旅行,是不是可以忘掉所有之前的种种烦恼,以及一整天因扰着我的难过回忆和痛苦?

尽管起初我不太情愿和我的丈夫开启这段旅行,因为我不想浪费钱,当时大家都很缺钱,而且时间也不合适,这些想法都在怂恿我不要去。可讲句真心话,我迫不及待地想要离开宴会,即使和已经成为我丈夫的男人在一起。不过矛盾的是,一想到人生中即将开启第一次与一个我不信任、也并不相爱的男人进行的旅程,还要共度第一个新婚之夜,我感到无比恐惧。但我试着在整个酒宴过程中不去想它。美食总是永无止境地摆上桌,每种食物都香气浓郁,鲜熟正好,周围的每个人都在不停地大嚼大咽,忘乎所以地尽享美食。

最后一顿正餐似乎还没有休止的迹象,当我开始围着桌子转,给宾客们分发糖杏仁喜礼并收取新郎亲戚们的礼金时,我的灵魂里,终于劈开一条喘息的空隙,为即将结束的漫长无聊的酒席感到一丝轻松释然;空空如也的胃咕咕直叫,又引发我想到不多的几个小时后,我将跟着丈夫出发去旅行。

正餐后,宾客们显得精疲力尽。许多人陆续离席,还有一些人开始闲谈作为结束的信号,喝上最后几杯酒。说到底,这是少有的一次机会,一年中连同洗礼、坚信礼和葬礼在内的所有仪式,都是给居住在其他地方的亲戚朋友们一个见面的机会,反正一年到头也碰不了几面。

也就是这样,我第一次走进了成为我新家的地方,并且看到了我们的卧室,我唯一熟悉的东西就是装有我嫁妆和生活用品的木箱。我和纳塔利纳伯母不知多少次打开过这个箱子,认真遵照她关于嫁妆内应包含物品的建议和指导,来填补整理。

在那绝望的时刻,伯母,我多么想念您啊。但这一念只停留在瞬间,因为我的舅舅阿方西诺正在催我们快点上路,以免错过火车。

那时我们只有一个压缩硬纸板做的行李箱,是一个亲戚借给我们的。我只放了几样东西,我们俩都没有多少衣服,更没有什么鞋子。对于我和我丈夫,我们都只是身上穿一身衣服,带一套替换的套装和一双舒适的鞋子,除此之外还有睡衣和浴袍,最麻烦的是,我们还要带上供我们路上吃的干粮、奶酪或者其他食品,以及送给接待我们的主人家的礼品。我们收拾出一个又鼓又大的袋子，里面还装有一瓶带着大肚包套的红酒瓶以及一瓶勃艮第红酒。战争刚结束那些年里，大家都心知肚明，城市里人的处境比我们更为艰难，那些财力不强的人都生活得捉襟见肘；在农村，虽然也很贫穷，但总有办法能吃到菜汤或面汤。

准备停当，我们慌张地合上行李箱，甚至没来得及换衣服，就匆匆和家人告别了，连泪水和拥抱都免了。我丈夫和我，出于各自的动机，都急着想要离开。幸运的是，阿方西诺舅舅主动提出送我们去蓬泰圣乔瓦尼，那里有离我们最近的火车停靠站点，而不必远道去佩鲁贾乘火车。舅舅是德鲁塔镇的第一位出租车司机，并且是我们这个地方众所周知的也是我亲戚里唯一一个拥有汽车的人，那是一辆菲亚特巴利拉型轿车，在周边地区很少见。在新铺好的柏油道路上汽车行驶得既快又稳，很是舒服，今日所经历在我脑海中回旋，让我走了神。

第一次走进火车站，第一次坐火车，第一次去我们大区以外的地方旅行，也是第一次去罗马，罗马这个城市对我们来说简直是个谜，在我心里它就是世界的中心，是真正的朝圣地。我希望快点到达，去享受即将看到的新天地，我听很多人讲起过漫步城市所看到的美丽奇妙的事物，心里非常好奇。

舅舅帮我们买到了去罗马的车票，旅途中我们需要在福利尼奥市换乘。舅舅一直把我们送到站台上，我们安静地等待着从佩鲁贾驶来的火车；当我们相互亲吻道别时，我突然明白了一些事情，即使我是他的外甥女，但他的工作也还是出租车司机，对于他的这趟出工，他是希望得到一点儿什么的。我必须说，这对我造成了很大的伤害，当然不是因为我手里只握着五百里拉，而是因为我们家总是给他和他的家人送东西，从来没求回报，我想如果父亲在我婚礼这天看到这样一个场面会是多么心酸。这个不愉快的小插曲很快过去了，因为我的注意力被新鲜的事物所吸引，穿着各式各样服装的人们挤满了列车内外，有的人要下车，有的人要上车,车窗里洋溢着激动和打招呼的声响。在火车上,我丈夫的表弟也跟我们坐了一段路,他住在阿西西,那是一个美丽的小城,从火车上可以清楚地看到这座城市蔓延在苏巴修山边缘的山坡上。表弟叫切克,他是一个好孩子,举止彬彬有礼,问了我很多问题,像要安慰我。也许他感觉到我心里有什么事情过不去,也许我让别人很明显地注意到我对新嫁娘这一身份并没有像其他姑娘所期待的那样充满热烈和激动,也许切克比他的表哥更理解我,对我感同身受。

不久,火车经过了我们家那片绿色田野,过后,火车也停靠了许多我不太熟悉的小镇,其中多数地方,我仅仅听说过地名。这些名字是从车站候车室入口处的牌子上看到的,候车室小小的,独立在广袤的田野之中,显得微缩又可爱。那一天的天气在接近日落时变得特别好,阳光低斜,刚好与坐在窗前的我们打了个照面,仿佛是在和我们打招呼一样。去福利尼奥的火车似乎开出去没多久就到了,接下来是在那里下车和换乘。也是到了中转站以后我们才发现,周末没有去罗马的常规快速火车,如果要去罗马,只能坐内燃机车,这样也挺好,起码到罗马更快了,但我们还要补一点在出发站买的票额的差价。我们去了车站内的售票处,这儿的候车厅是座非常高大的建筑,有好几个厅室,很多人从站台到室内来来回回。有了补差价的票据,我们顺利地登上了内燃机车。火车内部非常漂亮,坐垫柔软舒适,车厢里有一股我从来没有闻过的味道。我丈夫在整个旅途中都十分瞌睡,他是喝醉了也吃饱了,天色刚刚暗下来,我就看到他随着火车摇摆的节奏晃动着身体,打着盹儿。我一点儿都没有困意,此时外面漆黑一片让我感到些许遗憾,因为我欣赏不了路过的风景了。火车上到处都是人,每个人的面孔和神色与我以前在乡下见过的完全不同,每一排座位上都传来阵阵欢笑和说话声。还有几对恋人互相搂抱依靠着,有一些还接了吻,当着所有乘客的面,其中还有好些孩子。这对我来说简直是不可思议,而且我是在场唯一一个对此行为表现出惊讶的人,因为周围的人完全漠不关心,装作没看见的样子。我的老天啊,我心里想着,我是不是来自另一个世界,我应该是最后一个被蒙在鼓里而不自知的、愚蠢天真的人吧,好像我真的生在卷心菜①底下一样。

我们终于来到了罗马,这个很大的火车站出口灯火通明、宽阔亮堂,对罗马的第一印象令我终生难忘。巨大的喇叭,穿着制服的人来往穿梭,还有长得看不到尽头的月台,从车窗向外望去,我们看到朱利奥先生和奥萝拉太太已经在等着了,他们坐在廊间立柱旁边的水泥长凳上。他们是两个可亲可爱的人,年龄同我父母相仿,战前,他们曾在佩鲁贾市里的一个箱子制作坊工作过。他们来自社会主义家庭,当法西斯政权的征服欲变得强硬时,他们开始遇到麻烦。因此,为了逃避暴力和清洗,他们决定搬到他们并不熟悉的罗马来。在罗马他们很好地融入了这座城市,并且在这里生儿育女,恰巧的是,他们的儿子也刚刚结婚,比我们还早几天。由于蜜月旅行在农民的婚礼中不属于必要程序,因此这次来罗马的机会,相比起其他人来说,是相当难得的。

我们受到了热烈欢迎,朱利奥先生和奥萝拉太太像孩子一样兴奋地拥抱了我们,还立马表明,他们是多欢迎我们的到来。在这个城市能看到多少美丽的事物啊,我们当然也觉得愉快。到那一刻为止,一切都进展得如此之好,但这趟旅行将是我难以形容痛苦不堪的根源。

几十年来,我一直遭受着从未真正发生过的事情所造成的创伤。不懂我的人可能会认为,对从未见过世面的年轻农村姑娘来说,这一定是一趟最美丽、最激动人心的旅程。由于创伤的打击,我最终在脑海中抹去了那次旅行的记忆,以免再次感到痛苦,因为这证明了人的邪恶是如何去玷污和摧毁世界上最清澈、最正常的东西。尽管之后我恢复平

---

① 卷心菜(Cavolo):旧时意大利的家长会给孩子讲,孩子是从鹳嘴中从天而降或是在卷心菜芯儿里生出来的。

静如常,但灵魂深处的苦痛却从未消除。

在我身上我感到,一个人的过往可以把自己折磨得筋疲力尽,就像一颗巨石压在胸口令人喘不过气。羞辱尤其是诽谤可让人的生活变成一座人间地狱,或者可以说是一场无尽的噩梦。很多年来,没有任何因由,我总是感到自己像在一条狭窄的甬道里活着,在这里,晴朗的蓝天消失了,月亮和星星也不复存在。所有的痛苦都是我一个人的,但是当这段不堪回首的往事隐匿心底如此长的时间之后,如今的我终于能够理解事情的起因并揭示真相。

事情过去的时间越久远,就越能清晰地看出原委。现在,让我们回到抵达罗马的那天晚上。

我们下了火车,立即因受到的热烈欢迎而感到安慰,这两位可爱的朋友真的把我们当成他们的家庭成员一样对待。直到这时,我才感到一丝长途旅行带来的倦意,那个偌大的火车站,站门前的广场上挤满了出租车和套着漂亮马匹的马车以及熙熙攘攘的行人,让我眼前一片混乱。人流不间断地涌到马车和汽车上,贵妇们穿着奢华的衣服,戴着滑稽的帽子,厚重的妆容像极了我们乡间的小丑演员,陪同她们行走的是优雅的男士,佩戴黑色礼帽,穿着浆洗的硬领衬衫。我们没有坐车而是步行,因为我们的朋友就住在火车站附近,如奥萝拉告诉我的那样,靠近圣母大殿。我们就一路跟着他们前往艾塞德拉广场,他们说带我们先看一看国家大道,这里拥有这个城市最绚丽的商店橱窗。

到了广场,我立刻被位于广场中央的绝美喷泉吸引,发出惊叹,因为喷泉的面积就和我所在城市的主广场一样大。我静静观赏那些壮丽的喷泉,大理石人物雕像栩栩如生,看起来雕刻工艺不一般,还有那些形状奇特的动物雕像,喷泉的水流像银丝一样从动物的嘴里射出。然后还有商店,这真是个令人惊奇的事物,所有商店橱窗都通透明亮,货物摆在里面,站在窗前似乎触手可及。

这无与伦比的美景,让我都不相信自己的眼睛了;我好像进入了一个奇幻世界,有一瞬间,我觉得自己像在梦中游走,感到晕眩。奥萝拉太太一直在讲话,问我问题,但我听不见,这一天遭受了太多事情的狂轰滥炸,我的脑子已经钝住了。从国家大道,我们穿过一条小街,突然把我们引到了圣母大殿的前面。这一宏伟的画面填满了我的眼,我感到内心无比舒畅,好像与圣母玛利亚雕像的相遇不是偶然。

天色渐晚,我们都有些累了,于是决定回到住所。那一刻,我找不到能解释自己感受的词汇,这对我来说是不可能的。我的身体虽然在那儿,但我的全部灵魂都像被包裹在云中,一点点把我拖走,也让我一点点耗尽力气。面对如今的新身份,我从没想过该如何融入婚姻生活,更重要的是,我仍然无法摆脱排斥和远离这场婚姻的想法,我现在最强烈的欲望就是逃跑,心中只剩下害怕。从小,我全部的意识里都是被人灌输和教导要听话,要顺从,要服从别人的命令,遵照着去做而不要问太多问题,这是原则。这条原则便也统治了我的新婚之夜。就像你在很饿的状态下去吃饭,即使饭菜做得很差、令人作呕,你也无法拒绝去吃它,因为没得选择。回忆起那时的屈辱让我感到悲伤和痛苦。

我和我的丈夫在这一夜慌乱而不知所措,也不知道,要怎么一起度过接下来的岁月;我感到羞辱和愤慨,因为我能确定的是,爱和真情与前后整个所发生的事情没有一点关系。我有义务去履行作为妻子的责任,仅此而已。现在我深刻地理解了这一点,也多少明白了其他姑娘做了妻子后如何开展生活,我仅仅学着照做就好了,即使是如此妥协,也压根儿没有使我感到宽慰,相反,这使我更加确信,如果我再天真和软弱下去,就什么希望都没有了。

罗　　马

第二天早上,我们变得更加沉默,两人之间无话可说,各自被害怕与恐惧煎熬着,虽然身在悲剧之中,但在当时也描述不清这种状况究竟为何;同时虽然我无法真正确定,但也感觉到我丈夫正被忧虑困扰着。我意识到我不认识他,也不了解他,所以当他向我宣泄怨气并坦言会立即接受邀请的原因时,我感到更加困惑和担忧。

他说想远离他的家庭,也许是因为感到愧疚或者只是出于急躁,他向我承认,他们的家庭关系并不融洽,甚至在家里经常发生争吵,叔侄之间互不理睬。他自称讨厌他的家人,这对我来说是当头一棒。太过分了,我仁慈的上帝!在我的家里,一直是团结与和谐的气氛,和和睦睦地相处最终克服了所有家庭中不可避免的争吵和拌嘴。我注意过他的亲戚们是怎么相互注视的,他们互相之间都带着冷酷、生硬且不屑一顾的表情,这让我想要融入这个家庭的勇气被摧毁了。在那屈辱的夜晚之后,接下来的一天向我展现的便是一个我即将投身的那个离散的、纷争吵闹不断的家庭的惨淡景图。片刻之间,仿佛我的整个小世界、我的青春期、我的那些柔美的梦,一切都在崩溃坍塌,独立难支、摇摇欲坠。

那天早晨,非常细心的奥萝拉太太将充溢着满满母爱的早餐送到了我们房间里,我们四目相对的时候,她温柔地问我们这一夜过得如何。我努力地挤出一张笑脸,但没有更多的话想说,我尝试掩饰痛苦和悲伤的方式显得尤其笨拙。

当我们两个人单独在一起时,她走近我,抚摸着我的脸颊说:"没事的,别难受,你没必要告诉我任何事情,也不用感到尴尬。我理解你,我们都来自同一种环境。刚开始生活的这个阶段谁都是困难的,但是后面一切都会过去,你肯定很快就习惯了。一旦你有了孩子,一切就会不一样。"

然后,她继续讲道:"现在,我们要振作起来!今天我有一天空闲陪你们,我们用一天的时间去转转罗马,让你们看看罗马有多美丽!你们肯定一辈子都忘不了。"

我不知道也不了解奥萝拉太太是怎样猜测到我的心情和恐惧的,是她用平常告诫年轻人的方式来安慰我,还是因为我绝望的情绪如此明显?但是她的话使我很受用。我感到和她在一起很舒服,她给我们当向导的这一天里,给我们讲了很多她在罗马生活的经历,与乡村相比,城市的生活还是多姿多彩的。我把她看作母亲,认为可以向她倾诉,她会给我很好的建议。哦,上帝,你要知道,在做出一些重大决定之前,我确实需要一位像她一样柔和的人在身边。其实我刚出生时她见过我,但很快就离开了乡下,她很小的时候就去工厂上班了,所以思想总是比其他人更开放。之后她结婚了,又过了几年她搬到了罗马这个大城市。现在看到的她和留在乡下的她的那些姐妹和堂兄弟差别不是一点点大!

因此,星期一我们开启了游览这座城市的美妙旅程,途经了许多美丽而宽敞的街道和广场。我知道其中一些景点的名字,例如当我们穿过墨索里尼经常讲话的威尼斯广场时,奥萝拉太太示意我们往那边阳台上看,在高处,都司墨索里尼曾经站在那里发表演说;我试图想象当时整个广场一定挤满了人,人潮汹涌延直排布到一座巨大的建筑底下,这座大厦整体是白色的,像医院的床单一样洁白,被称为祖国祭坛。我被祭坛高台上的武装警卫所吸引,他们笔直地立正,站在无名烈士墓旁边，穿着漂亮的制服，眼神坚定不移，纹丝不动。远远看，像两个橱窗模特，英俊、高大而强壮，准确地说像两尊雕像。我突然回想起，我们镇子的广场上当年喇叭里传来的人群呐喊声，也就是在墨索里尼宣布宣战的那天，正是从这个广场传出的。现在，让我感到恐惧的是，那天成千上万的人拥挤在这个广场上，对一个可怕的消息欢呼雀跃，他们不会想到这是一个将给我们国家的每个角落带来死亡和破坏的消息。望向阳台的最后一眼使我微微战栗，从建筑物外立面伸出的矩形大理石块在我看来就像是一块纪念悲剧的方碑。

祭坛大楼的对面是科尔索大街的入口，这里的商店鳞次栉比，有数不清的华丽橱窗。我很吃惊地看着所有这些商店，商品陈列得井井有条，店内灯火通明。我早已忘记了那些糟糕的想法，因为我的视线已经无法从那些花样百出的衣裙上挪开，那么多款式、尺寸和颜色，用精美的布料制作，我从未想到世界上竟有这么多好看的衣服存在。我感到自己是多么可怜，为了赶制蜜月时能穿的衣服曾受了多少折磨，镇子上的鞋匠为了制作我的一双皮鞋花费了多大的力气。我穿着它们的时候更是一种折磨，在晚上，当我脱下它们时，我感到自己重生了。很遗憾，我只有这一双鞋，而且整个蜜月的一周，我都要穿着它，而那一排排货架上整齐摆放的、新颖多样的、数不清的百十双漂亮鞋子，经济实力不允许我选择购买任何一双。天哪，后来我回想起在罗马的那一天，所有那些梦想中的东西，所有那些明亮的商店，到处都是微笑着邀请你光临的人们，真是难以置信的美好！

珠宝商、家庭用品商店，成千上万的商品看得我眼花缭乱，像坐在我们镇上集会日集市上的旋转木马一样令人眩晕。一切与我之前所知道的都不一样。对我来说，在这个城市，连阳光也似乎与众不同，好像它是为照亮、守望和保卫那些美丽的角落而生的。绝对不会是那个在田野上照亮过我们永无止境劳作的日子，也吝啬于渗进我们贫寒农舍的太阳。现在,可爱的阳光温柔地抚摸着绝美的许愿池外白色的大理石,还有那喷泉溅起的银白色水花。高高矮矮挤压排列的楼房在不经意中辟出一条狭窄曲折的窄巷,引导着我们瞬间走入华美的景色中。突然的邂逅令我惊奇,这美丽的景色更令我不由自主地发出啧啧赞叹。许多人在我们周围走来走去,开心地笑着,拍着照,阳光从一圈围在水池四周的楼宇顶上爬进来,照亮了他们的脸。我真的不想离开,看着在这样意想不到的地方生长出的水上世界,欣赏着作为水池背景的那座宏伟而精美的建筑,我还看到所有人都在向水池里扔东西。我不理解地问奥萝拉太太,她告诉我,对那些第一次来罗马参观特雷维许愿池的人来说,有一个习俗,那就是将硬币扔进水中,大家相信这会带来好运,同时也预示着一定有机会再次来到这里。话音刚落,她就把一枚硬币塞进了我的手心里,告诉我把它扔出去。我抬头望着天空,那天空是淡蓝色的,像处女的丝质外衣,我在心里想着,运气嘛还真的需要一些。然后我闭上眼睛,将硬币扔到面前的小喷泉里。而后,我被我丈夫的声音惊醒,他似乎也被这座城市的魅力所感染,对我们所看到的一切感到惊喜和好奇。他时不时地上前来谈论令他惊异的事情,但他从未问过我的意见,就像他想去某个地方或做某事从来不问我的意见一样。在他的思想里,我们都是随从,是来陪他的。

我不记得那些日子我们见过了多少座教堂,像台伯河堤岸上的白杨树一样,散布在街道上。反正,我们每到一处都进去看看,停留几分钟的时间,奥萝拉太太压低声音向我解释每一处室内陈设的出处,所有的画作和富丽堂皇的装饰给我留下了深刻的印象,看得我如痴如醉。这里与我们的乡村小教堂形成了鲜明的对比,我们的教堂虽然陈设简单,装修粗陋,但感觉很亲和,也更平易近人!

抬头向上望,那些高高的天花板和偌大的教堂穹顶使我感到压抑和局促,穹顶下的祭坛比我们村子教堂里的要大很多。印象更深的是那天下午,我们步行前往宏伟的圣保罗大教堂。那里拥有一切也属于一切——艺术、幻想、激情、诗歌。在我看来,真人大小的、主宰内心一切力量的耶稣受难像似乎真的是圣人下凡。站在耶稣受难像前,我心底发出一声巨大的叹息,然后我跪到了前排长椅的跪踏上,紧紧盯着十字架上耶稣的脸,眼神渐渐迷离,仿佛灵魂正游离于身体,拥抱了那具因受难折磨而流血的身体。一种感觉,或者说一种巨大的情感入侵了我。我无法解释当时的感受,在我看来,耶稣似乎也在凝视着我,但他的脸似乎不再是悲伤的,而是变得更加温和。他似乎想告诉我:"我的孩子啊,如果奉主的旨意生活,苦难将不会带来切身的痛苦。"在教堂里,我感到一种宁静安定的气息正沉淀在我的体内,还有一种充沛的情感和爱的静默流入我的灵魂深处。不知是谁轻轻拍了一下我的肩膀示意我离开,我的心一下跳到嗓子眼儿,仿佛刚刚从梦中醒来。转过身,我看到了奥萝拉太太的笑脸,她对我说:"来啊,走吧,我在外面等你好一会儿了。怎么了?你刚才是不是睡着了?"我也对她笑了笑,但没有说话。我从跪踏上爬起来,有点儿不情愿地离开了那尊高高挂在头顶、正对着我身体的十字架上的耶稣像。我跟着她走出教堂,但还在发呆。所有这些情感在我内心不停地翻滚,它们溜进了身体与灵魂之间的那个小地方,勾起了我许多回忆。耶稣在十字架上的面孔使我想起了托尔贾诺最大的教堂十字架上的那张脸。因此,当我们穿过罗马的大街小巷往住所方向走时,我再没观望周围的任何东西。因为记忆突然回到了四年前,也是那张被钉在十字架上的耶稣面孔,他正从教堂大门内摇摇晃晃地走出来,身体微微前倾,手中好像拿着蜡烛,正在等待宗教游行活动出发的信徒的脸都被那烛光照亮了。每年的5月,我们镇中心会举行耶稣受难日的盛大集会,每个女孩都会随家里的大人去凑热闹,度过一个温馨的夜晚。由于生活在偏僻地区的农村,我们很少有机会出去见世面,更别提认识一些不是亲戚或邻居的新面孔,因此我们总是热衷于每一次的游行和赶集。特别是在战争期间,与年轻人见面的机会更是少之又少。恰恰是在 5 月那天节日傍晚,当游行队伍沿着小镇狭窄的街道经过时,邻居的儿子走近了我们,他的身旁跟着两个我不熟悉的年轻人。哦,我的主啊,就在那天晚上,就在您履行您的神圣职责时,您没有意识到,也没有考虑过,我的命运就这么被敲定了。

两个年轻人中的一个和我进行了简短的交流,一次只言片语的对话我已经不记得内容了,反正与陌生人交谈时,我总会显得害羞,手足无措。那个年轻人,除了他绿色的眼睛和自信的态度之外,再没有什么能打动我了,不过后来就是他,先是做了我的未婚夫,继而成了我的丈夫。现在,我认为命运之书早在人出生时就设定好了一切,尽管我固执地认为可以改写它,但我必须服输,既定的命运和品性永远不会改变。唉,我当时还看不透这一点。

总之,在罗马的五天非常美好。如果我一直保持镇定、心情愉快,那肯定会是我一生中最美好的日子。能够游览教皇所在的城市一直是我的梦想。我之前看过圣彼得大教堂的照片,给我留下了深刻印象,即使远远看一眼圣父,也像看到上帝一样,像是一个无法企及的奇迹。因此,在那一周,真正站在圣彼得广场对我来说是最兴奋的事情:雅致的柱廊,大教堂外立面和内部装饰得超乎想象的豪华精美。面对这宏伟的建筑,我感觉自己更加渺小、无知,这是我面对其他历史遗存时没有的感受。我认为,整个广场和大教堂给人的感觉是地球上最接近天堂或更近似天堂的地方。我在想,那些教堂紧闭的窗户里,是不是生活着教皇,教皇比凡人修行的层级更高吧?他或许属于上天而不属于这个平凡的世界。直到多年以后的今天,我仍旧保留着那些关于罗马街道、风景和颜色的记忆,它们是构成我爱上这座神奇城市的原因。

问题出在我内心:蜜月的每一天,都越来越让我意识到自己犯下的错误。我的丈夫和我真的是两种人,就像白天和夜晚一样;另外,我意识到他的恶习很快就会成为我们之间根本无法弥补的裂痕——他喜欢喝酒,就像当时的所有男人一样。任何时候走进酒吧喝一杯酒都是必需的,更是不容错过的选择。遇到这种情况,我一般不进去,因为在我一贯的思维里酒吧是奢侈享受的场所,是男人待的地方。我从来都没去酒馆喝过饮料或咖啡,只有很少的几次进去买冰激凌,我们女孩子从未涉足过乡村里的酒馆。但在罗马的这几天里,我忽然意识到我们平时在农村所认为与所做的,根本就不是女孩儿唯一的生活方式。如果说罗马年轻人的生活才是青春女孩儿的活法的话,那么我们可能也称不上是女孩了。在这个城市,我见到许多比我年龄要小的年轻人,独自或成群结伴地笑着,打着趣儿,穿着宽摆的长裙,踩着闪亮的皮面、细高跟的鞋子在人行道上行走。她们周围没有穿着深色服装的保姆跟踪,也没有伪装成叔叔或邻居的护卫,非同乡下地主的女儿出街那样的;一切看起来都如此自然,如此简单,没有诡计也没有欺骗,那些欢乐无忧的面孔多么美丽!我感觉自己比他们过时许多。我心里想,为什么直到结婚那天,自己一直都是被视为一无是处的人呢?怎么可能一对新人在双方尚未做出他们有共同携手度过未来人生的决定之前,就订立婚约呢?为何男人像狱警看管囚犯一般地对待婚配对象,寸步不离地窥探其生活隐私,甚至阻挠其内心深处任何的意识觉醒呢?为什么我的家人在没有任何解释和准备的情况下,就将亲生女儿推到婚礼上,一经她在神父面前许诺的那一刹那,就立马感到如释重负了呢?

现在,可怜的我,内心空空,不知道该怎么办,我也不知道该躲藏到哪里去。对于任何人,乃至我的敌人,我都不希望他们像我一样,经历那些充满怀疑和折磨的在罗马蜜月旅行时所度过的时光。我一直在心里想,婚姻本来是以爱情为基础的选择,但爱情是什么?总归我已经确信,这是最幸运或最富有的人才配拥有的东西,爱情的感觉也许在年轻的时候曾偶尔触动我,但对我来说仍然是个未解之谜。跟一个什么都不了解的男人一起睡觉的义务和爱情有什么关系？也或者是，即使一个男人表现出暴力或不公正的行为，女人也有义务服从他，这也和爱情沾边吗？为什么没有人告诉我，在亲密关系方面作为妻子的职责是什么？现在又有什么在等着我呢？我内心有些抗拒，但无能为力，我可以一个人来完成所有吗？我会找到一个可以理解并帮助我的人吗？寻求支持的念头让我立即想到了我的家人，但是他们在对我的所有都不了解的情况下怎么能帮助我呢？他们只会劝说我，让我耐心地履行职责。"这一切都来自……"他们告诉我，"你会看到，你将慢慢爱上他并不自觉地履行职责……""尽职尽责。"我从不理解这句话，"责任"一词在我的脑海中回荡。我现在很讨厌这个词，尤其在我知道它所指涉的意思以后。

很长一段时间，因为想事情，我完全分散了自己的注意力，奥萝拉太太从未撇下过我们，与她一起在城市中漫步确实是一种享受。她总是对我很关心，不断指着好看的建筑物或美妙的商店橱窗要我看。

她还带我们在她家附近的一个小门店里吃冰激凌，这个门店是由同样来自翁布里亚的一个伙计经营的，周末，她带我们去了斗兽场。我的上帝，这座巨大的建筑给我留下了深刻的印象，就像梵蒂冈一样！它是如此之大，如此美丽，以至于看起来很神奇，是超自然力量的结晶而非人力所能建造。正如奥萝拉太太向我们解释的那样，在距今如此遥远的时代，有多少人为此牺牲，又有多少人，也就是奴隶，离开家园，像牲口一样劳作，来搭建这座恢宏的建筑。这面墙上该经历了多少历史，多少双粗糙的手不计时间、不辞辛劳地搬起一块块巨石。按照我们的生活方式，其实我们也是农场里的奴隶，我们不得不完成工作，播种或采收，从不计算工时，也不计较消耗的体力，不过我们好于他们的是，能够提前获知季末分粮后能吃到细白面还是粗面糠。

对斗兽场建筑内部的观赏更令人难以忘怀。我从来没有见过这样的事物，一座如此庞大的建筑，既不是城堡也不是教堂，其建造目的仅仅是通过观看奴隶的死来取悦他人。那个时代的罗马人怎么忍心去看人与兽相互搏斗厮杀而乐在其中，抑或是还让残忍的野兽撕毁并吃掉无辜的人？人的内心怎么会有这么残酷的想法？我感到非常沮丧，带着这些疑惑，我离开了斗兽场。

我人生的第一次外出度假就这么过去了，以至于从未料到这是我直到退休前的唯一一次假期。太多在我身上发生的事情，太多的经历，使我看到了一个新世界，与以前所认识的世界截然不同。我觉得自己变得越来越成熟，感到自己明白一些道理了。我意识到，两个灵魂，甚至是截然相反的灵魂，也可以在人类世界中共存。正如罗马一样，在这座城市中，我既看到了圣彼得广场，这是我认为最接近天堂的地方；在其不远的地方，我也参观了斗兽场，对于那些不幸死在里面的人来说，这是最接近地狱的地方。

祖父的话浮现在我耳畔："善恶总是混在人们的灵魂中，就像基亚肖河和台伯河的交汇一样。"我不是不承认，在一生之中，不知道遇过多少人的善恶两面。"啊，亲爱的祖父。"我想，"你在哪里呀？我时常感到很迷茫，我没有准备好独自应对这个世界！"

星期六早上很快就到了，我们收拾了行李物品后便出发去车站。回家的念头让我感到片刻的阳光灿烂，可想起回去的不再是我的家时，又阴云笼罩。我将进入一个谁都不认识的新家庭，依傍在一个陌生男人身边，往后余生我们要怎么度过难熬的日子，也许岁月带给我的疑虑和痛苦比现在还多。我仍在心底希望，那只是场噩梦，在火车最终到站以后，当我从旅行中醒来，一切又会恢复到和以前一样，我会再次见到我的家人，回到我亲爱的家。或者，也许最好的安排是逃避一切事和所有人，哪儿也不回。

回 到 现 实

朱利奥先生和奥萝拉太太把我们照顾到行程的最后一刻,一直送我们到火车站。奥萝拉太太在我耳边轻声说:"很抱歉看到你仍然如此难过,我希望在罗马的这些日子能让你重新开心振作。不要太顾虑啦,我会为你祈祷的,你会看到一切都慢慢改变。上帝祝福你!"然后似乎没有更多话要说,我们站在月台上等火车驶入,我们带着淡淡的微笑彼此看着对方。空气是温暖的,早晨的太阳从车站周围的建筑后升起来。一阵轻风吹过,沿着人流并不拥挤的站台而去,卷起了干枯的树叶和零星的垃圾,而弯曲的站台雨棚则回荡着喇叭里传出的声音。最终,我们的火车来了,车头在相反的方向,是后退着推进站的。就好像是一个明确的召集信号,许多人从不同的方向冒出来,站台上突然挤满了人,大家你推我赶涌向车门处,抢着寻找座位。朱利奥先生和奥萝拉太太帮助我们拎着行李箱走向更靠后的车厢,以求能找到两个宽松的座位。一瞬间,很多手和许多面孔在车窗玻璃后面和站台走廊上摇曳,这热闹的熙熙攘攘的景象忽然让我想起了我们农场房子周围,小时候为了好玩,有时把一根筷子或一根草插到蚂蚁窝里面。不多的几分钟后,每个人都各就各位,站台一下子又变回空空荡荡,从窗户望出去只有几个人,车厢里,在我座位的另一边,有人在哭,后面有人把他的外套折叠好,和手提箱放在一起。我们听到重重地关闭车门的声音,突然间车厢里就安静下来,火车机长的哨声响起,火车马上就要启动了。火车猛烈地颤动了一下,我们的身体也随之晃动起来,然后火车几近无声地向前开动了。我从窗前向我们的朋友挥手致意,他们还站在原地目送我们离开,在我的心中,我在向罗马告别致意,告别这座迷人的城市。我感觉头脑满当当的,很多想法和恐惧摆在面前,我似乎失去了控制。因此,我借着坐火车的闲暇闭上双眼,伴随着火车有节律地震动放松下来。我要好好休息一下,忘记一切不想记住的东西。我一直在寻找内心的宁静,以释放紧张的情绪,寻求短暂的安宁。我听到火车在它的轨道上行驶的声音,内心产生了两种对立的感觉:一方面,我希望火车快点跑,好带我尽快回到家,把我带到最亲的亲人中,带到永远是我的世界的人们中;另一方面,我希望旅程尽可能长点,因为当火车到达之时,也是另一段旅程的开始,真的,那就是婚姻生活。我丈夫也比平时更严肃。在整个旅途中,他没有对我说任何话,既没有甜言蜜语也没有消极抱怨,他的态度对我来说也不是好兆头。在迷迷糊糊里,思想、焦虑和噩梦不断交叠,我感到自己突然跌倒,仿佛一个巨大的黑洞吞噬了我,在这个无底洞中不断下沉。我回顾战争时期,感到内心的痛苦和恐惧与那时是相同的。我再次感到迷失,再次感到大难临头,这种不好的感觉从战争结束至今并没有离开我们多久。时光带走了我的梦想和我唯一拥有爱情的岁月。在那之后我犯下了不计其数的错误!突然,我看到了一张熟悉的脸,帕利诺①,一个年轻的农民,矮个子,身形圆滚滚的,脸像苹果一样圆圆的,这就是大家给他起这个绰号的原因。他长得并不英俊,但是既可爱又机敏,最近几个月他一直偷偷追求我。他认识我的未婚夫,非常不希望我嫁给他。哦,小胖胖,当你说他并不适合我时,你知道你说得多么有道理吗?因为他确实不是个好丈夫。他对我说:"我亲爱的,你不了解他。他看上去并不像善类。你为什么不离开他?你害怕面对吗?"

---

① 帕利诺(Pallino):意为小球儿,是绰号。

说实话我并不害怕，我只是无法面对这种情况，我无法主宰自己的命运，而我最担心的是家暴。当我站在两条路的交叉口时我真的感到害怕，从我还是个孩子的时候，男人之间的争吵就会吓到我。我很少见到家庭成员之间，或者专门为收麦和采收葡萄而来的男人之间的争吵，即使有，那些尖叫声、那些愤慨的怒吼让我的血液都快冻结了。

人们也常会提起另外一件非常残酷的事情，那就是年轻人之间为了心爱女孩的竞争，为了阻止对方对心仪女孩真实或疑似的骚扰，年轻男人间会进行群殴、伏击甚至报复性的残忍伤害。因此，这次回程像是一种历史的倒退，在几个小时内，罗马的色彩和火花与往常记忆一样遥远，而我面前的未来似乎像隧道一样漆黑。重返家园之旅似乎看起来像是又一次噩梦重回，谁知道最终我是否能遇见光明？

下午早些时候我们就到了家，天气一直很好，我下了火车。从那一刻起，我和那个我不爱的男人的生活开始了。我无法想象在他家里的第一个晚上该怎么度过，那里我唯一熟悉的东西只有装着我嫁妆的行李箱。

有一件事情突然让我稍稍觉得宽慰，在火车站，我们刚巧碰到一个驾着木车的同乡人经过，我们搭着他的便车立刻向家的方向驶去。我又重新看到了你，我的家，一想到你，我内心就获得了片刻的沉静，而如今再回老房子，看到你摇摇欲坠的老墙，我也生出了同样的安宁之感。那天，当我在大路上看到你的身影渐渐明晰时，我感觉这是世界上最美丽最安全的地方，农舍里满是鸡鸭鹅群，打开麦仓，就能闻到粮食的香气，在我眼里，这就是天堂的样子。我立即进门，穿过门廊，发现马里亚诺伯父还像往常一样忙碌着。我太高兴了，再次见到所有的母牛，无数牛角在移动，大小的各种牛犊，母马带着它的小马驹在房子后面的平地上散步，多么温暖的画面啊！我们的母马多么美丽，家人们都这么说，我们非常爱护它。它的名字叫斯黛拉①,因为额头上有一个类似星星状的白色斑点。我从后门走出去,去和它打招呼,当我抚摸着它的马嚼子时,它则用力摇着尾巴,鼻子里吹着粗气予以回应。

我对它说:"斯黛拉,亲爱的斯黛拉,你知道我有多绝望吗? 在我看来,一切都朝着错误的方向进行。我该怎么办? 我如何做才能原谅自己?"

我很希望亲戚们能猜出什么,他们问了我一些问题,我回答得支支吾吾的,即使只是关于婚礼当天晚上的事也是如此。哦,纳塔利纳伯母,我多么想念你! 当我拥抱着来看我的玛丽埃塔伯母时,我就想起你。我的丈夫和马里亚诺伯父聊着天,不一会儿,家里所有的人都走到我们身边,向我们打招呼,并聚拢到我的周围。他们问了我很多问题,但不是我想被问的问题,反正,种种好奇的关于旅行和罗马的问题让我感觉很不舒服,因为我不得不回答他们希望听到的正面答案。遗憾的是,我的父母不在家,他们去了镇上,这不是唯一令我难过的事,因为另一件事使我心头一颤,就是他们不愿让我上楼到房间去。据农村的习俗,如果新娘在婚礼后八天之内回到她离开的房子,将会给娘家带来灾祸。所以我不得不停在门廊下面,微微难过的目光让玛丽埃塔伯母很是担忧。伯母缓缓靠近想要安慰我,告诉我她理解我,对于任何人来说换了家庭并适应新家庭都不容易,他们都在我之前经历过。她对我说:"需要很多的耐心和很多的爱,但是你会发现,当你心里有爱时,你会克服一切,有了爱,一切都会变得容易,而且你还那么年轻!"我感到自己快要死了,因为那正是问题所在;我该怎么解释才能让她明白现在缺少的正是爱呢? 我的上帝,有什么办法,我觉得现在比结婚那天感觉还糟。继续以这种状况生活下去的想法使我感到恐惧。我全身无力,快要瘫倒,就这样我坐到门廊下正在修理的破套车上。坐在那儿的时候,

---

① 斯黛拉(Stella):意大利语意为星星。

我看到太阳要下山了,红彤彤的太阳几乎可以触及村头那排白杨树的树梢顶端。很快村民都会从田野里回来,我可以向他们一一问候,也许那时可以有时间见见我的父母。门廊的那座双拱门看起来像是通向世界的窗户,多么美丽啊!它的外缘布满了爬墙蔷薇的枝蔓,展现出一派祥和亲切的自然美,充满了生命力和活力的色彩。我还是反反复复地想不愿离开的事情,这才是我的世界,我既没有翅膀也不会飞,为什么还必须要飞走?

怀旧之情涌上心头,使我不由地回想起那些我照顾弟弟妹妹和表弟们的时光,我时常将他们从地板上抱起来,再放回祖母摆在厨房地板上供他们玩耍的毯子上。小孩子们像一群小鸡一样,跟跟跄跄地满地跑,把硬面包来回吸吮着、咬着以此作为唯一的消遣,一群鸽子飞来争食掉落满地的面包屑,直到有人拿着扫帚将它们赶走。我真的好想和妹妹们在那张玉米叶床垫上再睡一个晚上,不过事与愿违,现在我不得不奔赴一个陌生房间里的舒适新床。我的头脑里经受着猛烈的狂风暴雨般的袭击;相反,那天下午的天气美好得过分,全然没有半点和我的心情同步的意思。我抬眼望去,又看到了熟悉的田野,如今深秋之时,这里的景色变得更加丰富多彩,空气里也弥漫着浓烈而潮湿的土壤气息。实际上,我很期待父母回来。啊,我的上帝,至少他们是了解我的,我希望,母亲在看着我的时候,能从我的眼神里读懂我,然后她会伸出手臂拥抱我,给我安慰,给我安全感,使我免去痛苦。

他们不久后就到家了。他们很高兴见到我,并拥抱了我,问了我很多问题,但是,遗憾的是,并不是我想象的那样,他们对我的心思似乎并无察觉。我们一直驻足在那里,在那个我被禁止走上的楼梯前,未曾挪步。在我眼前,这是从我被束缚的命运中逃走的唯一通道,我还在盼望着能在我的房间睡最后一次觉。看到的每一个角落都能勾起我深沉的回忆,每一张笑脸都是正在与我渐行渐远生活的一部分。希望这生活尽快结束而非继续吧!

  我向所有人道别,努力使自己看起来心情愉悦镇定,说到底,我不想让他们担心,他们希望我过得开心,但很遗憾,我让他们失望了。我不得不独自承受痛苦,直面命运的安排,天知道,命运之神是否存在。我迅速拥抱并亲吻了所有家人,眼泪在眼眶里打着转儿,努力控制着不要瞬间爆发,但我真的很想哭。就这样我们动身了,我的腿开始发抖,感觉被力量推着往前走,我预感我永远都回不到过去了。不过,我不停地转身向后望,给你最后一眼,我的家。我不想看着你从我的视野里消失,你是如此美丽,四周绿树成荫。慢慢地,你的身影变得越来越模糊,被地面上的暗影和从天而降的黄昏吞没了。连同一轮红日,像一团火球裹挟着一片火红落到平原尽头的小山丘后面。我的家终于看不到了,埋没在一片当时没有通电的黑暗村落里。

  还有一点点微弱的不知从哪里来的光线使我们能够依稀分辨行进的路途,像是大地最后的回光返照,又像是要彻底将我抛入无人之境。那个人口众多,如此具有保护家人力量的家庭无法拯救我。一瞬间我仿佛又看到了圣蒂诺祖父的脸,他再也帮不了我什么了,他曾经那么像我的第二个父亲,没有人像他一样温柔慈爱;他更不能再帮我了,再也听不到他的忠告和所有让人心情愉悦的话,他从未给我解释变成大人意味着什么,也没有说过长大以后要如何面对家以外世界的艰难挑战。现在,我慢慢发现,这对毫无准备的小孩子是多么无情的事啊!

  我最后一次转过身,几乎是无意识地,可是此刻我们身后一片漆黑,再也看不到任何东西了。在我们面前,只能看到通往村庄的碎石路清晰的痕迹。我独自一人跟在丈夫身后,两相无言,我们正朝着共同的生活走去。我猜不到他是否知道我心里面有多少恐惧和痛苦,但是无论何种情况之下,他总选择保持沉默。我也不在乎他说不说话。我可以跟自己说话,我可以叩问自己的心,再自己去寻找答案。

穿越台伯河
前往托尔贾诺的船

所有这些想法堆积在一起让我无法想别的事情,其实我的头脑更喜欢躲在回忆中。身旁路边一望无际的田野是我再熟悉不过的景色,农人把田地照顾得多好啊!每个角落都是用爱浇灌和耕耘的。这片土地多么肥沃,物产丰饶,从春季到秋季台伯河上的整个平原都受到了上帝的恩赐和法力庇护。我又想起了很多年来的经历,我想到了童年时代见过的所有花朵、美好的颜色和味道,那时某些水果每年最多只能吃一次,如果一切顺利的话,品尝其他美味佳肴,则需等待并寄希望于圣洛伦佐节的集市。

向河岸方向修建的大路长达一公里多。数不清多少次,我去托尔贾诺镇时,都会路过那里,夏天白色粉尘混合在炙热升腾的空气中,无处不在,冬天则满地泥泞,像铺满糨糊一样。

这些小麻烦并没有给我带来极大困扰,对我们来说,一切已经司空见惯,那只是我们生活的这个说大不大、说小不小的世界所展现的某个方面,尽管所有一切都显示着诚挚、质朴和洁净,但时而也会尘土飞扬、泥泞不堪,尽管它只算是方圆不足百米的小村庄,但也可以大得让我们无法全面认识它。对我出生的村庄的认识是在之后我与整个世界的互动中才意识到的,而此刻我正在和丈夫走进未知的世界。

当船穿越台伯河河面时,我的思绪无法平静。河水在夜色笼罩下混淆成一团黑色,只能通过流水声判断我们是在水上面。唯一的光是船夫一直悬挂在船头的乙炔灯。夜幕降临,在黑暗中穿行就像是在讲流亡的故事:日夜不息的河流,裹挟着一切悲欢,连同我的老房子、我的童年少年时期、我所有的家人、我所有的感情和回忆,到此为止,都留在了对岸。我感到自己正在失去我曾经拥有的最珍贵的东西,在我身后,只能看到一片黑暗;在前方,只能看到攀登河岸的那条陡峭的道路。

当我们下船再次赶路时,我试图清除悲伤的想法,并试图使思想集中于自己将面临的新状况中。也就是再过一会儿的工夫,我将初识我的新家庭,进入新房子,在那我将与新婚的丈夫同床共枕。我忧心忡忡,我一点都不了解新家人,我在偶然的情况下见过他们中的某些人,我的家人从教区牧师那里获得的零星信息是,教区牧师只说他们是善良和虔诚的一家人,每个星期日他们都按时参加礼拜弥撒。但是在村子里其他村民的口中,有人说我丈夫的家人脾性不好,其中一些男性家庭成员在别人眼里是喜欢拌嘴斗架、脾气很容易暴躁的那类人。与之相反,我来自一个人人随和的宽容环境,我无法想象在一个共同家园之中生活的人们,不为共有的和谐安宁的家庭氛围做任何努力,该是什么样子。

我们正往通向托尔贾诺镇的上坡山路上吃力地行走,这条路建在台伯河平原边缘的低矮山峰上。往前走着走着路就慢慢变窄了,路边开始稀稀拉拉出现人居的房屋。再往前走,在通往贝托纳镇的山坡上,我们路过一段通往公墓的路,路两边都是柏树。亲爱的圣蒂诺祖父,我非常想走来向您打个招呼,我想停一会儿爱抚一下您的照片以及纳塔利纳伯母的照片。我有好几次都梦到,您在那张等待着进入棺木、走完人生最后一程的床上突然醒来。祖父在棺里的表情很安详,他的脸庞瘦弱,穿着一件轻薄的衣服,纳塔利纳伯母也很漂亮,皮肤光滑白皙,长长的黑发终于散开了,只覆盖着一张黑色的面纱。亲爱的伯母,您已经历了五十九年人间的美好生活,为什么不活得更久一些?

但这不是去墓地的时候,我甚至没有勇气提起,从我们离开家以后,我感到无法打破伴随我们的沉默。真的希望我和我的丈夫能有一些交谈,任何一句话都可以缓解我内心的紧张感,而此刻脑海里反复不停闪现着的这个想法便促使我焦虑。终于,我们看到了他亲切的家,我们未来共同生活的家。现在天空已经完全黑了,看不到月亮。不过还能看到落日余晖留下淡淡的红色条纹勾勒出的群山轮廓,映在泛着波光的河面上,这微弱的光线照着我们回家的路。在自家楼梯的顶部,透过从厨房窗户里射出来的昏暗光线,我们终于看清了家门的位置。

我的新家庭

我们终于到家了,第一个跑来门口欢迎我们的是一只小狗。对我来说,这似乎是一次特别的初见,或许是因为我发现自己竟站在一只小畜生的面前,所以略显呆滞木愣,尽管它不认识我,但还是开始向我各种讨好,低吠轻哼,旋转跳跃,不停摇动着它的尾巴,好像要宣布在那所房子里,我已经有了一个真诚的朋友。正是那只狗的吠叫,引起了全家人的注意。他们中的大多数都从楼梯顶端的阳台上探出头来张望,我婆婆立即走下来欢迎我并拥抱我。每个人都热情地向我打招呼,并表现出对我极大的关注,但我有一种明显的感觉,他们是在可怜我。

餐桌早已摆好,新家人也已经在坐等我们吃饭,但是我几乎吃不下东西。在此起彼伏的问题间,在女性家人和长辈老人交错的目光中,我感到有些不自在,感觉自己就像羞涩的外来者,更像一个流离失所的人,一个在陌生家庭中无可奈何的客人,被迫和一个我不爱也不熟悉的男人睡觉。你们一定很难相信,当我吃完晚饭,起身,伴着所有人紧随的目光走向我们的房间时,我体验到了一种羞愧的自卑感,当时我手里握着手帕,手臂下紧紧抓着装有睡衣和几条内裤的小包。

就这样,我的婚姻生活开始了,我不得不学习苦挨日子的办法,正如不是所有家庭和婚姻都意味着会拥有热烈亲昵的和谐与保护一样,个中冷暖好坏也是我从娘家长期旁观中看出来的。只是并不是所有家庭的状况都相似,在芸芸众生中,我也见识过很多组成家庭的年轻人的生活,看到了和我所见不同的一面,每个人都想独立自主,成为家庭关注的核心。在我自己的家庭中,几代人之间没有隔阂,结婚后,自动扛起更多责任的年轻人仍然会尊重并倾听长辈的声音。所以,某些极端的情绪变化与冲突,多是发生在工作场合或家庭环境之外。相反,在我丈夫的家庭中,所有人都在彼此伤害。以我丈夫为首的年轻一代,不想再像父辈一样,被强迫过着如牲口一般的奴役生活。他们奋力挣扎,企图摆脱命运的摆布,他们想打破原有的规则,激烈的争吵给家庭内部带来抗拒的情绪与不安的气氛。但是这种类似报复、不讲理以及爱寻衅的行为,只会频繁引发争执和纠纷。因此,在持续多年的分歧之后,这个家庭形成了随时间流逝也无可抵消的彼此仇视、心怀恶念的气氛。我是刚过门的新人,并且嫁给了家中最偏执狂热的叛逆者,所以我发现自己处于一种新境遇,甚至比之前的家庭关系更令人痛苦。我单打独斗,而且没有勇气去向任何人要原因和解释,最终我只能责备自己,从而使自己更加自卑。我丈夫在家里没有同伙,而我现在成了他的妻子,最终的结果就是,我只需要按照他的命令去做即可。

尽管付出了很大努力,但我从未在新家中感到适应,两人之间的分歧也是持续不断。我丈夫对他的叔叔们怨气深重,数个礼拜都未和他们说一句话。当然,我也受到连累,并最终为此付出了代价,尝尽了本不情愿的苦果。我一直尝试用不同的方式让我丈夫明白事理,但这是我的错觉,叛逆和狂妄的性格使他的行为表现得就像那场听说可使工农阶级最终摆脱他们的地主得到解放的革命一般,战争随时都可能爆发。因此,他与那些不愿对地主抱以蔑视和反动态度的长辈发生冲突。可是地主一直是命运的掌控者,在我们的思维定式中地主保证农民的工作,对农民来说这意味着生存;地主也有权将农民赶出农场,从而使农民陷入贫困和饥饿。但是在20世纪40年代末到50年代初,所有年轻人都处于激进思想之中，在农村，大部分年轻人都受共产主义思想的鼓舞。当从佩鲁贾过来的人发表演说或举行集会时，所有经历过战争的、对法西斯主义者和法西斯同盟及效命者怀有仇恨的人，纷纷举起双手，并报以热烈的掌声，以示对驱除地主并将土地归还给耕作土地的农民这种行为的赞同。他们始终以苏联为榜样，众所周知，那里数百万奴隶和饥饿的农民赶走了压迫者，伴随着工农解放运动，土地最终也为他们所有，人身再也不会遭遇与土地同样的买卖。斯大林，这个大胡子谋略家的神话，在年轻反叛者中经常被提及，并成为激发所有革命和斗争苗头的根基。

我丈夫昏了头，也许他真的相信我们国家也可能会发生革命，就像在苏联一样，因而他在家人中重复在镇上听到的讲话，话题刚结束，就会与家里的老人发生口角冲突，因为老人们埋怨他嚣张跋扈、独断专行，把自己和整个家庭置于不利的境地。这也间接造成了许多麻烦，很显然，地主对正在传播的民主思想非常担心，他们暗自寻找一些好借口来摆脱那些可能引起麻烦的农民家庭。由于我丈夫的怨言怨语四处传播，婆家为了表现他们没有问题，甚至付出了超出所应担负的代价，以至于那年冬天我们甚至走到粮食短缺的地步。实际上，农民必须将多余的粮食上交给地主；地主随后将部分粮食返还给农民以供家庭日常消耗。当然，返还的粮食总是不够吃，这就是为什么几乎没有一个家庭能存储多余粮食的原因。我婆家为了表现对地主的绝对忠诚，被迫将所拥有的小麦全数上报，那年，我们仅能靠地主返还的微薄粮食来度过恶劣的寒冬。那是一场真正的灾难。整个冬天，我们不得不吃玉米粥、玉米饼和卷心菜勉强度日。我感觉自己又倒回到战争时期，但是即使在那段战争中的艰苦日子里，我们也偶尔能吃到肉和白面！

这件事情使我的丈夫很恼火，他责备家里的老人把多余的口粮都给了地主，完全把全家的补给给断了，并且他也是第一次威胁说要离开这个家。那是在二十年法西斯专政之后的第一次民主政治选举之时，直到1948年4月的那几周，我们居住的街道和村庄里都充满了紧张和恐怖的气氛。妇女们对此漠不关心，在这个国家，我从未见过两个妇女聚在一起谈论政治。约定俗成地，妇女要按丈夫、父亲或教区牧师的指示进行投票。教区牧师在那个年代是每个教区非常重要的人物，他是生灵的关怀人，也是人们深陷困难境地时的顾问；他在发生纠纷时充当调解人，也在重要决定中扮演公证人的角色。对于许多文盲来说，他是值得信赖的人，他可以帮忙阅读信件或释义公文。村里人有要到佩鲁贾的银行或邮局开立存款户头，也会找到他。简而言之，教区牧师并不是人们惯常认为的一项职业，从某种意义上，在老百姓的心里，他比市长和宪兵队长更重要。

  这就是为什么意大利的共产党人和社会主义者对教会如此不满，因为教会几乎动员了所有教区的牧师大军来进行对天主教民主党有利的政治宣传。选举前几个周日的弥撒，与其说教区神父在向教徒们宣讲福音，不如说是选前拉票的宣传。神父直接在神坛处告诫民众，让我们考虑仔细将票投给谁，再慎重考虑将自己孩子的未来和老人的晚年生活放在哪个政派手中更合适。"教会不能接受不信上帝、没有信仰的政客去愚弄、欺骗以及毁损最需要帮助的平民。"我们的教区神父就是这么说的，并警告所有人说，所有为共产党投赞成票或打算投赞成票的人都将被驱逐出教会；也就是说，他们不能再进入教堂，也不能接领圣餐，更不能举行婚礼、葬礼或洗礼。这是一件相当可怕的事情：我知道我的丈夫想投票给哪个政党，而且他并不羞于告诉所有人，我实在快被吓死了。被逐出教会的人会被看成是瘟疫感染者一般，尤其是对于我所接受的教育以及我成长的家庭环境而言，如果真有那么一天，我将会一无所有。我感到自己的处境很可悲，已经岌岌可危了，那种前景更像是要把我推向黑暗的深渊。因此,那段时间我惶惶不可终日,满心忧患,就像是狮子口中的绵羊,我总会看到丈夫和婆家老人苦涩的表情,一旦关于选举的讨论突然聊起来,房间里的声音就尖锐得吓人。我丈夫坚信,有共产党参与的政权将会获胜,而且选举之后一切都会改变;有了他们的胜利,每个农民都会被赋予工作,他将会成为一名工人,并且可以离开这个他出生成长的鬼地方,不会再受地主的剥削压迫,而之后这个让他们忍饥受冻的地主,则会高看他们一眼,见了面还可能向他们脱帽行礼、款款鞠躬。他说完这些不着边际的幻想后,因为家里没有人听他讲话,也没有人同意他的观点并且会因此恼怒不止,不过他一瞅见机会就想发泄心中的愤怒,和我在一起也是这样,而我从不回应他,并且当他与我谈论他的政治主张时,我也表现出极不情愿聆听的样子。星期日选举的那天,农民们从四面八方汇聚到镇中心来,清晨开始盛装打扮,先经过教堂做弥撒,然后在市政厅前排着长队投票。我仍然记得牧师在结束布道时说的:"当您投票时,请记住虽然没有人看到你,但上帝可以。"我还记得在投票站入口前排成一列的人们的脸。许多人聊着天打发时间,另一些人则把面包和火腿、葡萄酒和蛋糕从他们的马鞍包中拿出来;如此种种场景,几乎等同于乡村集会的热闹气氛,好像让紧张局势突然消失了。一整天,我都看到人们在村子外的街道上来回走动,每个人都去投票,甚至是一群腿脚不好的老年人,各自端着凳子,一字排开轮番交替着向前挪步。

但是在接下来的日子里,随着迟迟不来的投票结果,时时传来共产党或天主教民主党获胜的不实消息,可以感觉到周遭的紧张气氛,人们愁眉苦脸地担忧着,表现为波动不平的情绪和两方政党的各自忧虑。共产党员以及我丈夫都确定他们肯定会获胜,愤怒的人群开始商量起如何报仇和清理法西斯主义者。尽管战争早已结束,但人们对德国人和法西斯主义者在战争中所犯下的罪行和屠杀仍心存芥蒂,除此之外,人们还承受着诸多战争遗留的痛苦和创伤。然而,事实证明,选举并没有如我丈夫所愿。下午,乡村广播传来了声音,聚集在广场上的人们听到了最后的投票结果,多数票投给了一个叫德加斯佩里的天主教民主人士。我丈夫很生气,感到不平衡,不管是对他的家人还是给牧师效力的人,他都表现出怒不可遏的样子。我婆婆也担心地看着他,想让他平静下来,让他重拾理性。"不出你们所料吧!"他用一语应对众人千言,"这一次你们赢了,但不会长久的。下一次我们肯定会获胜的,我们走着瞧;无论如何,我都不会再给地主效命,为一条面包而劳作了。"他说完这些话,晚上回到卧室又重复了一遍给我听。我真的感到自己陷入了无尽的噩梦中。"你这是想离家出走?"我问他,"去哪里?"我由心底发出的疑问。我的心跳到了嗓子眼儿,太阳穴在拼命地鼓动。分家单过!这个念头我曾经想都没想过。"你别为我担心,"他用一如既往的确信口吻回答我,就如同没有给出答复一样,"我们镇子上到处都有房屋出租,而且要是当了工人,收入要比农民的收入高得多。"听闻这话,我惊呆了。对于农民而言,离开农场去做工人或雇农的工作就像一个马倌用纯种的母马换骡子一样不划算。我记得我的家人是如何看待与我们一起工作的工人和劳动者的,如那些临时的麦客和散工,他们要支付租金,甚至每周都有更换雇主的风险。天哪!在那一刻之前,面对无法预知的未来,我感到很没有安全感,我突然觉得自己好像处于悬崖的边缘,随时都有掉入谷底的危险。和往常一样,当我的丈夫被他的想法蒙蔽时,没有什么办法使他动摇,他反而越来越深陷其中。因此,争执和分歧一直持续着,他家人也开始把我当作一个麻烦,对待我就像对待我丈夫一样冷漠且疏远。我很绝望,不知道该站向谁的立场,家里的气氛已经越来越无药可救了。在他的言语里,一切都很容易,可是我却困惑于要为住所付房租,要住在一个不属于自己家的租来的房子里,既没有一个子儿的财产,也没有任何工作的前景等这些维持基本生活的烦恼。我预感到自己将陷入悲惨的境地,就像许多失去农场并且无所适从的人一样。他甚至没有征求我的意见就开始到处寻找住所,确定要离开后,他更加毫不遮掩地告诉家人他的想法。因此,他们的争吵愈演愈烈,甚至完全不顾忌高分贝争吵声会被听见而带来的羞耻感。我真想赶紧消失,不知道该望向谁或倾向谁;在家里或与邻居闲聊时,大家都以同情的口吻对我说:"你也真是可怜,到最后损失最大的人还是你,你运气真不好!"这些同情让我很是郁闷,我感到走投无路因此陷入更深的羞愧和痛苦中。只有上帝知道那几天我偷偷躲起来独自流了多少泪。

就在这种压抑纠结的状态下,时间来到了 10 月收麦季后;从我结婚至今已经过去整整一年了,也许结婚周年纪念日即新波折的开端。因为我丈夫那天晚上回到房间,脱衣服的时候,他跟我说:"我找到房子了。""我的上帝……"我大惊失色地叫出来,"但是,你确定吗?""这里不能再待下去了,和那些不知道如何维护自己权利的白痴一起被地主利用,有什么意义?到了镇子会有另一片天地,这里远远落后了,我们每天都得战战兢兢地听牧师和地主的命令,以挨饿为代价。现在不一样了,镇上正在寻找长工和散工,可以当天结工资,也不会为此承担任何风险。"我一点也不放心,在我看来,同时离开家、工作和大家庭的风险很大,不是他所说的那么容易。实际上,当争吵、时刻大喊大叫的威胁愈演愈烈时,他更果断坚决地说,他已经在为离开家打算了。一切简直是一团糟。显然,最大的问题是对属于家族共同财产那少得可怜的物品的分配。我丈夫想要回属于他的份额,但年长的叔叔认为他的要求过高。毕竟,只有一些零碎的什物、一些自制家具和上次麦收时收获总量的一部分。价值最低的是我们卧室的双人床、衣柜、床头柜,带镜子的梳妆台和装着我嫁妆衣服的行李箱。自从他找到房子以来,就一直坚持要分家,争吵也没有停止过。最后,我找了个借口,去父母家住了几天，我对这种情况感到厌烦。但是我没有勇气告诉娘家人任何事情，我知道他们也无法帮助我，而与此同时娘家也正在发生变化。堂兄都已经结婚了，新过门的媳妇代替了逝去的或嫁走的女人，我再也不能像往常一样指望自己的家了。在娘家停留的时间很短，仅两天后，我丈夫便来找我，告诉我要立即回来，因为他修理了新房子，我们不得不立即搬家。没有人出来主持公道，我也只能依照自己作为妻子的责任听命于他。

"苦路"①启程

1948年11月下旬的一天,一个多雾的早晨,刚硬而刺骨的空气宣布了今年第一场霜冻。从农舍到田野,大雾有时掩盖了人和事物,仿佛想消除人们所处的糟糕境地,减轻原本非常强烈的紧张气氛。我像个提线木偶一样移动,遵照丈夫嘱咐我的话去做,也就是越早搬家越好。我的丈夫把母马拴在推车上,开始在我们的房间搬家具,但是当小件家具装好后,他大发雷霆,因为没有人帮他一起把大家具搬下来。我简直快窒息了,只要不让我再看见这些吵得不可开交的男人们又一次发飙,我可以付出一切。所以我跑到公公那里,恳求他在发生任何糟糕的事情之前,帮助他儿子完成搬迁。他二话没说,立即下楼到马厩去牵来两头小黄牛,把牛牵到我丈夫本要驾驶的母马身后,将它们拴在套车上,继而又去帮儿子抬剩下的东西。我将永远不会忘记那一刻,在迷蒙的大雾中,马车越过农家场院驶上了通往镇中心的路;眼前是两头牛拉着车上那零星的几样东西,我感到自己像一个流离失所的人,牛鼻子里不断喷出的哈气迅速与浓雾融为一体,也是这两头牛把我引到一所我从没有见过的房子前,在这里,我和丈夫将开始两人的独立生活。因这大

---

① 苦路:又叫"拜苦路",是复活节前基督教的一个重要公共仪式,由十四个阶段组成,回顾耶稣基督生命最后一天的重要情节,即所谓的"基督受难",指耶稣背着十字架在人间走的最后一段路。从耶稣被审判开始,到背着十字架走上各各他山,最后被钉在十字架上。"苦路"一词意为艰难的道路,充满痛苦和苦难的旅程。

雾相隔,让我们在起身时能少受些丈夫家人的注视,他的家人肯定都趴在窗户边看我们走远;当然,大雾也使我们免受新邻居异样的目光,因为他们只要一瞥见那间小房子前面有马车的动静,就会站在门前,以免错过什么热闹的大事。新房位于出镇子大路的十字路口附近,比我想象的要糟得多。当我走进将要居住的房间时,我几乎感到窒息,这里只有两个房间,没有厕所没有水,一个房间位于一楼,可以用作厨房,另一个房间位于二楼,只能当卧室。我的天哪,这么脏!所有的墙壁都是光秃秃的,被以前住过的人刮擦得面目全非。地板是砖块拼起来的,厨房里仅有一扇小窗户。没有壁炉,甚至没有用于加热和烹饪的火炉,什么都没有。简直就是一场噩梦,我们怎么会住在这儿?对于我们来说,厨房就是生活的中心,是房子的灵魂,是我们大多数女性生活活动最主要的场所。而最重要的炉灶!这里竟然没有炉灶!这跟住在公墓的亭子里有什么差别?这可是人住的地方呀?天哪,我做错了什么竟要让我受此煎熬?

  整整一天我都忙得团团转,把那些零零碎碎的什物和家具摆放到位。我表面沉默不语,心里却痛苦难言,我的丈夫只是紧张地来回走动。他无所适从,焦虑不安,开始发觉所做的一切都是错的。本来以为脱离了他的家庭,终于获得了难得的清静和自由,可是在我丈夫的坏脾气之下,过去烦恼的一切仿佛都未曾消失。由于新的环境,有着不同事物发出的噪声,家具和窗户都与以往的布置不同,我带着陌生的感觉迟迟未能入眠。我整夜不曾合眼,永远不会忘记这个在人生第一次租来的家里住的第一晚。我的丈夫早就进入了梦乡,鼾声如雷,我却无法再大睁着眼睛待在床上了。一想到起床后要面对的是一个什么都没有的厨房,我就特别恐惧,白天我该干什么?我能准备什么东西来吃?新房子的第一天,就在没有任何指派规划的毫无头绪中开始,这是我最害怕的事情。我很想把丈夫叫醒,但最终只是径自起身,走到了窗户边上;

外面一片黑暗寂静,悬挂在十字路口上方的灯泡在房间前面几步之遥的地方发出微弱的亮光,昏黄的光晕一直打到我们房门上。距离日出还有几个小时。

当早晨第一缕阳光照到窗户上时,我顺势从床上滑下去,来到了厨房,新家的第一天开始了,可我真的是手足无措。我继续整理东西,可是我缺少家具来放置锅碗瓢盆,还有储藏粮食的器皿,最缺的就是柴火。在这个时候,我丈夫下楼了,他也睡得不是那么好。我想告诉他很多事情,向他表达我的所有郁闷,但是看到那张呆板而紧张的面孔,我索性缄口不言,只字未提。他立刻抱怨我没准备吃的东西。"可是,请你想想,我要怎么做饭?"我反问他。

"你难道没有意识到这里什么都没有吗?甚至连煮一锅汤的锅子都没有?你看看你找到的是什么样的房子?"我继续说,"这个地方既没有壁炉,又没有火塘,你觉得像厨房吗?我们看起来简直像两个被赶出家门的罪人!"我停下来擦拭眼泪,我的哭泣更加激怒了他。他说话的时候全程带着愤怒,说我像个笨蛋,只顾着抱怨,现在他要展示给我看所有问题都是可以解决的。说完这些,他骑上自行车走了。我看到他顺着主干道骑走,不知道他想干什么,心里无法平静。实际上,过了一会儿,他气喘吁吁地回来,推着一个双轮小车,小车上装着一个旧的木屑炉,这是公婆家里用来给牲口烧热水用的。炉子全部都生锈了,第一次尝试打火时,浓烟瞬间侵满整个室内,再从房门和敞开的窗户漫出去,因此惊动了房东。她住在我们房子后面,看到烟雾她立即过来责备我们,说我们必须打理好她的房子,因为那不是农民的窝棚!太没面子了,我都找不到地缝钻,在我看来,这真像是一条耶稣受难路,更不知道走上这条路后什么时候是个头。

在一个农民家庭内部,即使是像我丈夫这样的异类,无论如何,都会因为长久不变的一系列族群关系和相互熟悉的实际便利而能团结包容、化解干戈,但是当两个穷人离开农村来到陌生地方,并要试图在这个地方生存时,没有人能理解和体谅他们,他们会成为所有人的笑柄。

如此狭窄的小房子,只能容下一张桌子和两把椅子,简直转不开身,真是糟透了。工作也不容易找到,特别是对于我丈夫这种以打架斗殴和蛮横无理而闻名的人。他的紧张情绪和暴躁脾气有增无减,对我常常表现得非常愤怒,对邻居的态度也是一样。小镇边缘的这栋小房子俨然营造出了作为入镇第一站的所有气氛和口碑。我的丈夫只会耍耍嘴皮子功夫,根本无法适应新的境况。他认为自己可以轻松找到工作,却每次都会碰壁。后来他不得不去更远的地方找工作,我总是勉强以各种方式去适应这种变化,但这非常困难也非常不容易改变。作为农民,至少从来不发愁一些小东西和小吃食的来路,蔬菜汤或熟鸡蛋常常很容易获得。现在取而代之的是,我在一个家徒四壁又冷冰冰的空房子里,没有炉子,楼梯下只有一个厨房,没有菜园,没有鸡舍,更没有柴火。

我大清早就离开家,努力让自己的每一天好过一些。我没有太多选择,能请得起清洁工的家庭少之又少,而且他们不会让一个没一点经验的农民来做。我不能干等着,只能去一些农民那里做些临时短期的劳动,然后换些面包、蔬菜、土豆或豆子,还有一些鸡蛋,有了这些我勉强能做出一顿晚餐。我婆婆来我们这里时都哭了,她对我们的处境很是担忧,因而之后总是悄悄来我们家,不告诉其他家里人,用围裙偷裹一些类似猪油、干香肠、鹰嘴豆或面粉之类的带给我们。她也时常会安慰我,告诉我要有耐心,她知道儿子的性格有多难相处。但是,似乎我们目前的状况还不足以使我痛苦不堪,之后外面发生的事情,比此时更像一记重拳打得我们直不起腰。那时,我到镇里转的次数比我丈夫多得多。他在附近找工作,傍晚直接回家。我从不拒绝任何工作换取更多吃的东西。我的长相应当属平庸普通的类型,因而我认为自己不会引起任何人的好奇或兴趣。我做事情时总是小心翼翼,以免受到过多的关注,因为在内心里,我很羞愧曾为农民的自己为了生存不得不依靠接受其他农民的慷慨接济而过活,以及接受我日间帮工的农民家庭的馈赠。

说话间,我们离开农庄已经快一年了,近几个月的时间,我依稀感到镇子里有人在议论我,即使这对我来说几乎是不可能的。我没有想到能引起他人兴趣的丝毫原因,而且我责怪自己是一个瞻前顾后、畏畏缩缩的傻瓜。这件出乎意料且令人担忧的事情使我坠入可怕的焦虑之中,因为没有什么比蒙在鼓里更可怕的了,感觉整个镇子都在背后谈论,而我却不知道是什么原因。

我感到自己就像被一根无形的长剑刺伤又像被追赶的动物,深陷痛苦的泥沼之中;我怀疑那可能是我的错觉,我不知道该如何觉醒或用什么来捍卫自己;我甚至不知道该向谁倾诉,向谁寻求帮助。越来越多的困扰使我意识到,谁的帮助都指望不上,唯一能够减轻我负担、分担我忧愁的人,是我的丈夫。我担心他会在我之前听到一些传言,甚至可能如往常那样一时冲动,造成过激反应。但是会有什么反应?针对谁呢?乡村里喋喋不休的议论相当可怕,因为那些以诡计多端且冷嘲热讽方式传开的流言蜚语,甚至流传于那些跟别人说你是他朋友的人之间的无稽之谈,如鹅卵石一般数不胜数,终有一天会堆积成山。等到真正传到当事人耳中时,往往已经好几个月过去了。因此,我也试图从我认为是朋友的人那里了解一些信息,但是他们都告诉我,什么都没有发生,仅仅是谈论对我的印象,这使我再次怀疑一切是否是自己的幻觉。几天几夜以来,我彻夜难眠,那些面孔、那些狡猾的眼睛、那些默契的眼神、那些是非缠绕的口舌之争,都在我的脑海中旋转,也是这些,将我的名字散播到镇子的每一个角落。只有面对当事人,也就是我时,才隐瞒得滴水不漏。那种沉默里像是有万千的声音,正在剥夺我活下去的意愿。我茫然不知所措,确信那些声音不是我的幻觉。人们真的在谈论,好像有人乱讲我们生活私密琐碎的事情,有人还将此告诉了我的丈夫。我看到他有一天晚上脸红通通地走进来,表情写满了愤怒,又诅咒又发誓的,真是把我吓坏了。我走回房间,坐在床上,用手遮住脸,眼中满是泪水,我哀求他冷静下来,给我讲讲如此愤怒的原因。

然后他走进了这个狭窄的小房间,狭窄到很难在床的边缘和墙壁之间穿过,他就立在窄缝里端直不动,一本正经地告诉我:整个镇上,谁都不知道有多久时间了,都在背后议论和嘲笑我们。原因起于我们的蜜月旅行,这件事刚被众人知道就引起了轩然大波,因为很少有两个农民能负担得起这样奢侈的享受。事实上,这种机会只是受邀参与的,不是主动为之,但是村民们立即在上面添油加醋。不知道这些荒谬是起于何人之口,又是根据什么捏造的,据传言说,我们在罗马经历过各种各样的事情,我们上错了火车,被抢走了钱包,还有好像……谁知道发生了没有……"还有群强盗抢走了他的老婆!"这些事情在我丈夫不断的谩骂和愤怒的表情、姿势下宣泄而出,如果真的出自村民之口的话,那就是把我推进了更加绝望的深渊。我甚至无法想象,我们只不过是两个可怜不幸又勉强过活的农民,却在他们背后众口铄金、不断捏造的假故事里体无完肤、毫无颜面可言了。在罗马,上述的事情一件都没有发生过,我想不明白,这些故事是怎么编造出来,又是怎么传到众人耳朵里的。但是突然间,我意识到自己在镇子上转悠时产生的所有感受都是真实的,这让我几乎发疯到癫狂——这些农民对同类竟残酷到如此程度!我除了孤独和迷茫,别无他感;我很害怕出去与他人对视,所以第二天我连鼻子都没有伸出门去。幸运的是,我还储藏了许多从婆家储藏间里拿来的食物,可以撑一些天,所以,我连续几天都没有出门,没有让任何人看见。我丈夫很顽固,他板着脸回家,对我也不说话。他还向几个朋友去求证谣言的归属,结果所有人都说他们听来的版本里确实有我们坐错火车这一段。然而这竟像点亮灯泡一样启发了我！或许我明白了是谁编造了这些诽谤,后来在众说纷纭的传言鼓动下,这人又捏造了一些令人难以置信的故事。那应该是和我丈夫相熟的人,我们在福利尼奥车站的售票处碰见的,他的确走上来和我们交谈了几句,并一直紧跟着我们,又问了好些问题。"你们要去哪里?要当心啊,罗马是非常危险的地方,它不是为农民建的;犯罪分子特别多,他们在车站专门盯着下等人,假装想要帮助他们,然后把他们抢得连内裤都不剩……你们一定当心别看错人哦……"还有其他诸如此类的话。我们回程的时候也没能摆脱他的纠缠,直到他不得不坐火车返回佩鲁贾。

肯定是他用想象力编织出一些剧情,走上了残忍又天花乱坠的造谣之路,我们不幸被确定为理想的诽谤人选,反正也刚好在镇子上不受欢迎,无依无靠。那真是一段令人痛苦的日子!有时我在深夜睡去,希望早上再也不要醒来,我真想用死去来摆脱那个噩梦!

但另一件突然发生的事情让我感到更加强烈的震撼,这是一个出乎意料的消息,如果在其他时候也许本应是个好消息,但是在那种情况下,我变得更加恐惧,我怀孕了。

很难形容我的感受,我摇摆在喜悦和害怕双重心情之间快要分裂了,而当想到要把这个消息告诉我丈夫时,我的第一感觉又是畏缩。谁知道他会怎么看待这个消息?按照他的性格,我永远不知道他会有什么反应。

蓬泰罗夏诺村

随着时间的流逝,我感到内心的勇气正慢慢恢复;现在的我身体和思想都不再孤单,因为在我体内,正冉冉生长着一个新的生命,它使我有无比的勇气去面对困难。如果我们的生活中从未缺少一种东西,那一定是困难;杂七杂八的琐碎之事和阻碍未有征兆地接连出现,仿佛不断测试着我的忍受能力。为了证实这一点,几周后住所又一次发生了问题。我丈夫对我的怀孕并没有给予更多的关注和照料,对我的态度仍和往常一样。因为房东已明确提出要我们尽快撤离她的地盘,越快越好,所以,我丈夫不得不把寻找新住所的问题提上日程。我的丈夫又失业了,我们身无分文,吃食也快消耗殆尽。不过,经常发生的情况是,当我们以为自己处在悬崖边缘时,幸运女神总会悄然降至,这似乎是一种难以言说的好运气。此刻,幸运女神就指引给她的信徒一个很好的方向,那就是在罗夏诺桥附近有空房子。那个村子上有一个小私营业主,他的农场对他一个人来说有点太大了,其中还有一个美丽的葡萄园,他一个人根本顾不过来,因此他正在寻找一个帮手能够打理农场和葡萄园的农田事务。作为我丈夫劳动的交换,他会给我们一间房子而无须支付房租,如果一切顺利,并且他对我们感到满意,我们也许能获得一部分收成。我丈夫一如既往地草率行事,立即接受了这个提议,在他看来,这种安排是离开这所如地狱般煎熬的房子的最好办法。他没有问我任何意见,尽管我有一点反对,因为我有一种不好的预感,但也没有多说什么。因此,我们再次拆卸了一遍家当,然后沿着向贝托纳镇方向的大路行进。经过十字路口的最后一处房子之后,我一向热爱的美丽而质朴的田园风光又立即出现在眼前:在路的一侧,丘原并不平坦,一直延伸到台伯河缓坡时地形相对拉长,景观更加别致。布鲁法镇一侧的平缓丘陵像波浪一样高低错落起伏,在基亚肖河沿岸可以看到宽阔且排列整齐的田地,一般建在陡峭崎岖坡地上的田地蔓延到了贝多纳镇那边厚重高大的高原山坡上。罗夏诺桥是基亚肖河汇入台伯河之前的最后一座桥梁,而将托尔贾诺镇与贝托纳镇连在一起的这条大路穿过了以这座桥命名的小村庄。在桥的旁边,有一小群低矮房子,围绕在房子周围的是一片富饶而肥沃的田野,沿着水路两侧延伸。因为地处高处所以阳光非常充足,土壤又适合耕种,在那些平缓的山丘上,葡萄园比比皆是。穿过罗夏诺桥之后,不多一会儿,我们走上了将我们带到新房子的乡间小路。乍一看一切并不令人感到兴奋。在农场的正中心有一栋建筑,是农场主的房子,在它后面,紧挨着那栋房子,又盖了一座带楼梯和阳台的小房子。但是它太小了,以至于在街上都看不到,就像被大房子掩盖了一样。和之前一样,那里仍然只有两个房间,没有其他任何生活设施。有一个小火炉放在厨房最不起眼的地方,对我来说,这里的条件稍微能比窝棚好一些,只是那时我们别无选择,也没条件考虑换房子。我们就这样在新环境中安定下来,希望能够享有几个月的太平。幸运的是,孕期进展得很顺利,我已经到了孕期的第六个月,肚子又大又圆。我们的主人是一个脾气差、专制蛮横又自大的人,别人都叫他"老莫洛",他是一个健壮的男人,满脸胡茬子,话说很少;相反,他的妻子阿尔塔维拉却是一个火药味极重的女人,从不错过任何谩骂和呵斥的机会;她看上去像个护卫队的宪兵,总是时刻准备好用舌头重申丈夫的命令,并在任何情况下为他辩护。我身体还算方便的时候,一切都进行得很顺利,我蜷躬着身体,任凭他们使唤和命令;但是当时间推移至1949年8月底时,情况却像我一直担心的那样恶化了。我已经怀孕九个月了，不能忍受好几个小时的站立，而我丈夫大多时间都是单独和老莫洛出去做工。显然，把两个暴脾气放在一起难免会出问题，关于我丈夫工作方式的争论每天都在加剧。我不知道该怎么办，我劝过老莫洛让他冷静下来，告诉他对我的丈夫要有耐心，让他知道我们的为难处境；另一方面，鉴于我们的生活还很不稳定，我鼓励丈夫保持冷静和顺从。但是似乎没人听我的劝。那是1949年9月2日，经历一整天疼痛的呻吟后，我的丈夫不得不跑去叫助产士，我的第一个儿子布鲁诺出生了。一切都发生得如此之快，以至于我还来不及反应过来，就已经在痛苦地分娩了。之后我在疼痛、新鲜感和恐惧之间，生下了一个近四公斤的漂亮婴儿，我立即将他紧紧抱在胸前。尽管并没有休息很长时间，但新一天还是像往常一样降临，我已经无力顾及田间的活计，因为我要和助产士一起清洗和包裹我的孩子。助产士第二天又回来看我们是不是一切正常，也给我一些养育的建议，教我如何从他生命的第一天就照顾好他。可惜无礼傲慢、刺激和不安生一向是无孔不入的，即使在那个新生命诞生所创造的短暂的神奇时刻，现实生活还是跟平常一样对我们百般凌辱。我刚生产不过二十四个小时，阿尔塔维拉女士就闯入我的房间，像个老妖婆一样大喊："我要对不起你们了！"她继而吼叫起来："我真为你，为你和这个小孩子感到抱歉呀，可你不知道吗，你丈夫一无所有，他就是个混蛋恶霸，所以你们本不应该来这里。"我不明白她说的话，不知道发生了什么，我激动得打着寒战，还好我摸到了床沿，因为我的腿抖得站都站不稳。"你都不知道他做了什么？"这位女士继续说，脸因生气也涨得通红，"他和我丈夫吵架，我丈夫不能生气，因为他心脏不好，不能激动，你丈夫，相反，明知道这样还要去冒犯他，他们差点打成一团。"她继续说道，"现在我丈夫感到很难受，我不得不让他上床休息，还要去叫医生，但是……你们给我小心点……因为如果他身上一旦发生了什么状况……如果他身上真的发生什么不测,我会把你丈夫送进监狱的!"我浑身都在颤抖,旁边还有一个只有一天大的婴儿,看到他出生在如此糟糕的世界中,我的心为之一悸。

助产士也无可奈何,怜悯地看着我。过了一会儿,当我的丈夫回到家中,我们还没有从爆炸性的消息中恢复过来,他朝着老莫洛的方向破口大骂,像所有男人一样不缺乏诅咒谩骂的能力。我感到自己头脑发沉,脸色发白,开始发抖;本来被吓到的助产士,希望把我丈夫从愤怒中唤醒,她把孩子从胸口抱了起来,严肃地对他说:"你这个糟糕的白痴,难道不知道你妻子昨天才生孩子吗?你一定不能吓到她,不要让她再操心了,你看她有可能晕倒,有可能无法给婴儿下奶,只有恶棍无赖才做得出这种行为!"幸运的是,我虽然晕倒但身体并无大碍,老莫洛的身体也有惊无险。但是,我们的处境并没有改善,相反,我感到越来越迷茫,我的心已然变成了一个巨大的粮仓,在那里充满生命为我储存的苦涩。说到底,我一直希望能有奇迹发生,不管是什么样的奇迹,只要能把我们从目前的困境中拉出来。因为只有心怀希望才是我的救赎良药。是希望让我坚强地活着,那一线希望之光还不曾在脑海中萦绕一番,就紧紧地连接起我的心境与梦想。毕竟我还有我的儿子:在最糟糕的时刻,我把布鲁诺抱在怀里,凝视着他,看到这个小天使,我高兴地哭了。这是我在痛苦中唯一的救赎,想象着他的未来,我就止不住地流下不知可以用喜悦还是愁苦来形容的泪水。

在1949年9月的那一段时间,自结婚偷偷攒下的少量私房钱也消耗殆尽了。我总是把钱藏在胸罩里,用一张小绣花手帕裹着,里面包着几张一千和五千里拉面额的票子,我很小心地保管着,从来都没有让它离开我,哪怕上床睡觉或者去解手都不曾离身。在我的丈夫连一个子儿都没有带回家的日子里,这是我能够继续生活的秘密武器,而这种情况发生过很多次。但是怀孕和离镇子太远的距离使我失去了工作机会,所以9月份到来时,只剩下这最后的一张一万里拉钞票了,刚刚好付给助产士，然后就一文不剩了。现在我真的只能听天由命，甚至没有钱去买一罐牛奶或一片面包。幸运的是，一开始，邻居对我和我的孩子非常慷慨，许多人，甚至是那些不认识的人，都为我们带来一些东西，尤其是食物。我感谢那些全心全意带着礼物来看望我们的人，所有人都是农民。我一想到我的儿子，情绪就很失控，我的儿子从那么小开始，就不得不依靠陌生人的慷慨救济过活，真是好难啊。到了晚上，在乡村的一片黑暗中，焦虑再次袭来：我竟然能跌到这么低的境界里！我想起了我的家人，还有我出生的房子，那儿有麦仓、地窖、马厩和鸡舍，当一个妇女分娩时，整个家庭都动员起来以最好的方式协助她！生子后的四十天内，她都可以免除繁重的劳作，家人还会为她留最好的吃食。而现在的我孤身一人，住在这样一个无人看管的小房子里，没有鸡舍，没有马厩，没有任何女人可以帮助我，与我分享、为我分担如此重要和艰难的时刻。确实，在我的丈夫和雇主发生争吵以及房东太太的情绪爆发后，我无法摆脱自己的命运已被定格的念头。可以肯定的是，布鲁诺的出生算是让我将其他烦扰暂时搁置在了一边，不过产子的镇静作用一结束，房东太太就会要求我们离开。当我能下床后，我还尝试着讨好老莫洛和他的妻子，并且在喂奶的间歇，我竭尽全力，拼命且费力地把我的那份劳动尽量完成。但是我们的状况却越来越恶化，我们再也没有生活来源，只有不时靠来自家人的接济才得以艰难度日。每天晚上我都哭，我的宝宝入睡后，我的眼泪立刻止不住地流下来。我坐在床上怀抱着小宝贝，而我的丈夫却像往常一样沉沉地睡死过去，我默默地抽泣着，想着第二天早上我们会怎么过活。婚礼那天，我犯下一个多么大的错误，轻率而近乎疯狂地接受了一场错误的婚姻！但是哭并不能解决什么问题，我知道现在只能依靠自己。但是，那个冬天太可怕了，我们没有柴火，附近甚至没有树林，更悲惨的是炉膛的火力又小又不足，浓烟冒出来不少，但却没有多少热量。当时，新生儿只使用布条包裹，长布条把他们紧紧地裹住,看起来像萨拉米香肠一样,布条必须不断更换。但是,在冬天,在寒冷而潮湿的房屋中弄干布条并不容易。也许这就是为什么那个年代的婴儿经常生病,容易患上支气管炎和肺炎的原因。因此我更加担心布鲁诺会在这所破旧的房子里生病。

空中吊桥

10月中旬一个阴沉潮湿的日子,我的儿子来到人间已有四十天了。雨已经连续下了一个多星期,仍然没有要停的意思,方圆田野在短短几个小时内被洪水浸没。我们房子周围的几棵树的树干也被汹涌的大水淹到了老高的部位。几天前秋天里多姿多彩、香气扑鼻的树叶,如今都一片片凋零散落在泥泞汪洋中。从我的窗户向外看去,天空暗淡无光,布满了阴云,猛烈的大风把麻雀的飞行轨迹都打乱了:它们看上去很惊慌,好像是它们的巢被破坏了,它们也像我一样处于饥饿和寒冷的状态吧。那天下午雨停了,我以为是时候利用这一空歇去找点柴火了,我不想再经受一个个火炉熄灭、寒湿的潮气从床底渗到身子的夜晚了。

小孩子的出生使我感到高兴,但与此同时又增加了我的绝望。每天我独自一人面对这个贫穷家庭的所有问题。我决定去找些木头,但是出门之前我得先把孩子料理好。我解开了他的襁褓,因为他又尿湿了,而且屁股都红了。"我可怜的孩子,"我喃喃地低声自语道,"这么细皮嫩肉的小身子上裹着这么又长又粗糙的布条,该是遭了多少罪啊!"但是没有别的方法可以包裹他,简单地清洗后,我还是用一条干净布条,将他从脚到胸部裹了起来,就像裹萨拉米香肠一样,只有手臂露在外面。

我坐下来给他喂奶,希望他能在我出去的这一阵子乖乖地睡去,当他吸吮着我能给他的一点点乳汁时,我看到他的小手微微地动了一下,柔和天真的小眼睛直直地看着我,又好像满眼担忧,仿佛很明白母亲的痛苦。

眼泪因复杂的心情而涌出我的眼眶,我将他紧紧地搂在胸前,不停地亲吻。我不想离开他,但又不得不离开。我把他放回婴儿床,用一块布盖住整个小床,使他免受蚊虫的叮咬,而且那个年代我们都认为婴儿在黑暗中会更加安宁。我关上门对自己说:"愿上帝祝福你,我亲亲的小宝贝啊,在我不在的时候让上帝保护你。"我把钥匙放在口袋里,拿上砍刀、绳索、围裙,然后头也不敢回地往前走,生怕丝毫的犹豫都会让我停下脚步。我下到基亚肖河和台伯河之间长满野草的荒地中,这是我从小就知道的地方,在那里我可以砍些树枝而没有任何人阻止和叨扰。

我动作麻利地走到田地中去,想快快砍伐,因为我担心天气在一瞬间就会变成意想不到的糟糕样子,我更担心我的小宝宝独自在家会出现意外状况。

我感到自己真是弱小无助,担心仅凭自己做不了这件事,但是我真的需要那些木头,别无选择。我沿着向基亚肖河去的大路走下去,穿过被台伯河一分为二的田野,来到位于小镇背阳面的那片土地上。到这里时,我是从一座狭窄的吊桥上过的河,吊桥不知是谁做的,简单地用几个木板和绳索搭建而成,所有人都是走这座木板桥过河的,这样大大缩短了路程。台伯河的水已经又浑浊又汹涌,我预感洪水即将来临,所以加快了脚步。不多一会工夫,我已经站在杜松树丛中砍伐幼嫩的绿色树苗了。当然,它们能够供给的热量很小,但是除了这些木柴,我没有别的更好的选择了。忧郁的情绪笼罩着我,眼泪不由自主地流出来。我边哭边想着自己的悲惨处境,收拾好柴火以后,我又不知道该如何捆绑它们,心里真是决堤般地崩溃,而这捆柴火又太多太沉,完全不是我一人能扛得了的。经过一番奋力挣扎,我终于将这捆柴火顶到了头上,气喘吁吁地摸上了回程的路。

与此同时,天上又下起雨来,天空越来越阴沉;从这里回家大约有三公里,周围荒无人烟,连个活物都见不着。雨滴变得越来越大,几分钟之内,整个乡间小路上就布满了水坑。很快,我的拖鞋全进了水,在蹚脏污的浑水时,拖鞋卡到了泥里,因为我的头承受着巨重,当然不能弯腰去捡它们;但是,赤脚行走在光滑得像油一样的泥水地面上确实是一个挑战。没有办法,为了不失去平衡,我一只手扶住柴火捆的顶部,另一只手紧紧抓住满是刺尖的树枝,不曾松手;手上和脚上,我估计被树枝划出了许多伤痕,根本判断不了疼痛来自哪一块肌肤。我的全部意念都集中在不惜一切代价向前迈进的过程中,现在连裙摆都湿了,粘在我的腿上。雨越下越大,柴火似乎越来越沉,但我想,我不能扔下它,我的孩子需要这一点火种。

我慢慢地沿着堤岸的路走下去,又一次来到了吊桥前。

伴着焦虑和犹豫,我勉强站上桥,对自己说:"我必须不惜一切去完成这件事!"台伯河不断发出令人胆寒的声响,被雨水冲进河道的树干和树枝不断撞上吊桥。每一个颠簸都使木板在我的脚下猛烈摇晃,我感觉自己像在布满肥皂的地板上行走,不得不与淹没在咆哮的洪水里、滑溜溜又摇得厉害的木板做斗争。向前冲,向前进,用我全部的力气拼命一搏!但头上顶着的重担,又迫使我放慢脚步,不得不谨慎行走,以免跌入那愤怒的水里。我想到达对岸,我想不失一根柴火地顺利到达对岸。

最糟糕的莫过于走到吊桥中间时,我不得不停下来,又被眼下的情景吓呆了,脑子浑然全乱,我不知道在我身上此刻正发生着什么:我是谁,我在哪里?我头上的那堆重物好像是一块磨石,随时准备压垮我。我以为我永远也不会走到河对岸了,这一刻,我丧失了判断前进或后退的能力。水流越来越汹涌,洪水开始泛滥,发出可怕的声音;水漫到了吊桥的高度,河里漂浮着许多东西,甚至包括死去的动物——鸡、猪,等等。水和暴风雨的混响就如同飓风的袭击一样,狂风撕扯着河岸上的橡树和杨树,似乎要把一切都毁灭。我确信自己所处的是一个发了疯的地狱。

时间仿佛停滞了,每过一分钟都像一小时。"我怎么这么可怜!我为什么这么可怜?"我不禁默默在心里说给自己听。我使出如野兽一样的力气誓要带着这捆柴火走到桥的那边去,可是,我做不到的消极念头总是挥之不去,使我举步维艰。吊桥令人恐惧地摇摆着,每当我感到就要失去平衡时,就只能尝试着让身体退回上一步的位置。

我的心突然绞痛了一下,我想到了我的孩子,我已经出门这长时间了,他是不是还在睡觉呢?也许他在绝望地哭泣,没有人听到他的声音,也没有人在家,但是灵魂深处有那么一点希望是,他的守护天使离他很近,一定有圣人会帮照他。

我的脑海里不由自主地臆想:我感到自己来到他的小床边,靠近他,和他说话,向他保证很快就会到来。"是的,我的甜心,你的母亲与你同在,亲爱的,与她的心和灵魂同在。"当死亡的阴影触及你时,血液会冻结,身体还在挣扎,思绪已经飞远,精神已经变形。我怀着极大的决心,拿出不屈服于疲劳的毅力,在绝望中生出的力量,手脚并用,匍匐向前,浑身湿漉漉得像条鱼。我对自己重复说,我必须要做到。台伯河变得越来越浑浊汹涌,它膨胀咆哮着,泛起密集的泡沫,裹挟着许多东西,我看着水中的漩涡,一只手紧紧抓着吊桥边缘上方,另一只手则摸索着企图撑住柴火捆。膝盖弯曲着,背部因承受重压和不稳定的支撑而变得佝偻,我感觉自己像走在悬崖的边沿。没有经历过地狱般瞬间的不幸之人,是体会不到这种感觉的。就在那时,背部在那捆柴火的重压下屈服了。天哪!我感到背部以下的位置火辣辣地疼;我的脊椎一定是被刺伤了。

我已经死了,不再在吊桥上了,而是被一桩木头拖走了,漂到河里去,就是那条我从出生就熟悉的大河,现在它要带我回到它的身边。在那可怕的时刻,我已经来不及想自己是否在做梦,是否还活着,或者已经死了,满眼都是婴儿哭泣的脸,但背部的疼痛是如此强烈,如此震撼,以至于我突然什么都听不到了,除了他弱小的声音在我耳边久久回荡。我受了洪水的怜悯,但我的灵魂把我推到了那张婴儿床前,我以为再也不可能拥抱摇动我的小宝宝了。如果不是用我的乳汁来给他喂奶,他该怎么活?他来到世上只有四十天,谁来照顾他呢?所有这些想法非常迅速地在我的脑海中回荡。我已然看到死神,我感到它冻结了我的血管,从头到脚完全冻住,转眼间我看到了我的前世今生。我感觉自己像是悬在大地上方,我努力想爬上去,让自己摆脱那些苦难。

不知道是什么东西挡住了我,把我带回了地面上,这仿佛是超自然的神奇东西,我无法解释清楚;当我的身体、灵魂、思想还在生与死之间徘徊时,我突然发现自己的身体已经走出了吊桥,赤脚躺在冰冷的地上,衣服被撕裂了,浑身都是泥巴,好在柴火捆还在我身边!它被完全淋湿了,也搅和在泥巴里,但是洪水并没有使它离我而去。这是漫长的半小时,对我来说绝对是永恒,我遭受了猛烈的袭击才得以走出来,后背疼痛难忍,使我不能再独自爬起来。

天还在下雨,路上没有一个行人,这真像是世界尽头。我吓坏了,在即将来临的黑暗中,连鸟都看不见了。令人恐惧的河水声,好像大海汹涌的波涛,突然震醒了我,仿佛刚从睡梦中醒来,突然我想起了一切!"哦,我的天啊!我的儿子……孩子……我必须马上跑回家,他还孤零零一个人呢,一个人!我怎么这么可怜呀,家里会发生什么事?"我的内心发出了这些声音,"走吧,走吧,坚强点,大水快逼近了,你要赶紧逃脱!"

我尝试着站起来,但没有成功;然后,我手脚并用,终于让身体慢慢地移动起来,纵使远离了柴火捆,到了这份儿上,我可不想就此放弃这捆柴火。

因此我在泥泞中打了好几个滚儿才勉强站起来,可最终,我甚至连一根小柴火棍儿都带不回家。我的背部极痛难忍,我几乎无法行走。我什么也来不及想,一心只有尽快回家,我的儿子是最重要的。

多么痛苦!这条路感觉越走越没有头,一分钟也没有停止下雨!为了能尽快到家,我只能穿越田野。为了消除恐惧,我对自己说:"请圣母玛利亚保佑,希望这个孩子不会有什么大碍,他还这么小,只会哭。"也许希望和信仰给了我回家的力量。当我走进村子时,我担心有人会看到我,幸运的是,恶劣的天气里,邻居都在家里,外面一片漆黑。而且我的房子也一片漆黑,让我心里又涌起一阵恐慌。当我爬上楼梯时,我的双腿都在颤抖,我的心脏比平常跳动快了两倍,我无法解释自己的状态,我从口袋里掏出钥匙,但是无法打开门。就在这时,我听到有人在大声地喊叫,好像是房东太太的声音。她从后窗探看我,质问我:"这种糟糕的天气,你去哪里呀?你怎么让孩子一个人在家里?"我不想在那种状态下见任何人,所以也没有回答她的问题,因为寒冷和恐惧我还在持续发抖。我跑进了屋子,径直走向小床边。房间里一片寂静,我打开灯,揭开盖在婴儿床的布,看到了我的小宝贝,可怜的小东西,全身都变成红色了,已经没有力气再哭了,他把小床单塞到嘴里,凝视着我,带着绝望沉默的僵硬表情。

我的心情呀,在懊恼和悔恨中无法自拔,我为何如此不负责任,留他一个人在家,都没想过会发生什么状况。

我试图给他喝点奶好让他平静下来,但是因为我全身都湿透,且又冰又冷,致使我既不能平静地想办法,也无法把他抱在胸前。火熄灭了,屋子冷得像冰窖,我的衣服湿透了,这些都有可能导致我得肺炎,继而影响我的孩子。哪位圣人能给我搭把手呀?我试着用仅存的少得可怜的木柴重新点燃火苗,想着刚才不得不放弃的那捆救急的柴火,我依旧自责和悔恨。谁知道它现在丢到哪里去了,是不是让洪水冲走了?

木柴仅仅蹿出了很微弱的火焰,远不足以使我感到暖和。感冒加上背部火辣辣地疼,使我真的有一种快要死掉的感觉。不久,我丈夫回来了,恐惧感不由地席卷全身。我不想让他对发生的事情一无所知,不过以他的性格,即便将我的遭遇说给他听,他也不会理解,而是会像往常一样反过来责骂我。实际上,从外在,我狼狈可怜的状态,到内在,我无法掩饰的痛苦表情是如此明显,但他却什么都没发现。因此我更加沮丧更加感到屈辱,我不得不将痛苦掩住,紧了紧臂弯,将小宝贝抱得更紧一些,试着哄他睡去。

那天晚上,真的是一个不消停的夜晚,我一直在做梦与迷迷糊糊半睡半醒着的状态中徘徊。我看到自己再次走上吊桥,吊桥已经完全被水淹没,周围漂浮着粗壮的树干,横七竖八的树桩子漂浮在黑色的泡沫之中,可怕极了。我感到自己顺势飘走,离岸边越来越远,完全瘫软地浮在水面上,一转头却看到了我的宝宝。他正在岸上,用全身的力气在喊在哭,向我挥舞着绝望的小手。我用尽全身力气想要游到岸边接住他,但狂怒的水流把我冲向越来越远的地方。在孩子的哭声和河流的吼叫声之中我已经发狂,转而一阵地动山摇,我像是掉进了无底深渊,不停地下坠,然后便猛然惊醒了。我在寒冷、惊惧中醒过神来,连呼吸都凝滞了,但幸好,在我的床上,我可爱的儿子还在我的身边。我深深地呼吸了一口房间里冷寂的空气,快要天明了,是时候起床了。

"我的上帝!"我想,"请给我力量,我现在身上的疼痛更加剧烈,我真的感到快死掉了。"我看着沉睡得如天使般的婴儿,低声对他说:"我的小宝贝,我亲爱的孩子,我们还会遭受很多苦难,但是,有你在我身边,我保证,我们会挺过去的!"

短暂的喘息

尽管有我的祈祷和马不停蹄的照料,但在那个漫长而潮湿的冬季,我的孩子还是生了几次病。我把他抱在靠近心脏的位置,看到他还那么小,却因为不停地咳嗽,小小身体竟要经受剧烈的震动,想到这里我悲从中来,忍不住哭起来。医生也来过,给他开了一些糖浆,但是因为病情严重,我们没有更有效的办法能让患有喉咙或肺部疾病的孩子快点好起来,只能在夜晚时给他的脚底垫上一块热砖头。这当时是所有农民都用过的方法:把砖块放在炉膛内的火苗旁,在高温炙烤下,砖块很快会变成白色,然后用羊毛碎布头包裹砖块,放在床上小病秧子的脚下。

1950年那个糟糕的冬天终于结束了,随着春天的来临,我们不得不离开那所房子的事态越来越明晰。老莫洛和他的夫人只有在我们找到另一个可租的房屋之后才会耐心同我们交谈。还好,找房子的过程没有持续很长时间。我们在西纽利亚村找到了一处能租的住所,离这里有些距离,还是位于通往贝托纳镇的路上。我不介意离开我们现在的村子,因为这里曾给我带来许多无可平复的创伤和不堪回首的记忆。这已经是自婚后第三次看到我们的家具被拆卸,然后装到推车上,沿着土路驶向新的住处。

我们找到的房子靠近一个非常大的庄园,之前里面住着几家农户,其中几个家庭搬离了这里,可以说完全抛弃了乡村,乃至抛弃了意大利,因为这家的男孩子决定到国外工作。这些村镇的许多年轻人陆续开始移民国外,尤其是移民到瑞士和比利时,他们到这些国家之后给我写了很多信,这些信件的字里行间洋溢着对生活的满足和对异域环境的好奇,当然这种满足也体现在收入上,不管移民生活中会经历怎么样的磨难和牺牲,反正,结局都是好的。这足以诱惑更多的人去尝试一下。

这所房子比我们之前的那栋房子要好得多,看上去也还干净。我们终于拥有了大厨房,有一个有烟道的宽大壁炉和一个晚上可以坐下来闲聊的餐桌凳。自从离开娘家,这是我第一次感到生命的希望重新燃起,内心油然生出久违的满足和乐观。在主屋旁边,有一个小棚子可以用来做储藏室,在它旁边,还有一个小牲口棚,也许将来我们可以养一些动物。在它旁边还有一个小菜园,那里还留着以前住在这儿的人种植的作物,特别是院子里有一口水井,这对我们来说是真正的豪华配备了。

第一个傍晚,太阳下山的时候,我面朝楼梯的顶端,心中默念着感谢主赐给我们能找到这么好的房子的运气,也祈求他将幸运之力再施加于我们多一些。我恳求他也关照一下我的丈夫,以使他找到使自己心情趋于平缓,并帮助我们家庭走向安宁富裕的办法或者称之为窍门。我想立即忙起来,并试图与住在附近的邻居结交朋友。不得不说,在这里我遇到的都是非常好的人,能得到很多及时有效的帮助,令我无比欣喜,甚至这些善良的人没有要求任何回报。我感到非常惊喜,尤其是在经历过前两次租房子的经历之后。我周围的这些人同样也是农民,他们的性格却和我的家人非常相似。苦难是这片区域所有农场不受欢迎的客人,但他们有着相通的团结精神,真心实意地互相帮助,让即使处境艰难的人也能感到宽慰。刚好,我们也非常需要帮助。我很想工作,我可以做一切他们要求我做的工作,在住家和田野上的工作我都能适应,我的孩子还小,所以我总把他带在身边。我把他背在身上或把他放在我工作区域的附近,他很会玩,总是能够把随手拿到的东西玩上半天,当他回头发现我在看他时就会对我笑。因此,这样的一天天顺利地过去,我们俩每天都能吃饱饭,还能带一些食物回家。当然这样的工作不是以钱的形式回报的,因为没有雇主会按天付现金报酬,而是补偿我一些食物,比如蔬菜、水果、面粉、酒、油、牛奶等。对我来说,已经很知足了,因为这样就能始终保持食物的不断供应。也多亏了我的丈夫,才有几个钱子儿进到家门来,这些钱在我谨慎的理财方法与积攒节省下来了一些。这里还得提到我的一个小计划。

战争之前,安哥拉兔的养殖已在意大利乡村地区出现,因此我们可以不再从英国进口羊毛毛料。这种特殊品种的兔子长着长而蓬松的皮毛,可以用来制成柔软暖和的毛织物,就像羊毛织物一样,有些人会直接从农户家中购买。所以我想安装一些笼子,买几只安哥拉兔来养。我们的棚子很适合这个计划,在很短的时间里,我就轻松搞定了此项计划。当然,此项计划也牺牲了我的几个星期日,我协助丈夫搭建了一个小圈棚,因为我还有一个更大的想法,那就是养一头小猪仔。能够在家养一头猪,这将是非常幸运的,因为它可以解决我们冬天的许多问题。我们可以给它喂我们和邻居家的剩饭菜,而且附近有很多树林,在那里可以找到很多丢弃的橡果、松果。对于我们窘迫的生活来说,猪是真正的宝藏,猪腿肉、猪油、火腿、头颈肉香肠、硬肠、猪腊肉、猪肉皮、干脖肉、猪血香肠、猪肝……猪全身上下几乎没有浪费的地方,猪肉制品能保证全年食用。我上次见到父亲时曾跟他说过我的想法,他答应给我一头小猪作为礼物。这件事让我无比喜悦,我终于可以让我的宝宝吃上肉了。在娘家时,一只母猪会生好几头小猪仔。如果母猪一胎生的猪仔比她的乳房数量还多出一个,那么多的那个很可能会被饿死。我见过不止一次母猪分娩,令人惊奇的是刚出生的小猪仔一个接一个地站起来,立即奔向空闲的乳头,好像它们早就知道在哪里能找到。母猪躺在小猪身边,不时观察着它们。小家伙们则排成一列,都像玩具士兵一样排成攻击队形,一个挨着一个大口吸吮着奶水。但是,如果最后一个乳房也被占用,还有另一头小猪出生,它出生后会环绕着母猪转悠很久,鼻子朝着母猪的腹部上下摆动,就是找不到自己的地方。其他小猪都不会给它让位,一旦拿下阵地,这个位置实际上就永远确立了,最后一个到来的孩子的不幸命运便被定格了。除非有些农民把多余的小猪仔带回家里抚养,像照顾婴儿一样照顾它几个月。

我的父亲也是这么做的,他打算把一头注定要死的小猪仔送给我,提前给它断了奶,等待我们在家里收拾出把它养肥养大的地方。也许明年冬天就不会像过去那样艰难了。

夏末的一个下午,下班后,我丈夫骑着他的"蚊子"自行车①出发,并在座位后面系了一个篮子。前一个星期日我在村子里遇见了父亲,他告诉我,小猪长大了,我们可以去取了。"你会看到它体重增加得可快了,如果它的体魄像它的母亲那样,明年你们就能吃上大火腿肉了。"一切准备就绪,我丈夫重做了小猪圈的门,我帮他和了石灰,粉刷了墙面,这样猪圈看起来干净又整洁。只差小猪的到来,那天晚上它终于要来我们家了,我已经和邻居们商量好,把变质的蔬菜或熟透腐烂的水果给我们作为猪的口粮。

我丈夫很快到了我娘家,父亲拽着小猪的两条后腿将它拎出猪圈,合力把这只像其他小猪一样狂叫的小机灵鬼拖到自行车上。因为它不停地挣扎,他们俩只能一个抱着头一个按着脚,让它滑进篮筐里,但只是勉强塞进去半个身体。父亲不停嘱咐把它的篮筐封紧实,因为他不太确信我丈夫覆盖在篮筐上面的麻袋能承受得了因处在黑暗狭小空间而感到害怕的小猪激烈的蹿动。但是我丈夫还是固执地自以为是,他没有听从我父亲把这个小家伙后腿绑住的建议,只是将绳子紧紧地束在麻袋上,穿过了篮子的提手。他再次骑上自行车离开,返回我们家,

---

① "蚊子"自行车是使用了小型汽油发动机的自行车,有助于使其在坡原上攀爬得更快,发出的声音像蚊子的嗡嗡声,在西班牙语中被称为"蚊子",因此在意大利也曾用过这个名字。

那时天已经黑了。在那个年代,许多自行车像我丈夫的车子一样,在后轮上装有一个小型电动机,被称为"蚊子";这是一项新发明,用于在平地和缓坡攀爬时助推自行车。发动机虽然很小,但却发出很大的声音,嗡嗡作响的噪声很特别,这在当时安静的乡村道路上可以被立即辨认出来。因此,给他的"蚊子"加了油后,越过台伯河,没有往镇上或在他父母家中停一会,就朝着蓬泰罗夏诺村的大路下坡骑下去了。随着最近降雨,那条路变得更糟了,农场的货车车辙给泥泞的路面留下了许多又深又宽的坑渠,有的甚至占了一半的路面。因此,自行车由于受到后轮重量的影响而失去平衡,弹跳和摇摆的幅度远远超出了正常水平。另外天已黑了,他迫不及待地想尽快到家,因此让小型发动机加足了力,我则在房子的楼梯顶部等他。我抱着儿子望着那条通往家里的大路,在从天而降的黑暗中,出现了一点发出暗黄光的明亮,那是我丈夫自行车车把上的前车灯。

1935 年的"蚊子"自行车

晚餐已经准备好了,壁炉也被烧起来了,现在所剩的就是热切地盼望小猪的到来,也等待着我们将它放进猪圈的那一刻。终于,我看到有光亮微微地闪烁,在大路的尽头晃来晃去,我能够感觉到驶近的发动机的阵阵嗡嗡声。肯定是我丈夫回来了!我一手抱着孩子快步下了楼梯,当我的丈夫到家门口时,我抓住车把协助他下车,而篮筐的重量却使自行车不容易保持平衡。"你还好吗?"我自信满满地问他。

"是的,"他回答,"但天黑得太早了,最后一段路的泥沟把我的腰颠得酸疼得不行。""猪很小吗?"我再次问。"不是很重。"他回答说,"从在车上颠起来的感觉看,估计至少应该有三到四公斤。"

"奇怪。"我反驳说,"为什么我感觉你握车把的力度很轻呢?"

我的丈夫在我面前停留了片刻,这时的他两腿伸得很直,双手叉在腰上,看着我,脸色霎时黑青了。当我一手扶着车把,一手抱着孩子站在一边时,他一个机灵扑到篮子上,猛然地用手掀开覆盖篮子的麻袋。

"不见了!"他尖叫着说,"逃走了,该死的畜生!"接着是一连串的咒骂和怨怼,因为生气,他的脸都变通红了,但我却脸色煞白,无比沮丧。

对我来说,这真是一次沉重的打击,我如此辛苦地收拾房屋所日思夜想企盼的全部希望都破灭在那个空篮子面前。真扫兴,真失望,这个本来会成为我们家小幸运的牲口,会跑到哪里去呢?会不会被人逮住以后,拿回家里成了别人家的小确幸?

甚至没有时间缓下神,我丈夫便怒气冲冲地再次骑着自行车原路返回,希望能找到我们的小猪。当再次回家时,天色更黑了,结果是两手空空。婴儿在我的怀里已经睡着了,晚餐在盘子里早已变凉,炉膛里只剩下一团似是而非的余烬忽隐忽现,就像这天晚上我再次感到生活带给我们的喜怒无常一样。

尽管存在这些烦心事,但我们在西纽利亚村那所房子中的生活仍然很顺利,我总能找到一些事情要做,再加上我大部分时间都是一个人待着,因为我丈夫在附近的农场上干活。从早上到日落,他一直不在家,一大清早伴随着满屋乱飞的苍蝇起床上路,带着我前一天晚上为他准备的午餐。总之,当时我很享受这相对的安宁,我整天和孩子在一起,并且时常造访附近乡邻,他们渐渐地与我熟络,也不会在背后议论我。几个星期以来,我都没有去过镇子上,所以这一段时间以来好多事情都渐渐被人淡忘,诽谤、恶意造谣给人带来的创伤也在渐渐愈合缩小。我与一些制炭家庭成了好朋友,因此我也有机会了解他们的世界。我总是将儿子带在身边,陪他们到附近的山上砍柴。在森林的某些特定区域,他们砍伐树枝和木头时会非常注意,因为要始终留下一定数量的树木幼苗,也就是在未来几年,这些未被砍伐的小植物肯定会长成参天大树。每个制炭家庭都有自己的林区。他们通常是人口众多的大家庭:烧炭匠一般会选择健康的,看起来好生养的女孩做妻子。他们的子子孙孙和骡子搭配完成工作,这确实是相当繁重累人的活计。他们在山上一待就是好几周,将捆好的木柴捆装在骡子的背上,然后带到山顶,那里早已准备好用泥巴制成的火盆,随后将木柴烧成木炭或碎炭块。他们会堆出一个很大的木头堆,然后用泥土和干草覆盖,在底部留了一个小洞,用来塞进火苗。只要一点燃木堆,大火就会慢慢燃烧好几天,火苗就在掩盖物下面封闭式燃烧。最后,剖开泥土,所有制作完成的炭块被取出来,放进巨大的麻袋中,然后再次放在骡子背上驮下山，运到仓库，之后拉到城市里卖掉，用在家庭的炉灶和火盆中。当时木炭对于农民算是一种奢侈品，好在，由于我常给他们搭手的缘故，总能带一点回家，否则我还得在头上顶着沉重的木柴捆下山回家。因此，那个冬天的生活比我想象中要好得多，我储存了很多烧火用的木头，由于兔子的皮毛卖了价，我也攒了一笔钱，而且储藏室里的食物也源源不断。

两条火腿逃跑了

1月份到来时,霜降和冰冻使我们房屋周围的田野全披上了白色,直到如今我还能想起父亲赠予我们的那只以最愚蠢的方式丢失的小猪,不时感到可惜。我忍不住去想,因为刚好在那些日子里,所有在前面几个季节给猪努力增肥的人都趁着极度的严寒将它们宰掉,寒冷的北风下置于室外的猪肉会变硬,这时就可以加盐腌制了。因此,每天我们这片居民区的家里都此起彼伏地传出可怕的尖叫声,这也宣告着一只只可怜的畜生生命结束了,而且还总是在清晨,常常仍然是黑灯瞎火、伸手不见五指的时候。对于那些还想在暖和的被窝里赖床的人来说,那悲惨的呼号几乎算得上一阵闹钟。我儿子常被那一声绝望的惨叫吓醒,眼睛睁得大大的,他越是好奇地向我要解释,我越是难以使他明白那些人类对可怜小动物所做的一切。这一时节使我也不可避免地想起本来也可以宰杀掉的那只肥美小猪,想起时肚皮都在咕咕直叫。可悲的是,我们甚至还没开始饲养就已经失去了一切。

杀猪仍然是一件非常复杂的事情,几乎像一种仪式,需要多个人一通忙活,耗时三到四天,甚至更多。还必须在准备阶段有足够的经验,并雇佣一个技术精湛的屠夫。显然屠夫是主角。特别是有一个屠户住在蓬泰罗夏诺村,他常在我们周围远至贝托纳山口之间的市镇上的农户家走动。屠宰的那阵子,他从早忙到晚,一家干完接着到另一家,进行屠宰并分割清理,周而复始地做着一项程序完整的工作,这项活计几乎可以持续一个多月。他有一个大约十八岁的儿子,一直伴他左右,耳濡目染下，男孩现在已经了解了这项活计的全部技能。与父亲不同，他体格高大，拥有一双大手，但又像他母亲一样身形细长、骨瘦如柴，面相看起来比他的年龄还要小。在1月的一个早晨，我得知了一件在前一天发生的事，确切地说是在托尔贾诺镇一个农户家的农场里发生的，我之前和他们打过照面，他们有一个不错的农场，在往河边去的方向，离我这里还挺远。那天清晨，破晓时分，屠夫去了这个农户家，准备宰杀两只猪，并带着他的儿子做帮手。在那个年代，对农民来说重要的是猪不仅要看起来肥大，而且要有更多脂肪，因为猪油是整整一年厨房炊事的必备物品。它用来调味并悬挂在地窖中储藏，被用作许多菜肴的调味品，是制作猪肉制品必不可少的东西。总之，人们可以容忍猪肩膀或有些腐烂的猪头颈的丢失，但是如果在分割猪肉时发现全是外皮，也就是说，在整个猪后背的脊骨上都没有发现一点点手掌高的肥膘，那么注定是这个家庭一年的悲剧！因此，那些年里，农户们尽量给猪吃各种各样的食物，使它们尽可能多地长背上的脂肪。一些家的猪长得太肥太重，以至于站都站不起来了。

  屠夫到来的早晨，农舍已经忙活开了，整个家庭的成员都被招呼过来，一些亲戚也来帮忙。有人烧开了一大锅水，旁边放了一张大桌子，已经死掉的猪会被放置在那里剃毛。他们会往那个躺倒的猪身上倒沸水，以软化皮肤，从而能够刮掉猪毛，让外皮变得干净可食用。之前不断被粪便、泥土和食物残渣玷污的猪皮在之后将变得像枕套一样白净光滑。我已经目睹了很多次这种准备工作，而且对于他们向我讲述的关于那家院子里在发生的事情之前的每一步，都了然于心。

  屠夫随后拿出一块厚布，这块布里包裹着屠宰时所需的所有刀具以及用来磨刀的石头和用来剃毛的刀片。他只脱下帽子和斗篷，稍稍卷起有些重量的夹克外套的袖子，把打了蜡的围裙套在衣服外面，以免被猪血弄脏。然后,他拿起了第一把刀,这是最可怕的一把刀,因为它又长又细,刀刃很锋利,还拥有结实的手柄,它被用来宰杀被死神选定的猪。用这种方法杀猪,能够收集所有的猪血,而不会损害猪身上其他珍贵的部分。当刀尖刺到心脏时,那头被宰杀的猪没几分钟就会停止呼吸哼鸣,随着血大量地流失,那头猪会慢慢失去意识,丧失反抗能力。但是那短短几分钟总是令人心碎,被按在猪圈角落里的烦躁生物的嘟囔声很快变成了一种绝望的叫喊,当它最终被人类抓住时,先是被扑倒在地,接着被堵住嘴,再夹住四条腿。为了稳住它,人们使用了绳索,一头拴着猪鼻子,因为一头愤怒的猪在挣扎时甚至会咬断成年男子的手臂,而另外两根绳子则要绑住前后脚。通常,绳索不打死结,但是要有人一直保持绳索末端收紧,不到咽气的最后一刻,猪不会停止乱踢乱晃。这个阶段永远是最残忍的,因为动物会奋力抵抗,发出恐惧、惊慌的号叫声,并以令人难以置信的力气愤怒地踢蹬。有时至少需要十几人才能将更大的猪按在地上,至少需要四个人才能保持猪巨大的头部固定不动,还要抓住它的耳朵,拽住它的鼻子,伴随着绝望的尖叫声,口水流出来的周围变得黏黏糊糊的。

　　那天早上,剧本以同样的方式重复上演。这些人抓住了第一头猪,把它放在最适合屠夫工作的位置。一个女人端着一口大锅走过来,准备找准位置把大锅放下,也就是在刀口的捅入点。屠夫应该说对这样的操作已经不知重复过多少次了。他无比精确地知道要从哪里下刀,刀刃从哪里捅进去,以及如何将那头猪的动脉一刀切断然后直接插入心脏,并让猪血像水井里用抽水泵抽出的水源一样井喷式地从刀口涌出来。最近几个月,他总在儿子面前进行这项流程,因此他的儿子也获得了与父亲同样的技能,并且随着时间的流逝,他同样学会找到合适的位置来下刀。两只猪中的第一只真的很大,几乎像小牛一样重,它告别世界的嘶吼声在河对岸都听得极其清楚,但最终,它放弃了,一动不动地躺在地上。解开绳索,大锅还留在它的尸体旁边以收集最后一滴血。只有猪蹄子会在不经意间轻微地抖动一下,不易察觉的那种,好似生命还留给身体一丝气息去试图从死亡的厄运中逃脱。之后,死猪被抬到大案板上,屠夫和另一个男人开始给猪净皮。那天早上的新闻,并非是杀死了两头猪,这般再寻常不过事情,不值一提。

第二头猪比第一头小得多,也敏捷得多。在它之前的那位牺牲者的尖叫一定使它感到恐惧和焦虑,因为它开始躁动地哼哼,在猪圈周围转来转去。当第一头猪的净皮工作完成后,第二口大锅开始沸腾,屠夫的儿子走近父亲说:"爸爸,你为什么不让我去杀第二头呢?"

"你可以做。"屠夫回答道,但没有停下手中的活,"但是你还记得我教过的所有吗?"

"是的,当然,当你杀这头的时候,我都看得很清楚了,我会做得和你一模一样的,真的会一样的。"然后他又补充说,"我刚看了一下,后面这头猪的重量是前面那头的一半……你就瞧好吧,我会和你做得一样好。"

屠夫似乎想了一会儿,然后说:"好吧,那你就做去吧,反正我现在还要给这头清理内脏。"

"顺便说一句啊……"当他儿子走远时,他补充道,"切记要清洁刀子。一定冲洗干净,不要让后面这头看到前面那头的一滴血!"

就在这个时候,一群男人已经集结到猪圈准备扛出另一头猪,实际上这头猪与刚才那头的品种肯定不同,因为它的身材和耳朵都比较小。尽管猪的身形很小,但这并没有使杀它变得容易。剩下的这头猪显然已经意识到了危险,同伴的尖叫声一定把它吓蒙了。最终,人们抓住了它,连拖带拉将它抬走。人们把它放在草堆上,但要让激动的猪静止不动并非易事。这头猪像鳗鱼一样蠕动着,尖叫着发出刺耳的声音。一些人跳到它身上,以使它身体保持不动,但是许多双手放在一只小型动物身上,最终的结局不是帮忙而是添乱了。屠夫的儿子站在一旁,等待正确的时刻再下刀,刀子一直藏在背后。当他看到小动物已经趋于平静时,他便弯下腰,等待那些抱着猪头的人将猪的喉咙摆成直角,然后发出决定性的号令。

就是在最后时刻,出了点问题。

猪头猛烈地挣扎以摆脱束缚,以致背部弯曲成拱形,脖子移动得恰到好处,使刀子下到了错误的方向。刀尖立刻从另一头伸了出来,正好位于喉咙下方,此刻,这只被束缚的东西也从年轻人手中挣脱了。小猪发出一种像人一样的号叫声,在挣扎扭动时前腿绑着的绳索也松开了。

也就是一眨眼的工夫,这头猪便像猫一般敏捷地翻过身,一把站了起来,仿佛突然间从笼中释放了一只小公牛一样,在大家还没回过神来时,它就已经撒腿跑开了。它绕开追赶的人群,在院子里乱窜,我们这位年轻的屠夫张大了嘴巴呆呆地站在原地,还保持着半跪的姿势,看着猪跑掉,尴尬地用手挠着头。此时,老屠夫想都没想,用抹布包住手,试图弓腰站稳,好去抓猪的尾巴,那只受惊的小猪刚好挨着他跑过去,嘴巴上沾满了血渍和污浊,刀子还插在脖子上。当那只奔跑的猪正好钻进放着已经被完美剃光毛皮的同伴身体的桌子下面时,屠夫意识到自己的眼睛马上要撞到桌子了,只好松开手,直挺挺地倒在地上。

此时,没人能做出任何挽救了,伴随着小猪的惊叫,人们看着它飞也似的跑向葡萄园。我们这位叫托尔卡托的猪的主人还想争取一线希望把它捉住,但当他爬过几行葡萄架,穿过低矮的葡萄藤,再弯腰想要穿过剩下几排藤蔓时,已经被猪远远地落在后面了。

猪的主人深一脚浅一脚地在泥泞里前进,时不时地大骂着:"站住,站住,这遭天谴的畜生!""看看呀,这么好的一对火腿肉白白给跑掉了。"他一边小声嘟囔着一边沮丧地往回走。

他们决定带狗去试着找找,沿着猪留下的鲜血脚印一直走到一片卷心菜地,在一片芦苇丛前迷失了方向,因为那是一处靠近河流的沼泽的边缘地带。

中午之前,这个消息已经传遍了整个片区,而且比电台的传播速度还要惊人,流言就这样一传十、十传百进入我们村庄,向更远的地区传去。这场非刻意发生的闹剧具备了广为流传的价值,正如一个认识的人恰好骑自行车来到我这儿,他在讲述这个故事时补充说:"现在最好沿着河边到处转转啦,说不定那头猪会藏在哪儿呢。这可能做好多火腿呀,上帝赏赐那么好的东西要是落在鱼或者臭虫嘴里,真是可惜了。"

"我为那个可怜的家庭感到难过。"我由衷地说,同时还在想这种损失可能意味着什么。

"你们不要担心这个,因为他们前面不是杀死了另一头猪嘛,那么一定是圣安东尼让一个死一个活呗。"

这句话使我听到有点不爽快,大约一年前我丈夫丢猪的事至今想起还特别难过失望。

"他们是怎么得到这头猪的?"然后我问。这位熟人回答:"我也不知道,但好像托尔卡托的老婆说这猪还很小的时候从田里过来了,一定是它想回到它来的地方去死掉。"

如果之前我也嘲笑过他们告诉我的那个场景的话,现在一切似乎都像个可悲的戏谑了。不仅是因为我曾经丢失了一个能满足我许多计划的小畜生,让我一年吃上肉的计划落了空;而且在这一天我终于发现,是谁捡走,并养大了它,然后又让它被老鼠或水獭吞吃掉,白白死在一条沟里。我迫不及待地等丈夫回来告诉他一切真相。那几周中,他在离家不远的一个农场里工作,那里的老橡树被砍倒了,他和其他工人一起在挖掘,要从地里挖出巨大的树根。他回来时天已完全黑了,到处都黑乎乎的,充满着焦躁的空气;我很想告诉他我听到的故事,但他甚至没有让我开始。

"你现在闭嘴!"他暗示我,"有一件更紧急的事情要做,必须在别人意识到之前立即完成。"

"是什么事情?"我有些担忧地问他。

"我待会告诉你,现在你待在家里等着,半小时后我就会回来。"

"你需要帮助吗?"我还在坚持问。

"现在不用,我要一个人去,最好马上去。你先回家,后面我们还有很多事情要做的。"

他从不让任何人有发表言论的机会,连我也不行,这总是让我感到焦虑。我看到他走进我们的圈棚,带着手推车出去,沿着他来的那条路走了。我从圈棚门向外看,看见他与平时没什么不同、满身泥土地回来了,把推车放回去时,上面放着一堆草和芦苇。

"都这个点儿了,你不可能又去了趟草地吧?"我说的时候并不理解发生了什么。

"进来吧。"他说,然后,重重地关上了圈棚的门,把一些青草和芦苇抛到地上。草堆下面赫然出现了一头猪,粉红色圆滚滚的身体。"啊,这是啥?"我惊呼。"你看这是什么?"他反问道。"这……也是我早想跟你说的……"

"关于猪吗?"他问。

"是的,就是猪。"我回答。

我立即盖好丈夫之前盖在猪身上的那些树枝和杂草,为了不让任何人看到。

我看到了小猪的头,就像别人讲述给我的那样,一把刀子还插在脖子上,只有手柄露在外面。到了这一步,我才敢跟丈夫提起白天听到的细节,毫无疑问,那就是我们的猪。

命运把它从我们手中夺走,现在又以更加肥美而屠宰好的形式送还给了我们。这种被运气捉弄的事从不在我的期待范畴里。我丈夫是偶然发现的。我听他说他日间离开农场到不远处的一条沟渠里解决内急,竟然看到了这件不可思议的事情:在杂草和泥泞之中,有一头将死的猪,血液还不断地从脖子上流下来,一把刀卡在喉咙上。他用树枝和芦苇草覆盖了它,同时想着等天黑了把它带回家。现在它失而复得,就在我们的家中,我不知道是该欢喜还是忧愁。我们计划着,如何清洗并切割它,制作我们的火腿和香肠,这也是我们的权利。

毕竟,这头猪肯定是我们的,在小时候逃脱后,受到大自然灵气的滋养而茁壮成长。但是偷偷地做所有事情并非易事。一个没有人见过养猪的家庭,突然招呼来屠夫去屠宰一只已经死掉了的猪,不可能不引起众人的关注。所有肉类的腌制和准备工作需要一块空间和屠宰知识,我们既不能独自完成,也不能秘密制作;我们这也冒着会被当作贼的危险,甚至还要冒着有一天宪兵查到家里来的危险,这很麻烦。那一夜我们不眠不休地谈论该怎么办。我很犹豫,不过我丈夫坚决认为不能放弃,既然已经手捧一个被丢弃的宝藏,就不应该立即拱手让给另一位主人,何况,我们也意识到我们才是它真正的主人。只不过我们在寻找从篮筐里逃跑的小猪时,从来没有到过托尔卡托家,因为我们怎么也不会想到,小猪会跑得那么远。我们等待新的一天到来时会有解决的办法灵光一现,但是当我丈夫晨起醒来上班时,他心情很不好。我问他现在想怎么办,他很恼火地说:"你父亲把那头猪给了你!非常好,我把它丢了,现在我把它又还给你了!这是多幸运的事砸咱们头上了?可是呢,昨天晚上我们在那商议得就好像我们屋子里有一个死人,而不是一头待宰的猪。你听着吧……那头猪是你的,所以……你自己决定!我要走了,否则我受不了真的要干出格的事了。"

他说完立马转身走掉了,留我一个人在那里战斗。我有自知之明,我们都不是擅长阴谋诡计的人,没有足够的精力去取笑别人;比起成为做坏事的人,我们其实长期都是坏事的受害者。

突然想到半点主意,就是去教会牧师那里向上帝袒露心声,说给上帝听,这是我走在路上的时候决定的。但是当我离开家时,第一个碰面的人就解决了我的难题。我在街上遇到了两个老婆子,从她们脸上的神色可以看出来,他们还是很渴望给我讲述这个近日来方圆几里最可笑的故事,作为她们来讲,更希望的是我对此一无所知。因此,我听到了这个事件的最新进展,即第二天丢失了猪的托尔卡托坚决控诉屠夫有罪,并将一切归咎于仍然不完全掌握技术的屠夫儿子。据说,如果那只逃跑的猪还是无法找到的话,托尔卡拉会向屠夫索要一头猪作为补偿。我觉得是时候由我出面化解这些矛盾了,而且这个消息增加了我的胆量,所以我直接去了屠夫家,告诉他来取猪。我跟他讲,我们发现它那天早上死在离家不远的地方,但是我也告诉他,我确信这同样也是从我丈夫的"蚊子"自行车上逃脱的那头猪。

我必须要说,至今我都不后悔那一天的选择。

几天后,事实上,这位屠夫又来到了我们家,还有那头猪,就是他从我们家带走的那头,也是我们已经丢失的那头;他带来了火腿、两排小香肠、两块猪颈肉还有可以满足我们的储藏室整整一年不断的其他零碎美味。

总之,这次诚实的行为获得了前所未有的回报,没有什么比拥有吃饱的肚子和明晰的良知更幸福的事了。

"矿区"奇迹

熬过这么多曲折的日子,换过无数个不稳定的活计后,我的丈夫最终找到了一份正式工作,这是一件好事,使我感到心情愉悦。但我并没有真正地平静下来,他的心情其实也不比我平静。实际上,一名工人的工作是相当艰苦的。一定的时长和劳动工作的连续性在农民的生活中并不总是发生:干活儿总是需要按照季节的变化进行,在雨天会推迟劳作,只能慢慢地大家一起同时推进很多活儿。此外,地主并不总是在田里盯着。的确,地主或农场主总是出乎意料地造访农户的房屋或在农耕时检查工作,不过田野上的劳动不需要像工厂一样打卡上下班。

所以,给老板干活,拿固定薪水,与工友同出同进工厂就是另外一回事了。我的丈夫在木匠坊里工作,他一早起来骑着"蚊子"自行车就上班走了,到佩鲁贾郊区的一个村子,叫蓬泰圣乔瓦尼,这个村子的房屋排列在通往阿西西城的公路桥两侧,同时沿佩鲁贾城市山丘下行的铁路和公路向同一方向延伸。最重要的是,铁路和货运场的存在意味着从战后初期开始,在车站附近已经建立了一些货运仓库。在那里,周边地区的许多农民身份的年轻人找到了工作,以固定的工资补充着家庭收入,或者像我丈夫一样离开农庄到外面发展。一年多来,一切进展都很顺利;每天晚上,我都会准备我丈夫第二天的午餐,我丈夫会将午餐放到一个小小的铝质午餐盒中,这个饭盒是水桶形状的,里面有一个托盘和一个双层内胆,我会放入意大利面和番茄酱,有时候是一块水煮白切鸡,或者一些土豆或水煮蔬菜。他早上离开,天黑之前返回。起初,他似乎对这种新状态倍感新鲜并给予了饱满的热情,但与以往一样,这种平稳的心态并没有持续多久。工作的节奏对他而言并不适合,他难以适应那些需要不断倾注精力的繁忙日子。圆锯和其他机器发出的震耳欲聋的噪声冲击他的大脑,砖棚内的微弱光线,以及遍及各处的细木屑,使他逐渐产生了不舒适、烦感及压抑的情绪。他的抱怨和唉声叹气并没有得到其他工友的同情和支援,相反,其他工友开始孤立并取笑他。他们跟他说:"也许趁早回家做回农夫会更好。"

"在这里跟老板干可不是开玩笑,他可以很快决定雇用你,也可以很快决定解雇你。"

总之,他很反感其他工友,并把他们的警告当成对自己的羞辱。慢慢地,我察觉他有些不愿去上班,当他回家时,心情也变得很不好。我提心吊胆地等着他突然有一天回家告诉我他失业了,我担心这段安宁的生活将很快成为回忆。

果然,想什么来什么,一天早上,我看丈夫很晚没起床,他告诉我,他不再和那些心眼坏的伙计一起工作了,因为从老板到工人,没有人能救得了他。在贝托纳山脚下那片乡村地区的中部,西纽利亚村相对平和的生活持续了将近四年,在那里我的儿子度过了人生头几年的快乐童年,也是在那里我得以过上几年正常的生活,这更要归功于养殖安哥拉兔,以及附近农民的帮助和木炭的补给。现在,我不得不做好随时与这个地方告别的准备,因为没工作的原因,我丈夫大部分时间都在家里待着,这让他感到心烦。他刚开始是做一些修理短工的工作,但经常与邻居发生口角,甚至蛮横无理,不管在家里或外面,每次看到的都是他与别人争执。邻居们纷纷同我的房东一道,谴责他的混账和攻击行为,有一天他们到我家来数落他,大家纷纷向我抱怨。房东走向抱着儿子的我,对我说:"女士,我为你们感到抱歉,但是我不能不这样做,你看这里你们连可以耕的地都没有,你们最好回托尔贾诺去,那样更容易找到工作。"房东表示虽然他不会把我们扔在大街上不管，但我们最好还是去寻找其他出路。因此，我们要再次寻找住所，再次走向不确定的明天，将要面对无法预测的事情，但与之前不同，现在家里还有一个已经长大的孩子，问着我越来越难以回答的问题。

这次也是因为我丈夫，找房子变得很容易将就，所以找到并不算难。不管条件如何，无论是阁楼还是仅比窝棚大一点的地方，我们最看重的是租金要少。这次我们搬到了矿区，之所以这么称呼是因为在整个战争期间，那里一直在开采劣质褐煤。由于受到制裁，英格兰人不出口煤炭给我们，所以劣等煤炭对法西斯主义者还是有用的，而我丈夫在服兵役期间曾在矿区工作过，这对我们很有利。因此，我们又重新回到托尔贾诺小镇，对我来说，这是世界上最可恨和最痛苦的地方，那些伤及心灵的卑鄙声音还没有从我的耳边消失，那些面孔和那些回忆肯定会重新揭开伤疤。

那次搬家，全靠矿工用骡子拉着手推车，帮我们搬出家里少得可怜的几件家当，都是一些适合放在我们那栋破旧房子里的没什么价值的东西。那是1955年秋天，在矿区，我们住进了一所独立的房子。这个房子不能算作房屋，更准确地说是一个仓库，在矿山关闭后便改造做了房子。房子是水泥浇筑的，低矮，墙壁很薄，屋顶由一个整体的顶棚构成。除了温度，其他对我们来说并没有大的问题。因为随着寒冷季节的到来，我们意识到室内和户外没什么两样。在头几次寒流来袭的清晨，当我醒来后发现我们所在的低矮潮湿的旷野中的小房子里，床头柜上玻璃杯中的水都被冻结了。更大的问题是要在如此冷的环境下让房子升温是相当难的，我们能用的只有唯一的木屑炉子，而壁炉对于我们来说简直就是一种奢望。幸运的是，同时卖掉之前在西纽利亚村和现在喂养的兔子后，我有能力买一个煤气炉和一个液化气罐，至少可以烧饭和加热牛奶了。但是在那个地方，我感到很难过，看到丈夫总是从一份工作换到另一份工作,心情总不好受,更因为不得不住在离我父母农庄不远的地方而感到没有脸面。矿区附近的每个人都认识我的家人,我不想让他们看到我目前过得不好,也不愿意他们看到我那顽固倔强的丈夫。我别无选择,只能撸起袖子继续干活,总要使出浑身力气,极尽所能来养育当时已年满六岁的儿子。

1955年冬天,里娜住过的矿区的房子

布鲁诺刚刚上学。我设法给他买了一条围兜,并为老师对布鲁诺的评价感到骄傲。我的孩子遭受着和我一样的痛苦,因为他意识到父亲对他与他相依为命的妈妈没有任何感情,而且在我和他父亲发生争执时,他常会因夹在中间保护我,而有挨揍的风险。那一年,我们相互依偎抵抗冬天——那个严寒,那个大雪纷飞、手脚都被冻疮侵蚀的冬天,以至于因此我大哭了一场,那已经是12月初,我们即将处于饥饿的边缘。我的丈夫几乎什么也没能拿回家,我在周围的田野里也找不到任何能吃的东西,我什么也不能做,只能等着春天的到来。毫不夸张地说,我们的储藏室几乎是空的。因此,在12月的一天我牵着儿子,走向我的娘家。当我们即将走到回家的最后一段路时,我感到自己心跳加剧,几乎无法集中精神回答布鲁诺由于好奇外祖父母家的情况而向我提出的一系列问题。

时隔两年以后我再次见到了你啊,我的家,还有我的家人,就像我流离在外多年后的回归,他们都出来相迎。不需要太多解释,他们就明白我需要接济。他们把所能给我的东西捆扎在一起。我的堂兄安吉利诺去了麦仓,给我带来了半麻袋的干豆。那一年他们收成不错,所以很大方地给我很多东西。毋庸置疑,正是由于有了这些豆子,我们才得以过冬。我将终生铭记1947年冬季的玉米粥和1955年冬季的豆子,我们早中晚的饭食全吃它。他们两人都说吃腻了,而我却觉得,能吃上这个已经很知足了。

温暖的季节回来了,田野变得茂盛,我再次能够进行日间的工作,总能找到一些东西凑合成午餐和晚餐,但我还是不断地感到一种不稳定生活带来的焦虑感。我丈夫接二连三地失业,也因为这么多消极的经历,轮到工作选择他了。到了春季尾声,最坏的境况似乎已经过去了,靠着吃豆子我们挺了好一阵,火炉也不怎么需要了;我的儿子又长大了不少,看上去身体非常健康壮实,他在我们家周围的小广场上来回奔跑,也经常去附近的农田上和他的小伙伴们一起玩耍。但是有一天,我在刚过正午回到家,发现他在床上睡着了。我以为他在养精神,也许他整天像小野兔一样上蹿下跳有一些疲倦。我开始准备晚餐,尽管有锅碗磕碰和炉子燃烧的声响,但布鲁诺没有醒来的迹象。我走近想看看他,却发现他脸色苍白,是我从未见过的状况。我的心"咯噔"了一下,作为一位母亲立即明白有什么地方出了问题。我尝试去叫醒他,我的心越发跳得厉害,因为我越摇他,他看上去越发像死过去一样,虽然他仍在呼吸,但他的腿、胳膊和头像个死人一样瘫软无力。我想尖叫,想把他带出去,但我不知道去哪里,而且我肯定也做不到,因为我双腿发抖瘫软,心已经跳到嗓子眼儿了。我拼尽全力跑到邻居奈娜家,也许她可以帮助我。她和我一起走进我家,立刻表现出紧张的神情。

"我们必须马上去找医生。一分钟都耽误不了,你们留在这儿,我马上就派儿子去。"我照做了,她的儿子立即骑上自行车,跑去叫镇上的医生博利大夫。幸运的是,医生在那里,他骑着摩托车在几分钟之内就到了我家门前。他迅速查看了我儿子,抬起他沉睡的眼皮,摸了摸他的脉搏,听了他的心跳和呼吸,然后又检查了应激反应和敏感性。每过一刻,医生的脸色就变得更深沉。布鲁诺没有任何醒来的迹象,而且医生在没有注视我的情况下就不停地摇头,这让我感到难以言说的惶恐。最终,他起身告诉我,情况可能比想象的要严重。

"我还不确定,但可能是小儿麻痹症。"

我痛苦不解地看着他,我还不知道小儿麻痹症是什么病,但是从医生的脸上我知道这肯定是一种很难医治的病症。"哦,天哪,是瘫痪了!"奈娜大叫起来,把手捂在脸上,对我来说,此时真是万箭穿心。我知道瘫痪是什么的,我们这里有几个人曾得过这种病,那些得了这种病的人一生都被打上了烙印,他们将终生被锁在轮椅上,甚至躺在床上再无健康可言。我感到害怕,他们不敢告诉我更可怕的消息,我让人帮忙叫了我母亲来,此时真想马上见到她。她的经验比我丰富,也许可以帮助我。"女士,给他洗个热水澡,看看他是否能醒。我傍晚再过来,但是如果有什么事,就给我捎口信。"医生在离开我们家之前,边说着,边把他的器材放回包里。当摩托车的咆哮声从广场上往镇子的方向渐渐远去时,我立即将家里所有能找到的锅都架到火炉上,尽可能多地添热水,并按照医生的嘱咐准备了一个大盆给孩子洗澡。奈娜帮助我将布鲁诺浸入水中,我们一起按摩了他的腿和手臂。我抚摸着他的脸,亲吻他的眼睛,低声唤他睁开眼睛,等他醒过来,给他的妈妈一个愉快的微笑,但这一切似乎都没有用。然后,当我们将已经准备好的毛巾拿出来将他擦干时,我们看到他微微摇了摇头,好像试图抬起头又没有成功,他的眼睛几乎不能完全睁开,像一条裂缝。这使我振作了一些,之后我把他擦干,重新放回床上让他平躺下来。我跟他说话,抚摸着他的全身,轻唤他睁开眼睛看我并对我笑一下,我并默默向上帝和圣母祈祷,希望他们在这样一个糟糕的时刻能够帮助我。但是过了一会儿,布鲁诺又恢复到之前的苍白模样,浑身僵硬到不能动弹。恐惧在我体内愈演愈烈,我的呼吸和声音也完全凝滞了;我一直忍着不敢哭出来,也许我太需要发泄一下我的绝望,但是在这几乎无生命体征的小身体前我已像个瘫子一样。还好,母亲不久后到达了,看到她的外孙是这种状况,也感到一阵惆怅茫然,但她立即又振作起来,告诉我要把水多加热一些再给孩子泡个澡。我的母亲非常清楚小儿麻痹是什么,幸运的是,她从未生过病,即使在西班牙大流感①流行的那几个年头,她在我们这个地区为所有住户当临时护士时也未被传染。然而,第二次洗浴甚至不如第一次时还能有些轻微的效果。眼前这个苍白瘫软的小身体和我那个直到今天早上还东奔西跑、活蹦乱跳、跑出门去上学然后乖乖回家

---

① 西班牙大流感:1918年暴发的流感病毒,在世界范围内造成数百万人死亡。

的小男孩,简直就是判若两人。距离我发现此状况已经过去了三个小时,布鲁诺还没有任何改善的迹象。同时,我的丈夫还没有出现,面对这种紧急重大的事情,我感到自己在恐惧和无助中快要窒息了。天黑之前,医生又来到我家,再次给我躺在床上的儿子诊察了一下病情,并问了我们洗浴有没有起作用。然后他把我母亲叫到一边,在我母亲耳边轻声嘀咕了些什么;从她的表情来看,这肯定是个坏消息。然后,博利大夫重新戴上帽子,又重重叹了口气,出门时用一种沮丧的声音说:"我们需要等待奇迹的发生。"

我的泪水再也忍不住了,在那之前,我还一度试图让自己挺住,但是大夫的那句话和母亲的出现让我崩溃了,我靠在厨房的桌子上爆发出猛烈的哭泣声。我的世界坍塌了,我眼睁睁地看着一些无形的事物正把我的儿子从身边夺走,我唯一的孩子,然而我却无助又无能为力。我泪流满面地走向他,此时,我的眼泪已经滚落到脖子和嘴唇上,还在止不住地向下流淌。我仿佛迷失了,此时的我完全与外在的世界隔绝了,我什么都听不到也看不到,我只想让那苍白的小身体紧紧地抱住我,让他温柔的脸颊贴在我的身上,让我心脏的跳动传递到他的心脏上,赋予他以力量,让我的小生命感受到我体内能量的强烈跳动,感受我的脉搏和热量正在我的胸腔中爆发。

终于,我丈夫回到家,很快就意识到发生了什么。当时我没有和他说话,我甚至无法整理纷乱的思绪,在我的耳边不停响起医生离开家时所说的那一句话。它似乎已经成为一句至理名言。而我的母亲并没有灰心,她不愿去想最坏的情况,她把我丈夫叫到一边,指挥他去做她认为最紧急的事情。医生既然提到奇迹,那就意味着能走的道路必定很少:必须立即向耶稣祈求恩典,考虑到我所处的状态,是时候让父亲照顾小孩子了。我的母亲是一个非常信奉宗教的人,并坚信天堂总是能听到有需求的人真诚的祈祷,我也离开了布鲁诺的床,以祈求我的丈夫在他内心深处也获取一些信念的感应和挽救儿子性命的希望。当我的丈夫去托尔贾诺镇教堂尝试别人已经实践过的恩典之路①时,夜色已经降临了。实际上,在镇上最大的教堂中,有一个特别的祭坛,上面描绘了十二位使徒②。有一种习俗世代相传,每当有人要为自己或家人祈求恩典时,都会前往这座教堂。只要有这方面的需要,教区牧师唐·切科先生无论何时都随叫随到。那些去找他的人通常都带着病人穿过的衣服,唐·切科先生对其施加祝福并将其放在十二位使徒的祭坛上,然后放十二支相同大小的蜡烛,每支蜡烛都与每一位祭坛中的使徒相对应,在蜡烛即将燃烧的时候,他便开始祈祷。

因此,那天晚上我丈夫去为我们的小男孩祈求神的赦免。我不知道他是怎么做的,但是他和正在祈祷的教区牧师一起待在祭坛前,直到十二根蜡烛中只剩一根在燃烧着。那就是信号,最后一根蜡烛对应的圣人就是愿意施以恩典的人。当最后的火焰在教堂的黑暗穹顶下熄灭时,唐·切科先生再次对我丈夫带到祭坛上的小衬衫施以祷告,又将它收好交还给我丈夫以便立即带回家中。我们都处在极度的失落中,母亲不断地为布鲁诺做按摩,我一直在向圣母和圣子耶稣祈祷,祈求他们不要在如此糟糕的情况下抛弃我的儿子。丈夫的归来暂时打破了这些期待和痛苦;他沉默不语地走进来,可以看到他同样也很难过和困惑,他站在厨房的中间,帽子还戴在头上,儿子的衬衫被他捧在手中。

"感谢天堂,我们以为圣主您永远不会出现的。"我母亲说,"唐·切科先生施加祝祷了吗?"她一边问着一边双手拿回小衣服。我的丈夫没有回答,只是点了点头,眼神紧紧盯着他的岳母,此时母亲已经跑到孩子的床前,将小衣服为孩子穿起来。再次描述这件事情使我觉得像一场梦,难以置信,即使在过去如此长时间的今天,回想起那一刻时我仍

---

① 恩典之路:托尔贾诺教堂里有个祭坛,人们通常去那里为生病的家人祈求赦免。
② 十二位使徒:耶稣基督的第一批信徒。

然激动万分,当时发生的事情使我简直无法仅用"奇迹"这个词来定义。大夫所谓的"奇迹"都在无形中被打败了,也许这正是母亲凭着信仰的定数立即相信的"奇迹",是我心中志忑不安不敢去相信的"奇迹",更是我丈夫求助于十二使徒祭坛后显灵的奇迹,这不承想的事情竟应验在了我们的眼皮底下。最后一根蜡烛在十二使徒中的圣乔瓦尼雕像前仍然亮着,也许正映射着他对布鲁诺的恩惠,当他穿上这件沾满祝福的衣服时,他立即睁开了眼睛,有气无力地唤了声:"妈妈!"然后他马上开始在床上动弹起来,越来越坚定地试图坐起身来。我们所有人都目瞪口呆、大气不敢喘地相互望着。我轻声嘀咕着:"这是一个奇迹,谢谢您帮助我们,上帝,这真是一个奇迹啊,祝福您圣母,谢谢……"

"是圣主乔瓦尼显灵。"我的母亲告诉我,此时在床上,我难以置信地紧紧搂着我的孩子,而他已经在竭尽所能地扭动伸展着身体。"是他给了我们孩子恩典,"她继续说,"你们必须永远忠于他。""我会永远感谢他的。"我亲吻小宝贝的脸颊时回应道,此时我发现,他的脸颊又和正常时一样恢复了红晕和温热。"这样吧,"我补充说,"现在我就向他承诺:如果我将来生下第二个儿子,我一定会叫他乔瓦尼。"我们完全忘记了吃晚餐这件事,我叫母亲过来照顾布鲁诺穿衣服,我则去烧火做饭。我们的房间里站满了附近的邻居,他们都来亲眼看看并听我们讲述这不平凡的经历,所有人都用令人难以置信且无比惊讶的眼神相互交流着。真是无法想象,十一点钟后,当大夫给别人看诊返回时,布鲁诺已经站在那里,活蹦乱跳地玩耍了,仿佛什么都没有发生。

"天啊!"他说,"某些圣人的手真的可能在这里!毕竟,在我们还没有企及的地方,更有能力的人必须把手伸过来。"

无奈的同居家庭

夏季来了,在我们离群索居的小房子里,热气令人窒息,不像厚厚的农舍墙壁可以起到隔热作用。这里的混凝土墙太薄了,房间的天花板直接就是外层屋顶,所以阳光射下来时人就好像在烤箱里。我们的状况也使我们的家人感到担忧,但由于傲慢和面子的作祟,我丈夫永远不会屈服于向任何人求助。

然而,始终有心肠好的亲戚觉得有义务帮助我们,有一天他的一位表兄造访我们家,并恳切地与我丈夫攀谈。他告诉我丈夫,在台伯河上游山谷可能有一份好工作,那里的农场正在发生变化,许多地主购买了新式机器并更改了农场的管理制度。因此,他们在寻找农民身份的雇工,这是一份稳定的工作,一个月可以拿十万里拉的工资,除此之外还提供住房、饲养禽畜以及种菜的地方。

经常发生的是,如果在一个地区,农民和地主之间有过激烈冲突,或者有农民家庭曾被驱逐,这样的地主就很难在当地再找到愿意被雇用的农民家庭。反而像我们这样住在五十多公里外,什么人也不认识,也没人认识你的外地家庭更容易获得这种地主的雇用。显然,对我丈夫而言,这份工作简直像是为我们量身定做的,刚好能解决我们当下的所有问题。我们将再次拥有一间带壁炉的大房子,还有种植蔬菜、饲养禽畜的地方。更何况工作和住宅是在一起的!对他来说,这是一次好机会,一定要抓住。他立即表示愿意接受,自然他也没有征求任何人的意见。我已经耳闻目睹城镇中人们之间的激烈讨论,他们谈论周围乡村发生的各种事件,还有近年来我们地区所发生的一些不利的巨大变化。从那一段时间起,我们经常地看到拖拉机穿梭在街道上,甚至在季节性劳作期间,也能看到很多操着外地口音的外乡人驾驶的新式农用机械劳动。因此,地主们越来越希望能求诸这些新式农用机械,以摆脱那些到目前为止辛勤耕耘、推动农场种植事务往前发展、家庭人口数量众多的农民家庭。尤其是那些老年人或女性人口多的家庭被解雇的风险最大。地主终止了农作物种植合同,驱逐了农民家庭,减少了农作物种植的种类,并租用机器来代替完成以前要雇用二十甚至三十多名专业农民才能完成的工作。这样一来,照看房子、饲养牲畜,只需要雇用两到三个人组成的农民家庭就足够了。

我们两个人都是农民家庭的孩子,我们几代庄稼人都是在翁布里亚和托斯卡纳之间的各个农场,在流汗和吃苦中辛勤劳作生存下来的,但我们从无意识要改变这一属性,去过拿固定工资的日子。为了寻找摆脱困境的出路,我们不得不成为一些想要摆脱农民家庭的地主手中的工具。因此,在犹犹豫豫、举棋不定中,拿下这个工作的决定就这样实现了,至少这次我们零星的几件家具碰上了好运气,它们是用卡车而不是用手推车来运送的。

我们的目的地实际上是皮亚恩迪梅莱托村,这是一个我之前一点都不了解的翁贝蒂德镇附近的村子。一方面,我内心里很高兴能离开这个地方,把所有的不愉快抛在脑后,忘记之前遭受的口舌诽谤。另一方面,我害怕再次跟随丈夫去经历新的冒险,我不知道这会给我们带来什么,我对他已经丧失信心了,如果扪心自问,他只会在心的最外层,唯一还对他寄以希望的是出于对家庭的责任但愿他能主动改掉坏脾气,不再有差劲的行为,但这种希望也非常渺茫。这只是我的幻想之一。事实是,我儿子和我都害怕与他独自前往陌生的地方。在旧所,我儿子认识了很多好朋友,而且从我们居住的地方去看望祖父母、外祖父母也很方便,他已经开始喜欢上学,对在这里的生活习惯也已经适应了。当我告诉他父亲的决定时,他哭着对我说:"妈妈,我们去那里要做什么?我们不认识那儿的任何人,我要去哪里上学?"我告诉他不要担心,我试图通过告诉他好人和新朋友到处都能认识,以此来安慰他。"老朋友你总会再见面的,还可以认识新朋友,"我补充说,"没关系,耶稣会施以援手,上帝也会。"

我再次卖掉了亲手养殖的安哥拉兔,它们仍然给了我们很大的帮助,然后,在1956年9月到10月之间的某日,我们像满载家当的"驼队"一样集结出发了。一个清晨,一辆带有木质侧厢板的皮卡开来了,一切事情都进展得匆匆忙忙,车厢里装上了家具,又通过猛烈地撞击和移动被挪出更多的空间,行李则堆积起来放置,我丈夫的"蚊子"自行车被支撑捆绑在一条板凳上。我的丈夫和司机钻进驾驶舱,我、我的儿子和公公坐在货舱满满的东西上面。我们沿着大路驶去。我感觉难受得要死了,公公坐在我面前,他的目光迷离在周围的田野中。我的儿子布鲁诺蹲在家具之间;自从我们把家当装上卡车以后,他一句话也没说,他的眼睛里发出闪闪光亮,那是因为充满了泪水。唯一一位对搬家非常有信心的人是我的婆婆,在临出发前,她还对我重复说,据她认为,能得到这份工作真是幸运,我们同时拥有住房和工作,而且两项事情可以在同一处完成。"你看吧,有了这个好工作,你们的好日子也会早日到来的。"她的眼神清晰而真诚,一看就充满着对此事的渴望,她真心实意地希望梦想能够实现。我完全没有相同的感觉,我想告诉她:"但是怎么会?作为母亲你还不了解你的儿子是什么样的人吗?你和我一样都在自欺欺人,我们算是仅有的两个仍然把他的话当真的傻瓜。"但是我什么也没说,我没有精力去争辩。就像在其他场合我总是违心地追随一个并不是我发自内心的选择,我所做的这些只是希望一切尽早结束。

这是我们第一次搬离我们从小生活的那片区域。啊,天知道是为什么!这次挪窝正巧也是在秋天发生的;我们搬家恰好总是在秋天,而且我们的婚礼也是在秋天举行的。在颠簸的马路和狂风的肆虐下,路程显得尤为漫长,卡车一会在路左边,一会在路右边,所有人都显得忧心忡忡。我有很多疑问,内心感到很多问题无法解决,但我强撑着微笑,还要和孩子进行眼神的交流。有一阵子,我把他搂在怀里安抚,以使他安静下来,我指给他看台伯河上游美丽的乡村景致,带状的平原伴随着两边连绵不断的丘陵和山谷之间的河流一直延伸到卡斯代洛镇。

"想象一下,我们要去的地方非常漂亮。那里有许多奶牛,还有装着漂亮壁炉的房子。你会喜欢它的,期待一下吧。"至少这些景象是给我丈夫提供这份工作信息的那个亲戚说的,我又把这些说给我儿子听,同时希望我们两人都能因此振奋起来。我现在对所有事情都没有兴趣,一点做事的心情都没有,我确实不知道到底在等什么,我内心已经对无数次的失望感到见怪不怪,听天由命了。

皮亚恩迪梅莱托村渐渐从远处进入我们视野,在颠簸的路面和时而上坡、时而下坡的蜿蜒倾斜的道路和遍布河流两岸整个地区的丘陵地带之间出现。当我们走近时,我被这个村庄美丽的住房外观所吸引,房屋不是用像托尔贾诺镇中使用的深色石材建造的,而且它们都相当新,在街道两侧整齐地排列着。村子既不小也不算大,处于远离河流的地方,沿着车头方向可以看到村子前面是一座座不高的丘陵,丘陵后面耸立着一座山。但是,要进入村子,卡车必须向右转,往村子上方的一座小山上爬行。这段山路很糟糕,颠簸使家具不停地移动,偶尔有尘土和沙砾从车轮中甩出砸到我们的身上,之后我们到达了山顶。天哪,我的心跳得厉害,我用力地拽着我的孩子,在卡车的颠簸中互相拥抱得紧紧的,我不知道他是否注意到我在发抖。卡车突然停了下来,伴随我们一路的那种发动机的嘈杂声突然停止了,同时驾驶室里的交谈声也戛然而止。我跪在卡车的边沿伸出头环顾四周,当我看到丈夫带领我们来到的地方时,我想说我终生不会忘记这一刻。

没有人在此恭迎我们,院子里空无一人,杂草丛生。在我们前面,横跨山顶,有一栋似乎好久无人打理的大房子。事实上,在边沿部分,朝向村子的房头已经全部塌掉了,残破的房顶变形弯曲着倒向地面,坍塌到地面的部分有梁柱勉强支撑,就像经历了大轰炸一般残破。房子的其余部分虽然显得极其没落荒芜且久未有人打理,但看上去还算坚固而且足够大,不过院子四周横七竖八丢落着老旧的、废弃生锈的农具和杂物。它似乎已经很久没有人居住了,并且在那几年像其他许多房子一样走向毁灭。因此,我一直跪在卡车后面的车厢里,呆呆地看着我们的新家,我晃动了一下身子,意识到自己并不孤单。我的丈夫仍然把手搭在卡车敞开的车门上,我在车厢里,公公和我的儿子手拉着手靠着家具站着,仍然住在这所房子里的那户家庭从某个窗户向外露头窥探我们。当他们从房子里三三两两走出来时,我们瞠目结舌地观望他们。首先出来的是男人,然后是一群女人,最后是一群孩子,一些还抱在怀里,一个紧紧抓着围裙边,较大的一些孩子能独自走出来。

之前没有人提醒我们这个地方还有人住着,我们傻乎乎地带着一车皮的家具跑过来,发现本该属于我们的房子被几个月前已经勒令离开的农民家庭霸占着,非得他们找到新房子才能搬走。你可以想象他们用什么样的表情在看着我们,又如何勉强地嘟囔一两声,终究主人决定要节省人力物力,安排了我们来取代他们。三张嘴毕竟要比十二张或者十五张嘴吃的饭要少,庞大的人口所需的粮食,就像慢慢涌现在前院里的人一样,难以统计。可以看出他们很贫困,更由心发出绝望,因为他们不知道在没有工作的状态下要养活大大小小十几口人能维持多久。主人已经给他们下了逐客令,但没有勇气把他们撤到马路上,等着他们主动找到安顿的办法,这也是迟早的事情。得益于可耕作的菜园和可在房屋周围饲养的禽畜他们的生活才维持了下来,但如今我们的到来使他们本来就艰难的情况变得雪上加霜,因为这个房子也是他们无权占据的,即使他们拒绝搬离,也不能反对新房客进入。事实是,他们想强迫地主在他们为农场耕种劳作这么多年后给一笔可观的遣散费,但地主把这个请求完全当成耳边风,并把所有的责任都推到他雇佣的农场管家身上。众所皆知,这些管家一般都是直肠子,有什么说什么,有时甚至比地主本人还悭吝。因此,这种拉锯战就停滞了下来,而且一直僵持着没有突破口,谁也不知道什么时候能得到解决。但是,所有这些事情之前我们一无所知,当我们真正身处在那座山顶上的农舍时,才意识到我们不幸的命运与那个大家庭同样悲惨的命运搅和到一起了。

我的丈夫马上变得有些不耐烦,他开始行动起来卸卡车上的东西,嗅到了一丝复杂为难气息的司机也开始抱怨起来,说再不走就赶不上下一趟生意了。但这时对方农民家庭的一个男人走近我们说,在卸货之前,我们的人最好去地主家附近,给管家的妻子打个招呼。因此,我丈夫放下手中正干的活,急忙跑去找她,我们则留在原地等待,这真有点像战争的前沿阵地。我、我的儿子和公公还待在卡车顶部,好像在战壕中进行掩护以保卫我们的家具一样,分散站立在农舍和前院之间的是我们即将取代,并占据他们地盘的这家人,他们正像我们的敌人一样誓死捍卫并占据全部领土。一直伴随我的不好预感更加剧了,使我的心情乌云密布;我是如此悲观和焦虑,以至于想趁着丈夫不在的间隙马上逃走。我会把属于他的所有家具都在那所院子里卸下,而我要带着儿子快快地乘卡车离开。对于那个不负责任的混蛋来说,这是给他上得最生动的一课。如果他真喜欢这个工作,就让他自己一个人干去,让他独自想办法、独自抓狂。即使是现在,我仍扪心自问当时为什么没有这样做。我后来还是留在那里,带着尴尬的表情,连一个歇脚的地方都找不到,我扫视了一下院子的每个角落,看到对方的人也在观察着我们。小孩子们带着些许好奇且腼腆地微笑着,如果说成年人是以皱着眉头、气恼的表情看着我们,那些老年人的眼神则透着一丝严肃,陪衬着认命的阴沉脸孔。不久之后,我丈夫在管家妻子的陪同下返回,从步伐和姿态上不难判断,肯定就是她,也不难想象在家里一定也是她当家。她看起来像个狙击手,身材高大威猛,体态发福到极严重的地步,还有一双大手,半身裙裹在粗胖的腰上,肚子比胸部更突出,嗓音很独特,铿锵有力,态度也是既豪爽又自信,看起来好像每天遵照地主的命令行事真的是一份很好的差事一样。反正那天的厄运尚未结束,我就已经可以想象我丈夫跟这女人之间有可能产生的冲突。

我转向公公说:"走着瞧吧,如果这真的是一项好工作,也轮不到我们!"我看到我公公瘦长衰老的脸庞,脸色白得像个死人,他没法发言,显然,他也曾以为这个工作确实是个能让他那个叛逆而令人烦恼的儿子转变的好机会,但是事情的进展显然没那么简单,以至于他感到自己的颜面荡然无存。从他的白胡子下面冒出来一声微弱的气息:"要有勇气,我的好孩子。"微弱得近乎喘气,他的小眼睛在与我四目相对的那一小会儿里,倒是露出闪闪的亮光。我不停地对自己说:"加油,要勇敢,别怕……"我想:"确实需要很大的勇气。但是我是怎么走到这个地步的呢?结婚的那天,我怎么会向牧师发出那么正式严肃的誓言呢?是的,按照礼法妻子必须跟随丈夫,可是在连丈夫都不知道去哪儿的情况下,为什么还要跟随他呢?"

有了这些想法也没有什么用处,它们只会引起我更大的不舒服,在那个时代,一个女人除非具有像农场管家妻子那样的性格,否则就不能独自做出任何决定。那些人总是选择软弱和顺从的丈夫,因为她们天生要成为家庭的主宰,但我不是那类人。那家的男人聚拢在管家妻子身边低声讲话,但她想必是开门见山,只讲该说的,告诉他们我们将要住的是哪个房间,还有我们有权使用厨房、壁炉和水井,还有他们最好赶紧去寻找新住所,不然早晚有一天会被赶到大街上。

有一个深刻的道理现在也得到了验证,如果房子的外观很难给人留下好印象,那么必须意识到房子内部则会糟糕得多。我们的房间在小楼最底下,只在高处上开了一扇小窗户,里面的环境既黑暗又脏兮兮的。墙壁也不知道多久没有被粉刷过,刚开始我是抗拒进去的。我的眼泪已经不自觉地涌入了眼眶,我抗议道:"不管怎么样,他们至少可以在我们到来之前上一层白石灰,至少是为了看着干净一点……我们还有个小孩子呢……他们真把我们当牲口了吗?"我的丈夫露出可怕的表情瞪着我,很明显,只是因为有太多的人在场,包括他的父亲,所以他拒绝回答。我们把家具安顿在新房间和另一个小房间里,当从房间出来上到厨房去时,感觉就像在爬地下巢穴一样。我甚至没有意识到卡车是何时离开的,随同带走了我那沉默而苍白的老公公,当面朝一个我仍然不熟悉的农家场院时,我心里泛起一阵揪心的酸楚,那辆把我们带来的车已经看不见踪影了。

那是一个噩梦般的夜晚,我间断地醒来,环顾四周,不安全感油然而生。门无法关闭严实,并且有些松脱;大部分窗玻璃都被打碎了,有人用木块塞住孔洞,进行了还算好的修缮。每一次刮起的风都有成百上千条缝隙可趁机钻进来,每当风过,屋里就从头至尾响起鬼哭狼嚎般的哀怨声音,我也是因为这样时不时地猛然惊醒。

情况太恐怖了,这个地方比我想象得还要糟糕,但是第二天早上我又慢慢重拾信心。"你必须全力以赴!"我在帮儿子穿衣服的时候对自己说。他是我一生中唯一的快乐源泉,我看着他长大,看他长成这么一个充满求知欲、聪明、总是活泼开朗并且乐于助人的男子汉。我是他一生中唯一的依靠,因为他的父亲显然是个不负责任的人。所以我不得不坚持下去,反正我已身在此种境地,别无选择。同一天早上,农场管家出现在我们家里,要带我们去农场里转一圈,指示给我们看需要做的工作。

　　首先,他陪着我们来到圈棚,与住处不在一起,它非常大,条件甚至比已经属于我们的住房还要好。大约有十头母牛需要喂养,其中一些已经和它们的小牛在一起了。再远一点的地方是有四个母猪的猪舍。在我们住房底层还有个小圈棚,可以在那里饲养兔子,既有我们的,也有主家的。房屋所在的山丘一侧可以俯瞰小村,而另一侧则向高坡延伸,一直延伸到高山。这个农场的范围包括在山丘上开垦的大部分田地。这里都是高低起伏、不成片的山地间还有沟渠和大地的犁沟。山顶上留给农民干的活不是在上面闲散地走走那么简单,这与我们在托尔贾诺镇前方平原上的田地有所不同:那里所有田地都平坦相邻,一个紧挨着一个,在平原上伸展开来,看起来像厨房桌子上的桌布一样。我意识到这个农场上的一切都使人不适应,从一个地方走到另一个地方可不是开玩笑。然后水井离牲畜圈棚还特别远,要不断地爬高走低,才能为动物准备食物并将水带到需要的地方。缺少许多工具,情况看起来非常糟糕,但是我立即投入工作,毕竟它们都是我非常熟悉的劳动。刚开始我丈夫也有很多事情要做,早上,我儿子很早就要步行去学校,沿着一条出村的土路往山下去,这时我们也开始了牛棚里的工作。反正我再也不会用美好欺骗自己了,我知道我丈夫那家伙的承诺永远都是短暂的,但愿可能遇到的麻烦早点冒头。艰难的冬季过去了,也许是出于傲慢,也许是为了不再遭受与我们同住一室的那家人的喋喋不休,而且这家人一直在注视着我们的所作所为,也或许是出于对农场管家和他妻子最初的畏惧,我丈夫才既卖力又勤勤恳恳地坚持工作了那么长时间,也可能是因为这些活儿都是一件与另一件相关,互相有所牵连,所以无法立即放弃或推迟进行。这不是修剪枝叶或提个砖头的问题,那里有许多牲口要照料,某些动物习惯于定时进食,每天至少清洗两次，还要在有需要时提供帮助。如果不遵守它们的习惯，它们会像人类一样充满怨气，当你延迟配发干草或忘了解开要去喝奶的小牛的绳索，在家里就会听到它们抗议的哞叫声。如果奶牛生病，也不能撇下不管，因此要彻夜在牛棚里陪着它，还有些时候，母牛要生产了，在最后几天即将分娩的日子，要时刻不停地去查看它的状态，不论白天黑夜。简而言之，这份本来就十分艰苦的工作需要付出更多努力和爱来照料这些牲畜，但是我丈夫对什么都没有爱心，更不用说动物了。我们的处境也很艰难，因为我们必须为农场管家效力，他和他的妻子实际掌管着庄园，主家从未露过面。管家和他妻子可不是什么好人。毕竟有一句谚语说："如果你在成为农场管家一年后还没有致富，那么你就是个傻瓜，因为你让自己过得不好。"因此，我们始终在管家的监视下做工，他就住在牛棚附近，在这种环境下我们没有办法放宽心。尤其是在我们与同住的家庭关系破冰之后，在我们稍微建立一些信任之后，他们讲述了之前发生在身上的事。这个我不愿揭露姓名的家庭，是由心地非常好但很无知的人组成的，他们全都是文盲，甚至不送孩子去上学。老一代人来这个农场工作时还很年轻，多年来，一切工作都和本地区的其他农场一样正常开展。他们跟地主之间也从来没有发生过重大的纠纷，由于不识字，也不会写字，根本无法去核对地主手边的佃农手册，只能完全信赖地主。日子就这样正常向前运转，从未改变，直到战争结束，直到第一台机器运抵，直到上一任老管家去世。新管家对待人事与指导农场工作的方式与之前完全不同，因此与他之间展开的争论越来越激烈，直到有一天双方挥拳相向。事态已无法挽回，受到那些被激怒的穷人暴力侵犯还气到脸红脖子粗的管家当场对他们进行驱逐，说："你们去找别的工作吧，这里已经没有地方可以留下你们了。而且你们要感谢你们的孩子，要不是看在他们还小的份儿，我早就叫警察来把你们直接送进监狱了，更别想工作了。我让你们见识见识，什么叫作不需要一堆懒鬼来经营农场和牲畜棚,你们走着瞧吧,走着瞧……"

他们试图通过直接向地主解释原因来挽回一切,以消除这些威胁,毕竟地主对他们一直都是善良而公正的。但是没辙啊,地主只相信管家的话,对他们也只是说些客气话,也许地主也迫不及待地想要摆脱这些穷人口舌的是非纠缠,地主之前大概也没想到居然有这么好的一次机会可以摆脱他们,这事对地主非常有利,不能放过这次机会。最终,地主只要允许他们待到冬天过后,但是在新的一年里,他们必须尽快寻找其他住所。知道了这件事让我更加沮丧,因为我担心我们扛不起交托给我们的整个农场的所有活计,而且我们得时刻提心吊胆于被管家的"枪口"再一次瞄准。几周后,情况就相当明显了,一方面,我们与被迫暂住的室友已经很熟络并彼此信任,这是积极的事情;但另一方面,对工作以及那些监管我们的人越来越产生消极的抵触情绪,而且是积重难返的厌烦。我常常自省,不得不强迫自己再次全力以赴应对工作,并努力保护自己和儿子免受丈夫的暴力威胁。

领工资的雇农

实际上,我丈夫的精力和乐观向好的初心并没有坚持多长时间就开始减退了,而且我和儿子不得不越来越多地操持起被他忽视或半途而废的活计。我儿子步行去学校读书,回家后他就独自一人在厨房里把我热好的饭菜吃了,然后到农场里找到我,给我搭把手。我丈夫似乎脾气越来越差,常常无精打采,所以我越来越多地将他的工作揽到自己身上,但他甚至都不会过问一下。当时我不太理解他的行为表现,但是随着时间的流逝,我了解了事情发生的内情以及发生的动机:他知道自己处于被监视中,并常常为自己作为被剥削且报酬低的工人身份感到愤怒,因此故意制造事端。当他遭到谴责时,其实当时大多数人都受过那种激进方式的责难,他的反应尤其猛烈,从而引发连锁反应,不可避免地导致被辞退并需另谋生路。我不能再忍受不断更换住所和工作的颠沛流离了,要在一段时间内找到一个稳定的住所我要付出双倍的努力,至少要给孩子创造一个安宁的生活环境。正如我预料的那样,与农场管家有关的冲突和争吵开始变得越来越频繁,也许我丈夫的抱怨有他的道理,但是他采取的应对方式不可避免地导致了矛盾激烈化。

就在几个月后,他甚至没有同我商量就断然选择了另一份工作,再次把我们带到一个我们一点都不熟悉的地方。我的帮助变得不可或缺,或者,我应该说"我们"的工作,因为我儿子的帮助越来越显得必不可少。我丈夫就是这样的人,如果日子一天过得不顺心,就会突然离开,消失掉,根本不在乎自己必须承担的责任。但是这些动物们才不会顺应我们的心情,母牛们到点就要吃东西,而当它们在牛棚里伸展活动时,稻草应该是干干净净的,而不是沾满粪便。因此,每天都要去割草,每天都必须将一桶一桶的水提到养猪场来准备土豆泥状的猪饲料。去往水井的那条路走起来太不方便了,以至于我的背部在经历了几个月的折磨后像要断掉一样疼。这还不算,因为牲畜的生存和人类一样有无法预知的复杂情况,因此饲养动物还需承担不可控的风险。

我们已经找到了与共处一室的这家人一起和谐生活的方式,共享厨房和炉灶而不会引发争抢和冲突,即使他们很不会社交且举止粗鲁,也没有妨碍我们成为一个团结的集体,但他们即将搬离的日子却到来了。我们就这样被留在了那座丑陋、破旧、幽暗的大房子里,突然之间空气变得非常静默,我丈夫的咒骂和叫嚷声则变得非常清晰,以至于在牛棚都听得到。我儿子突然发现没有同伴陪他玩了,他成了整座山上唯一的孩子。1957年的那个春天伊始就预示着这是一个寂寞和绝望的年份,我和我的儿子就像两只受惊的小狗,如果不是为了生存下来继续前行,我们真不知道该怎么办。只有儿子在身边时,我才感到自己的心情会变得轻松起来,在那个地方,我感到非常孤独;而只要我的丈夫消失个整整半天,我独自一人踌躇在牛棚和空荡荡的大房子之间时,内心就会惶惶不可终日。我们没有任何朋友,离亲戚和山下的村庄也特别远,因此在这里我们谁都不熟悉,不安全感和落寞的悲伤一直充斥着我,从未消散。在夜晚,我做着非常糟糕的梦,从可怕的噩梦中醒来时我会大汗淋漓、心跳加速;我会去到儿子的床前听他安静、沉稳的呼吸,这对我来说胜过任何药物。在一个几乎被废弃,窗户都坍塌损坏的房子里,我怎么能感到安宁?看着儿子健康、茁壮地成长,才是我唯一真正的快乐,他从来没有停止向我表达他的爱意,在牲口棚里一直陪伴着我,他爱抚母牛和小牛犊的样子,就像伺候小狗小猫一样。他从来不害怕在那些体型巨大的动物间移动,看到他在奶牛之间穿行,给每一头牛的食槽中投放等额的一篮干草,这场景真是令人感动。头几次,我很害怕看到他经过那一双双沉重的后腿和蹄子,总是害怕动物们会伤害到他,但是他不想坐着不动,照料奶牛和小牛犊对他来说别提有多高兴了。随着时间的推移,我变得更加镇定,这也是因为我不止一次地感到,牲畜也同样通人性。尤其是年纪较大的母牛,看着那个小朋友在稻草上走动,眼里充满了亲切的光芒。一天晚上,我内心早有预感的事情真正发生了:照顾牲口本来就不是妇女和儿童该做的事。农村人在茶余饭后,炉膛围坐时总会讲一些在不同情况下发生的看牛人被压死或被牛角刺伤的故事。

那一次,当完成一天的"统治"母牛的工作之后,我们习惯将套住它们的绳子解开,绳子一头本是绑在牛槽上的,以便它们能寻到水喝。此仪式每天至少重复两次,动物们总是以同样的顺序移动,队伍安静无声,也很文明有礼;它们等着绳子一落在稻草上,就会立马转身朝牛棚的门走去。它们陆续去了饮水槽,然后又整齐划一地回到牛棚,每头牛一个都不少地找到它们独属的食槽位置。我儿子总是从最大的那头牛开始解绳子,也是因为那头牛是牛群里最老也是脾气最好的牛,出事的这天晚上也是从它开始的。我看到他接近老牛左侧的牛槽,像往常一样解开绳索,但是当他转身往回走时,他的脚扭了一下,顺势撞倒在牛肚子上。同一时间,母牛也转过身朝门的方向走去,这只动物身体沉重,从两侧都能看到垂下的腹部,好像怀孕了一样。它有粗壮的四肢、光泽的蹄子,而且由于牲口不再协助农民到田野中劳作,因此这些身体优势再未发挥过作用。我清晰地记得那一幕,好像刚发生在眼前一样:布鲁诺仰卧在地上,头埋在稻草中,母牛用右前腿正转身掉头,左腿抬起,刚好抬到我儿子的胸部上方。片刻之间,我的血液在血管中瞬间冻结,我仿佛听到了令人心碎的尖叫声,但那只是徘徊在我喉咙里的声音,因为我的舌头已然麻木了。还好后续没有发生更可怕的一幕,母牛已经习惯了每次喝水都是同样的路线和动作,如果那条腿再放低一些,对我儿子来说那将是一个可怕的结局。这种事故已经发生在许多人身上,所有农民都知道牲口棚中存在很多安全隐患。我相信真的有神的存在,以及有我死去亲人灵魂的庇佑,他们一直注视守护着我和孩子,才使我们在如此危险的时刻转危为安。老母牛张大湿润的眼睛观望着它身下的我儿子,牛蹄子悬在空中停留了片刻,然后安然地踩到了地上——掠过了我儿子的腿。然后,它转了个身,朝牛棚门走去。一切都发生得如此之快,以至于我还没有反应过来。我儿子似乎没有感到任何恐惧,他立即站起来,还自嘲着自己摔的这一跤。我看到他依旧带着往常的劲头陪着动物大部队走到饮水槽,而我不得不在牛棚里停留了几分钟,靠在草垛上,因为我的腿已经后怕得站不住了。

除了这次糟糕的经历,我很高兴看到儿子仍然如此活跃、清醒、善于学习并给予我帮助,这对我来说是相当重要的,要不然我会累瘫,用尽全部力气也完不成所有活计。我们的处境很艰难,而且已经到达了非常复杂的程度,我不能指望一个偏激好斗、脾气不稳定的伴侣能给我带来什么好处,他似乎正在尽一切努力让自己与家人变得疏远。光看他带我们来的房子就足以使我对生活充满悲伤和恐惧。生我养我的家啊,在你的墙壁之间我感觉安全,你是那么美丽啊,到处飞着燕子和活跃的生命,而在这里我所经历的却都是乡下最不幸的事。住在这个村庄,我从没有感到过快乐和自信,一方面是我为自己的生活状况感到羞愧,另一方面是因为整日忙碌的工作使我根本没有机会出去溜达,更无法结识新朋友。而且在没有亲朋故旧或血缘关系的情况下,很难猜出跟谁交往可能会发生摩擦,因为农民虽然基本上都是善良而慷慨的,但同时也可能变得残酷至极。

尽管他们都是朋友,但无知和痛苦常常使他们互相伤害,穷人相互争斗折磨,以谋取管家或地主少得可怜的仁慈。实际上,在很多地方都有管家的眼线,而这个人总会结交一大帮朋友,他会突然造访,表现得很恭敬,童叟无欺,提一些看似无害的问题,但他们是有目的。令人费解的是,真有这么多人愿意肆无忌惮地谈论他们从未告诉过妻子或兄弟的私密事情,只因有人愿意聆听。几杯酒下肚,许多人开始滔滔不绝,变得非常健谈,防备心越来越小,以至于用这种幼稚的方式使自己不知不觉陷入某种麻烦。因为那个来与他们聊天的朋友,意图很明显,说想帮他,但事实上却会毁了他们。这是我一直不能理解的乡村生活的一个方面,也许是因为在我们家中,一切关系很融洽,大家都互相帮助,没有人会尝试欺骗或伤害他人。

但是我听到的故事则恰好相反,有人给我讲了一个在皮亚恩迪梅莱托村附近发生的故事,有人从那里偷走了一户人家将要在"西那"洗衣桶里洗涤的所有衣物。在那些日子里,这种盗窃行为会给被盗家庭造成巨大的损失。丢衣物的人家将不得不付出多年的心血才能将此次损失补回来。自从同住一屋的那户人家搬走以后,另外一个农民家庭的户主便开始频繁地拜访我们,他在附近的农场工作,这个农场和我们属于同一个主人。我丈夫虽一向争强好胜,但总是对陌生人表现得很热情。我们非常热情地招待他,但我总觉得这人来者不善。他俩愉快地交谈,好像我丈夫终于找到了倾诉的对象。但我却感到不舒服,那个男人问了我丈夫很多问题,而不仅仅是闲谈,在我看来,就像是在审问。他讲了管家的坏话,并怂恿我丈夫说说对管家、管家的妻子和农场主人的所有看法。我觉得我已经够愚昧无知了,但是对我来说,这个人目的不纯的谈话已经很明显了,背后肯定隐藏着某种危险。我告诫我丈夫对这人,也就是阿里斯蒂德不要产生过分的信任,我甚至将自己的预感向丈夫直言相告。但正如我预料的那样,他不听我的话。有传言说阿里斯蒂德正是这个地区的"间谍",一个去管家那里报告所有流言蜚语的人,而他也是导致曾经住在这里的那户家庭被驱逐的导火索,因为他将这家人偷偷饲养、食用及私自出售牲口的秘密报告给了管家。即便我或丈夫对某些事情产生过抱怨,而且他的反应总是很消极偏激,但可以肯定的是,在我丈夫和阿里斯蒂德攀谈闲聊之后,我们和管家的关系更加恶化了。

几个月过去了,工作和生活的状况没有好转,反而越来越让人难以适应,我们与管家的关系也变得极度紧张,事实上连我丈夫都迫不及待地想要离开这里去进行下一场新的冒险之旅。在又一次争吵之后,又发生了一件可怕的事情,我没想到自己还会再次面临这样的境遇。这一天终于到来了,管家直截了当地告诉我们必须尽快离开这里,腾空这所房子,我们在这里付出的辛劳也得不到一点回报,并且他还提醒我们要小心为妙,因为在没搬离的这段时间,如果发现有任何动物死亡或数量减少,我们都要自掏腰包为此埋单。自然而然,我丈夫的反应是愤怒的,当他受到欺侮时,对或错于他都无关紧要了,他只有一种反应,那就是不管面前的是什么人,都以愤怒的方式做出回应,也从不去考虑,未经头脑思考就采取行动会造成什么样的后果?我只能袖手旁观,面对两个吵得脸红脖子粗的男人,我不知道该怎么做或者说什么,他们互相嘶吼,彼此羞辱,指着对方极尽所能地谩骂,当他们快要动手的时候,管家的妻子跳到他们中间,面朝我丈夫开始攻击,这个凶猛女人的劝架着实吓了我丈夫一大跳。

很显然,此地已不能久留了,管家还没有下最后驱逐通牒,但这只是时间问题。我屈服了,内心极不情愿,不知道我丈夫下次会带我们去哪里。

往佩鲁贾去

　　7月和8月的日子就在不祥的预感以及七上八下的忐忑心情中度过。这段时间,有只猫头鹰每晚习惯性地出现在我家附近的一棵树上,并发出喧扰不休的叫声。在此之前,猫头鹰从未出现过。依据农民的传统说法,猫头鹰的出现是某种灾祸即将发生的先兆。这期间,我丈夫好几次整天都在外寻找适合我们的新住处。夏末的时候,他认为他找到了一个合适的住所:也就是位于佩鲁贾近郊蓬泰圣乔瓦尼村的一栋小房子。对我们来说,从一个地方挪到另一个地方并不是什么大问题,那是因为我迫不及待地想离开这个越来越可怕的地方。几天后,不祥的预感果然应验了。那是在9月初,有人送信说我公公突然病倒,并在佩鲁贾医院住院。他在那里很快就去世了,甚至都不知道是什么病因。一切发生得如此突然,那个时候穷人又没有电话,从离我们村庄七十多公里的地方传话过来,等得到消息的时候,什么都已经迟了。我的公公是个好人,我永远不会忘记我们搬到皮亚恩迪梅莱托村那天一起的远行。现在,我们又要离开这里,没有了公公的帮助,儿子和我只能听任我丈夫的胡乱摆布。于是,当租房合同到期时,我们的家庭"驼队"开始动身启程,这已是十年来的第六次。我们结婚十年了,婚姻的状况一直没有好转,怎么形容呢,反正事实上,感情状态变得越来越糟糕。那天早晨,我们一家人孤零零地站在来时同样荒寂的院子里,货车上再度满载着我们生活所需的全部家当。没有人来送别我们,离开之时与到达之刻的贫寒程度别无二致,或许更添了一丝深深的绝望。儿子很伤心,和我爬上货车,在家具和动物笼子之间的狭小空间里抱着我问:"妈妈,我们为什么要走?我们现在要去哪里?"我试着安慰他:"亲爱的宝贝,别担心,妈妈会一直在你身边,无论我们走到哪里,永远都有妈妈在。"从出生开始他都没有在一个地方长久地停留过,也无法结交一些稳定熟络的小伙伴,我们总是不停地搬家,接触的也总是陌生的环境与陌生人。一路上他一直环抱着我,此时,田野和山丘再次在我们眼前流动呈现,那景色勾起了我这些年来不停搬家岁月的一幕幕,像电影一般在我脑海中浮现。人生的口袋里曾经装有的梦想和希望都一个一个地烟消云散,而失望和焦虑带来的苦痛却越来越沉重。

整个路途我已经没有什么记忆了,但我还记得刚到新房子时的场景。这里没有一样是新的东西,只是佩鲁贾郊区的一栋老旧房子,位于蓬泰圣乔瓦尼村里,几年前我丈夫来过这里工作。这个小村子是在通往阿西西的老桥周围发展起来的,这座桥横跨台伯河,当然也得益于货运铁路从此通过。我们的房子坐落于皮耶韦小丘上。那是在半山腰的一个居住群落里,我们的房子是靠着一栋大别墅的围墙建造的,这些房产都属于当地的同一个居民所有。房子前有个短楼梯通向二楼的大开间厨房,楼梯底下有一个地下储藏间。在厨房里还有一个楼梯,通往第三层,三层上便是一个里外套间,里间稍小一些。屋顶下的吊顶很低,可以看得见屋顶的托梁,但总归有两个拥有宽阔视野的小窗户,可以看到整个小镇与划开佩鲁贾和小镇之间的美丽山丘。当然,这里没有室内卫生间,甚至没有自来水,唯一的电力线是从地主的别墅里接出来的。反正,总体而言,条件差强人意,我尽力在儿子面前显出很平静的样子,告诉他我们肯定会在这里过得很好。

我们整个下午都在搬卸和重新组装四件大件家具,我们在梯子上爬上爬下的身影,完全暴露在邻居家的窗户前,他们一定也躲藏在背光暗处的角落里窥视着我们。这也是我觉得不自在的原因之一,我当时觉得身边布满了眼线,我知道必须再次从头开始结交并熟络那些生活在我们身边的人。然后,这不再是通常人们认为的乡间独立式的房子,我们第一次住在一个有不同家庭聚居的田庄,且他们彼此没有亲戚关系。从这里走上两步就能看到一个较大的居民区,那里更像是城市的面貌,而非我们长期居住的农田环绕的旧式乡村。在这里,除过铁道,还可以看到马路上川流不息的汽车和卡车,鉴于此,我对这种远离田野的新生活有一种发自内心的不安。事实上,情况可能比我担心得更糟。家里内部安排停妥后,我开始整理动物的笼子,把它们安置在楼梯底下的地下室是最好不过了,唯一的问题是门上没有锁。这让我有些忧心忡忡,因为我们从皮亚恩迪梅莱托村带来的鸡那时已经长得很肥美了。

晚上的时候,我们已安顿好家里比较重要的东西,但我们还是忙到了很晚才睡觉,也是因为对新环境充满了新鲜感,现在的家布置得相当好,卧室里的陈设也很美观。最小的房间在三楼的最里面,通向三楼的楼梯十分陡峭,布鲁诺爬梯子时膝盖都快贴到胸前,看起来相当费劲。但这是他第一次拥有了自己的房间,这个新变化让他欢欣鼓舞;他一边享受着自己小卧室窗户带来的美丽景致,一边叫我来看夕阳西下。我由衷地为他高兴。太阳,又大又红,正在滑向佩鲁贾的山丘背面,那一边的天空都被染上了火一般炽烈的颜色;山下面坐落着我们小镇的大部分房屋,后面,平坦延展的田野顺着台伯河向远处推进。我知道,在远处田野雾霭交融的地方,有我心爱的老房子,我童年的避难所,早已远离的天堂,相比之下,之后的每一处住所都远不及它。一阵悲伤涌上心头,我的眼里充满了泪水,自从去了皮亚恩迪梅莱托村,我就再未踏进父母家。谁知道现在老房子怎么样了? 伯父们已经老了,我的堂兄弟现在接管了整个家庭。我得知我的父母已经不住在老家,他们搬到城里,和我在城里找到工作的弟弟住在一起。我的家,我多么渴望回到你的四壁之内,再次感受只有你知道如何给我的宁静,但现在我有点害怕,我害怕发现你变化太大,遭受了陌生面孔的入侵,那些曾经是我儿时安全感和信赖源泉的,熟悉可爱的一切,都已被掩盖。一滴泪落到我怀里正靠在窗台上目不转睛地看着太阳下山的儿子赤裸的肩膀上,他转身问:"妈妈,你为什么哭啊?"

"没什么,宝贝,我这是高兴的……我很高兴我们已经安顿下来,我们有了新家,我们不用再看那个管家和他妻子的臭脸了。"

"对哦,妈妈,我也不太喜欢他们,但离开那些我们喂养过的小动物,我感觉有点难受。我非常喜欢奶牛。在这里我们就不能养一些吗?"

"亲爱的,我们有鸡和兔子,这就够了,因为没有多余的空间;这里快到城市地界了,正如你所看到的,周围几乎没有动物。"

事实上,在我们前面的房子的一侧,可以看到一排貌似废弃了的空荡荡的猪圈,在一堆屋宇之间凹下去的那个小平地,可能在不久之前还是鸡鸭穿行的典型农家院子。现在每个角落都布满了杂草和野生植物,让我们隐约感到,缺少那些全天候陪伴我们的家养动物的身影和噪声,很不习惯。我们唯一能听到的,是一只绑在邻居家门外的小狗不停且恼人地吠叫,它也是我们遇到的那所房子的第一个房客。

第二天早上,我们打开窗户,认识了那户人家的其他人,第一个出现的是园丁的妻子菲洛梅娜太太,以及她的公婆和一个儿子,他们都住在一起,在丈夫的小店铺里以卖后院种的菜为生。表面上看她很热情,问起我们的情况,问起我儿子,我却觉得不真诚,她尽量不说方言,好像刻意摆出一副架势,说完客套话,她给了我一个微笑,假得像她佩戴的珠宝。

就这样,我们渐渐适应了走出农村的生活。但这并非易事,我只能说,我们在跟邻居之间交往方面,实在没有什么的运气,我们没办法跟任何人交朋友,甚至我还得全力捍卫那些虽然不足挂齿,但却是我们一切的家产。

过了不久,我们就享受了新住处的"欢迎仪式"。经过几个星期相对太平的日子,我终于把房子里的小家什都整理好了,但是,尽管我一再坚持,还千叮咛万嘱咐地说:"拜托!不要忘了啊!"安置鸡舍的地下室门锁还是没有到位。于是,就这样引来了小偷。一天早上,我下楼去喂鸡,鸡是我们整个冬天的食物储备。我和我丈夫那时都还没有找到工作,而只需一只鸡,全家就可以吃上一整周,更不用说额外产生的,可以做意大利面和早餐的鸡蛋了。总之,早知道连养公鸡、母鸡和兔子一事都可以变得这么复杂,一开始我就应该以最低的生活需求方式过活。当我打开地下室的门,没有听到任何声响。顿时我僵住了,猛地推开门,下了两级台阶进去,等了几秒,眼睛才适应了里面的黑暗。然而,映入眼帘的是,空空如也的房间!公鸡、母鸡、兔子都没有了,我们完了!

正当我目瞪口呆地环顾四周时,一只小鸡从墙上的一个裂缝里面钻了出来,因为它的个头小,刚好能够钻到那个洞里藏身。我去叫丈夫,不出所料,他大发雷霆,破口大骂,大声嚷着谁做了见不得光的偷劫事,整个街区的邻居都循着那刺耳的谩骂声望向窗外。这一下子整个小镇的人都认识我们了,这当然不是最好的自我介绍方式。我承认没有在门上装锁是我们太掉以轻心、疏忽大意,但很明显,偷我们唯一财产的人早就知道我们地下室有鸡舍。能知道这个秘密的,一定是离我们非常近的人。毕竟,那些好奇、围观以及带些许怜悯等形形色色目的,从高处窗户探头张望,企图探看角角落落是否存在或藏匿家禽活物的面孔,我们认识的可说是屈指可数。即使我们不认识他们,我们也知道他们和我们一样以前都是农民,都正在适应新的时代和环境,有的人当工人,有的人当小时清洁工,草草地走入大城市的郊区开始了城市生活。所有人如我们一样不辞辛劳,早出晚归;真的难以相信,像我们一样贫穷的人竟有如此铁石心肠,内心如此污秽肮脏,在这样脆弱的时刻,给我的家庭以致命的打击。这些人,不管是我们已相识或是仍然陌生的,如果问我要一些东西:一对儿鸡蛋、一捧面粉或一杯油,我无论何时都会全心全意地送给他们。我始终深信,人与人之间,首要的是团结和友善,因为帮助他人所得到的馈赠远比从别人那里掠夺要更明智和划算。我无法想象噩运和坏人随时潜伏在我们这种生活不安稳、只求三餐能糊口的人的周遭,然而,已经空了的地下室和敞开的大门,无声地否定了我的想法。

还是那个菲洛梅娜太太,扬着无辜的脸俯瞰着哀号的我们,不停地重复着:"怎样可能一个人都没听到动静!"是的,我也这么想,这怎么可能?在听到她的狗从窗户里传出狂吠的那一瞬间,我的脑袋里突然闪过一个念头。"对了!"我问她,"为什么你的狗,每天都叫得那么欢实,昨晚遭贼的时候却一声都没吭?"她脸上的表情瞬间凝固了,不假思索地说:"因为昨天晚上我把它关到家里面了,谁能料到你家的鸡被偷了呢?"说罢,她便合上了窗户。在我看来,她知道的比她说出的要多,她对我们有些亏心;我听到一些风言风语,但总是无法完全知道实情。我甚至没敢把这些怀疑告诉丈夫,以防止他再次在没有任何证据的情况下轻易地跟别人发生冲突。还是既往不咎吧,好脸色总比坏运气好。

另一个世界

接下来我又开始了日常的忙碌,要去小学给布鲁诺报名,要去教区牧师那拜访,告诉他们我的坎坷经历和不幸遭遇。也许这是唯一一个可以帮助我找到工作的人,那个年代,牧师的推荐尤为重要,而且我也没有姣好的外貌。在皮亚恩迪梅莱托村的最后一段时间我非常瘦,体重不到五十公斤,血压不足九十。毕竟几个月来一直在做重体力劳动,运送猪粮使我的肩膀的疼痛持续不断,而这疼痛一直无法得到缓解,抬起手臂时,剧烈的疼痛更是难以忍受,连找个舒服的睡姿都成问题。可是接下来还在继续折磨我的是,我仍然在这种困境中长久地无依无靠,不得不独自面对一切。可能我丈夫根本没有意识到他的行为有多粗暴、愚蠢、不成体统。我从来不害怕娘家的男人们,也从没有见过我的伯父、祖辈们对自己的妻子或者家里的其他女人表现出不尊重的行为。可以肯定的是,大家都接受同样的礼教,同样是在两口子之间,但是我父亲一直都很尊重我母亲。我不记得父亲对母亲高声说过话,更没有动过母亲一拳头。我的祖父对祖母尤其好,冬天的夜晚,房间里冰冷刺骨,整个房子,除了炉膛,几乎都像冻住了一样,这样的晚上祖父总是比祖母提前进被窝,躺到祖母睡的那一边。祖母上床了以后,祖父自觉溜到冰冷的另一边,把热乎的被窝留给祖母。我试着让自己平静下来,不去想那些糟心的事,这也许就是命吧,但是我又不能完全撂挑子不管不问。我的儿子差不多八岁了,他已经能够明白家庭里发生的各种状况,对他父亲粗暴的行为,他的感受跟我的一样备受煎熬。我必须让他明白这只是复杂生活的一面,我要让他感受到即使世界再残酷,也还有我的爱。我无法忍受的是在孩子成长的过程中,他会带着恨意认识到,他的父亲既不是一个好丈夫,也不是一个好父亲,再把他父亲在我公婆家成长过程中吸收的仇恨和暴躁等坏性格继承下来。我了解那种"我既是父亲也是一家之主"的大男人主义并不是出自理性选择的行为,所以我开始认为也许这是他以前童年生活样式与态度的复制品。我还记得某些情节,那年我们住在他父母家的几个月时间里,他们的做法让我很无奈。有一天,我丈夫和他的祖父吵架,是为了什么我也不清楚,但争吵越来越激烈,他们似乎都没有找到冷静下来的时刻或退让的机会,好来缓和气氛,平息争闹。相反,他们继续互相指责揶揄;最后,我丈夫带着满腔怒火,愤愤不平地夺过他祖父的手杖,这是我丈夫之前送给他的礼物。手杖很漂亮,老人更是需要它;我目睹了手杖被要回来的场景,那真是如鲠在喉的尴尬和失落。那个家庭里一定有一种仇恨的气氛潜移默化着我丈夫的性格,从小目睹不断地冲突和争吵,即使芝麻大的事情也能引发的争执,这一定让他在成长的过程中形成了一种观念,好像这种状态才是维系人与人之间沟通连接的唯一正确的方式。这种态度尤其针对亲近的人,对外人,特别是陌生人,他反而表现出乐于助人,充满了不可思议的热情,每到这时他看起来像另一个人。实际上,他给偶然认识他的人都留下了很好的印象。给我深切折磨和痛苦的也正来源于此,他为什么在家里表现得完全相反?通过最近这次搬迁,我第一次感到虽然生活在一个还不是城市的地区,但已经与我来自的乡村没有任何瓜葛。是的,周围还是一片开垦的田野,许多农民仍与牲口住在独立的农舍里,过去生活的节奏依然存在。但是,可以看到人流的喧嚣和车水马龙的繁忙之景,不断修缮更新的道路和建筑物都集中在通向城市的主路上,也沿着铁路线伸展。我第一次见识到,需要按门铃才能喊到屋内的人,有多户公寓的大楼,还有只有用钥匙才能打开的、紧锁的大门。许多人在佩鲁贾工作,所以他们早上乘火车去上班,晚上返回,因此许多家庭在父母工作时需要保姆帮助照顾孩子。我喜欢带孩子,因此,也多亏了教会唐·戴维德神父的帮助,我在一些职工家庭的家里获得了当保姆的工作。

就像进入了另一个世界,我得以进入那些一直以来只能从外面欣赏的新房子,室内参观更令我叹为观止。我意识到,对于我和我之前的几代人来说,房子充其量是遮风挡雨的地方,是意味着家庭安全和必不可少的财产,更是劳动的象征,因为住所属于农民正在效力的农场的一部分。但这并不意味着房子属于农民,因为在战争结束前,没有哪个农民有能力买下在其中度过一生的房子,尽管那时的房子简陋空荡,只有最基本的零星家具。但现在情况不一样了,房子里有漂亮的地板,在过去,只有教堂或地主的别墅里才能看到。光亮的、富丽堂皇的室内,家具、窗帘、漂亮的摆件,一切都是五光十色、一尘不染的,所有的房间都被电灯照亮,收音机传来的声音一整天不绝于耳。我遇到过的最精巧绝伦、最令人惊奇的地方是,有几天早上我在一位建筑师家里做小时工。他家浴室是一个梦幻般的地方,一个几乎和我卧室一样大的房间,瓷砖覆盖了整个墙壁,还有一个大浴缸、一面巨大的镜子,所有水龙头都闪闪发亮,特别是有一个叫作坐浴器的低水槽。我承认我完全没有勇气使用它,整个环境是那么芬芳、干净,拥有温柔且典雅的色彩,让我望而却步。想想我们家里一直到现在都还没有卫生间。我越想越觉得荒唐,那个年代的人建造农民的住所,明知道有三四户家庭要住进去,还有老人和小孩,却连能解决内急的下水道都不设置一个。和其他人一样,过去我们就在肥料堆旁边建一个狭窄的小木屋,里面放置一个中空的木板,就这样解决我们的内急问题,仅此而已。不管白天或黑夜,天气寒冷还是阳光直照,那些有需要的人要上厕所就必须去那里。当然,在田里的时候,任何沟渠、灌木丛都可以解决内急,而在家里,尤其清晨刚醒来时,要把大大小小的夜壶和尿桶带到室外去。对农民来说,用一个专门建造的室内空间来解决便溺好像是多余的。我还记得战后堂兄们从战俘营回来时讲述的事情,他们在国外看到房子是如何建造的,还有英国农民的房子是啥样的。相比之下,我们的房子好像还在中世纪,所以他们决定利用室内楼梯下方的部分,做成一个小卫生间,只有便池,对家里老人来说,方便了许多。地主得知此事,亲自来参观,之后,他的评语可多着呢:从来没见过农民家有个卫生间,他们到底想做什么?莫非想把房子改造成豪华别墅?真是不知道他们脑子里想的是什么!简而言之,我从来没见过与地主之间的争论变得如此激烈。但是地主本身也是客人,无权就此事大声嚷嚷。

不过,那一次他不得不敏捷地挥动马鞭驱使母马,以便及时从我堂兄们即将爆发的怒气中挣脱出来。总之,所有带到我们村庄的进步举措,所有那些可以改善工作或日常生活的创新,对于农民来说似乎是一种不配拥有的奢侈品。就好像他们命中注定必须落后于世界其他地方二十至五十年,贫困和屈辱是那些留在农村生活的人应该忍受的。而在这里,在靠近城市的地方,你可以看到世界完全走向另一个方向。我越是经常去那些比我富裕的人家里,就越觉得自己像一个可怜的落伍之人,虽然我从小就认为自己是个普通的灰姑娘。如果回想到目前为止我所认识的女人的样子,我实在无法相信我们生活的农村是多么的不同和落后;在这里,我看到很多不在外工作的女人。我应该说,她们只在家为自己的家人做事,甚至为了做到这一点,他们还请了像我这样的人来帮助她们。在我看来,她们就像娇生惯养的公主,当我听到她们向女性朋友抱怨家里太多事情要做,抱怨抚养孩子的辛劳和维持家庭整洁有序是太繁重的工作时,我简直快哭了。我每天天一亮就出门,整天在别人家里干活,晚上回来仅只是"休息"一下,还得打扫收拾自己的屋子,洗衣服并准备第二天的午餐,这样的工作又该怎么说?我也不知道我这么多精力是从何而来,但我最操心的是家里缺少我儿子学习成长的必需品,而且只要让我听不到我那依旧到处打零工的丈夫的抱怨,我就心满意足了。

如果说离开父母这些年,我学到的一件事,那就是只能依靠自己,依靠自己的双手和肩膀。短居在皮耶韦的头几个月里,我都说不清给那些叫我去帮忙的人家洗过多少衣服。那时,洗衣机是一种奢侈品,即使在最豪华的家庭中也没有,洗衣仍然是在水槽中,在房子外面的菜园或庭院中水泥砌成的水池里,或者在每个小村庄或社区的公共洗手间内手动完成的。主要的辅助工具,除了仍然使用的劣质肥皂外,还有捣衣槌、肘部和膝盖。夏天还可以忍受,但是冬天就变成了一种惩罚,家里只能烫洗一部分衣服,其他所有的衣物,则没有热水洗涤。1月份在户外用冰冷的水洗床单和衣服,感觉骨头里都结了冰,进了湿气。浸在冰水里的手变得发紫麻痹,有时要等半个多小时,所有的手指才感觉恢复过来。由于水的冰冷和频繁使用肥皂,我的皮肤开始皴裂,我指尖和指甲周围的皮肤,在阳光下看像黏土一样破裂出口子,引起剧烈的疼痛。有一次右手的大拇指红肿得像香肠一样,我以为不久就会好,也没去看医生,我只用了一些敷布等着它自己消肿。但情况一天比一天糟,手指发红,似乎随时都可能爆裂,皮肤发亮,指甲发紫。因为感染和流脓没有好转,以至于有天半夜,我发烧到惊醒过来,手指的疼痛令人发疯,我的整个手和手臂像脱离了身体。我很害怕,但没有和我丈夫说什么,一大早就去找在那之前只见过几次面的医生。医生一看到我就说我疯了,质问我为何等到现在才来看病,他告诉我应该吃点药然后直接去医院,他认为我患了严重的感染,叫作"瘭疽",必须马上切断受感染的部分并进行清理,否则病情可能会变得更糟。他向我解释的一切我都听不懂,但我本能地拒绝去医院,所以只能尝试自己去治愈它。晚上等丈夫和儿子上床以后,手指更是钻心地疼。我只能采用老传统中的一种治疗方法，为此我在炉子上放了一个盛有水和大量盐的平底锅；当水开始沸腾时，我鼓足勇气将手指伸进去。水一浸没指尖，一阵剧痛如电波一般席卷全身，幸亏附近有一把椅子，否则我会摔倒在地上。我想尖叫，在一屋子寂静中，我只能感到太阳穴像击鼓一样疯狂跳动。我坐下来，拿起一块布塞进嘴里咬住，然后抬起眼睛看着放在厨房里的圣母挂像，请求她给我力量来承受一切。我用左手抓住右手，再次将手指浸入沸水中，用一只手防止另一只手躲避。不知道持续了多久，也许只有几秒但我觉得好像没完没了，我持续地浸泡，直到感觉滚烫的水烧到我的手指中心才收回。

可怜的拇指都煮熟了：我一会伸进那个平底锅一会又拿出来，这样反反复复很多次，直到手指发青，更加肿胀。那天晚上我真的无法入睡，真是一场可怕的经历，但感染没能得逞，手指头虽然仍然保持长形的肿胀，几天以后甚至殃及指甲，但慢慢地所有的伤口都在愈合，几个月后外皮基本和从前一样了。只是这起事故妨碍了我所从事的一直维持整个家庭生活的唯一工作。所以我又去求唐·戴维德神父，给他讲述了发生在我身上的事，并问他是否可以帮助我找到一份不需要用洗涤剂和漂白粉的工作，毕竟我也擅长烹饪和照顾孩子，也可以在已雇有浆洗员的家庭里打个杂。唐·戴维德神父非常乐于助人，首先，他给了我一个装有食品的盒子，跟我说："拿走吧，孩子！"他告诉我："这样，你就不必担心如果一段时间你无法工作，生活该如何继续。然后让我看看还有什么可以帮你的。"说罢，他轻声叹了口气，"我们都在上帝的手中。"于是，在回家的路上我对这盒意外的礼物禁不住喜形于色。迫不及待想打开盒子，看看里面有什么东西。一到家，我就靠在桌旁，从盒子里提出奶粉盒、奶酪罐、肉罐，然后是糖、面粉。这真像是"天上掉下的馅饼"。当我儿子回来时，他兴奋地阅读着这些物品包装的标签，可是上面的文字不是意大利语，我们只明白这是来自美国分配给助救会的馈赠。

1958年1月,多亏了教区神父的帮忙,我在一个家庭中寻到了一份好工作,那里有一位女士,她的孩子刚出生几个月,需要有人帮她收拾家并照顾婴儿。也许是因为从很小就照顾弟妹们的缘故,我跟小孩子们一直相处得很愉快。我总是步行去那个有着漂亮房子的夫妻家里上工,那对夫妻比我年轻许多,丈夫白天一直在外面,妻子则刚生下他们的第一个宝宝。这家的小婴儿真是天生的王子,他的父母为他准备了一个小房间,有一个美丽的白色竹编摇篮,上面带一个拱形盖,像一个小天篷,全部覆盖着有花边的绣花棉布。房间的其余部分,以蓝色为主基调,一切都为孩子的成长准备好了:一个小衣柜、一只小箱子、布偶、木制玩具、一把画着白熊的蓝色小椅子。我从未见过任何形式的儿童家具,甚至都没想过还存在这些玩意儿。回想我儿子出生时家的模样,难过和愤恨不由自主地涌上心头。他的第一个玩具是厨房的勺子和锅盖,直到来到我们现在住的房子,他才终于拥有自己的房间,但他的所有家具就只有那张小床。

不过我对这份工作很满意,它并不繁重,这个婴儿乖得像个小天使,而且我还攒了点钱能贴补家用。另外,我还能经常收到一些时令水果、肉、黄油或者鸡蛋作为奖赏,我很满足,这些收获丰富了我们总是半空的食品储藏室。虽然我找了份好工作,生活也比较有规律,但身体还是感觉不太好,一直瘦下去,头晕不断。有几个星期,我经常感到恶心,浑身不舒服,以至于有一天,当我在工作时,女主人吩咐我去做一道特别的菜。按照她的指点,我把肉煮熟。煮熟后,在端上桌之前,她给了我一个罐子,里面放着要加的特制酱汁。她说,这个酱是以松露为主要成分,是一种我从未听说过的珍贵调味品。当我打开玻璃罐子时,那种强烈而浓郁的气味直接从我的鼻子传到了胃里,我觉得周围的世界都在翻转,不得不扶着墙壁跑到浴室,吐掉了早餐吃的那一丁点东西。

"你是不是怀孕了?"她问我,"我也是这样,头几个月的早上,闻到任何味道都想吐。"这个问题像一记重拳打在我身上,刹那间,我感到胃里空荡荡的,双腿都在颤抖。我靠着桌子以免摔倒,我本想坐下,但又不想被人看到自己如此激动。"我的天,我不知道,应该不会……"我回答。"有可能这么倒霉吗?在这种时候?"我低声喃喃自语。但是实际上正是如此,在接下来的几周里,我得到了确认:我正怀着我的第二胎。在告诉我丈夫之前,我已经哭了几个晚上。我尽量不让自己看起来忧心忡忡,但越想越觉得,无法单独靠自己重新开始养育孩子的路程。而且后面他将如何成长?这个父亲根本不在乎家庭,处境如此岌岌可危,以至于我总是担心在未来的某一天,忽然发现自己身在大马路上,无家可归。事实上,这个消息并没有引起我丈夫的多大反应,他似乎并不担心家里会多一张嗷嗷待哺的嘴。我觉得他的反应可能也不是冷漠,而是无意识,无法判断事情的重要性或严重程度,面对挑选小牛犊、购买衣服、结婚或生二孩等日常选项,对他来说没有太大区别。

对这个消息拍手称快的是我的儿子布鲁诺,他对小弟弟的到来感到好奇和高兴;说不清为什么,但从一开始就没有人想过这个孩子也许会是个女孩。"妈妈,我会帮你的,"他带着成人的表情告诉我,"你等看着吧,连爸爸也不会再来烦你,要不然我来收拾他!"看到他才八岁就这么有责任感,我很感动,他真的想方设法地帮助我,他很听话,也很机灵。在那之前,他一直不明白为什么家里总有那么多剑拔弩张的时刻,打架、嘶吼和激烈争执的场景经常在他面前发生,但他的反应方式正在发生改变。之前,他会哭着跑来我身边,试图用他的哭泣来阻止正在发生的事情,面带泪水黏着我,直到我丈夫走开。不过最近,特别是知道我怀孕了以后,如果有争执,他就会像个玩具兵一样挡道,想把父亲挡在后面,在有任何一丝不妙的苗头时就极力阻止冲突的发生。悲惨的是,他作为调解人的这些努力,让他无可避免地挨耳光。

总的来说,怀孕的消息改善了我们的情况,邻居和其他人对我更热情,很殷勤地帮助我,我们的女房东给了我们一块菜园供我们耕种自食,同时也为我丈夫找了份好工作。由于地方很远,"蚊子"自行车也坏了,只能叫来我最小的弟弟罗伯托帮忙,他只有二十二岁,十六岁的时候,他曾为了挣钱而移居过罗马。他送给我丈夫一辆轻便摩托车,以便他可以骑着去上班;在那个年代,这是一笔不小的财产。因此,我可以说这次怀孕虽然一点也不轻松,但并不像我一开始所认为的那样孤立无援。我的肚子没有给我带来太多麻烦,所以我还是可以去上班,直到最后几个月。随着夏天的到来,天气炎热,再加上有很多沟坎和上坡,晚上回家的路走起来变得有点困难。最终我不得不辞别那个家庭和已经和我非常亲近的孩子。不过,很快地,也将要有一个新生命需要我来照顾。

1958 年 8 月 28 日

二胎的孕期进行得很顺利,我依旧很瘦,但是肚子长势惊人,这使我很难上下行走,而且考虑到房子的位置,整天爬高踩低不可避免。不过除了最初的几周,后来我再也没有任何不适或麻烦,只有那两条肿胀的腿困扰着我,这也许是由于那一年的高温所致。

那年 8 月 28 日半晌午,我在菜园里感到一阵不舒服。我想也许是时候该回家了,分娩的征兆逐渐向我逼近,这或许暗示着我,这一天真的来了。我要给邻居琳娜夫人说一声,她在我怀孕的那几个月对我很友善。"琳娜太太,你们帮我去叫助产士吧,我感觉孩子想出来了。"我对望向窗外的邻居说。她走下楼梯,似乎比我更激动:"来吧,我先陪你回家。"她是一个善良的女人,外貌比她的实际年龄还显得更苍老些,她嫁给了一个好男人,是做泥瓦工的,只有周日才在家里出现。因此,琳娜太太扶着我上了楼梯,一直把我搀到房间外,在正常情况下,这段路已经很艰难了,更不用说我挺着大肚子,还伴有持续不断的阵痛。房间在楼顶上,天气酷热得令人难以忍受,我坐在床上试图集中精力。"别担心。"琳娜太太在离开前告诉我,"我现在要去叫助产士,一切都会好起来的。"

当她走下楼梯时,停下来问我:"要不要去找你丈夫呢?"我不知道该怎么回答她。为了能够通知到他,我们先得知道他在哪儿,那段时间他又没了工作,整天无所事事谁也找不到他,现在更是骑着摩托车到处跑。我觉得不可理喻的是,对他来说,家庭的责任以及道德义务,从来和他没关系,仿佛都成了我的事情;最起码,做出一切可能的牺牲来找到一份稳定的工作,也能给整个家庭带来最基本的安全感。如果不能给我幸福的话,也至少给我一点安宁。"别管我丈夫了。"我回答说,"他早晚会回家的。还有,不要急着找助产士啦,因为午饭前肯定不会发生任何事情。"早好几天前,我就准备了些干净的碎布料,以备不时之需,我选择了一件最轻便的衣服穿上,并利用这段独处的时光快速整理了一下简陋的双人床卧室。午饭前,我的丈夫回来了,并听说了我即将生产的消息,但是没有任何反应,所以我派他去叫我母亲来陪我。几个月前,她和我的父亲,以及我的弟弟和弟媳一起搬进了一处紧挨着通往佩鲁贾的省道大路旁的房子里。我们距离不远,但她病了一段时间,而我也一直忙着为自己的悲惨境遇苦苦挣扎,所以我们几乎从未见过对方。关于在家中遇到的无数问题和困境得不到解决而产生的囚笼般的困顿以及郁闷,随着时间的流逝而愈发强烈。祖父圣蒂诺曾经说过:"世上没有比不设墙壁或大门的监狱还要糟糕的地方了。"我知道我本可以离开这个家,我对自己说过一千遍:"你为什么不走?让他独自面对他的暴躁和残酷。没有人会谴责你,这样你可以给儿子一个好的未来。"

然而,我从来都没有找到逃脱这个无墙牢笼的力量和勇气。在那些年里,离婚并不那么容易,当时《离婚法》还没有出台,在教堂里,我又庄严地发过誓,要跟随我的丈夫到永远:"无论健康和疾病,无论是过好日子还是坏日子……"对于那些擅自离开家的人,则会触犯"抛弃家庭罪",宪兵会直接来找你,把你再带回去。这种事情早就在很多女人身上发生过,那些女人拥有比我还要不幸的婚姻,逃跑的妇女大多身上满是瘀伤、骨折,眼睛发黑肿胀,她们被宪兵带回家,或更糟的是由亲戚带回家以防止丑闻传播。当我在我的房间和布鲁诺的房间之间来回踱步时,所有这些想法都涌入了我的脑海,宫缩疼痛时,我便靠在床上。

然后我开始轻轻地抚摸像西瓜一样紧绷而坚硬的腹部,我觉得里面的一切都已预备妥当以生出一个新生物。不知道会是女孩还是男孩?一件可以肯定的事,就是名字。这个新生儿会被叫成乔瓦尼或乔万娜,这是因为我还欠着几年前给我患小儿麻痹症的儿子带来奇迹的圣人的感恩。当然,如果是一个女孩的话,我会更加高兴,女孩对我来说将是非常重要的助手,无论是情感上,还是物质上,前者我可以在陪伴一个小女人长大的过程中减轻很多孤独感;后者,她还可以帮助我更好地料理家务。但是,要让一个女孩在这样一个家庭中成长并非易事,有一个粗鲁而又麻木不仁的父亲和一个已经长大的哥哥,而且布鲁诺也不适合当女孩子的看顾人。那时,男孩和女孩,无论在幼儿园、学校还是在家里,都是分开生活的。如果他还是个男孩,一切都会变得更容易,因为他会有一个哥哥来帮助和保护他,而他本人将更容易适应我们所处的环境。我已经积攒好了来自哥哥已经淘汰的什物,也许以后当我回到工作岗位时,让他独自一人在家里也能减轻一些我的担忧。经过所有这些思考,我终于开始向圣母祈愿,以使她的恩典加持于我们。"保护我,我爱慕的青春圣母,希望你保佑我和这个生命,让他像他的哥哥一样健康而强壮。我不在乎身受的苦难,我知道我将在今天和未来的岁月中受苦,但是我会尽一切可能做一个母亲。重要的是,您啊,福音天使,请保佑及保护这个新生命以及我们全家人健康永随。"

窗户外透出一阵强烈的光,增加了室内火热的感觉,此时的我除了随时间增加的阵痛,没有任何感受。我丈夫回来了,不久之后我母亲也到了。见到她来,我真是无比欣慰。自从搬离农村的房子之后,本来就不太爱说话的母亲,变得更沉默了,但她的表情却表达了心里的一切。她亲吻我的脸颊,紧紧握住我的手,对我嘘寒问暖,我借此机会发泄了一些对这次分娩的焦虑。她听着我说话,但没有发表任何评论,她的眼睛说："我会一直在你身边,就像以前一样。"自从他们离开农村,她和父亲住进了以前从未想象过的舒适明亮的房屋中,但与田野劳作的生活、牲畜、自然界的循环变换和季节更替之间的断裂几乎抽空了他们的全部。现在,城里生活中的空闲时间大大缩水,流逝在每日从卧室到厨房的频繁"朝圣"中,消耗在照顾一家老小的琐碎家务乃至很多糟心的事情中,大家都在期盼周末的到来以回乡探望还留在那里的亲戚。像他们一样带着孩子搬到城市里当工人的人,从衣服和外表很快就能辨认出来,男人通常戴着帽子,留着下垂的胡须。女人则穿着黑色连衣裙,头上系着一条围帕。

母亲的出现使我变得平静,打消了我亲自上手做午饭的念头。那对我来说真是一场彻底的噩梦,因为当我的丈夫平日里在饭点的桌子上看不到准备好的午餐或晚餐时,就会大发雷霆。他不会在意我着实有其他的事情缠身或是农活忙得不可开交,他也不会在意已经好几个星期没有给家里买来食物了,给我留下几个子儿好去买点生活所需。啥事都没有的早上,我也必须在家中,饭食必须放在桌子上,否则这个家会立马翻天变成地狱。有好几次,在正午时分我带着好几袋沉甸甸的购物袋在大街上一路像疯子一样狂奔回家,以求在一上午时间都用来浆洗后能及时把午饭做出来。即使在生产的这天早晨,我照例也是要下楼准备食物的,但是母亲阻止了我,这让我感到踏实,我知道她也能照顾到布鲁诺。我儿子快九岁了,但是按照老习俗,我此时正在发生的事情他是不能完全参与的。他知道一个弟弟或一个妹妹要来了,但他对母亲的状况一点都不明白。当他回到家中时,发现房子里挤满了人,来来回回地走,外祖母正在准备午餐,外祖母只告诉他母亲在楼上,现在还不能去看她,因为她身体不舒服。但是,他们显然没有让他平静下来,反而让他增加了对母亲的担心。实际上,当我被宫缩困扰时,他听到了我的喊叫声,在极短的时间内他的内心剧烈地惶恐起来,以至于他一个人走出门去,独自坐在楼梯上哭泣。幸运的是,琳娜太太看到了他,陪他坐着设法让他平静下来,并且把他带到离我家几步之遥的自己家里,用一些糖果分散了他的注意力,告诉他没有什么可害怕的。他的母亲并没有痛苦,很快他们都会一起去她的房间看新生儿。助产士在下午到来,正好是宫缩的高峰时段,事实上羊水很快就破了。我母亲用湿手帕在我的额头上轻轻擦拭,随手用一个扇子给我扇着风。我感觉自己快要死了,我什么都不记得了,就像我第一个孩子出生一样什么都记不起来,但是在我看来,这一次的疼痛已经到了无法忍受的地步。当我感觉宫缩来临时,似乎有一种超强的力量禁锢住我的身体,又好像有什么人控制着我的肌肉,我感到腹部产生了巨大的力量,我竭尽全力,在到达顶点时使劲发力。我全身心的一切都集中在这股力量上了,疼痛混杂着尽快结束的渴望以及身体被压制受限的心烦意乱,使我陷入高度紧张的状态。在推力达到顶峰时,我感到身体都要炸裂了,好像我的身体幻化成两个人,一个正在生孩子,另一个正在上面看着我。我觉得结尾的部分就要来了,我身体里面的小东西肯定正在进入这个世界的正确道路上前进着。我丈夫也曾进入房间,不过他早在一切开始之前就离开了。我忍不住担心起布鲁诺,我没见到他,我不知道的是,他早被拒之门外了,要是知道我也不会允许他进来,但在那一刻我本来是很希望他成为第一个见到新生儿的人,不管是小妹妹还是小弟弟。因此,在8月的酷热中,在下午五点到六点之间,在我全力以赴抛洒汗水的过程中,最后的一丝力气用完后,一个圆圆的小头出现了。在助产士和母亲的鼓励下,稍做停顿,然后我又吸了一口气,最后一次巨大的推动使其余的小身子一涌而出。他们立刻让我看到了粉嫩嫩、肉嘟嘟的美丽小脸,那张小脸因哭泣而紧缩,而那些皱褶使他变得温柔,又是个男孩。我不知道该怎么解释,反正像生布鲁诺那时一样,我也一直很确定新生儿的性别,第六感立即告诉我这是一个男孩,所以我并不感到惊讶。再次听到新生儿的哭泣,并看着他如此健康、漂亮,我内心充满着无比的喜悦。我不记得自己有多久没有感到如此幸福了,但是那天,也就那几个小时,直到那个美妙的日落黄昏,我已然忘记了所受的所有折磨和痛苦。看着这个小家伙,再将他抱在怀里,看到他还如此鲜活,如此娇弱,如此需要爱和保护,使我心中又生出了新的力量。为了他们,为了我的孩子,我必须义无反顾地在不幸中变得更坚强,更顽固地对抗命运的安排。我可以付出一切,只要能让我的孩子有尊严地生活下去,摆脱欺侮和痛苦。

我丈夫在那天没有做什么特别的事情,对他来说,这一天和平时没什么两样,一切都像河水一样流动,时而平静,时而激荡,但无外乎都是河流的水。除了订婚仪式的那一刻,我们之间从未有过任何的感情交流,他从来没有吻过我,没有说过任何安慰的话,但是我也没有把此太当回事。相反,当他们允许布鲁诺进入房间时,我期待地流下了眼泪,他跳上床并紧贴着我的脖子,使劲儿抱着我,好像想用他的爱融化我。他贴近我的脸吻了我的脸颊,连续地喊着:"妈妈,妈妈,我的妈妈。"然后我给他看了这个新生的弟弟。"他是乔瓦尼,"我对他说,"你看它有多小啊,你出生的时候跟他一样小。可惜你没有足够的幸运拥有一个亲哥哥。现在你是个小大人了,你要和他永远在一起,陪伴他长大,要让他远离危险。你能帮我吗?"我看着他的眼睛问他。他回答说:"当然了,妈妈。"他带着成年人般坚定的眼神,带着童趣般的神情认真地看着我:"你看着吧,与我在一起,没人敢碰他!"我的一只胳膊架在大男孩的肩膀上,另一只手撑着放在腿上的小婴儿。家人们给他穿好我早已准备好的小衣服,差不多就像他哥哥九年前穿的衣服一样。一件轻巧的棉质衬衣,在胸前和长袖上绣有刺绣,后背用三根蕾丝带系上,然后用棉布制成的刺绣围兜系在下巴下方,并用通常的绑带代替了现代的尿布。我的新造物是那么娇柔,小小的一双手从最小号的衣服里伸出来,尖尖的小鼻头插在圆圆的拥有完美五官的小脸中间。我有没有足够的奶水呢?但我不想被这些毫无用处的想法困扰住,那天我感到自己成了少有的快乐之人,而且,如果不是因为当时天气极为炎热,我真想一生都拥有当时那种美好的感觉。

到了傍晚,亲戚和邻居们一一离开,周围的田野一片寂静,只有不知疲倦的蟋蟀和蝉的鸣叫才增添了一些生气。夜幕降临时,黑暗笼罩着我,低矮房间上方的屋顶使我感到更加憋闷和窒息;不同于我丈夫,那天晚上我无法入睡。我坐在窗前的床上,迎面是少有的阵阵凉风。我时不时地起身走到摇篮前,小乔瓦尼在里面动弹,我尽可能地解开一些束缚他的襁褓布,因为那些绑带和令人窒息的高温肯定使他遭了不少罪。在满月的光辉下,我能清楚地看到他那张可爱的小脸,还有手指轻轻拢起的小手向上不时地挥动,一下又一下。在我身体里长出的生命,多么美妙,多么不可思议啊,现在这个生命要面对全世界了,和我一起,终生同赴!泪水涌上我的眼眶,我将他从摇篮中举起,慢慢靠在胸前,小心翼翼地,免得他的哭声吵醒他的父亲和哥哥。"我的孩子,我们永远不会分开的。"当他在我的怀中平静下来时,我对他小声说道,"还有,你的母亲会竭尽所能让你快乐。"这是我对自己的承诺。

大概是凌晨三点,我听到屋外有响动,我俯身向窗外望去,看看到底是怎么回事。声音几乎微弱得听不到,嘀嘀咕咕的,充满爱意的呢喃。然后他们沉默了很长时间,从黑暗中的身影,可以感觉到他们紧紧地彼此拥抱,交换更多温柔的言语或甚至充满激情的吻。那个漫长的拥抱突然松解开了,奔向街头的那个女孩重又发出了笑声,紧随其后的是她的情人。他们如一个幻象般消失了,愉快的愿景突然使这黑暗的空间变得浪漫温馨,全然不会想到这里是我们家徒四壁的简陋居室。世界上仍然存在爱;在我内心,仍然有一个羞答答的记忆,一个甚少人知的、天真和笨拙的年轻女孩,她的内心还在为一个小伙子而跳动,也许他从来都不知道吧!爱永远不会从世上消失,如果不能得到,你必须知道如何克制它,有幸的话你会再次碰到它。我转头看向睡在床另一边的丈夫,又看着我搂在臂弯中的小生命:"我的孩子们,你们拥有我所有的爱,虽然这些年来我很少表达,这些情感一直使我窒息,使我无法自拔,但一切都是为了你们!"

城　市

　　几周后,我不得不承认小儿子与大儿子的性格完全不同,乔瓦尼非常不安分,他吃得好、长得快,但永远精力充沛、不爱睡觉。幸运的是,家里人在一开始就为我们提供了帮助,尤其是我婆婆经常来看望我们,她常一大早独自一人出发,坐开往佩鲁贾的汽车来我们这里。她从来不会空手而来,而是会带一些水果、一袋豆子或少量面粉,她总是为孙子们带来一些东西。我无法理解这么善良、热情、质朴的妈妈怎会生出那么顽固不化的儿子。我丈夫仍然经常换工作,但他至少可以骑摩托车去他想去的地方找。我反正知道不能太依赖他,所以我开始把尽快找个工作的事情提上日程。但是我还面临着哺乳的问题,还有个现实问题是我的身体还非常虚弱;我尚未恢复体重,无数个黑夜到白昼,我的宝贝迟迟不睡,使我更加疲倦劳累。也许这就是为什么奶水在两个月后逐渐减少并最终完全从我的乳房中停止流出的原因。我不知道该怎么做,当时没什么给婴儿吃的东西,而且不得知晓通过什么途径能买到婴儿食品或适合小孩子的辅食,所以常常是面对流干的乳房和哭泣的婴孩度过一个个夜晚。目前,我发现没有什么比为他准备一杯米羹更合适了,我们很久都没有像在老家那样喝上新鲜的牛奶了,况且我在家里也找不到更好的东西了。我煮了米羹,然后把熟米粒全部碾碎,才开始用这个突发奇想的晚餐给乔瓦尼喂食。令我松了一口气的是,他没有逆反,经过最初一阵子不确定的判断后,他开始吞咽起糊糊来,感觉他很喜欢,不过也许是因为太饿了。当时,我的表姐丽塔犹如受到天使的传音,竟突然寄给我几包奶粉,这对我的孩子来说是真正的救命粮。因为没有奶瓶或奶嘴,所以乔瓦尼很快学会了用杯子喝牛奶。他能有幸活下来并健康成长,得亏了这些以及我婆婆送来的蜂蜜。

几个月过去了,生活境遇并没有向好的方向发展,我们还拖欠了几个月租金,更严重的是我越来越瘦,总是没有精神,六个月来我没有睡过一次安稳觉,我不止一次打电话找大夫来给我儿子看病。邻居们还常问我,你的孩子怎么总是没日没夜地哭闹?周围的每个人都听到过他的哭喊声,甚至暗讽我没能照料好他。我尽一切办法使他平静下来并入睡,但是当我刚一将他放进摇篮中时,他就开始像疯了一样哭闹。医生笑着说:"你们看看他,他看起来像个有问题的孩子吗?他长得多棒啊,很漂亮,健康满满,你想让我告诉你什么,我认为他很好……"我回答说:"大夫,你说得对。不过,你得问问我的邻居,这家伙不管白天黑夜都不睡觉,我不能再忍受了!""要让他入睡,我可没有办法……"他补充道,"您只需要有耐心,通常几个月后一切都会好起来的。"但是我已经在崩溃的边缘了,我不能理解他的话。那个用温柔的绿色瞳仁看着我的孩子成了我的心病,他真是太漂亮了,可他为什么从不睡觉呢?

我必须找到一个解决方案,像往常一样,当你感到绝望时,才会开始考虑所有问题。在我们农村,有很多迷信的说法,而且周围的人告诉过我们很多次有关巫婆、猫头鹰、阴灵之眼和鬼怪的故事。我也开始相信他们说的话,并且打算让那些阴灵之眼给我的孩子瞧瞧,阴灵之眼会给孩子施咒语,因为孩子的行为举止表明他是某种诅咒的受害者。通常,在乡下检查一个人是否真的"受诅咒"最简单的方法是用盛水的盘子。于是我拿出盘子,在里面盛上一些水,并在上面滴几滴橄榄油;如果油滴形成大而紧密的圆圈,则意味着一切都正常,但是如果油滴掉落时粉碎成许多小块,像马赛克地砖一般,则意味着孩子中邪了。我把孩子的一个手指放在水中,笔画了一个"十"字,然后点了几滴油落在盘子上。油滴立即破裂分散开来,在水面上形成了似是而非的蜘蛛网,我的心揪住了,好吧,这是真的!乔瓦尼中邪了!我不愿相信这一点,但是在身体和神经疲劳的双重打击下,即使是最荒唐的事情我也很容易相信。巨大的痛苦发自我内心深处。有一天,一个邻居对我说:"你为什么不带上这个一直哭的儿子去教堂做祈祷呢?"

幸运的是,那时正处于1959年的复活节期,随后的日子,唐·戴维德牧师会挨家挨户送上节日祝福。那些不眠之夜给我带来了很多困扰,身体和外表憔悴乏力,所以善良的牧师甚至没有等我发话,就明白了一切。他首先对我们房子施加了祝祷,然后问我情况如何。"你想要他怎么样?"我回答:"他一直这样……一直这样!"这么说着,我把抱在怀里的孩子往他的近处凑近,他从唐·戴维德牧师到来之后就一直没有停止哭闹。"从早到晚这个东西都不安生,我一点法子都没有了,有时候我真想把他丢到窗户外面。光想想就觉得难受。"我用绝望的腔调补充道。"你来这里,让我们坐下一会儿。"牧师跟我说,说着便将两把椅子从桌子下拉出来。我把乔瓦尼放在我的腿上,唐·戴维德坐在我们面前,把圣带放在我儿子的身上,然后开始用拉丁文朗诵祈祷文。我们就这样静坐不动持续了不知多长时间,起初乔瓦尼没有反应,但是大约一刻钟后,他开始安静下来,停止了哭泣,慢慢地闭上了眼睛,开始入睡。我不敢相信自己所看到的一切,对我来说,这就像是得到了神圣的恩赐一样,我看到孩子的小身体放松了,而教区牧师则以低沉而欢快的声音读着厚厚的书页,在几个月不间断地闹腾之后,此刻突然寂静的房子里,连我也打起了瞌睡。但是在圣书诵读持续的整个过程中,我只能纹丝不动地坐在那里。最后,唐·戴维德起身,对我、乔瓦尼和布鲁诺送上热烈的祝福,布鲁诺全程都在好奇地观察着发生在弟弟身上的变化。然后,唐·戴维德笑着告诉我们要相信主,便走出门去,将他的圣书折了起来。出门前,他一边抚摸布鲁诺的脑袋,一边对我说:"如果您对一份好工作感兴趣,请在复活节后来教会找我,我会告诉你相关的事情。"我向他致谢,告别时并没有起身,我担心婴儿会在猛然的动作下惊醒。我知道这听起来令人难以置信,但乔瓦尼不仅没有被吵醒,而且他睡得特别香,直到第二天中午才醒来。我真的很惊讶,那天晚上我醒来过好几次,去摇篮边听他是否还有呼吸,那一刻让我对这种异乎往日的寂静和乔瓦尼安宁的熟睡感到莫名其妙。从那天起,乔瓦尼每天晚上都正常入睡,我也重新获得了信心和力量,尽管有了两个孩子,但我仍需要重新开始一份工作。之前发生的事情使我受了不小的打击,我多次感谢主赐予我们的恩典,也想尝试一下类似的疗法是否也对我丈夫也管用,至少让他平静一点,使他对家庭更有用处。在接下来的几个月,我几次尝试在整个屋子里撒上圣水,在他的物品中放上祝福的念珠串,或在衣服的衬里上偷偷缝上圣人小画像片和贡物。可惜,对他来说,似乎没有任何效果。

我刚感到可以重新开始工作时,就信心十足地去找唐·戴维德牧师。同时,我也得到了我婆婆的应承,她保证在我出门在外的时候照顾孩子们。这位教区牧师很高兴看到我的身体恢复如初,当我告诉他乔瓦尼的变化时,并没有看到他惊讶的表情。他只是笑着说:"在我们祈祷之后,主会指派给他一个特别的守护天使。"然后,他对我说,他是帮佩鲁贾的另一位教会牧师招人的,那个牧师正在寻找一名妇女来帮忙做家务。他建议我去找他"母亲",也就是充当母亲角色的教会保姆去问问情况。

之后一周的星期二,一大早,我婆婆就到了。我穿上打扮得体的衣服,然后按照唐·戴维德的建议去佩鲁贾。教会的一位高级教士给了我一个信封,上面写着我要去的地址,里面还有一张便条,上面写着几行书面陈述。圣安娜车站距离特来乐可街区只有几步之遥,特来乐可

马焦雷喷泉

是进入城市的入口之一,老旧的城墙把城市环绕在里面。车站是一条独立运营的铁路终点,这条铁路的轨距较窄,因此那里人都称那条线为"圣安娜小火车"。但是那天我无法采用这种便捷的交通方式的理由是,它将花费我超过一百里拉的往返费用,省下这笔钱,我可以买一整条长面包了。

因此,我决定步行去佩鲁贾市中心,也是因为沿着我们住的房子笔直地走就可以到达圣吉拉莫大街,这是从佩鲁贾去往阿西西城的一条老路。清晨,我出发去佩鲁贾,那是我第一次独自去省城;之前,我是和几位伯父一起去市场或者去医院,还有少有的几次情况下,例如我们去买结婚戒指的时候,停留的时间都很短暂。那天早上,我一口气走到了目的地,连歇脚的工夫都没有,有些路确实非常难走,以至于我发现,自

佩鲁贾市普里奥里宫

己的行进速度比载着煤炭或时令蔬菜去市里的骡子和马匹拉动的货车更快。然后,我到达了圣吉拉莫大街街口,并从伊特鲁里亚拱门进入了这座城市,伊特鲁里亚拱门位于圣彼得路和圣多米尼克路之间,位于加富尔大道的起点。我记得那个地方,因为不远处就是通往托蒂路的另一个口。这是我们从村子到佩鲁贾市场的必经之路,那儿有个禽舍喂养站,是让像我们这样从乡下到城市的人暂时存留禽畜之处。这座城市由此蔓延开来,街道上铺满了大石头。像城市外的道路上的石子和尘土在这里都已经看不到了,像我一样步行来的人到这里鞋子都变得干净了。在这里,仅凭鞋上的尘土,就可以立即辨认出哪些是农民,在礼拜日集市上,在人行道上摩肩接踵、络绎不绝且带着困惑茫然表情的那些人也是农民。这是让我印象深刻的第一个城市图景,无论是主干道还是旁侧街道,到处都是行人,步履匆匆,大家看上去都很忙碌。街上满是装载各种各样商品的手推车,包括蔬菜、水果、砖块、煤炭还有木头,许多人背着麻袋和其他物品游走在商店和作坊之中。在某些地方商店密集,一个挨着一个整齐排列,货物陈列在入口处的柜台上或商店的橱窗中。杂货店、织物店、种子店、酒吧、裁缝铺、理发店等,它们虽不像记忆中在罗马看到的那般华丽,但这是我人生中第二次走在城市的街道上,我依然醉心于对各种小物件、奢侈品、精彩有趣的事物,还有展示在我面前的丰富多彩的城市生活。越接近市中心时,这种景象就越多见。在圣埃尔科拉诺教堂的台阶上,还出现了一些摊贩,他们像在镇上的圣洛伦佐节集市上一样高声叫喊或者欢呼。在这里几乎很难顺畅通行,台阶上到处都是人在上上下下,不断有女人停下来买东西。让我印象深刻的第二件事是我遇到的那些女人,看到她们我才意识到我穿的衣服多么破旧,我的发型多么过时:只有在年长妇人的头上才能看到我仍然戴着的那种发网。令我困扰的另一件事是,几乎所有妇女的手上都挎着一个提包:有的人拿着大提包,里面放着买的东西;有的则拿着精美的小皮包,和她们身上穿的鞋子和衣服样式很搭配。相比之下,我只有一个结婚时别人作为礼物送给我的包,那是一个有缎带装饰的简易缎布袋,封口处的宽手柄可以起到密封的作用。出于相同的用途,我口袋里总是放着两三个方巾,这些方巾是用来把我购买或携带的物品捆绑在一起的,方巾很大,是厚棉布做的。把物品放在大方巾的中央,然后将四个角扎在一起,这样看起来就像一个布袋。如果捆包里的东西不是很满,我可以将胳膊挽在里面,如果已经鼓鼓囊囊的,而且我手上拎着不止一个兜子,则可以将一个顶在头上,就像在乡下用来运输干草或水罐一样。用手提包无疑是一个更好的方法。

最美好的时刻莫过于我终于到达佩鲁贾的市中心。马泰奥蒂广场的人行道上行人川流不息,不时有货车、少见的小汽车、卡车和几辆公共汽车进入巴格里奥尼大街。整个广场充满了嘈杂声,可以看到一些闲逛的人。广场右侧的商店一字排开,遮阳棚罩着摆在商店外面陈列的商品,以免被阳光直射。人行道上到处都是拥挤的人群,逛街的家庭妇女,推着婴儿车的母亲,出于各种原因从乡下来的人,从衣服和鞋子、脖子上扎着的手帕、胡子的样式和帽子能立刻辨认出来。

我向路人问询了唐·戴维德在信封上写的地址的具体位置,顺着一位胖胖的、摆水果摊的女人的指引,我穿过广场,来到了瓦努奇大道。这真是绝美的景象!太阳已经升高了,照亮了普里奥里宫市政大楼侧面的外墙,我停下脚步欣赏那些美丽的建筑,还有建筑上排列整齐的窗户和石阳台。甚至还可以看到全白的市政大厅,屋顶上装饰了一圈城垛和美丽的花窗,在此之前我只在教堂里看到过类似的装饰。在大路尽头,大教堂前,朝着并不笔直的街口窄缝望去,在广场中心,我看到了马焦雷喷泉池,就像家具上摆着的精美装饰品一样。真漂亮啊,除了在罗马见过的美景以外,那是我从没有机会欣赏的美丽事物。我不知晓这些古迹的名称,但是在接下来的几个月中我才慢慢地认识了,当然这段稀奇的观光旅途也逐渐变得熟悉,成了我日常的必经之路。再想一想,当年我们来买结婚戒指的店,离那个喷泉竟只有几步之遥,而当时居然没有发觉,因为我们去完珠宝店,就沿原路返回,竟然都不到别的地方再转转,就沿着那条像漂亮艺术品的大街走出去了。在双向马路上,可以看到汽车、优雅的马拉着木车,以及像我在罗马见过的那种有轨电车。在瓦努奇大道上步行了一段路,又转向另一条小道,这条道路的入口就在普里奥里宫的时钟下方。我要找的房子在那条街的尽头。感谢上帝,这是我一生中最幸运的遇见,这所房子位于一栋非常大的建筑中,其中包括主教堂、小礼拜堂、各种用作储藏或仓库使用的房间以

1900年,瓦努奇大道

1959年,里娜工作的教区教堂

及教会牧师的公寓,这些公寓很大并且处于绝佳的位置。唐·路易吉和年迈的教母一起住在那栋大房子里,有两个孩子要抚养。最近几个月,他们还招待着一位年轻的侄子,他在大学读书。因此,他们正在为照顾房子和孩子寻找一个帮手,冥冥之中这个工作就是为我量身定制的。这项工作是一个转折点,因为在频繁进出城市的岁月里,我学到的东西比我一生所经历的还要多。唐·戴维德当时的选择被证明是对的,我当然不需要别人来逼着我做事,甚至我所做的常比所被要求的还多。每个人都喜欢我,因此,除了所做工作应有的报酬外,我经常还能带两三捆东西给家人。里面有适合我孩子穿的衣服、罐头食品、奶粉、种子油等很多好东西,就在几个月前我都不敢奢望。但这些东西和工作并没能使我丈夫的霸道和狂暴有所平息。有好多次,因为怕错过做午餐或晚餐的时间而被他责骂,我几乎是飞跑着穿过圣吉拉莫大道回家,手上拎着几个大包裹,还穿着双破旧的鞋子。但是这种安排确实给我打开了一扇窗,现在我的孩子至少不会缺吃少穿了,其余的,正如唐·戴维德所说,我们的一切尽在"上帝的手中"。

隔 窗 自 省

　　几个月过去了,我们的境况像往常一样仍在高高低低之间徘徊,高点不过是相对平静的时刻,酝酿着下一场风暴,而低点时很快到达谷底,是生存的本能才使我强打起精神,思考对策。
　　我的乔瓦尼度过了生命的第一年,也是因为他,我们又一次触发了搬家的契机。现在看来,这是我在婚姻中不得不接受的一项不成文规定:两到三年是我每次搬到新家后可以期望的最长停留时间。最低要求尚未确定,单从我丈夫选择新目的地的轻率方式来看,很明显之后任何状况都有可能发生。正如事实所发展的,我们被迫离开皮耶韦村的房子并搬到山下,去了台伯河上磨坊附近的蓬泰圣乔瓦尼村。在位于一所独栋楼房的二楼新公寓中住了几天后,我意识到住在我们上方的房东太太是个疯子。没错,她是一个脑子不正常的人,时而易怒暴躁、快人快语,时而做一些令人费解的事情,还指责我们对她和她年迈的父亲有不敬行为。但是听她说到我们不敬他们父女俩时,感觉很可笑,从他们的寓所里常常传出剑拔弩张的激烈争吵,叫喊与嘈杂时现,甚至常听到老房东和他女儿以及不知父亲是谁且已不是小孩子的外孙厮打谩骂。这种时候我真有想勒死丈夫的冲动。为什么把我们带到那所房子里?谁都能看出来,这个女人并不是正常人。住在附近人和路上遇到的人都问过我同样的问题:你怎么住在那个疯女人的家里?甚至有人提醒我:"你还有两个孩子,要当心,因为那个女人没有理智,而且你永远都不确定在这样的人身边会发生什么!"像一只跳蚤钻进了耳朵,感觉随时都可能原地爆炸。一想到我的孩子时刻都处于危险之中,我就不由自主心跳加快。我无时无刻不在担心,甚至没有办法离家工作,因为我害怕把孩子独自留在家里会发生什么意外。我必须确保我丈夫或我一直在附近,但是这让我比在监狱里的感觉还糟,因为我越是顺从,越是回避任何争论,那个女人就越无理取闹,歇斯底里。我不知道如果偶然在屋外碰上她或从窗子上看到她将会发生什么,反正我尽一切可能躲避她。我叮嘱布鲁诺不要理会她,如果遭到她的挑衅或被她因某事斥责,也不要应答她。最终,我造访了离我家仅几步之遥的警察局,出来时我感到更加沮丧,因为长官告诉我那个人真的是疯子,据他所说,我们必须避免任何争执,谨防她的任何不正常行为。他最后补充了一条建议:"如果我是你,我会尽快寻找另一个住处,你们有两个孩子,没有必要让他们靠近那样的人。另外,我嘱咐你,不管有什么问题,每次有需要时,我们都在你附近,你要做的就是来找我们。"由于我丈夫的选择,我不得不面对一些艰难而尴尬的境况,而且像他这种看问题肤浅的人,似乎根本就没有意识到这个女人头脑有问题。他都没有想过来这里住是带着一家人,特别是还有两个孩子!自从我们结婚以来,这是我第一次极力反抗。我们已经在这里住差不多两个月了,所有的人都劝我尽快搬离。

在镇里找房子并非易事,因为像我们这样,没有稳定工作,又无亲可投,正欲"逃离"当地人都熟知且避而远之的人的房子。我不得不再次去找教会牧师,这次是镇上的牧师,他把我介绍给了一个名叫鲁道夫的人,他是个有几处房产的富人,是个老先生,但不是很显老。他热情和蔼地倾听我说话,我告诉他我们所处的境况,迫切想要尽快搬家。我还告诉他,如果他租房子给我们他绝不会后悔,他可以向我曾经工作过的家庭以及我仍在做雇工的唐·路易吉牧师打听情况,一定能了解到我是个多么诚实且乐于助人的人。我必须说,和鲁道夫先生沟通并没有很困难,他给了我们一间空置、有点破烂的房子,那里没有电,没有自来水,也没有厕所。但房子几乎处于镇中心,房前有一个偌大的广场,在房子旁边有一个大菜园,里面的作物应有尽有,种满了我都没怎么见过的各种好东西,有绿色蔬菜和高大果树。而且靠近省道,距火车站仅一步之遥。总而言之,能找到这样的房子也算幸运,因为租金不是很高,而且房子内部很大,里面有宽敞的房间和明亮的窗户。房子整体是个小二楼,有大木梁支撑屋顶,还有宽大的壁炉,和农民房子的配备是一样的。

　　我说服丈夫接受了这个方案,并决定立即搬离那个疯女人的家。我们用了几天时间才找到合适的搬家工具,一个大清早,我们开始悄悄将东西搬出屋子,然后将它们装到一辆小型敞篷货车上。不久之后,房东发现了我们的这一密谋。虽然这样并不是正确的离开方式,但如果我们告诉她,估计她会断然拒绝。此时正值第二个月的月底,我们认为在房租到期之前离开,速度要快且尽可能减少噪声是最好的选择。我们估计得没错,那个头发蓬乱、瘦弱而歇斯底里的女人,她的反应就跟疯人院里的病人一样。我看到她进来,听到她把门猛地推开。我带着孩子们退回到房子里,担心她会完全丧失理智,害怕她以某种方式伤害我们。我丈夫待在屋外正面应对她,但看得出来他根本无法应付这个失心疯的猛兽。挑衅的结果是那个女人当着所有人,关闭了大门并在上面挂了一个漂亮的门锁。她大喊着警告我们:"这样就会明白了吧!"我丈夫仍在努力防止冲突升级,然后又去了警察局报告情况。宪兵和我丈夫一起回来,我永远不会忘记当宪兵站在我家门前时看我的同情目光,这才让我有勇气走出去。在场的穿制服的男人们解决了这一尴尬的情况,宪兵们对疯子和她的父亲说得很清楚,不能以任何方式阻拦我们行事的意愿。如果他们有任何反对意见,可以稍后通过律师提出,但现在我们可以自由离开,没有人能阻止我们。然后他们交出了挂锁的钥匙,并直到搬家结束才再要回去。到这时我仍然没有感到轻松,想到在这个房子待上半天或住上一晚,对我来说都是噩梦。

我想回老家待几天,刚好这段时间让我丈夫一个人把家具搬到新家,等他把新家安置妥当我再回来。于是我带着孩子们,当天下午坐上从佩鲁贾出发的公交车,去了德鲁塔。一个多小时后,我来到了你的面前,我的家啊,那是我童年时期的庇佑之所。带着一种强烈而令人愉悦的情绪,我再次走入有些陈旧的门廊,从外观看还有些荒芜,因为门外的蔷薇藤蔓经久无人打理。只剩下两个堂兄他们一家住在那儿,家里有我的伯父们,以及年龄和布鲁诺差不多或稍大一点的孩子。我的父母已经很多年没有住在那儿了,但它仍然是我的家,留有我的房间,所以我回来时仍然倍感亲切,家人们也热情地欢迎了我。我的到来没有通知任何人,但他们很乐意在周末时间接待我,他们同时认识了小乔瓦尼,我也正好给他们讲一些最近发生的事情,从他们那里得知了有关整个家庭的新鲜事:谁结婚了,谁又有了孩子。只有在这个时候我才是踏实和宁静的,才能真正静下心来回顾最近几年中发生在我身上的一切。关于某一点,我不得不反思:如果最开始是天意安排,我现在是否仍然在为最初错误选择以及随之而来的一切后果折磨摧残自己?还是我不应该像这次搬家一样做出激烈反抗?

撇开我的丈夫,让他独自面对他制造的纠结和混乱,带着孩子们独自置身田园,这一刻让我觉得无比自在逍遥。我在寻找新房子时做出了正确的选择,从而使自己免受另一个麻烦的困扰,但我不能自欺欺人,因为这确实意味着我和我丈夫之间的关系发生了微妙的变化。这也意味着在我的生活里增加了另一种参与的方式:面对事实,然后试图修正它,而不是不做任何反应逆来顺受。也许之前我的丈夫做了他想做的事,同时把我卷入他所犯下的种种错误中,或许也因为他做得无拘无束,并没有赋予我作为妻子的权力。我想起了圣蒂诺祖父的话:"善良如绵羊,狼会吃掉它。"

我去了曾经是我卧室的房间,现在我一个堂兄的孩子们睡在那里。一切都变了样,除了那扇窗户,还是同一扇窗户、同样的玻璃,在我婚礼的那天早晨,我从那儿观察院子里站满的宾客,那是我最后一次睡在这里。现在想着这件事,似乎不是已经过去了十二年,而是一百年,或者更像是看到的前世景象。站在场院四处张望,再没有小动物你追我赶,农具在田野边缘的杂草中、在半废弃的仓库和麦仓中被随意丢弃,这让我感到,甚至在石磨和台阶上,岁月已经浓重地沉淀下它的分量,落得荒芜寂静。只有房子门前的那棵大榆树仍然高大而笨重地矗立着,就像一个对时间和世事变化不敏感的看守人,它伸展出的枝叶擎盖比我记忆中的还要宽大、茂盛。多少次和圣蒂诺祖父一起去到那里,多少次问他我仍然不明白的事情,多少次我想让他讲那些仍然没有人给我解释的道理。我看着布鲁诺和他的表兄弟们为发现每个未知的角落、为满足好奇心而到处跑动,而他的舅妈和更小一些的表弟则在和我的小儿子乔瓦尼一起玩耍。在这样一个安全的地方,和这些无比亲切充满关怀、疼爱我们、款待我们的家人在一起,我的压力得到前所未有的释放。我看到了光明,非常愉快地看到孩子们是健康快乐的。布鲁诺像野兔一样奔跑,我看到他在田野和沟渠之间跳跃,爬树,和其他人追逐母鸡。乔瓦尼在一群孩子和女人中欢快地笑着,时而嬉笑打闹,时而遭遇热烈的亲吻和充满爱意的抚摸。有时他会四处搜寻我的踪影,但是感觉到自己正处于被关注的中心,就又立刻被一些新游戏分散了注意力。

我看着我的孩子们,心想,尽管我们的家庭总是存在这样那样的问题,但孩子是我的希望,我会尽心竭力地培养他们。在内心无比绝望,算是人生最糟糕的时刻,我总是处于崩溃的边缘,很多时候都想把这一切甩给别人,因为我感到了自己的脆弱,知道自己内心的抗压能力并不强大。在那几年里,我如此坚信自己被命运摆布,更坚信我如今的生活是因为受婚姻和错误选择的影响,以至于我想过结束婚姻或许更好。我做过很多次梦,甚至希望自己死去,因为我认为这是使自己摆脱灵魂负担的唯一途径。毁灭是独有的、可能的解脱,也是唯一的办法,让我从被限制、受影响的非正常生活中振作起来,如果要问原因的话,皆可归咎于与我丈夫之间的恶劣关系。我长期忍受着欺辱和误解,生活使我经受如此漫长艰辛的考验,我不仅认为这些是我应受的,而且也确信我不可能接受得更完全了,没有人再会关注我,比方说,再没别的男人可以看上作为女人的我,也再没有人能够真正爱上我了。

现在,就像用软布清洁过的模糊镜面一样,我通过不同人的眼睛重新审视那些发生在我身上的事。事实上,还真有男人对我有意思,我能回忆起的情节里,有一个英俊的男人,他是一家服装店的老板,我经过那里几次,他曾设法偶遇我,在街上、在不同的场景下。没过多久我就确信一切这不只是巧合,而且我不习惯那种殷勤和仗义的态度,这使我感到非常不自在。正如我所说,我坚信自己引起不了任何人的兴趣,因为我是如此丑陋且微不足道。我设法回避他,直到有一天他鼓起勇气告诉我,希望我们能成为朋友。我的第一反应是生气,他当然是一个好人,善良、礼貌、富有,但是鉴于我不确定他是否真的迷恋我,所以我认为他是想利用我显而易见的不幸生活,趁机占便宜。所以我叫他去别的地方找女朋友,我有我的家庭,他也有他的,他也娶了一个很漂亮的女人,所以我不明白他找我做什么。等我说完,他转头就走,脸上写满了困惑和尴尬。从那时起,他对我更加友好和尊敬,再也没有提起曾对我说过的话。他的这种举动使我认为他也许是真诚的,因为之后也从未看到过他和其他女性在一起,而且他享有无可挑剔的声誉。但我确信,即使我是最合适的追求对象,我也没有勇气撇开婚姻去做任何事情,那将让我无法摆脱痛苦。但是至少,被某人渴望、引发别人的激情和着迷帮助我找回了对自己的爱,这也把早已陷入徒劳绝望深渊中的我解救了出来。

家庭生活之外,一切都很正常。我感到自信,这让我与其他人的相处更轻松,也更容易被理解,并没有像在家庭生活中常出现的那种被抑郁和随时的危机笼罩的感觉。那种感觉总是像暴风雨即将来临,可以一口气摧毁一切。但以后也许不会再这样下去了,我必须要重新拾回信心,并重获尊严,这样我才对得起那些曾经住在这栋房子里的人。我的祖父母、曾祖父母,他们经历并战胜了多少危机和磨难,诸如死于饥饿、疾病和分娩。我也才能对得起那些比我所遇更不幸的人们,他们最终都克服了看似无法逾越的阻碍。而更值得我奉献牺牲的莫过于我的两个孩子,他们是我生命的全部意义。感谢上帝的庇佑,他们健康又聪明,人生在他们面前展开,他们暂时还需要依靠我。从现在起,他们的命运掌握在我的手中,很显然,我的丈夫是指望不上的。我做了一切我所能做到的,以求他们尽可能少地遭遇我和他们父亲之间的困境之苦,风雨险阻也在所不辞,让孩子们能够得到应有的教育,获得社会地位,追求人身自由。

"我将照顾你们,我的两个孩子,因为至少你们必须接受我的照顾。我将日夜工作,将竭尽所能,以使你们不必因我们所处的状况而遭受太多痛苦。……当看到你们穿着修补过的鞋子和带着补丁的袜子到处跑时,我内心深处犹如刀绞,但是,我发誓,日子不会一直这样下去。我向上帝祈祷,望他赐予我力量和健康,直到我做不动、不得不停下来的那一天。我们三个人永远在一起……我们将共同拯救我们的家庭!"这是我在蓬泰诺沃过去的几天对自己立下的誓言。

大海的尽头……

自从我们去罗马度蜜月回来,我再也没有坐过那趟路线的火车。这次是我和我的小儿子乔瓦尼站在蓬泰圣乔瓦尼火车站站台上,等着去往福利尼奥的火车。纵使事情发生在1961年6月,但记忆却如此地清晰,仿佛就浮在眼前。那年,出于唐·路易吉母亲的建议,我的儿子布鲁诺已是第二次在夏天去海滩了。每年的地点都是塞尼加利亚镇的夏令营。第一年我没能去找他,所以我答应第二年去看他,也是因为一个月的等待稍显漫长,不通电话,也没有消息。我只知道孩子们在那个地方待得还不错,布鲁诺前一年回来时长高长大了不少,而且还晒黑了;对此我感到很高兴,以前从没有看到过他有如此明显的变化。还有一些来自我们老家的妇女在那个夏令营工作,我嘱咐她们帮忙照顾孩子,因为我当时无法确定是否能去看他。那天早上我也很高兴,那趟旅行对我来说也是个好事情,因为我将第一次看到长期以来只有从别人那里听说的、不熟悉的,甚至都想象不来的事物——大海!

我和一群父母一起出发,他们的孩子也在同一个夏令营,我几乎没带什么东西。在一个布袋里,放了一些带给布鲁诺的衣服,还有一条毛巾和两条给乔瓦尼的换洗内裤。然后,我用餐巾纸包裹了几片夹着奶酪和熟香肠的面包,在另一张餐巾纸里包裹了我前一天晚上准备的一瓶沙茶酱。我给乔瓦尼带了一个玻璃罐,里面装有蔬菜汤,汤是在黎明前煮的,煮好后我们才离开家。在此之前我从未去远游过,而且我真的不知道该准备些什么。我没有钱包,随身携带的小零钱塞进了一个用别针固定在胸罩上的棉布袋里。我们上了那趟火车,车上的一切都与我十四年前所乘坐的火车完全相同,而此次旅行中最激动的当属乔瓦尼了,他在车站里打量了无数遍,或在人行通道的护栏前看火车呼啸驶过,玩得几乎忘记要上火车了。

火车和铁路是他哥哥和朋友们最喜欢的玩乐地,他们每天都沿铁轨玩耍,在路堤的灌木丛中建造小屋,或者撒硬币在轨道上让通过的火车把硬币压成奇怪的形状。然后是隧道、随处散落着工具的厂房、停在车站仓库里的货车车厢,似乎整个世界都可以入侵和探索。因此,那天早上,对我的小儿子来说非同凡响。进入火车车厢后,他立即站到座位上,鼻子紧贴着窗户,就像一个观众突然在放映电影的屏幕上发现自己一样好奇且兴奋。尽管旅途很长,但我一点也不觉得无聊,因为我不得不应付乔瓦尼无限的精力和好奇心。他想看并触摸一切,尤其是窗帘和把手使他着迷,他不断从座位上跳下来,沿着走廊看其他旅客。他对所有人微笑,当有人给他回应时,他立即准备讲话或提问;他从我们一侧的小窗户到另一侧的窗户来回奔跑,像织布机上的梭子一样不厌其烦。在福利尼奥镇,我们只换了一次火车,因为从那里经过法尔科纳拉,铁路直接开往我们要去的塞尼加利亚。幸运的是,我们乘坐的这趟车是崭新的,很现代,拥有软垫座椅,这样乔瓦尼的跑跳空间少了,我就能让他消停一些。旅行不知从什么时候开始变得无聊起来,因为火车不断穿过山区,有时穿过很长的隧道。没有人再说话,我儿子靠着我,轻轻地睡着了。他在进入法尔科纳拉地界时醒来,那时火车开始减速进入车站,经受了一系列看似永无止境的变轨的颠簸,我们所有人都在车厢内摇晃,就好像被巨人的手捉弄了一样。这里的景色已经发生了变化,与我们的田地相似的地方更多了,许多房屋的外墙色彩比我以前所见到的更加鲜艳。

突然,火车开始逃离这座城市,甩开最后一处房子,我们看到了窗外从未一睹的地平线。可以看到所有事物最终消失在一条浅色"长绸带"上,"长绸带"表面平坦光滑、寸草不生。这条浅褐色的条纹在行至某处时几乎变成了白色,在不断移动的窗户前持续扩大或收紧,时而像蕾丝花边,时而又像刺绣条纹,在大海领域和陆地之间形成了边界。"看,妈妈!"乔瓦尼大喊,再次跳上靠窗座位,抓着窗帘,"看大海!这就是大海吗?"他立即要求我肯定的答复。我站在他后面,看着直到那天我才见到的事物。这是一个奇妙的景象,美好的一天,明媚的阳光照耀着湛蓝的天空,在强烈的光芒下,海水闪烁着千百种变幻的影子。就像看着心爱的宝贝一样,我无法将视线从那景象上移开,那片持续不断显现在我们面前的土地先是变成了沙地,继而消失在周围人说是咸水的巨大湖泊中。这也是让我感到惊讶的东西,怎么可能海水那么大,到处都是鱼,却是由咸水组成的?我们在窗前待了很长时间,看着那绝世美妙的景色:你会看到海岸附近的水变成白色的海浪,而且那蓝色像天空,随着我们的视线逐渐远去,这颜色也变得越来越暗。当我往水下看时,才发现浩瀚深邃的水里看不到底。能有多深啊?我没有意识到这一点,我从未真正学习过地理,"无穷尽"这个词,在教堂外,对我来说从来没有多大意义。但是看着那从眼前一直延伸到消失不见的、平坦且贯穿始终的地平线,直到它与天空融为一体,我感到这可能是我与无穷尽之间的第一次相遇。"但是海水永远都不会消失吗?"看起来儿子好像已经读出了我的想法。"我不知道……"我困惑地回答,"它也许会在某处消失吧,也或许……"我做着各种假设。"但是,看啊,妈妈,你看前面,在前面,就没有尽头吗?"乔瓦尼坚持不厌其烦地问道,他一直对这款新游戏充满十足的好奇心。实际上,火车和大海似乎玩起了捉迷藏,铁轨不时地将火车推向内陆地带。大海消失了,田野、房屋、道路、羊肠小道又回来了,像巨大的钟琴在"嗒嗒"作响。路线再次穿过树林、穿过低矮的山丘和开阔的葡萄园,然后再次拐弯并突然转回到大海面前。"快看啊,又来了!"我儿子大叫着,充满惊喜和兴奋。他快三岁了,幸运的是,世事对他来说像一场游戏。和那种叫作大海的东西一块玩的捉迷藏游戏,使他沉浸其中并乐此不疲。在到达目的地之前,他从未离开过那个位置。同样是因为游戏,才使得旅途变得更加丰富。在每个房屋、每个海角、每个隧道过去之后,不仅会有对新遇风景和事物的期望,而且从某一刻开始,我们看到海滩上聚集了很多人。有些地方人群稀疏,有些人穿着泳装,有些则没有;但是在沿途路过的城市附近,我们可以看到绵延的海滩,海滩上人满为患,人们用遮阳棚纳凉,巨大的彩色雨伞插在地上,还有彩色的木屋、躺椅和好多孩子。随即我们看到了夏令营的海滩,因为孩子们通常穿戴着相同的帽子和制服,并被分组在为他们设定的专属区域中。在他们附近有陪护,通常是修女或身穿白色围裙的年轻女士,他们的存在使这些井井有条的空间与那些充满着五颜六色的混乱区域形成了鲜明的对比。我曾向乔瓦尼解释说,他的哥哥就在那样的夏令营里,所以从那一刻起,只要一看到营地,他就喊着:"看啊,妈妈,看布鲁诺!"每次他看到一群孩子时,他都以为自己认出了哥哥,我们就这样一路到达了塞尼加利亚镇。

对我来说,那难忘的一天的第二部分是在沙滩上度过的。布鲁诺俨然已对海边生活十分熟悉,但乔瓦尼和我却是第一次涉足大海和沙滩。感觉非常有趣,我之前所熟悉的仅是在台伯河某个弯曲处形成的河岸沙滩,那里的河岸特别低,沙子与这里的完全不一样。这里的沙子非常柔软,非常细腻,还很干燥,脚踩上去能完全被沙子浸没,以至于鞋子会立刻卡进去并留在沙子里。所以我索性脱掉鞋子赤脚走向水边。我看到布鲁诺身体状况非常好,皮肤晒得有点黑了,他在沙滩上奔跑,和他的朋友们一起玩闹,有时甚至会尝试逾越被严格限制的活动区域。海浪最开始微弱而无声地拍打在岸上,紧接着又有许多海浪跟过来。这些海浪的到来伴随着巨大的噪声,卷起大量的泡沫,似乎是故意引人

布鲁诺在夏令营

惊叹。海浪卷起的丰富的白色泡沫在到达岸边时迅速消失了,然后岸边的水变得无比透明,较远处的水色则介于绿色和棕色之间,之后从浅蓝慢慢地在海天交接之处转为深蓝。

乔瓦尼太小了,无法和夏令营的孩子们一起玩耍,但他不会一直不被接纳,因为他所处的世界是一个值得探索的全新世界。那时水对他来说具有不可抗拒的吸引力,没有什么比小脚在水边追逐着退潮的波浪或被下一波浪潮捉弄的乐趣更大了。那是我一生中少有的完全感到安宁和放松的几天,暂时离开家务,同时也远离各种问题和烦恼,在壮阔美丽的大海前的沙滩上,陪伴着我的两个宝贝,我们赤着脚,太阳在天空照耀,拂面微风轻柔地穿过海滩。我完全放松下来,有一段时间我坐在阴凉处,双脚塞在沙子里。我没有泳衣,也从未拥有过,我想即使有我也永远没有勇气穿它。环顾四周,所有五颜六色的泳衣使我眼花缭乱,沙滩上那些衣着暴露的人群自由自在地来回走动,还有那些常来海边的人,对我来说,这是一个崭新且令人惊讶的世界。我当时穿着轻薄的棉质连衣裙,裙摆长至膝盖以下,配有短袖衬衫;我允许自己的最大自由度是,如果要在沙滩上伸展腿部,裙摆只能抬高到膝盖。

我回忆着乔瓦尼最初见到大海时的兴奋劲儿,但他已经不像整个早上在火车上初见大海时那样大喊大叫,活蹦乱跳了,一切忽然变得安静起来。等我转过头看着那片他一直在玩湿沙子的沙滩时,也就是片刻工夫,我发现乔瓦尼不见了。我立刻感到紧张不安,我走到岸边,四下张望;海水是美丽的,但这水也使我感到恐惧;我们这几个人都不会游泳,就连台伯河,对给予它无限信任的小孩子有时也会残酷无情。我开始询问周围的人是否见过一个三岁左右、金发的、只穿了一条白色棉内裤的小男孩。但是没有人注意到他。然后我告知了布鲁诺夏令营地的年轻女士,发动她们以及与我同行的另外两位母亲开始寻找。从我们那里往两个方向延伸的海滩上,到处都是人,尤其是带着孩子的家庭。我看到每把遮阳伞底下,每张躺椅后面都有那么多孩子出没,许多孩子独自待在水边或与父母在一起。我的目光掠过每一个金发的小头,不放过海滩的每个角落,看是否有一个孩子在独自游荡。我还不时向海里看一看,但是我不愿相信,乔瓦尼不可能独自冒险到水里去。他不了解大海,除了在房间的浴缸里用热水洗澡外,他从来没有游过泳;当然,如果他想尝试下水,一定会首先来牵我的手。有人跟我说,他不可能一个人走进海里的,他肯定是被好奇心驱使,在海滩上被什么东西吸引去了，但是他很小，走不了多远。当然他还不懂事，不知道怎么解释自己的处境，如果有人寻到他，也不知道该带他去哪里。万一他遇到了骗子……这个想法让我感到胸前有千斤的重压，乔瓦尼是如此可爱又单纯，他会立刻相信所有人……我在心里面开始默默祈求圣母，不要让本来少得可怜的这么一个难得开心的日子，转变成一个糟糕的受诅咒的一天。因此，我们喊着乔瓦尼的名字，先是去了海滩的一头，然后我们又朝另一个方向去找。我沿着水边走，布鲁诺也跑来和我一起找，我感到每过一分钟我的担忧就加剧一分。说到底，他不可能走多远，他还那么小，几分钟的工夫一双小脚能走多少路呢？我试图这样想好让自己安心，但是我离夏令营的海滩越远，我心中的恍惚和空落就越大；焦虑总是起不了好作用，因此，当我朝着远方眺望时，看到一群人聚集在海的边缘，我心里升起了一丝希望。"我的上帝……乔瓦尼……"声音越发微弱以至于发不出声来。"乔瓦尼！"我大喊着，开始疾步向前，当我慢慢走近那群背对着海岸的人时，我感到自己连站着的力气都没有了。我现在不能晕倒，即使是暴力和恐怖袭击了我，我也要摇醒自己，我还在一遍遍呼唤着乔瓦尼的名字，用非常虚弱低沉的声音。我走到那堆人前，我眼睛已经充满了泪水，像个疯子一样走了进去。那些人感觉到我的手触到了他们的背部或肩膀，于是纷纷转过身来，他们惊讶地看着我，显得有些不耐烦。我的个子不算高，再加上没穿鞋子，又踩在松软的沙子上，所以，我感觉自己站在这群高大的穿泳衣的男人面前就像个小矮人。看着一个焦躁的女人闯进来，莫名其妙的怨愤总是有的，我在里三层外三层的围观人群中打开了一条通道，立刻被由十几个人正在建造的离水不远的一座微缩沙堡所吸引。在那一刻，当我发现自己面前是一个几乎和我一样高的小建筑物时，真不知是该尴尬还是松下一口气。谁知道为什么我有那么一刻就如此坚信我儿子可能成为这群人注意力的中心呢？

我或许本不必为此烦恼,因为乔瓦尼迟早会出现,面带微笑且情绪镇定,和他的消失一样使人猝不及防。当然,我不禁又开始担心。他到底去哪儿了!突然我听到有人在喊我,一位年轻女士在我身后的海滩上向我这里奔跑,她正在寻找我,并用力摇摆着手臂招呼我回去。我的心快急到嗓子眼了,当我走到她身边时,她让我平静了许多,因为她说:"你儿子回来了。"

不过,由于紧张的情绪一下子得到了缓解,两滴眼泪还是不由自主地掉了下来,我迅速走回了夏令营海滩。实际上,乔瓦尼还在那里,仍然还是平常那副好奇和调皮的面孔,丝毫不知道妈妈找他有多辛苦多焦急,相反他握着一个身穿红色泳衣、脚踩木制凉鞋的漂亮女孩的手,这个女孩高个子,有金头发。显然这两个人已经结交了朋友,女孩说她遇到了这个快步走在海滩边缘的孩子,还声称要去"大海的尽头"!乔瓦尼立即证实说他只是沿着水边看海水到何时是尽头,所以他不明白现在为什么这么多惊慌的人包围着他。然后,他遇到了一个金发女孩,问他是哪里人。他也讲述了这次旅行的事情,并说他的母亲和布鲁诺现在就在"草棚"下乘凉。然后,她的新朋友知道了她要帮孩子寻找一个夏令营的海滩,那里有一个用草席做顶篷的凉廊。因此,他们一起往来的方向走,走了好长一段路,也走过了我们同时在寻找他的另一头海滩,最终,他们找到了正确的地方。我不知道该拥抱还是该教训一下这个使我度过了恐怖一刻的小魔鬼。但是那是属于孩子们的一天,所以我抱住他,作为给他的最深切的责备,并亲吻了他脏污的小花脸。我向那个把我孩子带回的甜美女孩表示了感谢,我明白从那一刻起,即使再美好的一瞬都不能让他再次离开我的视线。

塞尼加利亚的那一天仍然铭刻在我的脑海中,不仅因为儿子的短暂失踪造成的恐慌,更重要的还是因为与大海的亲密接触。下午,布鲁诺花了一点时间陪伴弟弟,所以,当我的两个孩子在凉棚下的沙滩上玩要时,我坐在一旁好长时间,双脚塞进滚烫的沙子里,看着海浪在我面前奔涌。乔瓦尼的那段小插曲并没有影响到我的情绪,实际上,由于及时得到了解决,所以变成了在微笑和轻松氛围里讲述的故事,而并不是真正的惊险。我是众多海滩人群中的一员,我看着他们,尤其是年轻人来回地走,穿着轻薄的泳衣出入于大海之中,自由欢乐。那是一个奇怪而特别的场景,只有在我们所有人都面朝大海的情况下才有意义,所有人,不管站着还是躺着,都面朝那片似乎永无止境的浩瀚辽阔的水域。因此,我开始更深入地观察这个悄无声息移动的液体,那个深蓝色和湛蓝色的表面以一种特殊的方式发着光。实际上,太阳在我们身后越来越低沉,过去的时间越长,大海就越来越像一面闪着亮光的镜子。现在,海浪正在朝着太阳的光束移动,试图接近它,上升的水汽反射出银光,远处的海平线则变得模糊不清,定睛望去仿佛有薄雾凝结。在某个时刻,海浪似乎逐渐平静下来,大海变得安静无声;现在,水面全都闪闪发亮,缓慢地摇动着波光,就像海鸥迅速掠过海面,不见了踪影,宽广一片的水域倒映着金色光芒。许多人渐渐离开,傍晚的海滩已没有早上那么热闹。

我脑海中的那个场景仿佛就在眼前,在平静海面反射出的银光映衬下,是我两个儿子站立的剪影。多么难忘的一天!一整天我都跟我的两个孩子在一起,远离争吵,也不必与任何人纠结争斗,当然也不用担心我丈夫或者别人的敌意凝视。那也许是我完全自由生活的第一天,我不必费心准备午餐,也不必像我通常在周日早上必须要做洒扫、洗涤、熨烫或帮孩子们洗澡等。

于此之后,我不得不等待又二十七年才享受到另一个如此这般的机会。

圣塞韦拉

在之后长达二十七年的漫长婚姻岁月中,我一直耐心地维持着这个家庭。二十七年来所经历的取舍和卑微的坚守才让我看清自己并直面未来。这样的生活从无休息,不得不忍受一切不适与病痛。直到那天,即1988年8月18日,过去这么些年后,我在圣塞韦拉的海滩上再次看到大海。到目前为止,我的生活已经发生了很大的变化,但是天知道我的灵魂想要摆脱心中所有恐惧、所有痛苦,以及所有看似已经过去很久但仍积压在心中未减分毫痛苦的历史,还需要多长时间?我再次发现,站在大海前,我感受到了美丽景致带来的震撼,此时我可以放空身心,忘记周遭的一切。每当我回想起在塞尼加利亚探访儿子夏令营的那几天,都有一种正向阳光的情绪席卷全身,就像幸福的浪花荡漾在内心。这是我为数不多的几次真正自由自在的日子,也是在这难得的日子里,我心中的痛苦神奇地消失了。在接下来的几年中再也没有发生过这种罕见的事情,反而,争取一个小目标的幻想多少次与无可胜数的错误、不计其数的轻率举动、无数命运的陷阱或他人的恶意相向一起,终究被磨灭成泡影。但是,我之前对自己内心发出的誓言一直是照亮我前行的灯塔,并赋予我每一次重新开始的勇气。我的孩子是我人生的目标,我尽一切努力使他们健康快乐成长,而又试着不让他们感到我们所承受的家庭生活现实存在的巨大压力。他们回报我的爱和感激之情抚慰着我,使我能尽全力帮助他们面对人生而不处于弱势。他们现在都已经成年且独立生活,也已经参加工作很长时间了。布鲁诺在各种活动中都取得了成功,乔瓦尼继续深造并取得了辉煌的学业。

现在我可以重新静下来思考了。在六十五岁的时候,我有机会思考生活给过我什么,以及它仍然可以给我什么。我有必要用平和的心境来评判和分析过往的得失以及未来有什么是我争取也无法拥有的东西。二十七年前在塞尼加利亚享受的假期令我畅爽愉悦,但像圣塞韦拉那样为庆祝退休而度过的十五天假期却使我陷入危机。当人突然发现自己在长久的没日没夜的劳作后突然闲下来时,正如我一样,那会是一场悲剧;忙于为他人工作并照顾他人的习惯真的会上瘾,就像毒品一样;当我发现自己清闲下来,不必照顾任何人,甚至不用亲自准备午餐,一天中的全部时间都用在散步、洗澡和休息时,一连串的思考和回忆像汹涌的洪水顷刻而下,不再被日常工作的大坝所阻拦。当我感到那股洪流即将把我淹没,让我在悔悟和动情的急流之间激荡时,我便去海滩附近的杂货店买了笔和一个笔记本。

我不得不以某种方式将混乱的感觉、拥塞的回忆、真实却不知如何定义的生活,全部这些杂乱的东西建立秩序。自小学五年级毕业以来,我开始写所有在我心中产生碰撞的东西,从瓦伦媞娜老师让我们写命题作文开始,我就习惯将自己的感受写在纸上。那是一条无法阻挡的河流,随着写作的深入,在我内心浮现的事情更多,过去的回忆也更多,而我完全记不起来的发生过的细节和事件也滔滔不绝,它们都以惊人的清晰度再次鲜活起来。从那时起我一直没有停止过写作;那个假期过后,我回去再次看到了你,我的家,我出生的地方,我觉得我的故事必须从这里开始。回顾自己的一生就像一次重生,过往的经历真的比电影还精彩,我时常为自己的天真而发笑,也为我曾经对世界和事物的无知而哭泣。但这也使我有了一个绝妙而非凡的发现——与过往和解。当然,我无法对自己的生活完全充满热情,如果能再回到过去,谁不愿改变生命中的某个决定,甚至全部重新安排?但是我不会像我有时想的那样把它整个儿扔掉。当我重新构想往事时,仿佛唤回了标记着年复一年我走过道路的那些剧集,就像一个母亲怀着仁慈和爱对待孩子们犯下的错误一样,我也在尝试着用更加温柔和自豪的心代替后悔和愤怒。那就是我的生活,假如我不经历我该经历的这些,也许就不能称之为此了。

在圣塞韦拉的那个假期,那些沿着海滩漫步的清晨,城堡后面的天空突然放晴,大海依旧像湖水一样漆黑一片,安静宁和,那一刻,我感到自己像另一个人。圣蒂诺祖父说得没错:"要做事的人都没有时间思考。这就是地主总是给我们一大堆事情做的原因:他不希望我们思考!"在我的一生中,我一直认为"做"更重要,我总是看到自己处在峡谷的边缘,我总是感到有义务"做"我丈夫没有做的事情,"做"任何其他人等待我做的事情,同时独自承担起在养育孩子上必须"做"的事情来改变我们既定的命运。

但这还不是全部,那只是物质生活的一面;还有的是情感,而我从来没有真正停止过对情感的思考。1988年的那个夏天,注定让我对过往生活进行一次彻底的清算,重新打开了尘封已久的感情匣子。而且它做到了,没有采取任何措施,就像地震一样自然地移动了家具并打开了上锁的抽屉。当我还很年轻的时候,就觉得自己衰老了,即使有人带着知性和感情接近我,我也会报以粗鲁和无动于衷。简而言之,因那段错误的婚姻,我在死前就已经把自己埋葬,那种青年时期对独有的爱的热烈渴求也封禁在心中,随着战争的炮火烟尘一起燃尽了。很长一段时间,直到我的第二个孩子出生,时不时地,我的心就会"咯噔"一下,我想象不到如果我不走如今的这条路,我的生活还会是什么样子? 或许我有胆量向所有人宣告并且无比肯定的是,我第一次对那个年轻人,吉诺,产生过一些感觉。但是,一切都已封存在我的心中,虽然对儿子们的爱在之后的岁月中削弱了几分那些情感,但没有完全消除,那唯一的记忆仍然使我心跳加速。

这个地方让我感到一丝似曾相识,没有任何拘束,在那里我碰到了像我一样平凡并能很快融洽相处的人。我所在的度假村还接待了一波又一波由志愿者组织带队、生活不能自理、过来度假的孩子,他们有着和善的面庞、低落的眼神、虽残疾但活跃的躯体。我周围的世界好大啊!这些年我真没去过什么地方!感觉我就像突然从一个世纪的沉睡中醒来。我们的周围暗藏着多少痛苦和苦难啊,而我却从未想到这些。只能说我是多么幸运,能高兴地看到我的孩子们茁壮成长,在各种可怕的命运打击后仍然保持健康阳光。生活是如此各不相同也如此不公。我看到那些坐在轮椅上的年轻人,垂头丧气,生无可恋,只能任由那些引导他们的志愿者摆布和助推;而另一头,在几米开外的海滩上,完全是正常人的世界。对那些残疾的孩子来说,诸如晒日光浴这样微不足道的小事也无法自由实现;而正常人的世界无疑才是最平庸、最肤浅但也最引人注目的。也许是这个世界让我不舒服,让我感到疏远和距离:泳衣花样不断翻新;那些在日光下自由的年轻人赤裸着身体毫无顾忌地在众人面前搂抱,毫无羞耻地接吻,无限制地欢爱。让我更加感到迷茫的是,那些悄无声息、神情安逸、在我眼前来回走动的人们,他们遍布在海滩的每个角落,将臃肿的腹部和静脉曲张的变形血管毫无掩饰地暴露在日光下。我真的觉得自己来自过时的年代。第一天,在人潮最多的时候,我无法长时间待在沙滩上,但是我完整享受了日出和日落时间。在我看来,这是一天中最美丽的两个时段,海滩几乎空无一人。有时还是大清早,空荡的海滩上,我算是唯一一个在被潮汐冲到沙滩上的贝壳间行走的人。在所有这些形状和颜色各异的贝壳面前,我高兴且好奇得像个孩子,同时又像个小女孩一样,捡拾最漂亮的贝壳并将它们小心翼翼地包裹在手帕里。当太阳从圣塞韦拉城堡的树木后面露出小脑袋时,海滨上像我一样向往清晨宁静和凉爽空气的人慢慢多起来。

第一缕阳光照下来时,志愿者带着残疾儿童也到来了。一些人趁着某处海滩暂时无人便将轮椅推到干沙滩上,使这些孩子尽可能靠近水。他们只在那里停留了一小会儿,一旦温度升高,志愿者就陪伴他们回到旅馆的树下。因此,我与他们其中的一些人成了朋友,尤其是我与陪伴他们的志愿者聊过天,他们是真正的天使,他们如此亲切,关心那些不幸的年轻人,令人感动。在医院里,即使是病人的亲属,都不曾像他们那样对人关怀备至、乐于奉献。特别是,我被其中一个与我年龄差不多的男士震撼,他是一个英俊的男人,又高又瘦,几乎没有头发,但是看外表像是在哪里见过。初次见到他们时,我向他们一队人微笑,并向他点头致意,因为我本能地感觉认识他,即使我无法说出他是谁。第二天早上我又遇到了他们,当时他陪着一群孩子在一起,我们只进行了简短的交流;他看上去似曾相识,我有这种感觉,但在脑海里,却搜索不到任何名字与这张面孔相关联。直到一天早晨,待在海滩上的一个男孩感觉不舒服,几位志愿者聚集在周围救助他,其中一位大声喊道:"吉诺,吉诺快来,给我送点水来!"哦!我竟然没有认出他!是他,我的吉诺,我伟大且无声的爱情,让我一生都留在阴影中。肯定是他,那个笑容,那明亮活泼的眼睛,那张略长的脸,还有掉光的头发,我的记忆没错,那就是吉诺本人!无论年纪多大,感情的火焰永不熄灭。无论岁月过去多久,无论我们后来经受过多少遭遇,当感情一旦打动你的心时,那颗心,即使老了,即使受了重创,也永远不会忘记这种体会。一阵情感的波涛拍打在我胸口,我感到脸颊发烫。我的心在跳动,就像个毫无顾虑的小女孩,不知突然从哪里升起一股冲动,有着想要跑过去拥抱他的欲望。那种欲望非常强烈,我做过一千次这样的梦,可事实却与之相反,我仍站在那儿,呆若木鸡,观察着他,望着他娴熟且关切地救助生病的男孩。

但是,第二天早上,我再也忍不住了,我一整夜都在想着这件事,我想和他说话。我在黎明的微光出现前开始日常的漫步,在海滩上,我有意与那群孩子和志愿者靠近,询问前一天昏倒男孩的状况。很自然地,我转头看吉诺,吉诺礼貌地回答了我的问话,他的眼神停留在我身上很长时间。"你们是从罗马来的吗?"我问他,并直直地盯着他,从未将眼神从他身上挪开。他回答说:"我住在罗马,但我出生在别的地方。""不过,"他补充道,"听你的口音,貌似我们来自同一个地方。"我忍不住笑了笑,然后笑着停在他面前,说:"或许,真的巧了,我们都出生在同一地区,蓬泰诺沃附近……"我顿了一下:"吉诺!你不认识我了吗?"他也笑起来,立刻,他的神情就有了变化,主动地接近我:"哈,确实呀,里娜,我当然认识你,我心里早就有个声音告诉我,有可能是你。就在昨天,我看到你和你妹妹在一起,我就确定我们真的之前认识。"

但是这真的不敢想啊!我看着他,不知道该说些什么,他的脸,干皱的手都在无声地诉说着过去的岁月,但是他的微笑,他眼睛里的光,确实又与从前那个青年一样。所以在那一刻我又见到了他,轻松愉快,和过去一样。我们流着泪,再次紧紧地相互拥抱,就像两个亲兄弟在很长一段时间后再次相见。他也没有忘记我!似乎上天早已决定,这个夏天将是我一生所有线索重新连接的正确时机,即使是最纠结的线索也是如此。

以一种令人惊讶的方式再次与这个在我的心中和想象中比在我真实感情生活中地位还要重要的人相遇,对我产生了不可思议的影响。第二天的早晨,在圣塞韦拉仍然清冷的沙滩上,与他进行完第一次长聊,我感到生命的伤口正在愈合。他向我讲述了之前发生在他身上的所有经历,虽然并不完全是幸福的事,还充斥着失望、个人的痛苦以及我们这一代人普遍拥有的苦难记忆;但我们两个都想知道,即使没有人有前进一步表白的勇气,两个年轻农民的感情,是否会由于沉默与害羞、禁忌与家庭规约的限制,两颗心渐行渐远?我们一起回忆那时贫困又人口众多家庭的苦难生活,那时不成文的习俗比真正的法律更为重要。就像一个男孩,直到参军,他都还不算一个男人。因此,他只能入伍参军,这是与我的家庭相匹配必不可少的一步。但是战争来了,来势汹汹,他也开始了颠沛流离。在非洲的战斗中,他的部队被打败了,随后被俘入狱,情况变得很糟糕。他在那里得了肺病,转移到英国后又在医院里住了一年多。家里人对他一无所知,并因失踪而放弃了他,而当时的他又瘦又颓丧,还在医院疗养。他试图联系家人告知他的状况,但无法离开医院,只能到完全康复后才能独自上路。病好后,他又在医院多待了几个月,给搬运工和护士帮忙,直到后来慢慢熟悉并加入了这项事业。当他感到身体已经恢复时,战争结束已经两年多了,在德鲁塔停留不多时之后他回到了乡下家里。但是一切都变了,他感到自己脱离了农村和农田的世界,之前的经历告诉他,他的未来在大城市中,他想着是时候走出去了。然而,他不想孤单一人,因此鼓足勇气开始寻找我。他向仍然住在德鲁塔的我母亲的亲戚询问我的消息,从他们那里得知我刚刚结婚。所以这不是我的错觉,他也爱着我,但是命运让我们分开了。吉诺再次告诉我,他没有在父母家里停留多少时间,和当时的许多年轻人一样,他认为罗马是寻求美好未来的地方。然后在首都他遇到了一个好姑娘,这位姑娘很快成了他的妻子,这段婚姻经历了几年平和与幸福的光景。但没过多久就变成了一场噩梦,他的妻子长期被严重的疾病困扰。他在一个偌大的公寓楼里当了三十多年的看门人,最近几年,他和妻子一起在狭小的保安室小床上将就度日。在开始讲述他的后半生之前,他保持了很长一段时间的沉默,我握住他的手,因为我知道往事对他来说一定是非常痛苦的。他从来没有和任何人谈论过,但是在那儿,在大海面前,靠在一块岩石上,清晨寒冷的海浪在我们的脚下拍打,两颗枯竭的心又重新点燃了梦想的火焰。当他的妻子在隔壁房间昏暗的灯光下奄奄一息时,他在那暗无天日又不透光的小暗房里该感到多么孤独和无助？当时,他确实有种离群索居的孤独感,极度缺乏一个农民家庭在最艰难、最痛苦的时刻所必备的成员们的参与和团结。他出生在一个拥有广阔地域的乡村地区,那里自然季节和阳光温度的变化调控着每一项生活和生产活动,人们不禁会问,他是如何在一个视野越不出对面墙壁的狭小房间里挨过一生的？他们的这段婚姻留下了两个女儿,刚刚一个外孙出生了,这让他感到些许欣慰。现在他也退休了,并找到了另一种寻求生活意义的方式——奉献他的精力和爱心帮助那些最需要帮助的人。

然后轮到我娓娓道来他最后一次参加我们农庄麦田收割之后发生的事。我告诉他,看到他最后一次离开时我心里很不是滋味,而且在我后来的日子里,在最痛苦和最困难的时刻,多少次脑海中想起他。我多么想知道他长久以来是否也有过相同感觉,但是我不愿用在笔记本中记述往事那般的方式给他描述。毕竟,我丈夫也已经去世几年了,现在我觉得以一种平和坦然的心境再回首是合适的。所以我也讲述了一些他有必要知道的事情,比如婚姻、孩子,离开农村后为摆脱贫困的打拼,还有不懈地致力于使我的孩子有更好生活的努力。我很高兴找到了与他的共同点,那就是热情且积极,总是帮助那些处境比我们差的人。他在妻子的病痛中做到了,现在又以一位志愿者身份履行着这一点,而我在过去的十五年中也一直在做。实际上,在无休止的搬家换房之后,我们终于定居在佩鲁贾市里,我开始为老年人和病人提供私人看护。这段经历让我付出了很多心血,多少个不眠不休的夜晚用来照顾处于严峻状况下或无可救药、即将走向死亡的人,但这也带给了我无形的巨大财富。随着工作推进,我越发意识到这不仅是一份职业,还给我带来了更多东西。每位老人、每个患者最初都是一个普通人,他们有生命和感情,他们的秉性有时会一直持续到生命终结,但有时则完全被痛苦湮没或因意识功能的丧失而衰减。但是每个人不仅需要物质上的照顾,也就是我得到报酬的那部分,还需要精神上的照顾和爱。因此,有时也需要参与到个体的情感世界中,充当他们内心中最痛苦和最悲惨时刻的安慰者和倾听人。我的病人也会感到,我不单因为钱来照顾他们,我不仅履行恪尽职守、做好基本工作的义务,而且常常像对家庭成员一样对待他们,他们也把我视作家庭的一分子。我与他们交谈,他们会向我吐露想说的一切。当他们需要精神力量时,我会轻抚他们,当药物已经不足以缓解他们的痛苦时,我就会握住他们的手。这不是正常的工作,我认为不可能像普通大众的工作那样去做。因此,我最终意识到,我为所有我看护的人付出了很多,但我也从他们那里得到了很多。为了更好地珍惜生命的恩赐,我们所有人都应该有勇气给即将离世的人至少一次安慰。我,在苦难中开始了我的人生,又以经历丰富的劳动岁月结束。不是金钱,而是经验,充满理解、充满感激、充满情感,始终充分利用上帝和命运给予我的一切时光。

因此,后来的几天早晨,当我在圣塞韦拉醒来时,我都会感谢上苍赐予我的特权,让我在这样美丽的地方又多停留了一天。对我来说,这是个神奇的地方,我再次见到了最心爱的人,在这之前我从来没有想过再见。那些日子给我的灵魂带来了前所未有的平和。当我遇到吉诺时,有时是单独相处,有时又是与他照顾的孩子一起,我们会聊啊聊,聊上好久,好像时间总不够用。我们倾诉了从未与任何人谈论过的事情,就像仅仅为见上一面而等待终生的两个灵魂伴侣。他比我先行离开此地,临走前,我们交换了地址,尽管之后我再也没见过他,但从那天起我们就再也没有失联。

空房间,再见!

我仍然记得这些楼梯,破旧的石阶和砖阶、宽大的外墙,它们曾经平滑而光泽。在那上面,我们弹射扁平的小石子,非常精准地打击对手的小石子。七十三年前,在距流经翁布里亚丘陵地区又一跃直下汇入台伯河的基亚肖河仅一步之遥的蓬泰诺沃村的一所房子里,我来到世间,那时我们玩耍和欢乐的时刻少之又少。我在心里默默重复了一遍,感觉太不可思议:七十三年!今朝,我感到甚是有必要在这里度过完整的一天。自那个11月的早晨以来已经过去七十三年了,所幸我们两个仍存于世。我的老房子就像一个老祖母,孤独而又悲伤,这些空荡荡的房间曾经充满了热闹的喧闹和浓浓的生活气息,如今却一片死寂。

我的老房子,你永远不曾停止带给我意外的惊喜和幸福;多少次,似乎命运让我们以一种确定的方式分离,取而代之的是以后的每次见面都像新的相逢。结婚后,与你的分离是一场悲剧,但你仍留在这里,在我需要的时候朝我张开怀抱。甚至连我的父母之后都去了大城市生活,我以为我们再也回不到从前。事实上你总是热情地欢迎我和我的孩子,当我感到迷茫时,在这里我能感到继续前进的力量。当我的堂兄弟们注定永远抛弃你后,老房子只剩下空置和锁闭,我以为这将是你痛苦的开始。你是我灵感的源泉,是在我走向人生征程中时而落寞失望之时寻找的失乐园;你是支点,向我传递生活的信心和快乐。这就是为什么今天我又出现在你面前,感受你那摇摇欲坠的墙壁传来的力量,门廊上砖砌的斗拱已经残破不堪,被岁月腐蚀的横梁和瓦片屋顶仍像岩石一样结实,那陈旧的烟囱,火焰虽已熄灭,但仍傲然挺立。虽然你孤独矗立,但你统治着周围的一切;现代人用混凝土把你窒息,楼房和仓库逐渐遮蔽了田野尽头的地平线,一条条马路环绕着你,使你成为这个狂暴而毫无意义的现代海洋中未被玷污的19世纪小岛。周围没有哪座建筑物能与你媲美,在禁不住停下脚步观赏之后,没有人保持沉默或无动于衷,舒适而现代的建筑将本该自由的生活封闭在防盗门之后。那些毫无个性特征的房屋,不知是谁建造,更不知道应该建给谁住;而你,我的老房子,是一本永远读不完的书。人们所能看到的一切,都在诉说着你和一个多世纪以来的热闹图景,从场院到麦仓,从干草堆到马厩,从化粪池到田野,你是一个小世界的中心,辐射着周围的万物。对于那些认识你的人,像我这样的人来说,你就是圣经,是福音颂歌,你永远不会停止被阅读和浏览,让我仍然感到无比吃惊的是,当我漫步在你的房间里时,当我坐在门廊的尽头,透过两个砖砌的廊柱看着前院时,记忆的河水就不断涌流。

　　这是我生命的根源,在这里我能听到丰富了我童年的回声,只有我才能看到那些使面孔和故事重现眼前的痕迹。破损的角落,砖和门上已腐朽的雕刻,被几代人的双手触摸得光滑的石头;目力所及之处,都能被回忆填满。在厨房后面的第一个房间,曾是我父母的卧室。这是一个很简单,甚至有些简陋的居室,但是一进门就能看到圣母像挂在床头的墙上。我的母亲是从陶瓷之城德鲁塔嫁过来的,在结婚礼物中,她收到了锻铁制造的梳妆台,上面镶嵌着具有德鲁塔风格色彩鲜艳的陶瓷饰物。拥有用黄色、金色和棕色涂染成的各种古怪图案的水罐和陶盆使窗户附近的角落变得富有生机和活力,点缀着当时由常见的暗色和深色的陈年木材打造的沉闷家具。我的母亲是那么慈爱,当她温柔地照料生病或悲伤的我们这群小孩子时,这份爱和善得以极尽体现;当她在房子里悄无声息地走来走去时,总能麻利地做完她负责的家务活。

她对待父亲总是体贴入微，父亲也更加疼惜她；他们彼此相爱，互相尊重，我从来没有见过他们大声说话，也从没有过争吵。每到冬天夜晚，我的父亲焦孔多总是在孩子们的床前团团转，把热乎乎的小暖瓶塞到我们的被窝，以抵消那些厚厚的床单带来的冰冷。最后，他会给母亲暖床，然后到厨房去叫她："特蕾莎，上床睡觉吧，床上一切都热乎了。"在那梳妆台前他们共同开始忙碌操劳的一天又在彼此协作中结束。母亲在生命最后几年是多么悲苦，命运对她是多么不公，她在床上和轮椅上度过七年多时间，父亲也是在那把轮椅上慢慢走向了生命的终点。父亲甚至付出了常人难以忍受的代价才使自己摆脱了人世的痛苦。失去父亲的母亲，就这样孤单一人，整日闷闷不乐、郁郁寡欢。她躬着背，斜倚在轮椅的扶手上，只有谈到她的焦孔多时，瘦脸上才露出灿烂的微笑，那些记忆并不让她伤痛，她反而很乐意告诉我们一些我们可能还不知道的故事。

当她讲和父亲相遇的场景时，她的眼中充满了喜悦，那是真的一见钟情！这一切的发生应该从母亲兄弟被征召入伍说起，当时母亲的兄弟被送到卡尔索前线参与第一次世界大战，在那里舅舅遇到了焦孔多。在人生中这种事情有时会发生，更重要的是需要保住性命才有日后讲述这些经历的机会。舅舅和焦孔多像战友一样在壕沟中并肩作战数周甚至数月，在冒着生命危险与夺走敌人生命之际所建立的友谊比亲兄弟还亲。他们在战场上认识了很多籍贯是德鲁塔和托尔贾诺的年轻人，在战争结束时，很少有人活着回来，能拉回来的尸体也很少。从战争中返回的舅舅什么都不说，只是一个劲儿地谈论托尔贾诺的那个朋友，他们一起度过了最艰难的时光。焦孔多这个名字引起了所有人的兴趣，这是一个淳朴的名字，很难与战争之类激烈残酷的事件相提并论，特别是成功引起了妈妈——你的好奇心，因为那个名字，你开始了胡思乱想。那时妈妈还很年少，能遇到不是邻居的年轻男孩并不容易，

里娜的父母

战争带走了大部分优质青年,其中很多人再不能打听得到。正如每次在我们去托尔贾诺公墓的路上,父亲的眉头总是皱得很紧,经过钟楼,我们沿着柏树林小路,在每一个柏树前,我们端详着每个镶嵌在石制墓碑上的陶瓷照片。一张张穿着制服的男孩的脸,只留在柏树前面的照片里,"战死"两个字,就刻在名字下面。还有多少母亲在孩子出征前曾亲吻那些稚嫩的面孔,最后连能哭他们的坟都没有。

然而,对于他们两个人来说,生活又重新开始了,这确实是一种新生活,在谈论了无数次之后,舅舅终于邀请他的好朋友来家里吃午饭了。那是接近复活节的时期,是一年中翁布里亚最美的时节,那天所有人都在等从蓬泰诺沃步行来的客人。当焦孔多进入母亲家的农舍时,他的笑脸、深色但规整的胡须、宽大的额头、光滑的脸颊,立刻给人留下了好印象。他有一双热爱安静生活,并需呵护陪伴的那种人该有的真诚活泼的眼睛,很难想象他穿着战服带着步枪的样子。他被舅舅介绍给全家人,而你,妈妈,则又害羞又缺乏经验,几乎愣愣地站在一边;但是,在介绍完一圈人后,舅舅来叫妈妈:"小特蕾莎,过来,让我介绍我最亲爱的朋友给你,焦孔多·戛蒂。"当他走近你时,我的妈妈,你的心开始怦怦直跳,垂着头偷偷斜视那个年轻人,你立刻被他稳重的气质和微笑的目光所打动。妈妈,你很惊奇地发现他与你想象的人非常相近,但是你永远不会想到,当他来握手时,你的舌头会直接僵硬发麻。接下

里娜的父亲焦孔多

来的几天里,你害羞得想躲开众人,以为自己给人留下的是不好的印象,当你把手伸给他的时候,你感到脸庞能变出七种颜色,像个孩子一样激动到发抖。恰巧,父亲和母亲的触动是一样的,他极力控制自己的情绪伸出双手紧握在场的每个人,面带微笑地做了自我介绍,她是最后一个,在一字排开的欢迎的笑脸末尾,但是当他来到那个苗条又漂亮的女孩面前时,他感到这次初遇并不会就此结束。妈妈,你是如此热衷于讲述那天的场景,那个英俊的形象后来在很多个晚上停留在你的眼前,你感到再次见到那个年轻人的渴望极为强烈。但你甚至没有勇气向他袒露,在内心深处,你却感到已经如此做过了,此时的焦孔多也感到如是,以至于那时的父亲开始去德鲁塔做弥撒,几乎每个礼拜日都是徒步前往。起初,他是以见朋友,也就是舅舅为借口,然后,慢慢地,开始和妈妈你走一小段路并把你送回家。刚开始,是送到台伯河上的渡船口,然后沿着河回家。也就在那儿不远的下游,在白杨树下面、小河的旁边,在一个礼拜日,当一群家人并肩而行时,你们稍稍落后,他终于鼓起勇气向你表白了。

  自从爸爸去世以后,在时间的流逝和疾病的摧残下,你的身躯日益佝偻,只有这些往事还能给你带来快乐。短暂的恋爱期后,你们就进入了美满的婚姻殿堂,更是将这种美好的联合建立在爱情、相互尊重和利他主义的基础之上。你们似乎真的为彼此而生,分享着自己和对方的喜悦和悲伤:焦孔多随时准备在人们需要他时不辞辛劳,前后奔波,村镇里每个人都认识他,因为他每天早上无论天气如何,都将新鲜的牛奶送到周围的居民家。因此,他常常有机会倾听居民们的疾苦或好意地搭把手,有时传递消息,或给人们精神鼓励,反正,他总是有求必应,总是带着微笑,总是精神饱满、阳光热情。而母亲,你也不例外,你已经看着四个骨肉在你面前死去,而即使这样,邻居一旦有困难或生病,你也总是在场。1918年西班牙大流感席卷整个台伯河平原时,有些人患上了这种传染性疾病,致死率远高于战争。也不知道为什么,病毒没有传入我们家庭,而你也慷慨地向赤脚医生伸出援助之手,在你可以到达的地区为病人提供帮助。你的两条腿因不停走动而酸胀无力,你奔忙于一个个因流感而垂死的母亲以及他们需要救治的孩子之间,为他们带去药品和抚慰。医生提拔你为乡村护士长,让你在指定的时间在所有他来不及去的住户家中打预防针,你竟然克服了所有的困难完成了这项艰巨任务,更没有被传染。

你和父亲就像一个连体人,我从你们的言行举止中学会了牺牲自己,学会了重新开始的勇气,所谓的重新开始,就如同你们在一战后,在西班牙大流感大流行之后那样。父亲曾经说过:"有时间受苦,就有时间享受爱;有时间忘记,就有时间重新开始。"这些空荡荡的房间,承载了多少你们的思想,那些布满蜘蛛网的角落,隐约间,许多脸庞的幻影在我眼前交替出现,模模糊糊,游移不定。厚厚的蜘蛛网把父亲最喜欢倚靠的壁炉的犄角旮旯笼罩得严严实实;在炉膛的这一头,在这所房子里长大成人,并在成人后也未分家的三个兄弟,通常会围坐在一起闲聊,困意起时在暖和的氛围里打个盹儿。那时,他们共同拥有一项为数不多的恶习,像他们这种普通的男人唯一可以稍微放纵的方式:抽烟斗。而有点麻烦的是,虽然有三个男人,但他们只有一根烟斗。这三个兄弟就是我的父亲焦孔多、我的大伯佩皮诺和二伯马里亚诺。父亲是个一整天烟斗不离身的人,他总是设法获取质量上乘的烟草,为了工作一段时间之后能有空抽一口,但其实从来没有太多的空闲。另一方面,马里亚诺是马夫,也就是看顾马厩的人,在稻草和干草中摸爬滚打,当然无法在工作时点燃烟斗。佩皮诺一整天都在田野上或与马在一起,因此直到晚上他才能与焦孔多见面,他迫不及待地想参加这场轮流吸烟的集会。因此,他们都乖乖地坐在角落最里头的圆木桌前,进行点燃烟斗的仪式。我仍然记得马里亚诺伯父用自嘲的腔调开玩笑。"焦孔多,"他说,"你快把那钩子倒过来呦,我等不及嚼上一口了。""等一下哦,"父亲回答,"让我找找看,我整天都把它放在口袋里,却连碰都没碰过。"佩皮诺补充说:"赶紧装上,我一分钟都等不及了,心里慌得很,真想马上看到火星星着起来!"说话间,我父亲已经清理了烟斗,而马里亚诺二伯则重新装了烟草,佩皮诺大伯已经从壁炉中拣出来一撮未燃尽的木炭渣,在他那粗糙布满老茧的手掌里快速地来回滚动,等待着装好的烟斗传给他来点燃。每天晚上,他们就变成了小孩子,争夺那根古老且焦煳的烟斗,但他们深爱彼此。当时的他们也许还想象不到,几年后就在他们所处的位置,世界将发生巨大的变化,它们不仅会夺走那个角落的温馨时光和团聚的乐趣,还使他们最亲爱的人离散,建立在一个已经结束的时代上的所有生活形式也将消失殆尽。

  只有你幸存了下来,我的老房子,你仍然坚固而稳定,我真希望能收回你,有足够的资金赡养你,能够重新唤回你的生命,重新回到你这里居住下来,这是多么美好的事情啊!没错,当我感到迷失方向时,回家便成了你给予我应有的生活酬劳,书写我们过去的故事,使我找回活着的价值。也因此,写作打开了我内心隐秘的角落,让光明和理解照亮因失落和沮丧造成黑暗与绝望的地方。得亏了这一点,牵系我们的纽带将永不断裂;我的灵魂永远对你充满感激,我的老房子,同样对你充满感激的是那些在我眼前出现过的面孔所牵引的灵魂,正是因为你,重新唤醒了他们的历史和尊严。没有生命是虚度的,没有一位逝者的生前是无意义的,后人的记忆和追忆能带回前人的声音和人生历程;仔细听,你还可以听到,在这些开合失灵的窗户之间,在这些潮湿发霉的墙壁之间,回荡在空房间里的声音。或许,我还会再回来,还会明白更多,还会发现更多,还会接受和赐予更多。

总之,空房间,再见!

里娜家的老屋

1956年,里娜全家合影

译 后 记

亲爱的读者朋友，我是本书译者张雨青，目前就职于西安石油大学。刚拿到这本书时，我即被照耀在丝绸之路另一端的意式乡村生活之光所吸引，我会为农民们的艰难困苦而怅然涕零，会为他们同样反战厌战的爱国情操拍手称赞，原来，丝路上的老百姓，虽然远隔千里，竟然有如此多相似的地方，这也是我坚定地选择在无人支持之境遇中义无反顾进行翻译的原因。在泪水和感动中，我依依不舍地结束了两年艰辛的翻译工作，泪水里有与主人公的悲喜与共、文学照进现实的长歌，也有为意大利农村人民质朴纯真的情感所打动的真情。作为一个城里长大的孩子，书中透露的意大利民俗民风和劳动场面是我从未见识过的；每当遇到理解困难，我都会叫来父亲，让他描述儿时在中国关中农村生活的场景，翻译时竟可以将此种场景跨越国界几乎原封不动地照搬，真是太神奇了。另有数次，里娜小儿子乔瓦尼先生用他笨拙生硬的笔法，为我画出蓬泰诺沃及周边丘陵农田树林的简图，以及我从未见过的譬如暖炉、"西那"洗衣桶等物，这些可爱的简笔画，不也是他们热爱家乡、思念故土的写照吗？

半年前听闻里娜长子布鲁诺于养老院溘然长逝，甚感悲痛，本来还计划着待疫情结束便去看望他们，谁知竟成奢望。布鲁诺先生因见证了父母不幸的婚姻，终身未婚，孤独终老。也许离开这充满苦难的世界是一种解脱，使他又能与母亲团聚，愿天堂再没有冷漠暴力的父亲。里娜虽然离开我们久矣，但她文字中流露的真情实感仍时刻散发着光芒，感谢她的辛勤笔耕,让我们见识了旧时意大利乡土的种种,让我们理解了当今社会从何而来,也让我们看到了未来要去的方向,阅读此书,是一次不可多得的情感与认知之旅,在这趟旅程中,希望亲爱的读者能够发现全新的自我,找到与过往和解的因由,解决眼下遇到的难题,拥有面对未来挑战的勇气。祝你们阅读愉快!

如有任何需要,欢迎致信邮箱:yqzhangita@ xsyu. edu. it。

感谢本书作者的小儿子 Giovanni Paoletti 先生、陈雪丽老师、杨杰编辑、陈非导演、我的父母以及西安石油大学全体同仁在我翻译过程中给予的大力支持和热心帮助!

在本书翻译接近尾声之时,我遇到了我的"吉诺"Frank Fan 先生,故事与现实所历相当,爱情的美好期待与不安焦灼彷徨共存,一念之间,也许是一世的错过,抑或是一生的如愿以偿。

张雨青

2021 年 7 月 10 日于西安

版权声明

STANZE VUOTE / by Rina Gatti / ISBN/EAN: 9788897738251
Copyrigth © 2013 by Aguaplano-Officina del libro.
Copyrigth © 2013 by Giovanni Paoletti.
STANZE VUOTE, ADDIO / by Rina Gatti / ISBN/EAN: 9788897738176
Copyrigth © 2012 by Aguaplano-Officina del libro.
Copyrigth © 2012 by Giovanni Paoletti.
ALL RIGHTS RESERVED
Shaanxi Normal University General Publishing House Co. Ltd. is authorized to publish and distribute exclusively the Chinese (Simplified Characters) language edition. This edition is authorized for sale throughout Mainland of China. No part of the publication may be reproduced or distributed by any means, or stored in a database or retrieval system, without the prior written permission of the publisher.

本书中文简体翻译版授权由陕西师范大学出版总社有限公司独家出版并限在中国大陆地区销售，未经出版者书面许可，不得以任何方式复制或发行本书的任何部分。

陕版出图字:25－2021－270